时光就像沙漏，

静静流淌，

慢慢地过滤着往事，

让我们不断回忆着生活中的点点美好。

時光沙漏

李宗保 ◎ 著

时间就像沙漏里的沙看起来很多每次也只漏走一点：但经不起日夜不停地流淌因此宗保先生在文章中浩欢时间是如此的不经过故尔他给自己的散文集命名曰时光沙漏时光虽有意也无情宗保先生的新著即将付梓之际嘱余题写名书成并缀数语如右 甲辰夏赵侍平

西安出版社

图书在版编目（CIP）数据

时光沙漏 / 李宗保著. -- 西安 ： 西安出版社，

2024. 9. -- ISBN 978-7-5541-7736-5

Ⅰ. I267

中国国家版本馆 CIP 数据核字第 20242224KS 号

时光沙漏

SHIGUANG SHALOU

著　　者：李宗保

出 版 人：屈炳耀

责任编辑：李　丹

责任印制：尹　苗

出版发行：西安出版社

社　　址：西安市曲江新区雁南五路 1868 号影视演艺大厦 11 层

电　　话：（029）85253740

邮政编码：710061

印　　刷：西安盛业印务有限公司

开　　本：787mm×1092mm　1/16

印　　张：21.25

字　　数：292 千

版　　次：2024 年 9 月第 1 版

印　　次：2024 年 11 月第 1 次印刷

书　　号：ISBN 978-7-5541-7736-5

定　　价：68.00 元

从心底流出的歌

——读李宗保散文集《时光沙漏》

王　蓬

　　李宗保先生这部散文集《时光沙漏》，凡五辑，包括长安尽头是故里、慢品人间烟火色、相识已是上上签、纵马踏花向自由、爱花常为花留住。单看这些辑名与篇目就感到作者用了心思，下了功夫，其文字都是从心底流出的歌，其篇章都蕴含着人生的足迹、感悟、情感与人事的交集。其实，日常生活、凡人琐事最易唤起人阅读的欲望。

　　端阳前后，忙中偷闲，尽管有粽子、油糕等美味诱惑，宗保的书稿还是吸引着我不间断地阅读，不时为书中出色的描写，或是与父母兄姐之间难以割舍的亲情，或是故土中原乡村逐渐消逝的习俗，或是发自心底质朴的感悟与恰当生动的比喻，或是让联想展开翅膀飞入天际，轻拂飘浮在蓝天上的白云而击节感叹，呆望窗外一阵又接着阅读，直到读完全部篇章。我暗自笑了：这显然是深谙编辑之道又有文学修养与追求的人干的活计。编辑得体，题目引人，文字精细，丝毫无差。可以预见这是一部印刷问世就会受到读者喜爱的读品。梳理沉思，觉得宗保的散文至少在这两方面给我留下深刻印象。

　　首先，宗保的散文有根。诚如他在自序《时间记得，故事未完》中言："在我的心里，我有三个故乡：一个是生我养我的老家河南，一个是我工作、生活的长安，另一个是我在心里时时需要感恩的汉中。"故乡几乎是所有人都永远难以忘怀的地方。这本散文集，有许多篇章都属对故乡的怀念和回忆，如"味道里的故乡"系列中，有关母亲的油馍、嫩南瓜包子、老家的过年馍的描写，让人仿佛不由自主地就闻到了那种香喷喷的味道；"摇曳着乡愁的树"系列中，榆树、枣树、柿树等等，让人仿佛又一次看到了童年时期树下的欢笑和游戏，听见了榆树和皂角树上喜鹊"喳喳"的叫声；"童年记忆"系列中，那声在村巷经久传响堪称绝唱的乡音"磨剪子嘞——戗菜刀"的叫喊，拔猪草时偷懒的小伎俩，跑十几里到邻村看露天电影，偷撕哥哥课本封面去打纸片等，儿时乃至青少年时代尽管不乏困窘，却让人感到生活的真切美好，因为未来充满诱惑和希望。对故乡、对亲人、对往事深切的怀念和入骨的依恋也渗透在篇章文字之间。母亲的关切、慈祥，渗透在一针一线、红薯和油馍之中，犹如乡村蓝瓦屋顶升起的袅袅炊烟久久不肯散去。以至于他在长安生活了四十年后，还说"虽然我早已经适应并熟悉了这个城市的喧嚣，但不知道怎么的，却始终没能改变自己身体骨里的那股土气和傻气"。在我看来恰是宗保"身体骨里的那股土气和傻气"，成就了他的编辑事业，也成就了他的这部散文集。

宗保还真要庆幸他在长安生活了四十年。这座城因有十三个王朝先后建都，既有城堡，又有街市，筑城卫君，造廓守民，这是最早诞生于中华大地上的城市之一。周秦创制，汉唐拓疆，皆因国力强大，市井繁荣，文化昌盛，尤其诗歌、书法、歌舞、雕塑风格多样，美轮美奂，达到经典性的完美，还留下一座完整、高大、雄壮，让世界景仰不已的城墙，也为宗保工作之余探幽发微、安抚心灵、拓展视野提供了形制壮阔、内涵宏富的平台，可以让他走在悠长悠长的城墙上，不无自豪地宣称："今夜我是唐朝人！"事实是他不止一次从一座城市的街角眺望，深夜走在只属于一个人的大街，尤其是在仰望这个城市的夜空、五彩缤纷的南城门，在暖暖的阳光下躺在一张竹椅上读书，读徐志摩，读叶芝、舒婷和汪国真，当然也有在黄土高原刨着土豆的路遥在讲述着孙少平、孙少安们的不安分的念头与对富足、对爱情、对未来的追求……宗保始终在文学的后院子里，谨慎放纵着自己的情感，滋润着自己的心田，保持着一个从乡村走出的读书人对书本与知识的追求，自觉或不自觉地拒绝谎言与荒谬，保持一个读书人的清白与自尊。

宗保先生谈到的一个根是汉中。他说："认识汉中是从认识王蓬开始的。"我们对一个陌生地方的关注，常因为那里有一个老乡、一个同学，或是一个三观类似的朋友。这其实是许多人的共识。我与宗保先生相识于2010年前后。其时西安出版社正倡导出版"陕西作家文库"向我约稿。我郑重其事地从多年创作的人物传记中选出20篇作品，结集为《中国的西北角——多位学人生涯的探寻与展示》，责任编辑便是李宗保。经我们共同努力，此书获第二十五届全国城市出版社优秀图书一等奖，并进入全省农家书屋。由此开启我们不下十部著作和两套丛书的合作。由于宗保谦和敬业，遇事通融商量，赢得汉中文旅局、文联、方志办乃至陕西理工大学等多家单位及六十多位作家的信赖，给偏居一隅的汉中带来创作与出版的繁荣，我们也成为无话不谈的朋友。

其次，宗保的文字有情。无论其对长安的描写、对故乡的眷恋、对汉中的感恩，甚至对工作和生活中的点点滴滴，都饱含着其浓浓的情。特别是他的书写，绵密的思念、诗意的心绪，总让人感到像一股泉水般轻轻地从心底流淌。我以前在读他写的一篇短文《雪祭》时曾说："若无情怀，绝写不出如此好文章的。"所以，你读他的文字，时时都能感受到他的文字有情，文字有味，文字有温度，让你读起来不由得有些感动。

不仅如此，在第四辑"纵马踏花向自由"中，也能让人感受到他对大自然的情和爱。虽然生活在这座古老的都市里，但他并不把自己封闭在那座古老神奇的四方城中。他利用节假日去日常办公临窗便可远眺的终南山，冬游子午峪，站在山顶崖边，沉思在秦岭的冰天雪地中；去牛背梁，仔细观察那轮圆圆的月亮；不止一次坐在孤独的杜陵上，想象唐代那些"一日看尽长安花"的浪漫诗人；他还去贡嘎雪山、去桑科草原、去古城阆中、去乾坤湾，听野味十足的《叫一声哥哥你快回来》，在大海般无尽的黄土山峦回荡。他曾追逐着白云四处流浪，也曾坐在山顶看云飘。他还曾翻越秦岭顺着汉水到汉阴，去瀛湖寻求安宁，寻一片安放心灵的山林。古人云："不识民间疾苦，无以充实胸臆；不游览名山大川，无以恢宏气概。"所以，他文字中处处闪现的这种情，我相信获得陕西师范大学历史学硕士学位的李宗保的出游与先贤教诲相关，与纯粹的游山玩水无涉。

时光如沙漏，纵观宗保这部凡五辑、近百篇散文皆是从岁月的长河中一篇篇筛选出来的。精炼短小，没有鸿篇巨制，所涉多为日常琐事，随感随思，岁时节庆，故乡忆旧，黎明静夜……然贴近生活，充盈人情，生命亦因此而流光溢彩、灿烂充实。给我的直接感受是，这是一个心底纯净善良的人，甚至让人怀疑他还停留在大男孩阶段。

孙犁先生说，小说可以虚构，散文必须亲历。我毫不怀疑宗保笔下的文字都是其亲历、亲见、亲闻，他笔墨下的童年趣事与求学、求职、成家、成事、历练、挫折、感悟，考大学、读研究生、做编辑一路走来，在汉唐古城长安成家立业，编辑著作等身，获得多种奖项，展示的是一个中原大地农家孩子的成长过程。从这个视角看，宗保的散文集亦可看作一个农家子弟成为古城名社名编辑的成长史。我甚至还联想到作者成长的年代恰好与国家改革开放时代合拍，诚如我们都共同经历的那样：尽管举步艰难却不断透出生机，千载难逢的机遇惠及整整一代人，包括许多农村家庭的子弟，比如宗保就是。

我们得庆幸生活于改革开放时代！

是为序。

2024 年 6 月 25 日

【作者简介】王蓬，国家一级作家二级岗位（二级教授）。历任陕西省作家协会副主席，汉中市文联主席、作协主席，享受国务院政府特殊津贴专家及陕西省有突出贡献专家。出版有长篇小说《山祭》《水葬》，传记文学《中国的西北角——多位学人生涯的探寻与展示》《横断面——文学陕军亲历纪实》，报告文学《从长安到罗马》《从长安到拉萨》《从长安到川滇》等著作 60 余部，先后获得国家图书奖、冰心散文奖、柳青文学奖等多项奖励，并有多种著述翻译到国外。

时间记得，故事未完

（自序）

没有想到，编辑之余，十来年间，竟断断续续地写了700余篇短文。

当我把布满褶皱、洇染的稿子从时光的沙漏中一篇篇整理出来的时候，连我自己都感到有些吃惊。

我是爱文字的。我的床头柜上，总是有几支笔，还有一个本子或一些白纸，这是什么时候养成的习惯，我已经记不清楚了，每每翻看着随时记录下来的那些让我心灵愉悦的文字，仍让我感动万分。进入出版社之后，随着阅读的书稿增多，更是将那些优美的句子一一记录下来，甚至在心里或无人的时候，轻轻地默念、背诵几句，聊以慰藉那个时代在古城的角落里为生活奔波着的我以及在这个喧嚣的尘世飘浮着的心灵。

这些年来，虽然写出了这么多的短小文字，也因为大家的抬举或喜爱，许多被发表了，许多被点赞了，甚至我认识的一些大家、名家也劝我闲暇之际，收拾整理一下出个集子，但我知道，我的文字不是像大家都喜欢的玫瑰或牡丹，她只是田野上的一朵蒲公英、庄稼地边的一丛丛马尾巴草罢了……

我是喜欢编辑这个行当的，而且也一直在努力当一个好编辑。这么多年来，我编辑了许许多多的书稿，认识了许许多多的国内知名的作家或学者，我知道，人必须不断地从他人的身上或书稿中学习做人和做事，才能拓宽自己视野，所以这么多年来，我努力在向这方面学习着，感恩着，努力让大家愿意读，喜欢读，读后感到开心，我就满足了。

在我的心里，我有三个故乡：一个是生我养我的老家河南，一个是我工作、生活的长安，另一个是我在心里时时需要感恩的汉中。老家河南，那是我永远割舍不下的故乡，无论我走得再远，回首眺望，双眼永远都是饱含热泪的。我在长安已经待了近四十年了，而且还会在长安继续待下去，最让我留恋的是在长安城里那些让我难忘的人和事，以及长安城里自己度过的最好的年华。认识汉中是从认识王蓬开始的。由认识一个人，到认识一座城，由认识一座城，到认识这个城市众多的文化人，可以说，我与汉中总有一种特殊的情感，也是他们让我一直不敢懈怠、一直在努力着。

文学是我的后花园。每当劳累疲倦或委屈难受的时候，我就会悄悄地躲藏在这里，任意放纵着自己的感情，慢慢地等待心灵的修复或平静，然后再慢慢地变回到那个充满自信的、依然努力的、有点自卑的乡村少年。

人的一生实际上就是修行的一生。写作也一样。我之所以如此地喜欢文字，无非就是想接纳和完善一个更加温暖和美好的自己，一个能够带给他人温暖或美好的自己。

一位一直关注现代中国的最具思想性的西方作家彼得·海斯勒曾经说过："时间记得，故事未完，生活循环往复。"虽然今天的我已经走到了生命中的一个节点，但我肯定，对我来说，这又是一个新的快乐节点的开始。

时光的沙漏仍在静静地流淌着，不急不缓，不愠不火。生活于我，依旧是循环往复。因此，我希望这里的每一个文字，都能变成对你、对你们的祝福。我也期待，在未来的日子里，我们还能像过去那样，有酒有诗，鼓掌相欢。

目 录

味
道
里
的
故
乡

I

第二辑

慢品人间烟火色

第三辑
相识已是上上签

第四辑

纵马踏花向自由

第五辑

爱花常为花留住

长安尽头是故里

一转眼在长安城里已经生活近四十年了，

城墙、钟楼、泡馍、凉皮……

这些秦地的建筑和小吃早已经浸化在了我这个来自河南乡村少年的身心中，

如今两鬓斑白，回首细想，可心里闪现的却还是那个偏远的乡村，

还是坐在门口等我回家的父母，还是村头那棵满目沧桑的柿子树，

还是童年时和小伙伴们一起粘过的知了……

走过个西楼林立的古城里，我度过了自己一生

中最好的年华。当然我从满头黑发的青年走

成了两鬓斑白的中年，但我知道，走我的心深

处，我依然还是那个来自乡下的有点忧感自

卑简单的少年。虽然我也有许多的毛病走

许多方面做得不好天发，但我每天慈做的，

能够做到的，就是走感恩过去里用我二场方

也记住你们的名字。

味道里的故乡之一

母亲的油馍

国庆节在家没事，又踌躇满志地做起自己喜欢吃的油馍。和面，洗葱，醒面，烙馍……虽然忙活了大半天，但烙出的油馍总感到缺少了一些什么。

一边吃着，一边想着心事，突然两眼有些湿漉漉的，已经有多久没有吃过母亲做的油馍了，一年、两年，还是更长时间了？一想到这里，小时候母亲做的油馍圈圈，上大学后每年寒暑假急忙忙地回家以及工作之后忙里偷闲地回到老家，急匆匆吃着母亲烙的油馍的镜头就一幕幕地不断闪现在我的眼前，我知道，我想母亲了，又想吃母亲做的外黄内香的油馍了。

油馍，这是刻在河南人心底的一道最为普通的美食，但对我来说，现在却成了一道难忘的记忆。虽然在城市曾经吃过天南海北各种各样的油馍，但却再也吃不到小时候母亲做的油馍的味道了。

在我的记忆中，母亲做的油馍是最好的。母亲做油馍的时候，先是把面粉倒进一个瓷盆里，一边倒入温水，一边用筷子朝一个方向搅拌着。待面粉变成一小团、一小团面块时，用手再轻轻地堆在一起，让面团再醒一会儿。这个时候，千万不能用手去揉面的。等面团粘连成一个完整的大面团时，再用擀面杖轻轻地擀成大面饼，撒上新鲜的葱花，再涂抹上一层黄黄的菜籽油，然后一层层地卷起来，揪成一个个拳头大小的面团。待一切准备停当后，再把含有葱花和菜籽油的面团轻轻擀成锅盖大小的圆饼，放在用麦秸秆作为柴火的专门烙馍的鏊上去，很快，一张张松松软软的、吃起来香喷喷的油馍便做好了。

虽然母亲有这么好的烙馍手艺，可那时的乡村，哪有这么多的白面和菜籽油啊！

那时家穷，白面少，油也少。能天天吃到一张油馍，在那个时代简直是不可想象的。那时候，大多数家庭的四方桌上要么是窝窝头，要么是粗细粮搭配的黑白蒸馍，而我记得最深的是，为了让馍香一点，母亲还是想方设法托嫁到县城的表姐很不容易地搞到一小桶已经榨过油的黑黑的油渣。而能放上菜籽油的，烙得油黄黄、松软软、一层层的油馍则是很难吃到的，一般来说，要么是奶奶生日的时候，要么是每年的端午节、中秋节等特定的时候才能吃得到。

而母亲却总能在烙馍的时候，专门为我做一个小小的、圆圆的、中间有一个小洞洞的油馍。记得有一次，母亲又从大面团上揪下一小块白面团，抹上一点油，擀得薄薄的，然后用擀面杖在中间挖一个洞，算是专门为我做的一个油馍。母亲一边擀还一边给我讲着"懒孩子"的故事。说从前有一个懒孩子，什么也不想做，就连吃馍吃饭都要别人喂。后来懒孩子的母亲要出门去，又怕饿坏了孩子，就给他做了一个很大很大的油馍，中间挖个洞洞，用绳子穿起来，套在懒孩子的脖子上。母亲讲完后，用手轻轻地抚摸着我的头，对我说："我孩可不做懒孩子，要做个勤快的孩子。"听了母亲的故事，再看看小小油馍中间的小洞洞，我不由得笑了起来。当然，母亲专门为我做的这个油馍，我自然不会马上吃掉的，先是跑东跑西地炫耀一番，然后又是从一边开始，一小口、一小口地慢慢吃掉。真的，那不是一块小小的油馍，那是把一种幸福吃到了心里。

后来，哥哥参加了工作，开始实行家庭联产承包责任制后，家里的白面多了，菜油也多了，母亲烙油馍的时候也就多了，常常一烙就是十几张，母亲经常说："吃吧，随便吃，管够。"从此以后，吃母亲做的油馍便成为我最大的念想，也成为那些年每次寒暑假急匆匆回家后最大的期盼。

后来我也参加了工作，因工作的缘故，也曾走南闯北到过许多的地方，吃过许多所谓的河南"油馍",但却再也没吃过像母亲做过的油馍的味道。

记得2010年到上海参观世博会,曾在一条弄堂里看到过一家专门做馍的小店。看着似曾相识的模样,一下子勾起了我内心深处的记忆。我连忙买了一大张,刚付完钱,就赶忙向嘴巴里填了一块,可吃了几口,就不想吃了,因为那只能算是一张大的烧饼。又有一次,在西安的一家超市,遇到了一个悬挂"河南油馍"招牌的店主,看那馍的模样,感觉还不错。这一次我汲取了上海的教训,先称了一小块,吃了一口,虽然两层皮焦黄,里面却是厚厚的死面层,吃到嘴里黏黏糊糊的。

后来母亲年龄大了,做不动了,母亲的手艺便传到了嫂嫂手里。后来我每次回老家,临走的时候,嫂嫂也总是给我烙四五张、七八张油馍,让我路上吃或带回去吃。我也从来没有推辞过,我知道,这里面有母亲的手艺,也有母亲烙的油馍的味道。

在城里的生活稳定之后,我也曾自己学做过几次油馍,但和母亲做的油馍相比总是相差太远,不是翻不起来,就是硬得可以砸死狗。电话里向母亲询问原因,母亲讲过几次,但终因自己学养不高,还是没有做出母亲做的那种油馍的味道。

母亲去年冬天走了,我知道,那个曾经生我养我的乡村已经离我越来越远了,可油馍的味道却始终在我的心头盘旋着,在我的骨缝隙间流淌着,在我全身上下氤氲着,让我时时刻刻地明白,那是故乡的味道,老家的味道,母亲的味道。也让我这个漂泊在外的、已经两鬓斑白的人只要一想起来,心里就不由自主地升腾起一种难以割舍的情感,让我时时刻刻明白我是谁,我来自哪里,又应该走向哪里。

有一部书里曾经讲过这样一句话:"有些食物,常常让我们吃着吃着就哭了;有些故事,常常让我们听着听着,就笑了。"母亲的油馍就是!

味道里的故乡之二

嫩南瓜包子

下班前往农贸市场买菜，在距离市场不远的一个拐角偏僻处，看见一个老婆婆面前摆着一个嫩南瓜、三个老南瓜。说真的，看到那个嫩南瓜时，当时眼前没有镜子，我想，那个时刻，我的两眼一定是放着绿光的。我没有讨价还价，按照老婆婆的要价，很快付了钱，转身就折返回来了。

嫩南瓜，在我的记忆深处，有着太深太深的记忆。我出生于20世纪60年代，现在的人很难想象那个缺荤少油的时代，即便如此，母亲也总是想方设法地改善我们的生活。那时候，蔬菜是由生产队隔两三天集中分一次，由于大多数都是产粮田，蔬菜田自然不多，我记得最清楚的就是村口浇地机井旁的那五六分地。这么少的蔬菜地，三四十户人家，分到手的菜自然就不会多，由此也导致南瓜很难有机会能长到发黄、老硬的时候，大都是嫩嫩的、尚带着藏青色就被摘了下来，分到了各家各户，端到了每家的饭桌上。

母亲每次都把偶尔分到的一两个嫩南瓜用来做包子。记得那时候，母亲先是把嫩南瓜切成一个个小四方丁丁，再拌上一点五香粉一类的东西，滴上几滴油瓶里几乎控不出来的油，或拌上一两勺通过在县城榨油厂工作的表姐购买到的可以吃的黑黑的油渣，撒上一点盐，便拌好了做包子用的嫩南瓜馅。

那个时候，每一家的白面也不多，母亲总是在做黑白花卷馍的时候，揪下一小块白面，擀成四五个包子皮，然后一边包馅，一边和我说着话，转眼的工夫，圆鼓鼓的、白白的包子就做好了。

这些白白的包子和那些黑白面做好的花卷放在一起，很是亮眼。我站在母亲身边，一边看着案板上的包子，一边还和母亲说笑着，这个白白的包子像队里的谁谁谁，那个黑白花卷又像队里的谁谁谁。母亲一边做着，有时也会附着笑一笑，但母亲告诉我，出去可不能给小朋友起绰号，也不能说人家长得黑、脸像黑白花卷一样。

我提着南瓜很快回到了家。妻子看到我这么快就回来了，手里又提个南瓜，也感到吃惊，边问边说："终于买到自己喜欢的嫩南瓜了，怎么只买一个呀？"我笑了笑说："人家只有一个呀，如果有多，我肯定不会只买一个。况且，今天有人卖了，明天肯定还会有人卖的，以后又可以经常吃到了。"

妻子是知道我这些年来一直想买嫩南瓜的。女儿上了大学之后，我和妻子便有了更多的业余时间。无论是去秦岭的各个峪口农家，还是奔赴天水、陕北，每到一个地方，总会到农贸市场去溜达一下，看一看农贸市场里有没有卖嫩南瓜的。但碰到的都是老农不停地给我介绍的老南瓜。最可笑的是，那年到南泥湾去，看到路边一个个老大娘、老大爷身边摆放的南瓜，心里想，南泥湾是出南瓜的地方，还能缺嫩南瓜吗？我和妻子一边走一边问，这南瓜嫩吗？"嫩！嫩！还很甜！"我用手掐了掐，根本掐不动，可心里还想，可能这里的南瓜就是这个品种，外硬内嫩，便十元一个，买了两个。从此一路上便都是嫩南瓜和嫩南瓜包子的话题，可回到家后，看着那个用刀都很难切开的南瓜，我知道，我又上当了。

"那你打算怎么吃呢？是炒，还是包包子？"妻子又笑着问道。"当然包包子呀！虽然一个小小的南瓜包不了几个包子,但不管它了,能包几个是几个。"

很快我就和了面，等着发酵的当口，便开始准备嫩南瓜馅。像母亲那样，先是把嫩南瓜切成一个个小丁子，倒上一些现在家里永不再缺的菜籽油，撒上一点盐，可家里又没有那个母亲包南瓜包子必放的五香粉，便赶忙又跑下楼，买了两小包回来。

面发好了，南瓜馅也拌好了。一边包，一边又不由想起了母亲做嫩南瓜包子的情形来。

母亲在灶房烧着地锅，我则搬了一个小凳子坐在母亲身边。呼呼的风箱吱呜吱呜地叫着，蒸锅中散发出的吱吱的水汽声，以及那香喷喷的味道，也由淡变浓地慢慢地氤氲了小小的灶房。我盯着那红红的炉火，看着那两层冒着热气的蒸锅，使着劲儿闻着那不停往鼻腔簇拥着的味道，不停地问着母亲："快好了吧？""还得一会儿。""那还得多长时间？""还得一会儿。""一会儿是多长时间？""就是你写完一页作业的时间。"……就这样，我问一句，母亲答一句，问着，答着，不知不觉中，嫩南瓜包子就蒸好了。

　　当母亲把第一个热腾腾的包子放在我碗里的时候，我现在实在难以形容当时的那种幸福感。只记得当时母亲笑着对我说："孩，快吃吧！口水都流出来了。"就在母亲的笑声中，一个包子很快就进了肚。

　　"水开了，快放包子吧！"妻子的说话声，唤回了回忆中的我。我慢慢地把一个个包子放进蒸锅，也把一个个幸福放在了心里。

　　吃着自己包的嫩南瓜包子，想着记忆中母亲曾经包的南瓜包子，不由得一股幸福溢上心头。

　　总有人间一两风，填我十万八千梦。人的一生中，总会有那么几处善良和美好的事情，满足我们对世界的所有遐想，满足我们对这个社会所有的梦想，而嫩南瓜包子就是满足我对世界、对社会所有遐想和梦想的食物。

冬至吃饺子

又到冬至，又该吃饺子了。手中虽然拿着书，却一个字也没有看进去。看着窗外那阴冷冷的灰色的天空，我努力地搜寻着曾经的时光里有关冬至的记忆。

冬至不仅仅是一个节气，还是一个重要的家庭团圆日。这一天，只要方便的，离家近的，都会赶回家，和爸爸母亲一起吃顿饺子。这个时候，窗外是寒风刺骨，冰天雪地，可房间内却是一个热热闹闹，热气腾腾。

小时候的饺子馅没有现在饺子馅的五彩斑斓，记忆里的饺子就两种，要么白菜馅，要么萝卜馅。可能是萝卜产量高且容易储藏的缘故罢了，每到冬天，家家户户总会分到很多的萝卜，一时吃不完，父亲就会在院子一角挖一个坑，把分来的萝卜全部埋在土里，然后一点点地过着煮萝卜、炒萝卜、腌萝卜、晒萝卜干的简简单单的日月。

那个时候，庄稼产量低，食物品种单一，要想整天吃白面馍馍那是根本不可能的，所以更是很少能吃到饺子。但冬至这一天，不管家里再穷，父母也都会想方设法地用萝卜包上一顿饺子。

这一天，母亲总是早早地把两三个大白萝卜洗得干干净净，再切成细细的丝，放到开水里轻焯几分钟，然后抓一团放到蒸馍用的老笼布中，两手用劲地挤去水分，紧接着，便是案板上一阵接一阵的剁刀声。等所有的萝卜丝变成一堆被粉碎的小小碎块时，就被放到另一个盆子里，和早已经剁好的肥肉搅拌在一起。给我印象特别深的是，那个时候，肉也不是能够随便买的，是按户分的，分多少，买多少，四毛钱一斤。当时不明白，家家户户，包括我的父母，大家都愿意买厚厚的肥肉，不愿意要瘦肉。直到长大后，才慢慢明白，不是人们不爱吃瘦肉，而是当时油水少，而肥肉既可以炼油，剩下的油渣还可以用来包饺子、包包子，一肉多用。所以轮到我们家买的时候，尽管我在旁边不停地给父母暗示甚至说："我喜欢吃瘦肉，别人家不要，咱们要。"可父母总好像没有听到我说的话似的，最后提回来的仍是一条细细的、白白的肥肉。

萝卜和这些油渣搅拌到一起，再放一些剁碎的葱花，撒上一些味精、五香粉等调料，饺子馅也就基本调好了。

包饺子大都是姐姐和母亲一起包，而且她们包的饺子就是那种带花边的、像锯齿形的，非常好看，而坐在锅台边烧火的基本上都是父亲。母亲一边包，一边拿着大铁勺子在锅里搅动着，点过三次水，饺子也就基本上熟了。母亲把饺子盛在碗里，一般会先端给奶奶，然后再让我们吃。

窗外是刺骨的寒风在呼呼地刮着，房内，大家围坐在方桌旁，吃着热气腾腾的饺子，吃着，笑着，感受着窗外滴水成冰的日子里房间内最温暖的幸福。

记得有一次，母亲刚把一勺饺子盛到碗里，我就忍耐不住了，顺手从碗里拿了一个。刚出锅的饺子很烫，我一边两只手互相倒腾着，一边就势咬了一口。咬在嘴巴里的饺子也在嘴巴里倒腾着，惹得母亲想骂又想笑："你就不怕把手和舌头烫了？"

记忆里最为深刻的冬至是在我上大学之后的第二个学年。因为在开封的大街上遇到了二姐夫厂里的一辆大卡车，便给人家说，可否把我捎回去。因为是空车，司机二话没说就答应了。摇摇晃晃的卡车，经过了漫长的颠簸之后，到了晚上十点多才回到家中。当我带着一身寒意推开大门的时候，先是母亲，再是父亲那种高兴的样子，让我至今记忆犹新。母亲对父亲急急地说："快去打开煤火，让我给孩下一碗饺子。"我看着灶台上红红的炉火，以及灶台上浓浓的雾气和父母忙碌的身影，顿时感受到一股浓浓的暖意涌上心头。

后来姐姐出嫁了，哥哥结婚了，冬至吃饺子的时候，就剩下了父母、我、哥哥。20 岁那年，随着我远离老家到城里去上大学，围坐在一起吃饺子的，就只有父母、哥嫂和小侄子们了。再后来，父亲走了，母亲也走了，大家围坐在方桌前一起吃饺子的情形就变得越来越少了。特别是最近十多年来，随着生活条件的改善，冬至逐渐成了一个普通的日子。姐弟四个，大家在不同的地方，虽然也都会在这一天，吃着饺子，但再聚在一起、围坐在桌边一起吃饺子的情形却再也没有了。

这些年，我在这个四方城里吃过各种各样馅儿的饺子，也曾经在西安有名的饺子宴馆吃过或大或碎，或圆或方，甚至各种彩色的饺子，但总是感到缺少一些什么似的，总没有那种让我记忆犹新、难以忘记的热气腾腾的饺子。我常常望着盘子里一个个模样俊俏、五彩斑斓的饺子，不知道该说什么样的话，只是默默地低着头，想那个快乐的时光哪里去了？

小小的、扁扁的饺子，成了冬至甚至是人们生活中的一种文化符号。而冬至饺子的韵味，又像那悠悠的长河，沉淀着我们这个民族厚重的历史。我突然感到，红红的炉火，润润的雾气，漂浮着的饺子，正带着父母的温暖，即将穿过这个白天最短、黑夜最长的冬至，向我慢慢走来。

妻子的叫声惊醒了沉思中的我："快过来吃饺子吧！"我转过身来，仿佛看到孩子已经开始在临摹《九九消寒图》，仿佛听到稚嫩的声音在房间轻轻地回荡："一九二九冻手手，三九四九冻死狗……"

味道里的故乡之四

老家的过年馍

在老家河南，常常把春节叫过年。过年了，穿新衣戴新帽，贴对联放鞭炮……都是过年时必有的景致，但唯有蒸过年馍时全家人一起忙活的情景，让我至今记忆犹新。

和大多数农村家庭一样，我家一般是在腊月二十七日蒸馍的。从头一天，母亲和姐姐就开始忙碌了，先是泡好酵头，然后就开始和上一两盆白面、一盆杂面，放在炉火边等待着发酵。

蒸馍一般都是自家人在一起忙活，但也有换工的。今天你帮我家蒸，明天我帮你家蒸。农历二十七这一天蒸馍的时候，母亲和姐姐就会早早起来，坐在大面板两边，两双手在案板上不停地忙活着。不一会儿，箅子上便放满了一个个或白或黑白相间的馒头或包子。而在外面烧火的，一般都是父亲或哥哥。红红的炉火，白色的雾气，虽然早已显示出过年的气氛来，但还是难以掩隐父亲为全家忙活一年而捉襟见肘的无奈。

老家的过年馍大致有四种：第一种就是我们现在在街上常常看到的方块馒头，主要供自家人吃。这种馒头一般蒸得最多。过去农村讲究，从初一到初五，是忌讳开火的，所以家家户户都要在过年前蒸够一家人五天吃的方馍。我家一般都会蒸大半水缸或一水缸的。第二种是蛹馍，像红萝卜粗细，十四五厘米长，圆滚滚的。为什么叫蛹馍？是因为外形，还是有什么特殊寓意，我不清楚，但基本上家家户户都要蒸一些。因为初二姑娘回娘家是必须要带这种馍的。第三种是豆包，就是用小红豆和红薯煮熟后做成馅儿包的包子。

听老人们说，"豆包豆包，都饱都饱"，寓意着大家都能吃饱。第四种是菜包子和肉包子。过去家家都穷，能够吃上纯肉包子的家很少，能够蒸上一锅纯肉包子的，都是大家眼中的富人。

在过年馍中，最重要的就是蒸大馍了。大馍又叫人口馍。它开始于什么时间，不知道。但从我记事起，人口馍就是家里蒸馍时一件重要的事情。

人口馍的大小，比小碗口略大一点，圆圆的，像一个小碗扣下来的样子。这又分三种，但每一种都非常瓷实。第一种是蒸的时候会在顶上点一个小红点。第二种就是在顶上用面搓成一个"又"字形，在中间放一个红枣。第三种就是在第一种或第二种馍中，放一个一分或二分或五分的硬币。谁能吃到硬币，就意味着这个人今年大吉大利。

人口馍一般是按照家庭人口的多少来蒸的，一人一个。即使这个家人过年没回来，父母也会给他蒸上。虽然人口馍不是什么特别奢侈的食品，但这种馍特别有仪式感。小时候，大姐在陕西上班，过年家里蒸人口馍时，父母还会照样给大姐蒸上。随后，这个人口馍就会被父母或放在竹篮里，或直接用线串起来挂在屋檐下，静静地等待着她的主人。寒风刺骨，冰雪连天，人口馍被风吹裂了，翘皮了，甚至放在嘴里都咬不动了，但仍在寒风中翘首以盼。甚至遇到有人要去大姐工作的城市，父母也会想方设法地让亲戚好友帮忙带给自己远方的孩子。

在我家，曾发生过一系列有关人口馍的趣事。因为人口馍里包有硬币，又预示着这个人今年的福气，所以每个家人都希望自己能吃到这种包有硬币的馍。但硬币只有一个，谁能吃到，还真的难说。因为有可能在今天要吃的人口馍中，还有可能在没吃的人口馍中，甚至是放在给外地亲人准备的人口馍中。记得小时候，看到母亲从锅里取出馏得软软的人口馍时，我总是想用手轻轻地捏一捏有没有硬币，但小碗一样大小的馍岂能轻轻捏出来。况且捏一个，母亲不说，如果你在每一个人口馍上都捏一捏，就会出现一个小坑，父亲看到了肯定会骂的。看这一招不灵，我就装作馍很烫手的样子，拿两根筷子，扎一下馍。扎一个，也就罢了，如果在每个人口馍上你都扎一下，父亲打屁股肯定是少不了的。有一次，趁父母不注意，我把人口馍都掰成了两半，仔细查看哪个馍里藏有硬币，结果就被父亲好好地收拾了一顿。我的记忆中，从来就没有吃到过硬币，也许这就是人们说的，越想得到什么就越得不到什么。

因为家家户户都在这一两天蒸过年馍，这个时候，不管你走到谁家，看到的都是热气腾腾的蒸馍景象：红红的炉火，白色的雾气，做馍的女人，烧火的男人。这个时候，你不管熟悉不熟悉，只要你走进他的家门，主人都会给你递上一两个新蒸的馒头或菜包的。

一转眼，我在这个城市已经度过了很多个春节，虽然每年过年时，妻子也会蒸上一锅馍，可总感到缺少什么似的。去年年前，我和妻子到蓝田的焦岱赶集，看到集市上卖的花馍和大馍时，顿时就勾起了沉睡在内心深处的记忆，立马买了两三个。回来后，那些馍我舍不得吃，恭恭敬敬地把它们敬在书桌的一角，看书写字的时候，瞄上一眼，常常有一种满足溢上心头。

常听人说，城里过年没意思、没年味。可年味又是什么呢？我想，无非就是那种过年的气氛。过去过年，讲究贴对联，放花炮，蒸馒头，炸年糕，就是想把那个在春节时跑来祸害人们的怪兽"年"赶走。怪兽怕什么？怕火呀，怕红色呀，怕鞭炮响呀。而现在不放炮了，不蒸馍了，不贴对联了，心里的怪兽赶不走了，过年还能有味道吗？

味道里的故乡之五

没有粽子的端午节

　　粽子是端午节的重头戏，也是后人纪念投入汨罗江的伟大诗人屈原的主角。可在我童年的记忆里，却从来没有把过端午节和吃粽子联系在一起。因为我小时候的端午节就从来没有吃过粽子。

　　我是在贫穷和饥饿中成长起来的。我所成长的乡下，一年到头连最基本的口粮都吃不到，更别说吃到那白灿灿的大米了，也就更不会用米包粽子过节了！虽然包粽子的芦苇叶乡下也不少，但巧妇也难做无米之炊。

　　上了大学之后，从书本上也知道端午节常常会举办大型的赛龙舟活动，可我所在的北方农村是根本看不到的。因为这里就根本没有举办赛龙舟活动大型水面。尽管如此，北方乡下的端午节氛围还是非常浓厚的，这一天仍然是我和小朋友们最开心快乐的日子。那香喷喷的菜角，那五色的细线，那浓郁的雄黄酒，以及和母亲走亲戚的画面，至今仍在记忆深处飘荡着。

　　炸菜角或炸麻糖是乡下过端午的主角。它们不仅是端午节的主食（尽管不敢放开让人随便吃饱），也是亲戚邻里之间相互走动的主要礼品。

菜角的香味至今仍在大街小巷里飘荡着

在端午节当天，母亲一般会早早地准备好一把韭菜，泡软一把红薯粉条，再割一半斤豆腐，炒一两个鸡蛋，然后把韭菜切碎，红薯粉条剁碎，再把豆腐、炒好的鸡蛋切成黄豆大小，放进和面的陶瓷盆里，调成馅儿，包在早已醒好的面团中，并放在油锅里炸成外表金黄、内软外糯的菜角，这就是端午节乡下孩子最期盼的美味佳肴了。经常是母亲刚炸好一两个，就被我们消灭掉了。

家家户户在门上一边或两边挂上艾草也是乡下端午节最有味道的标识了。艾，即艾蒿，是一种多年生草本植物。它的茎、叶都含有一种挥发性的芳香油。它所产生的奇特芳香，不仅可以驱赶蚊蝇、虫蚁，而且可以净化空气。更重要的是，这种艾草在农村非常普遍，野地里，树林中，甚至在废弃的老房地，长得遍地都是，不用花钱购买，拿镰刀割来就是。所以在那个贫穷的年代，虽然端午节乡村没有更好的可以用来过端午的东西，但家家户户还是会采来一把艾草，挂在门框上。直到现在，这种风俗仍在流行着。我也会在端午节这一天，从小摊贩那里买上一把，用胶带绑在大门两边，上班下班，闻一口清香的艾草味道，顿感一天大脑都是清爽的。艾草一般都要挂很多时日，直到枯萎才取下。尽管如此，当你取下时，轻轻一嗅，两手指间还是有一股淡淡的清香散发出来。

香包是进城之后，我才知道的城里人过端午节的东西，过去的我的家乡并没有这些。父母给小孩子的手腕、脚腕系上五彩线。也是过去乡下过端午时必有的环节。我记得小时候，大都是奶奶帮我在手腕或脚腕系上五色线的，还不厌其烦地告诉我几遍，不能随便解下来，要一直戴到六月初六那一天。因为家贫，奶奶给我系上的只是五色线。家里富一点的，还会在五色线上挂上一些小东西，如蜈蚣、蝎子一类的虫子布偶，大概是祈望孩子不为这些虫子所伤害。

不仅如此，父母还会在端午节给自己孩子的额头、鼻子、耳朵抹一点雄黄酒，这也是小时候过端午节最隆重的环节。抹雄黄酒主要是为了辟邪用。

有的父母还会在孩子的额头用雄黄画上一个"王"字，就是借老虎是兽中之王，以虎驱邪罢了。成人之间，也会喝一点用研磨成粉末的雄黄泡制的白酒或黄酒来度过端午节。在中国的节日中，能够专门喝一种这个节日的酒，也只有端午节了。

　　一转眼，我已在这个拥有厚厚城墙的西安城里待了近四十年，虽然城市的节奏，让我像个陀螺似的，一天到晚地旋转着，让我难以坐下来为妻女准备一点传统的端午食品，甚至在这个久已待着的城市里再也闻不到艾草的清香，雄黄酒的浓烈，看不到幼儿手腕或脚腕子上的五色线。但每到端午节这一天，只要看到街头有人在卖五颜六色的香包，我还是马上想到小时候奶奶为我手腕或脚腕系上的五色线，我还是赶忙在街边小巷、大店小摊，给妻女买上各种各样她们喜欢的粽子，软绵可口的绿豆糕，甚至还会给她们买一两个闻着浓香的、五彩缤纷的香包。因为在我的心底，这都是属于我生命中的味道和色彩，它们让我在这个城市里，感到踏实和有归属感。

　　端午是一个美好的节日，它可以让我在这个喧闹的世界里，寄寓一些别样的幽思，让我这颗时常有些浮躁的心在这缕缕的清香中，得到片刻的安宁或平静，甚至是让自己这颗有些蒙尘的心，在这飘悠着艾草味道的古城得到片刻的回归，让生命更加真实一些。

小时候的中秋节

小时候的中秋节同春节一样，是我记忆中比较深刻的一个节日，但这样美好的一个节日，却在岁月流逝的今天，没有过去人们对它的期待与热情了。除了有一天的假期之外，中秋再也不是大家原来期待的中秋了。

我不知道怎么了，突然间彻夜难眠，我回到自己的房间，对着窗外的月亮，想到了我的童年，想到了那个远离城市的乡下中秋。

我的家乡是一个远离都市的乡村。记得小时候过中秋节，那夜空湛蓝湛蓝的，月亮又圆又亮，满天都是星星。那时候，不管是家里条件好的，还是家里条件差的，都会在中秋的晚上，一家人围坐在院子里，等待着祭月后吃到那香香的、圆圆的月饼。

小时候过中秋节，那种仪式感特别强。记得天还没黑，奶奶就会叫母亲把院子打扫干净，摆上一个小四方桌子，放上三只小碗，每个碗里各放上一个明显"营养不良"的瘦小苹果或梨，再在碟子里放上一个或三个月饼。除此之外，奶奶还会让母亲摆上一个装有沙土的小碗，插上一炷香。当然，在奶奶下令让吃之前，任何人是不敢随意先吃的。尽管我那个时候很想吃，甚至借帮母亲摆放月饼时偷偷地摸了摸那月饼，但当时的月饼很结实，是不会轻轻一摸就掉下一块的。

月亮升起来了，银白色的月光把漆黑的夜晚照得一片亮敞。全家人朝着月亮的方向，围着奶奶坐成一个圆圈。奶奶先是告诉我们不要随便说话，然后一本正经严肃地跪下，叩了三个头，说着感谢月亮婆婆的话。然后是母亲跪下，再然后是我们姐弟几个，挨个对着月亮婆婆叩头。每个人脸上的表情都很严肃、庄重。我们姐弟几个更是不敢说任何话，唯恐乱说了话，奶奶就不给我们月饼吃。

小时候的月饼要比现在的大，像现在外面卖的烧饼大小，也比较硬，里面是没有馅的，但在月饼的中间通常会放有二至三小块黄豆或花生米大小的冰糖，一两种我至今都不知道用什么做成的青红丝，再有的就是花生和葵花籽了。这几种东西和面和在一起，烤熟，掰开之后，里面呈棕色，甜甜的、酥酥的、香香的。

烧了香，叩过了头，分月饼、吃月饼便是过中秋的重头戏了。奶奶是一家之主，分月饼自然由奶奶操办。奶奶按照人口，通常会把月饼一切为四，但在切的时候，我的心里多么希望奶奶能给我多切一点，或是多么希望奶奶能让我先挑。因为我是奶奶最小的孙子，所以我的要求常常得逞。有时自己一边吃，一边还盯着奶奶、母亲手里的那一块，这时候，母亲也总是说，她不敢吃甜的，一吃牙酸，就把她的那一份给了我。幼时的我并不知道母亲不吃的真相，直到我长大以后，才知道母亲不是牙疼吃不了甜，而是她把她全部的爱都给了我。

因为平时很少吃月饼，而且月饼又那么好吃，所以，吃月饼并不像现在这样大口大口的吃法，而是一点点地啃。也因此，小时候吃月饼，每吃一次都能记很久，每吃一次我都舍不得很快吃完。

听奶奶或母亲讲月亮婆婆的故事也是小时候每年过中秋节必有的内容之一。我靠在母亲或奶奶的怀里，一边吃着月饼，一边听她们讲嫦娥、后羿、月兔、吴刚和桂树的故事。说真的，正如现在的段子所说的，那个时候的我，对嫦娥、后羿以及月兔、吴刚的故事一点都没有兴趣，感兴趣的只是月饼，圆圆的、香香的月饼。

月亮已经升到了头顶之上，时间也到了午夜时分。但大家仍然围坐在一起，谈论着今年全家都回来团圆了，又谈论着谁家的孩子今年没有回来，他们是应该回来的……就在大人们高兴和叹息之余，我依偎在母亲怀里，甜甜地进入了梦乡。

一转眼，我在这个叫作长安的古城已经生活了近四十年，虽然每年中秋节来临的时候，西安的各大超市、大街小巷的门市摊点，都摆满了各种各样的、包装精美华丽的月饼，甚至香港、澳门、台湾的月饼也不时出现，可我不知道为什么，总感受不到儿时过中秋的那种感觉，也再看不到那种全家人围坐在一起的幸福画面。我感到有些沉闷和孤独，常常把自己关在房间里，沉思着中秋的前世与今生！

当我今年走过古城飘红的街道，当一股浓浓的老月饼的芳香飘进我的脑海时，当我那天突然看到视频中一个奶奶在院子里祭月的时候，我突然明白了为什么小时候过中秋的记忆那么深刻，那么的念念不忘，那就是小时候过中秋时那种浓浓的仪式感，那种对大团圆、对美好生活代代相传的虔诚感，让我们把一个简单的节日过得快乐而有意义，并由此让我们感受到来自亲人浓浓的祝福、浓浓的爱意以及蕴藏于我们内心的团圆情。

想到这里，我突然间想吃月饼了。我把妻子和女儿一家叫到一起，讲我的乡村中秋故事，我多么希望中秋还是我小时候简简单单的模样，多么希望城市里的中秋还能看到那又圆又亮的月亮以及那一颗颗围着月亮闪烁着的星星，多么希望家人还能围在一起过中秋的温暖画面……尤其是当我想听嫦娥故事的时候，还是我小时候母亲给我讲的那个嫦娥。

爆米花

　　说到爆米花，年轻一点的人可能会不屑一顾，谁没有吃过呀！你不论到哪个电影院去，卖票的窗口旁边就是卖爆米花的，有小份的，也有大份的，价钱都是十几元、二十几元的，而且你想吃什么味道，是草莓的还是巧克力的，就买什么味道，根本不需要你考虑什么。

　　可童年时的爆米花却根本不是这样。

　　小时候的爆米花家当非常简单，一个两头稍尖、肚子圆鼓鼓的家伙，像炸弹，又像棒槌，浑身黑不溜秋的。"黑家伙"两端托在铁支架上，前端有个手摇的柄，柄上还有一个气压表。再有就是一个风箱和一条黑乎乎的、两米左右的已经看不出什么颜色的布口袋。风箱是用来给炉子鼓风用的，口袋是用来装爆米花的。口袋的口是用竹子固定的圆圈或者是用旧的自行车外胎和铁丝做成的圆洞门。不用时，似一条没有骨头的癞皮狗匍匐在地上；同时又似一个深不可测的黑妖洞。

　　等挑着或用人力车拉着爆米花机器的老汉到村子里，支好炉子后，不一会儿，老汉的身后，就会自然地形成一道景观：一条用碗、用盆或用茶缸装着的或白玉米或黄玉米的器具，齐齐地排成一排，就像一群等着检阅的士兵。队伍的旁边站着三五个、十来个孩子或年轻的媳妇，他们都是碗、盆或茶缸的主人。虽然盛放的器具不同，但最后都要以老汉手里的那只已经伤痕斑斑的被碰磕掉许多瓷的茶缸盛放玉米的器具为准进行收费。

　　轮到谁家了，谁家的主人就会向前挪动一下，"我要甜一点！""我要淡一点！""我要原味的！"各自提出自己需要的爆米花的味道。这时老汉就会多放一点糖精，或少放一点，或根本就不放。那时候，白糖凭票供应，一般家庭根本没有办法搞到。

放好玉米，"黑家伙"就在炉火上转动起来。此时风箱在"呼呼"地拉着，"黑家伙"在炉子上来来回回地转着，老汉在乐哈哈地唱着，孩子们在叽叽喳喳地闹着，几个小媳妇一边纳着鞋底，一边互相还和老汉开着不荤不素的玩笑，不时有阵阵的欢笑声在那个小小的氛围里回荡。

老汉尽管也不时地和大人小孩子们说笑着，但两眼却一直紧盯着手柄前的气压表。当看到气压快到时，老汉就会站起来，这个时候，小孩子们又害怕又好奇地捂着自己的耳朵，媳妇们也赶忙躲到一边去了。只见老汉一手握着手摇柄，一手握着"黑家伙"开口处的卡子，然后让"黑家伙"的口对准长口袋，一脚踩下去，只听"嘭"的一声巨响，一股白色的雾气也瞬间升起，顿时空气里便弥漫了浓浓的爆米花的香味。这个时候最热闹的就是孩子们了，因为总有一些爆米花会从袋子口飞崩出来，小孩子们抢呀，挤呀，常常是这个在地上躺着，那个在身上压着。

崩一锅爆米花，在当时并不贵，也就是二分

依稀在偏僻小巷里仍能听到爆米花的声音（李昆 供）

钱、五分钱，但在当时的条件下，还是有很多家庭不愿意拿出这个钱去爆米花。这时你总会看到有的家长一边训斥着孩子，一边把孩子向家里拉着，还哄着孩子，母亲给你回家炒，炒得比他爆得还要香。但说真的，自家炒的，真不如老汉爆的爆米花香。因为自己炒出来的，经常有很多没有炸开，有的刚刚炸开，像一个没有营养胎死腹中的小鸡似的，而且颜色也不好看，黑乎乎的。

爆好了米花，好客的媳妇就会顺手给和自己一起等的媳妇或小孩子这个抓一把，那个抓一把，有的淘气的孩子还会从中选出哪个爆米花最大，哪个爆米花小，都开开心心地吃着。

爆米花是小时候我记忆中最主要的零食，也是家家户户大都能拿得出来的零食，所以吃爆米花就是我小时候记忆里最快乐、最幸福的事情。记得女儿上小学二年级还是三年级的时候，中央电视台《生活》栏目到她们学校录一档节目，题目是：你和爸爸小时候的零食是什么？女儿拿出来的是当时盛行的妙脆角、薯片等等，给爸爸们准备的是把红薯粉条在炉子上烧一烧。女儿咬了一口，连忙吐了出来。而烧粉条就像当时的爆米花一样，是我们那一代人能吃到的零食，可现在的孩子们却一点都不愿意吃了。

虽然现在各种各样口味的爆米花不时地在我的眼前闪现，但已经少了童年的味道。虽然用那种老式的"黑家伙"机器做爆米花，现在偶尔还能在偏僻的乡村或城市的背街小巷看到，但小时候吃爆米花时那简单的味道，那一家四邻其乐融融的场景，那单纯的快乐的童年一直荡漾在我的脑海。特别是爆米花即将出炉时孩子们捂着耳朵又害怕又惊奇的眼神，仍然在我的眼前浮现。我知道，那已不是一锅简单的爆米花了，那是童年的一个记忆，那是埋在心底的难忘童年。尽管那个场景已经离我越来越远，但那个场景已经牢牢地刻印在我的记忆里了。

味道里的故乡之八

吃冰棍

小时候吃冰棍的情景到现在仍然历历在目。

那时候，每当夏天来临，小伙伴们最盼望的就是那个要么老头要么老妇扯着喉咙喊叫的"冰棍来啦！冰棍来啦"的声音了，这时候，不管小朋友们在做什么，都会一拥而上，把卖冰棍的围个严严实实。兜里有几分钱的，赶忙掏出来买一根；没有带钱的，咬着嘴巴子，明显可以看到下嘴唇上有几个红红的牙印子。

看着这些口袋里没有带钱而又盯着冰棍箱的小朋友，卖冰棍的总是说："快回家向你爸妈要钱去，冰棍快卖完了，我马上就要走了。"还故意做出推车要走的样子，吓得小朋友一溜烟儿地跑回了自己家。

当时在农村卖冰棍的都是推着一辆自行车或推着一辆自己改装的小四轮车，车架上放一只白色的木箱或泡沫箱，再盖上一床厚厚的棉被，就是全部的家当了。

说是冰棍，那可真的一点也不假，就是只有一点点甜味儿。好一点的还放点当时紧缺的白糖，差一点的，实际上就是糖精加井水冻成的。

卖冰棍的行头简单，冰棍的包装那就更简单了。通常都是一层薄薄的纸，上面印有一些当时说红不红、说绿不绿的勾线图。尽管如此，这里面却蕴含了小时候最大的快乐和幸福。

当时的冰棍并不贵，这与当时人们的生活水平低有很大的关系。那个时候，一个农村成年人劳动一天，好的也就挣四五角钱，不好的，一天也就是二三角钱。当时的冰棍大都是 2 分钱，好一点的牛奶冰棍也才 5 分钱。当我向父母保证以后一定会好好学习，给他们考个 100 分后，父亲才从衣服的角落里挤出一个 2 分钱或 5 分钱的硬币递给我。

递上 2 分钱，卖冰棍的一边收钱，一边又大叫起来："快回家找爸爸母亲要钱买冰棍了，冰棍又凉又甜。"这个时候，你想象不来卖冰棍的麻利，只见他的手掀开被子的一角，麻利地拿出一根冰棍，又像被火烫着似的，赶忙把被子又盖了上去。

拿到了冰棍，撕开了冰棍纸，可仍然舍不得扔掉那薄薄一层的冰棍纸，总是伸出小舌头，把那张薄纸舔来舔去，恨不得连冰棍纸也吃到肚子里去。

真正开始吃冰棍的时候，那可是小心翼翼地轻轻地吮一口，那个畅快淋漓，简直不可用语言形容。先是一股清凉回荡在整个的口腔，然后让人不由自主地张大嘴巴，再慢慢地一点点地吸着气，感受到冰爽一点点地向身体内流去，很快，整个身体就像走在云雾中，飘飘欲仙。

说吃冰棍，那真不叫吃，应该叫舔。一个小朋友买了一根冰棍，为了显示自己的仗义，常常叫自己的一帮朋友一起来吃。这个时候，几个小朋友都是你舔一口，我舔一口，从来没有人认为这不卫生，也从来没有人嫌弃谁嘴巴子不干净的事。因为那时候，我让你舔一口，说明咱们两个关系铁、关系硬。

特别有意思的是，有的家里孩子多，家长又没有那么多的钱，就只好给最小的孩子买一根冰棍，交代他，让其他几个姐姐哥哥各舔一口。为了自己能多吃一点，这个小不点，知道姐姐哥哥们不爱吃他的嘴巴子，就故意把整个冰棍通通舔一遍，姐姐哥哥一看，有的骂一句，有的气不过踢他一脚，就不吃了。

为了积攒买冰棍的钱，小时候的我们也是想尽办法去挣钱。那个时候来钱最快的就是夏天清晨到树林里去找知了皮，那是一种中药材，据说可以清热解毒，还可以治疗破伤风等，药房里收知了皮的价格在当时也是挺高的，四五元一斤呢！但由于知了皮太轻，想找一斤知了皮那也是很难的。于是乎，每天清晨到小树林里找知了皮，便是那个时候小朋友们的劳动课。最有趣的是，因为牙膏皮过去都是铝制作的，能够卖钱，偶尔就会发生一两个淘气的男孩子挤光牙膏，拿牙膏皮去换冰棍的事，当然，挨父母的一顿打那可是少不了的。不仅如此，还会捡废缸瓦、废纸去卖，然后才会拥有一毛钱、二毛钱、一块钱，在那个时代来说，这可是一笔不小的属于自己的财富。

吃冰棍的爽那是没的说，但吃冰棍后的幸福还没有完。吃完了冰棍，手巧的还会把吃过的冰棍棒一根一根收集起来，或编织成四方方的扇子，或做成一种散散棒游戏，供大家玩。女生们心思更细腻，还会把撕下来的冰棍纸，一张张地晾干、压平，当作自己童年的收藏，供未来的岁月一张张地欣赏回忆。

最热闹、最可笑的事莫过于吃冰棍的时候，有些爱逗乐的大人也来凑热闹，故意举着冰棍在孩子们身边走来走去，惹得那些没有买到冰棍的小孩眼巴巴地盯着那个人看。有的大人便趁机使坏，让小孩们叫他爸爸，说自己爸爸妈妈之间的事，常常是小孩子喊了这个，又喊了那个，往往会换来旁边妇女们的一阵臭骂，于是冰棍也就到了小孩子们的手里。

一转眼，几十年的岁月已经过去了。虽然叫卖冰棍的老头或妇女早已经不见踪影，虽然那一声"冰棍来啦"的叫卖声也早已经消失不闻，虽然现在各种各样、眼花缭乱的冰激凌散发着诱人的味道，甚至打一个电话就能让卖冰激凌的人送货上门，一天想吃几根就吃几根，但两鬓斑白的我，却再也找不到小时候吃冰棍时那种纯真快乐的感觉了，再也寻找不回那种你舔一口，我舔一口，小朋友们一起吃冰棍时的美好画面，以及那种唇齿间弥漫的快乐和幸福的心情了。

我想念小时候一起吃冰棍的时光，想念小时候那种没有虚伪、没有背叛、没有伤害、没有难过的时光，我愿意回到童年去。

芫荽：须臾不离的调味蔬菜

在进入城市之前，我并不知道香菜具体指代的是什么菜，因为在我进城前的思维里，那叫芫荽，一种细碎的叶、细矮的茎、每年特定季节里的味道特别的调味蔬菜。

芫荽，是豫北农村的普遍叫法。在我的老家，你要是问哪里有香菜，被问的人肯定会一问三不知，但如果你问芫荽，十有八九的人会对你说，你去田头自己拔吧。

芫荽看似细细小小、平平凡凡，但却有着不一样的精彩。特别是那种绿绿的、嫩嫩的枝叶，掐上一枝，咬上一片，顿时就会让你感受到一股清香弥漫在你的口腔，萦绕在你的肺腑。

我是从小就喜欢吃芫荽的，记得家人也是喜欢吃这种有味道的调味蔬菜的，所以记忆里最深的就是每次母亲把收割来的芫荽除留够当天要吃的，其他的先是一一摘拣干净，再用清水淘洗两遍，等晾干之后，母亲就会像给女孩子辫辫子一样，辫成一小股麻花样的芫荽串串，挂在案板旁边通风的地方，随用随取，随取随切。这样既可以让芫荽保存的时间长，而且长时间都能够享受到这种特殊的味道。

家里用到芫荽最多的就是在吃饺子、吃面或父亲在调冻肉拼盘的时候。吃饺子自然少不了这种特别提味的芫荽；吃面的时候，如果放一些新鲜的芫荽，自然也会让面的味道更上一层楼；但用得最多的，能够真正显示芫荽本事的，还是在过年的时候。我的老家每年大年初一，家家户户过去都要做一道既是菜又是主食的炖粉条。粉条是用煮肉的汤汁炖的，炖好之后，旁边的炉子上还会煨上一小锅卤头，里面放有肥瘦肉块、粉皮，还有丸子一类的东西。吃饭的时候，先用碗盛上大半碗粉条，然后再在上面浇上有肥有瘦的卤头，再撒上一把新鲜的或切碎的干芫荽，或端着，或坐着，呼呼地大吃着，好像幸福就应该是这样的。

那时候，我因为年龄小，对其他蔬菜并没有太多怎么深的印象，但对芫荽却总有一种特别的期待，认为芫荽就是最好吃的蔬菜了，尽管每次不能放开吃。有一年冬天，母亲正好不在家，我带着两个小外甥，中午准备做泡馍的时候，突然发现母亲平时辫好的芫荽串串没有了，一瞬间，就感到自己再也做不好泡馍了，于是赶忙跑到邻居家，想去要一点点。可不巧的是，邻居家的案板边，也没有了，我就又跑到第二家，才终于找到了一小截，心总算放了下来。泡馍很快就做好了，不知道我的两个小外甥喜欢不喜欢芫荽，但那天我们三个都吃得很开心。

我不仅喜欢吃芫荽，而且也特别喜欢"芫荽"这个称呼。记得散文大家吴伯箫先生在其《菜园小记》里也曾经这样说过："我特别喜欢'芫荽'这两个字，都是草字头，有了自然的美感。不仅奇香，亦奇美。……我直接把她当作《诗经》里的植物了，带着古风的诗意，芬芳在村庄。我开始爱上芫荽，如我爱上一个人。"我没有先生形容的本事，只是感到芫荽很亲切。

因为季节的原因，虽然我小时候喜欢吃芫荽，但并不能够尽兴。真正让我对芫荽可以放肆自由吃的时候，还是我毕业成家之后。但这时候，我心中念念不忘的"芫荽"已经变成"香菜"了。市民这样叫，饭店这样叫，卖菜的人也这样叫，让我这个心中一直叫"芫荽"的老家人，一时间没有反应过来，还以为是夸奖谁谁做的菜好吃的呢！偶尔在农贸市场上碰到一两个称呼"芫荽"的人，我立马感到，就好像"他乡遇故人"一样，别提多高兴了。甚至有一种冲动，想把他的芫荽全部买下来，再请他吃顿好饭才算。

但"芫荽"的称呼就像别离的情人一般，已经离我越来越远了，而"香菜"的叫声也像街上越来越多的穿着短裙、透着上衣的、大家都认识的女子一般，也越来越多地在大大小小的农贸市场、大饭店小吃摊上出现。这个时候，我心里常常有一种别样的感觉，总感觉"芫荽"才是我心中的大家闺秀。

芫荽，这个家庭中最常见的调味蔬菜，我从小吃到大的食材，真正让我了解她的出身的还是在我进入城市之后。因为不甘心"芫荽"被欺负，总想彰显她的美貌，尽显她的优雅，突出她的名门，我才慢慢明白了或了解到了"芫荽"她不一般的出身和不凡的来历。

芫荽在我国已有两千多年的种植历史了，虽然我可谓从小吃到大，但她并不是中国固有的调味蔬菜。她原产于美丽的地中海地区，汉武帝派遣张骞出使西域时，张骞从西域各国不仅带回了各种各样的奇珍异宝，也带回了各种各样的特产异物，其中便有这种我们叫了两千多年的"芫荽"。其实，芫荽最早传入中国汉代的时候，音直译为"胡荽"。只是到了十六国时期，后赵石勒做了皇帝之后，作为胡人的他，听到"胡荽、胡荽"这个称呼，感到非常刺耳，便将"胡荽"改名为"香荽"。后来又经过千百年来中国各个地方、不同民族的演变，慢慢地就有了"香菜"这个名称了。

这位来自地中海的蔬菜食材，这位来自异域的女子，经过历朝历代不同地域、不同民族的精心培育、浇灌，越来越具备了东方人的审美丰韵，也变得越来越有情调：摇曳的身材，翩翩的舞姿，芳香的身体，可爱的造型，让很多男人或女人都忍不住地顾盼留恋。

可我总觉得"芫荽"是故人，而香菜却是"今人"，而我又是一个特别怀旧的人，自然对故人就有一种难以割舍的情愫。所以，当我在农贸市场碰到她的时候，心里自然就会想到芫荽，仿佛就看到了穿着素雅的故人翩翩走来；当我在饭店里看到她的时候，芫荽就仿佛站在我面前，让我看到了她的精致、她的妩媚、她的大方；当我在小吃摊前看到她时，芫荽又像邻家的妹妹一般，让我仿佛看到了她的贴心、她的温柔、她的自然。于是也就感受到一种满足，心想，人间的美味也不过如此。

有一次周末，和妻到钟楼闲逛，因为来得太早，许多店还没有开业，于是就到了星巴克咖啡厅。当慢慢地品尝着苦中有甜的咖啡时，我突然就想起了在咖啡里放香菜的笑话。是呀，爱香菜的人没有什么不可以的。特别是在日本，才真正是把香菜吃到了极致。据《中国日报》载，最喜欢吃香菜的日本人，他们不仅茶水里可以放、啤酒里可以放、冰激凌上可以放，而且还有香菜苏打水、香菜啤酒、香菜冰激凌。

静静地享受这种美味的时候，我自然也会想到那些从来就闻不得、吃不得芫荽的人。但我能理解，这个世界就是如此，有人喜欢，就有人不喜欢。喜欢她的，思之如狂，百吃不厌；不喜欢她的，恨之入骨，如弃敝屣。决绝的两种极端。

一转眼，我也到了两鬓斑白的年龄，可我依然对芫荽这种小小的食材有着无限的兴趣。拌菜的时候离不了她，吃面的时候离不了她，喝汤的时候更是离不了她。特别是在吃饺子的时候，无论春夏秋冬，调料碗里，其他可以不放，但芫荽肯定是必放的。有的时候放一次还不够，还要让服务员再放第二次。吃火锅时更是如此，别人都是涮一些好吃的东西，可我涮得最多的就是芫荽，尽情地享受着这种蔬菜的滋润。

但说真话，虽然现在一年四季都可以买到香菜，吃什么都可以放一些香菜，但在我的心里，现在的这种香菜，总让我感受到缺少了一点什么，总不如小时候母亲把芫荽辫成麻花状时的那种当初的感觉，那种家里的味道。我常常怀疑，难道眼前的这香菜，是因为生活有了起色让我的口味变了，还是因为这所谓的香菜不再是过去的那种芫荽？

芫荽，这个植物世界里的一分子，这个传承两千余年的称呼，也许再过不久，就会消失在岁月的风雨中，但那曾经经过母亲之手编织成的一串串的芫荽记忆和味道，也许永远都会我的记忆中了。

胡萝卜：有人爱，就有人不爱

有我最爱的，就有我最不爱的。我写了我最爱的芫荽，今天就来说说我最不爱的胡萝卜。

不爱胡萝卜，不是对她什么都不爱，只是不喜欢她的那种味道。但胡萝卜那青春亮丽的橙红色的外表，那一袭美人般的修长身材，无论是在超市还是田间地头甚至是农贸超市，你只要看到，还总是忍不住地想多看她几眼，感情上也总是有些依依不舍。无论怎么样，胡萝卜，都是我眼中情人般的美人，却又是无论怎么样，都是我永远不会爱上的情人。

小时候，每年二月份，寒风尚未远去，春天已一步步走近，就是农民伯伯开始撒种胡萝卜的时候了。再经过七至十天的等待，从湿润润的土壤中便钻出一株株稚嫩的小苗，就像刚刚出生的小孩子头上的头发。但胡萝卜也没有着急，也在一点点地、慢慢地等待着自己长大的机会。农民伯伯更不害怕，因为他们知道，这小小的胡萝卜的生长，就像小女孩慢慢长大一样，女大十八变，以后会一天天变得更漂亮的。

随着春天的到来，天气一天天变暖，特别是进入雨水之后，绵绵的细雨悄无声息地滋润着田野里的胡萝卜苗，这时的胡萝卜就像被打了气似的，噌噌噌地往上长。头顶的胡萝卜缨更长、更密了，身子骨也比原来长粗了一些。这时的胡萝卜，就像一个害羞的小姑娘，偷偷地从土壤缝里钻出了橙中带绿的头来，躲在密密的胡萝卜缨下，静静地看着外面这个新奇的世界，就像过去从来没有出过大门的闺秀一样，躲在窗帘后，第一次看到自己府上来的俊俊的后生一般。尽管此时胡萝卜有一个苗条的身材，头上也长出了更加茂密的漂亮的辫子，身子骨也在一天天地丰满起来，但注意她的人并不会太多。

真正让男人女人大眼小眼齐刷刷地注视胡萝卜的时候，已经到小雪节气了，此时的胡萝卜已经悄然长成了一个个长圆锥形、颜色透红或透黄的丰满的大姑娘了。这时候，田野上，人们在尽情地拔着胡萝卜。一边拔一边吃，那鲜嫩脆甜的味道，仿佛一个美丽的新嫁娘，人见人爱。谁吃了都会说一句："真鲜！真甜！真脆！"那说话时的口气，吃胡萝卜的动态，好像再也没有什么比这更好吃的啦！

说真的，这个时候长在地里的胡萝卜，无论从外表还是内心，都是我心中的一个拥有漂亮外表的、风姿绰约的美人，一个从内到外让人敬佩的、十分完美的优雅情人。

那时，胡萝卜都是由生产队集中收获后，再分到每家每户。虽然分到我家里的胡萝卜并不是太多，但父母还是会把其中一部分放到放红薯的地窖里，其他有铲痕的或残疾的甚至半截子的，父亲就会在院子的一角挖个半米见深的坑，把这些胡萝卜全埋在了里面，随吃随挖。像红薯一样，省吃减吃，要吃到第二年的三四月份。

胡萝卜不仅外表美丽、肉质细密、质地脆嫩，而且还富含胡萝卜素、维生素 C 和 B 族维生素以及钙、磷、铁等矿物质，对于增强人体的免疫能力，预防上皮细胞癌变都有重要作用。可这样既有营养且美丽的胡萝卜，我常常对之退避三舍，敬而远之。我常常想，是我从小就对她有过什么过节而不喜欢她呢？还是因为什么时候对她有过怨恨而开始不喜欢她？我托着自己的脑袋，仔细地想着我和胡萝卜相识的前世今生，顿时过去的一幕幕情景闪现在我眼前。

过去生产队实行敲铃上工，一起劳动，一起吃大锅饭。虽然我那时年龄尚小，但也开始给家里挣工分了。虽然和成人比起来，我只能挣 5 分（成人是 10 分），但我也已经满足了。到吃大锅饭的时候，盛饭的师傅一般都是先在大老碗里盛上几乎可以摞起来的胡萝卜或红薯，等你吃完后，才会每人发一个那种杠子馍。如果馍多，倒不怕，反正一人一个，但就怕馍少，等你吃完了，馍也没有了。

不仅集体的大锅饭里天天有胡萝卜，自家的早晚稀饭碗里也不会少了胡萝卜，而且只要一放进胡萝卜，整个稀饭的味道就全变了。特别是当你还得先吃完满满一碗胡萝卜，才能吃到馍，那种不得不吃的憋屈真的让人受不了。直到现在，每每想起来那时吃胡萝卜的情景，我的胃里顿时就有一种本能的反应，仿佛立马就能感觉到浑身冒出的胡萝卜的味道。也许正是从那时开始，我对胡萝卜从心里就有一种排斥。可在当时的农村，胡萝卜又是一种主要的蔬菜或主食，除了下锅煮着吃之外，生调胡萝卜丝、锅炒胡萝卜丝，甚至连包的包子或饺子都含有胡萝卜。但那时又没有更多的别的蔬菜，不吃又没有办法。只好尽量想着办法不去吃，有的时候情愿往碗里放点盐，或者倒进一点酱油；吃包子或饺子时，要么不吃，要么不惜花费时间，也要把里面的胡萝卜一点点地、一丝丝地挑出来。

记得上高中时，到西林召的姨家去，姨并不知道我不吃胡萝卜，一见我去，高兴得不得了，赶忙去买肉准备给我包饺子吃。当时并没有想太多，可等姨端上来一看，咬了一口，我一下子傻眼了，姨是用猪肉和胡萝卜做成的饺子。吃吧，心里难受；不吃吧，饿着不说，又怕拂了姨的面。想来思去，只好趁姨不注意的时候，悄悄地在自己的口袋里放进去一张厚纸，然后把挑出来的胡萝卜丝悄悄地放进口袋里。从姨家一出来，连忙把这些东西扔掉了，就这还不行，回家后，还自己动手把口袋打上肥皂洗了好几遍。

还有一次，是在我高考期间。那时，本家大哥到县城去，正好我第一门功课考完，准备去吃饭，大哥就带我到了旁边的小饭馆。大哥说："你今天辛苦，咱们俩今天吃些好吃的，就点个炖排骨。"我一听，也特别高兴。但端上来一看，我顿时傻眼了，原来排骨竟然是和胡萝卜一起炖的，我一下子就没有了胃口。虽然大哥在一旁不停地催促我趁热吃，可我却再也没有吃的兴致了。挑了几块排骨一吃，就对大哥说："我吃好了"，逃也似的跑走了。

完全自由地可以不吃胡萝卜，是在我考上大学之后以及参加工作之后。那时的学校食堂每顿都有好几种菜可以挑选的；成家后，妻子也很照顾我，基本上不买胡萝卜，更是很少做有胡萝卜的菜肴。但没有想到，正如同我喜欢吃芫荽一样，单位的一个同事，也是我特别好的朋友，他和我恰恰相反，对芫荽有一种天生的反感，不但不吃，连闻一闻都感到难受，但他又特别喜欢吃胡萝卜。

虽然我们俩在吃这两样蔬菜上口味完全相反，但这并不影响我们之间的情谊，更不影响我们两个一起吃饭。他不爱吃的芫荽，我可以把他的那一份芫荽全放进我的碗里，而我不愿意吃的胡萝卜，也被他全夹进了他的碗里。在这一点上，我们俩就特别地互补，所以直到现在，我从心里也特别感谢这位朋友。

我常常想，是什么原因让我如此地喜欢青春亮丽的胡萝卜，而又让我对胡萝卜如此地反胃呢？是从小吃得太多的缘故，还是她本身发出来的那种与众不同的带有中药一样的味道，也许都有吧！

胡萝卜是 13 世纪从伊朗引入中国的外来蔬菜品种，距今已有七八百年的历史了，但这么多年来，并没有改变她本来的口味。我虽然也从乡下来到城市近四十年了，但依然也没有改变自己不吃胡萝卜的习惯，相信自己以后还是不会吃胡萝卜的。

虽然至今，我仍然没有爱吃胡萝卜的意思，但每每想起过去那个时代胡萝卜能救命于广大的劳苦百姓，我还是对她心有敬畏，值得我深深地怀念。不管如何，从我的内心来说，这一辈子，我是永远都不会爱上这个美丽的情人的。

味道里的故乡之十一

山药：从高不可攀到走入寻常之家

山药，又名怀山药、铁棍山药，是我老家的特产，它在我国已有 3000 多年的种植历史了。据史料记载，公元前 734 年，河南北部的小国卫国就曾向周王室进贡过山药，被周王室称为"神物"。唐宋时期，怀山药更是通过丝绸之路进入西亚和西欧各国。明时，依借郑和下西洋团队，山药更是传入中东、东非、南非等国，在海外享有"华药"的美誉。到了清朝，山药自然也是皇家贡品。1914 年，铁棍山药在巴拿马运河通船万园博览会上展出获得金奖，成为大家眼中的珍稀佳品。到了现在，河南省温县是铁棍山药的地理标识原产地。

不仅如此，加工后的山药，细白如玉，苗条舒展。每年冬天来临之际，生产队主要劳力就会聚集队部，把收获来的山药，先是用一种特制的刮刀把山药皮刮掉，同时为了更好地保存，再放进笼里熏制，加工成筷子长短、手指粗细的山药。那时当你看到这被加工好的长短一样、粗细一样的白白的山药，你一定会惊叹：她是那样的冰清玉洁，又是那样的俊美高傲，既有拒人千里之外的眼神，又有他物不可相比的优雅，就像出身名门的大家闺秀一样。

如此高的评价，如此的华丽身份，在 20 世纪的七八十年代，老家的山药可是标准的高不可攀的稀罕食材，不但一般人根本吃不到，就连辛辛苦苦种养它的人也难以吃到，能吃到的，就是刮山药时被刮下的山药皮，以及捡到的山药蛋。

记得母亲把分到的山药皮用碗或盆带回家后，再拌入少得可怜的面粉，放入一个铁制的叫作"小鏊"的类似于现在电饼铛的器具里，烤成一个小小的饼子。这样的山药皮饼，吃起来嘴里麻麻的，一点也不好吃，可那个年代，不吃就要饿肚子。山药蛋是山药秧上结的一种大小如花生米一样的果实，常常被母亲放进锅里，当作除了红薯、胡萝卜之外的另外一种食品。每次吃过之后，我总是忍不住地赶快漱漱口。

我曾经问过父亲，队里种的山药，为什么不让自己种的人吃呢？为什么不多种一些山药，这样大家不是就可以吃到好山药了吗？

父亲告诉我，那根本不可能的，土地就那么多，种了这个山药，就种不成粮食了。20世纪七八十年代，正是"以粮为纲"的时候，粮食产量低，很多地方还没有实现温饱，自然也就不会拿出更多的地块种植山药了。而且山药这种经济作物，有其特殊的要求，那就是不能连续在一块田里种植。因为山药对土壤里的营养，也就是农民所说的地力吸收性强，同一块土地，五年内只能种植一次。如果你再种山药，无论是山药的产量还是质量，都会大大降低。所以民间才有这样的俗语：怀山药生长一次，拔尽十年山川地气。但是不种不行，国家要用它去换取外汇；种它，只能少量，尽量优先种植能填饱人们肚皮的粮食。

父亲的话尽管当时的我不是很理解，但农民挖山药的艰难，又常常让我心里酸楚十分。每年冬天降临的时候，行走在老家的大地上，看着农民伯伯冒着寒风，甚至冒雪挖山药的情景，总是让我忍不住地眼泪汪汪，因为我的父亲同他们一样，也曾经站在一米多深的土沟里，手握着铁锨，一点点地刨去每根山药周围的湿土。那表情，那眼神，真可谓是"聚精会神，一丝不苟"。因为山药埋得深，又容易折断，并且挖着前面，你还得照顾到左右及后面。所以，挖一亩地的山药，常常需要花费一个月左右，仔细、认真。如果挖断一根，就会少卖很多钱，所以老人们常说，挖山药就好比人们在土中寻宝，简直太辛苦了。唯恐因为自己的一不小心，把山药挖断了，农民一年的收入就要大打折扣了。

也许有人会问，既然山药如此有营养，又能给国家换来外汇，国家为什么不大力研究，在别的省份广泛种植呢？国家不是不想，而是心有余而力不足。通过查找的大量资料证明，国家早在 20 世纪 20 年代，就曾经从山西的太古县引进了产量较高的山药品种到温县种植，可引种几年后，却发现引进的山西太古的山药品种，味道与药力均达不到温县的山药水平。到了 20 世纪70 年代，政府为缓解山药供应紧张，曾组织 18 省区到山药种植地引种，结果山药品种在其他地区种植后，很快就出现品种退化、药力大减的现象。

抗战时期，日本曾派本国的专家将山药产区内的土壤悄悄地运回，调集各类专家进行分析研究并尝试调配土壤进行山药等中药材的种植实验，结果其药力仍大大下降。

当政府又一次认识到要发展山药种植的时候，就从天时、地利等各个方面加紧了对山药的研究工作。原来，旧时怀庆府所管辖区域，即今天的温县、孟州、武陟、博爱、沁阳有着得天独厚的地理优势。这里的气候环境被专家总结为"春不过旱、夏不过热、秋不过涝、冬不过冷"，特别适合山药的生长。再加上这里土壤的形成主要是以黄河沁河冲积为主，并吸纳了北依太行山岩溶地貌经雨水冲刷渗透而来的成分，逐渐形成了这里疏松肥沃、与众不同的黄土地，从而为山药能够冠绝天下提供了最好生长的基本条件。如同阿胶以山东东阿、人参以长白山为正宗一样，山药（铁棍山药）也成为大家公认的以河南省怀庆府所产的最好。不仅如此，地方政府的支持，政策上的扶持，也给老百姓心里种下了种植山药的希望。

一股春风吹开了古怀庆府地域的冻土，一把铁锨启动了温县、武陟周边百姓的希望。于是山药成了温县等地域农民致富的根本。

等我在一个秋末冬初再一次回到老家，踏上古怀庆府大地的时候，当走进我熟悉的亲戚家、老师家、同学家的时候，我被马路两边摆放的一捆捆山药、饭桌盘子里盛放的一段段白玉般的山药惊呆了。几年不见，山药，这个曾经高不可攀的冷美人终于走到了寻常百姓家中，成为普通老百姓碗里的"贵族"。

那天，我在哥哥家拿起一截细长的山药，对哥哥说："我来帮你刮。"嫂子连忙拦住了我："你快放下吧，沾到皮肤上很痒痒的。"嫂子的一句话，让我马上想到了小时候的一个场景。记得跟母亲在生产队刮山药的时候，就知道山药的汁液沾到皮肤上会痒痒的，于是几个小伙伴故意把山药悄悄地在谁的胳膊上按一下，说是盖个章子。最可笑的是，那时小伙伴的裤子都是松紧绳穿起来的，其中一个小伙伴故意把其中一个小伙伴的裤子突然拉下，就在他的屁股上盖了一个章子。大家相互追逐着，打闹着。还有一次，在那个食物匮乏的年代，偷吃山药蛋也是小朋友们在秋天最爱干的事，生的山药蛋不好吃，小伙伴们就商量着烤熟了再吃。于是从山药秧下偷偷摘下一些稍稍大的，挖一个小坑，放上柴火，烧了起来。过一会儿，再扒开火堆，仔细寻找，边腾挪着双手，边用牙齿轻轻地咬着，聊以慰藉那个时代肚子空空的寂寞。

去年节后回老家，走访西南冷村的亲戚，才发现他们创办的铁棍山药厂目前已经开发出山药粉、山药饮片、山药挂面、山药酥、山药醋、山药脆片、山药果脯、山药酒等60多个品种，不禁为其感慨和自豪。

山药，一个曾经高不可攀的冷美人，如今已经真正地走入了寻常百姓之家，成为老家的一个标识性品牌，成为国家农产品的一个地理商标，我真的要为这个曾经心中念叨几十年的美人点一个赞。

"北方有佳人，绝世而独立。"李延年这首歌唱心中美人的诗句，现在套用到豫北的山药身上，再没有这样恰当了。但愿美人永驻人间，成为百姓口中的一道美食，一份佳肴。

味道里的故乡之十二

红薯：越来越受到喜爱的食物

　　如果说山药是从高不可攀走入寻常百姓之家的美人的话，红薯却恰恰相反，是从寻常百姓之家登上高雅之堂的丽人。

　　虽说红薯是 16 世纪末叶才从南洋引入中国的，时间也只有短短的不到三百年，但对中国人来说，那可是中国粮食史上的一项重大革命。现今的中国，不仅是世界上种植红薯面积最多的国家，而且红薯的总产量也居世界首位。

　　对 20 世纪六七十年代的中国来说，红薯那可是北方人们的主要口粮，又被戏称为硬邦邦的"拳头口粮"。我对红薯更是有一段刻骨铭心的记忆。

　　那时候，红薯可以说是一个家庭的主要食粮。从种红薯开始到收获红薯，农民都一直在吃着红薯。那时红薯的种植，都是先在生产队的田里用红薯原块育苗，当红薯上长出一根根绿色的藤蔓时，这些藤蔓就成了红薯种苗，而剩下的、最初作为种子的、现在还埋在土里的红薯就成了种红薯队员优先可以吃到的红薯。

　　种在地里的红薯成活了，慢慢地，红薯苗下面的土也开始一点点地裂开了缝，从这时开始，地里的红薯就成为大人小孩时时关注的食物了。

　　红薯秧下的缝隙一天天变宽，预示着红薯也在一天天地长大。到了霜降前夕，忙了大半年的农民也开始收获自己种下的红薯了。这时，除了生产队留够、备用之外，每一家都会分上一两辆架子车、大约一两千斤的红薯。生产队的，统一储藏在各自的"大屋窖"里；分到家里的，除了房间留下最近要吃的之外，其余的也都被下到了自家的红薯窖中。这些红薯窖有的在室外，有的在室内。室外的，放一块木板甚至一捆杂草盖住洞口就可以了，也不怕被人偷。这些红薯，要一直从当年的十月吃到第二年的四五月份。

也就是从收获红薯到家开始，每一户、每一天升起的炊烟中，大人小孩手里有生吃着的红薯，早晚稀饭锅里有煮着的红薯，一笼笼新蒸出的锅里有已经裂开皮的红薯，放在火堆里有烤出的焦皮红薯，还有放在一种叫作"鏊"的生铁铸成的容器里炕出的红薯，以及小麦田里正在晾晒的、一畦畦的便于保存的切成片的红薯，把红薯磨成粉、打成末可以做成硬硬的红薯粉条、粉皮。可以说，那时候整个乡村流动的空气中，每一个男人女人、大人小孩呼出的气中，每一个毛孔散发出的代谢中，甚至连自己干活的汗水中，都能泛出或弥漫出一种浓浓的、甜津津的味道。那时的红薯，就像一个出身于寻常百姓之家的佣人，每天都在任劳任怨地填饱着每一个人的肚子。

红薯给我印象最深的是在生产队集体劳动，吃大锅饭之时。因为小麦面少，所以白馍馍也少。吃饭的时候，在生产队负责打饭的师傅总是给每一个劳动的人先盛上满满一大老碗煮红薯，再配发一个白馍。可你想一想，一大老碗的煮红薯吃完了，也就基本上吃饱了，白馍自然也就吃少了。可对那个时候正长身体的我来说，虽然也在慢腾腾地吃着一大碗红薯，但眼睛却一直紧盯着那个白白的杠子馍，唯恐碗里的红薯吃不完，分不到那个白馍了。

在自家一天到晚吃红薯之外，即使走亲戚、串个门，大家也都是以红薯招待。有一次，我无意识地走到了村头的本家嫂子门口，嫂子一看见，大声地叫着我，说："你来得正好！刚刚把红薯蒸熟了，又甜又绵，快趁热吃。"一边说，一边就从冒着热气的锅里拿出一个长长的红薯，因为烫手，红薯在嫂子的两只手里倒腾着，转眼就递到了我的手里，紧接着，就是我的两只手在互相倒腾着手心的红薯。

虽然红薯传到河南还不到三百年的时间，但红薯对那个时期的河南人来说，却是非常的重要。特别是在三年困难时期，那时我年龄尚小，家里并没有多余的别的食物可以吃。等到稍微大一些，即五六岁、七八岁时，当我面对每天锅里的红薯稍露不满或者趁大人没有看到，想丢掉碗里的红薯时，不管是父亲还是母亲看到，总会对我说："能吃上红薯已经很不错了，你还敢挑食！如果不是有红薯，那时还不知道要饿死多少人呢！"说完这话，还不忘记最后强调一句："你可不敢作，也不敢浪费红薯！那样老天爷会惩罚你的。"

老天爷会不会惩罚，我不知道，但父亲用鞋底打屁股却是实实在在疼在自己身上。为了防止父亲再用鞋底打，只好慢慢地一小口、一小口地吃着红薯。那时心里最大的念想，就是一定要好好学习，走出这个吃红薯的农村，以后再也不想吃红薯了。

虽然我不爱吃红薯，但在我的记忆里，最好吃的红薯美食莫过于母亲为改善我们的生活而做的油煎红薯片。说是油煎，实在是夸大了油的作用。因为每次做的时候，母亲把本来就没有多少油的罐罐用小勺子不知道刮了多少遍后，才会把切成片片的生红薯放在那个叫"鏊"的圆形器具里。红薯还没有烤好，流着口水的我就早已等不住了，不停地问母亲熟了没有。

红薯也并非没有带给我童年时候的快乐。记得那时男孩女孩最喜欢玩的一种手工劳动就是从红薯长出的长长的红薯秧上折取一些带叶的茎，然后一正一反地折成一条条绿色的"项链"和"手链"，戴在脖子上或手腕上。那绿色的"项链""手链"，在小伙伴们的脖子上、手腕上一上一下翻腾着，别具一番乐趣。

到田里偷挖红薯那可是一场既紧张又刺激的事。那个时候，每天最大的感受就是没吃饱，所以常常借放学给猪拔猪草之际，偷偷地挖一两个红薯，在衣服、裤子上擦两下，就吃开了，也没想过卫不卫生。但偷挖红薯也是有讲究的，不能在一株红薯秧上或相邻的秧上连着挖，那样很容易就会被人发现。于是，常常今天在这块田里挖一个，明天在那块田里挖一个，今天在这株红薯苗根部挖一个，明天在那株红薯苗根部挖一个。有的时候正在聚精会神地挖的时候，冷不丁发现看护红薯田的人就站在了你的身后，那一惊，别提多吓人了。

对男孩子们来说，钻红薯窖上下玩更是一种充满乐趣的冒险。几个男孩一同下到谁家的红薯窖中，在下面一边吃，一边玩，过一会儿，一个个像泥猴子一般，又一个个爬将上来。有的小女孩也喜欢跟着我们这样玩，但被她父母看到了，免不了被骂一顿，但骂归骂，一溜烟也就忘记了，该玩照样玩。

风水轮流转，三十年河东，四十年河西。没有想到，进入 2000 年之后，特别是最近的十来年里，红薯却有了一个华丽的转身，一下子成为众多城里人，甚至是农村人眼中的"佳丽"。

有一年冬天，我和同事饭后在一条巷子闲逛，同事看到一个老人正在卖烤红薯，她急急走过去的样子，急切想得到的眼神，让我这个从小吃惯了红薯的人真的大吃一惊。她先是自己买了一个，又准备给我买一个，我连忙说："我不吃。"她顿时显出一脸的吃惊："特别甜的。"一边吃，她一边问我："李老师，您知道吗，冬天最幸福的事情是什么吗？"我摇了摇头。同事接着就告诉了我谜底："是一边和自己喜欢的人吃着烤红薯，一边可以把双手插入男朋友的口袋里暖手。"还没说完，同事自己就哈哈大笑开了，她那种无言的幸福自然也飘到了我的脸上。

尽管我从内心依然对红薯不是那么亲热，但我还是对现在大街小巷、超市小店卖着各种各样的红薯或红薯产品感到高兴，因为一辈子和土地打着交道的农民真的太不容易了，从种植到收获，每一个红薯，农民都不知道要流下多少汗水。况且经过专家的研究，红薯不仅具有抗癌，保护心脏，预防肺气肿、糖尿病等功效，而且对于那些肥胖的男男女女来说，红薯还具有明显的减肥作用，是一种很有营养的经济作物，有着"长寿食品"的美誉。所以，红薯再也不是过去人们没有食物吃时的"拳头口粮"，而是一种从温饱层次转变为关心自身的健康食品。这也就不难理解，为什么现在红薯既是星级大饭店菜谱上的菜品，又是路边摊的网红美食。红薯这时候，才真正地从过去的用人转身变成了一个华美丽人。

那年秋天，我又一次回到了老家。听嫂子说，在老家的地头，她也种了几十株红薯苗，我一听，就不由得有些激动起来。我问清楚了地块，正想奔过去，嫂子说，她正好也要过去拔拔草。当我又一次站在不大的红薯地里的时候，耳边正吹过一股股的来自田野的风。嫂子说："现在红薯在农村也成稀罕物了，田间地头、房前屋后种那么一点，就够全家人尝个鲜味了。"嫂子的话，惊醒了沉思中的我，我弯下腰，轻轻地扒开脚边的一株红薯苗根部，只见四五个红莹莹的红薯依偎在一起，那么的安怡和舒适。我轻轻地摘下其中一个小红薯，又赶快用土填了起来。我把红薯在手心里擦了擦，轻轻地咬了一口，顿时，那个无忧无虑的童年的我又回来了。

对很多出生于 20 世纪的人来说，红薯是救命粮，是一种无法忘记的记忆，对我来说，更是一种无法排遣的、割不舍的乡愁；对现今的人们来说，红薯是一种美味，是一种健康，是一种对美好生活的向往。

尽管现在我对红薯仍然有一种若即若离的感觉，但每每看到超市或小店甚至看到偏僻的小巷子里，那个烤着红薯的大圆铁桶时，依然舍不得立马离开，总喜欢再多看看那个熟悉的颜色，多闻闻那个熟悉的味道，甚至想感受一下那个烫烫的烤红薯在自己手心里不停翻腾着的情景。

味道里的故乡之十三

香椿：令人喜爱的"树上蔬菜"

老家的后院子里有一棵香椿树，大人胳膊般粗细，生长在许多树林中间，位置也不是特别靠前，不太引人注意，所以，你如果不仔细看，还真的一眼看不出来是哪一棵。在我的眼里，那可不是一般的树。

我因为喜欢吃香椿的缘故，所以爱屋及乌，也对家里这棵唯一的香椿树怀有一种特殊的情感。看不得谁没事的时候摇动她，也看不得谁拿着铅笔或小棍在上面刻画什么。尤其是到了春天香椿发芽的时候，更是盯得紧紧地，甚至上学前、放学后，都会忍不住地想去观察一番。

我家的这棵香椿树并不粗，像成年人的胳膊粗细，但却有两三丈高。每年大地还在初暖乍寒之时，香椿就带着一丝春天的气息，在枝干的顶部冒出了青中带红的嫩芽，就像农村的父母给自己的女儿头上随便绑了一个朝天辫子一样，给人们送来了春天里的第一种欲罢不能的相思。这个时候如果再有一场春雨，再有几天好时辰，香椿芽更是像输入了营养一般，见风就长，短短的十几天工夫，就长出了半拃长的鲜嫩鲜嫩的顶芽。微风一吹，顿时让人感到心清气爽。

香椿好吃，但采摘却并不容易。在我们那里，最常用的办法就是选择一根细长的竹竿，在顶端绑上一个用粗铁丝弯成的钩子。父亲当然也是这样，他把铁钩子慢慢地伸向长有嫩香椿叶的嫩枝，然后轻轻地一拧，"咯嘣"一声，只见一束带把的鲜嫩的香椿就被拧了下来，慢悠悠、轻飘飘地飘落下来，而我就在这一瞬间，迅速地把香椿接到手里，放到篮子里。做这种活计，虽然不是重体力活，但最累人的就是脖子，因为你得长时间地抬着头，长时间地举着竹竿，所以够不到几回，你就会感到脖子也酸，胳膊也疼，有些支持不住。但这并不能阻止父亲采摘香椿，因为父亲知道，"雨前香椿嫩如丝，雨后香椿长寨子"。香椿是一种时令性很强的野菜，鲜嫩味香也就那么几天，所以，趁嫩赶快采摘，吃起来味道就会更好。

父亲告诉我，香椿在春季，一般也就可以收取两三茬，但真正好吃的、鲜嫩的、清香的还要数第一茬。这时的香椿你无论是做香椿炒鸡蛋，还是香椿拌豆腐，甚至只是香椿本身拌一拌，也是清香扑鼻，回味无穷。

虽然采摘香椿、吃香椿是让人快乐和幸福的事，但对我来说，尤其是采摘香椿的时候，我的心里常常有一种难言的伤痛，甚至有一种矛盾的心理。我很喜欢吃香椿，但看到刚刚长出的、鲜嫩的香椿芽就被无情地去头，折枝，心里就甚是难受。我能想象到香椿树内心的痛感，却也挡不住香椿美味的诱惑，所以每每处于矛盾之中，辗转反侧，不知道如何是好。

我是从很小的时候起，就喜欢吃香椿的，因为喜欢吃香椿，所以从过去到现在，每每地提起香椿，甚至涉及与香椿有关的事情，也总会不由自主地在心中感到一种亲切，有一种别样的情感涌上心头。

香椿是一种原产于中国的树木，中国人从很早的时候起，就有食用香椿的习惯。特别是香椿芽营养丰富，所以自古香椿就被人们称为"树上蔬菜"、长寿食品。就是到了现在，当人们的生活水平有了进一步提高之后，香椿更是成为人们品尝春天的第一种味道的罕物。许多饭店、许多家庭，都会订购或采摘一些新鲜香椿，尝一尝春天的味道。

当然，我也不例外。每年春天香椿下来的时候，尽管这时的香椿价钱比较贵，但还是挡不住其鲜嫩的诱惑，我会早早地到农贸市场上去采买几把新鲜的香椿，回来之后，要么和鸡蛋一起炒，要么买来一块鲜嫩豆腐，做成香椿拌豆腐。即就是单纯地把香椿用水焯一下，切成碎末，调制一下，也会让我忍不住地闭上眼睛，好好地享受这一刻风中、口中这一道充满独特味道的菜。

　　仅是这样，也不算是对香椿有什么特殊的情感，为了让自己享受到更多的香椿，我也会利用爬山旅游的机会，到山民家里购买一些。这里的香椿更多，价钱还公道，这时，我就会买上许多。回来之后，先挑拣一下，把那些老皮、老根去掉，用清水淘洗晾干，然后在案板上，拿起一把香椿，取一些食盐，轻轻地揉搓着，接着一层层地摆放在大瓶子里或小罐子里。三天之后，就可以吃了。

　　老家的嫂子也知道我对香椿的喜欢。有一次回老家，准备走时，嫂子说："家里也没有什么给你带，这是今年我收摘的新鲜香椿，给你带一些吧。"一听说有香椿，浑身所有的神经一下子都被愉悦起来了，我赶忙问嫂子："现在还有香椿？"嫂子说，这是她在村里的大坑边上让哥哥采摘了一些，怕一时间又吃不完，放坏了，就用开水把香椿焯了焯，保存在冰箱里，这样就可以吃很长一段时间。我取了一截，放在嘴里一尝，味道还真是不错的，有点桑眼般地、也没有客气，带了一小包回来，吃了很长时间。

　　新鲜的香椿终究会有吃完的时候，自己又是那么地喜欢香椿，于是就想学着自己种植。几年前，看到网上有关于邮购香椿种子的，忍不住好奇，就购买了一袋。可种下之后，却什么也没有长出来。一想，肯定是自己上当了，打电话过去问销售者，销售者却认为是我没有对种子进行催芽导致的，听他这么一说，也只好就此作罢，再没有心思自己种植了。

　　不会种植，并没有影响我对香椿的热爱。特别是随着现在快递业的发展，网络上香椿的销售也越来越方便，店铺也越来越多，尤其是陕西蓝田的歪嘴崖香椿、山东临沂的腌制香椿更是成为我经常网购的菜肴。他们的店铺我经常联系，只要剩下一瓶时，我就会立马让递补上。为此，妻子常常嘲笑我，说我是蓝田香椿的代言人，因为几十年来，蓝田的歪嘴崖香椿店铺一直和我保持着联系。

　　我不仅喜欢吃，而且还会利用香椿的嫩枝条制作一种椿笛。同柳枝一样，截取一段整齐的椿枝条，轻轻地扭动几下，就可以抽出中间的硬木，只剩下一截椿皮了，再把一端顶头的嫩皮削去一层，一个漂亮的椿笛就制作好了。含在嘴里轻轻地一吹，散发着清香的椿笛就弥漫在整个的口腔，笛声就响彻在春天的树林里，回荡在绿色的春天中。

在采摘香椿的季节，还会在香椿树干上发现一种蠕动着的虫子，我们把她叫作花姑娘。她外面的罩裙上镶满了圆形的黑色斑点，张开翅膀后，就会露出里面鲜红的裙子，别提多漂亮了。虽然这种虫子常常会发出一股难闻的味道，但在那个没有什么可玩的年代，逮上一只放在瓶子里看着她爬，看着她滑下来，再滑下来……也慢慢消遣掉了那个无忧无虑的童年时代。

一转眼，我已经在这个城市生活近四十年了，从前那个满头黑发的少年目前也已是两鬓斑白。虽然老家后院子的那棵香椿树早在我上大学的年代就被挖掉，盖上了房子，但从小吃着香椿的我，是断然不会忘记老家香椿的味道的，也断然不会忘记父亲手中那根长长的用来采摘香椿的竹竿，尽管我在城市里这么多年再也没有用过它来采摘香椿了。

"人间烟火味，最抚凡人心。"香椿作为城乡每年第一股春天的味道，经过了五六十年的口味变换，依然是我心中最爱的知己，依然让我对她是如此的倾心，甚至每每地想起故乡之时，嘴里轻轻地咀嚼着香椿，常常让我心头一酸，潸然泪下。

香椿，这个我一生中的最爱，也是让我最为思念的美人，就这样从过去到现在，一直让我怀揣着青春的梦想，追随着她的脚步，而且还会一直追随下去。

我忆着香椿，忆着故乡，忆着曾经的父母，仿佛就看到了一条不断延伸着的通向故乡的路。

碾转：无法忘记的"尝鲜"食物

碾转，就像童年时代邻家的妹妹一般，已经有很多年没有听人说起过了，但只要看到、听到这个早已沉睡在岁月深处的词，就会不由自主地唤起内心深处的记忆，把你一下子带回到无忧无虑的岁月，带回到那个充满欢笑的童年。

碾转，是豫北乡下的一种地方特色小吃，距今已有1000多年的历史。清代的潘荣陛在《帝京岁时纪胜·时品》里就有"麦青作撵转，麦仁作肉粥"之说。对于普通的老百姓来说，碾转是过去农村青黄不接之时，临时用来当饭充饥延时续命的食物。

几十年过去了，这个我曾经在许多农村见过、吃过的食物，现在却变成城里人甚至农村人都稀罕的、难得一见的食品，成了农民尝鲜的季节性食品。

小麦起源于亚洲西部，中国是世界最早种植小麦的国家之一，中原地区自古以来更是中国的大粮仓，我的老家温县也是全国著名的产粮大县，《中国青年报》报道的全国第一个吨粮田就在河南温县。可在过去那个特殊的岁月里，产粮大县，每天种粮的农民也常常饥一顿，饱一顿。特别是到了每年的五月中下旬，青黄不接之时，家中的瓮已干净得如脸一样，而此时地里的麦子尚未成熟。劳累一天的农民，望着孩子们眼巴巴的神情，听着自己肚子里的咕咕叫声，泛着口水的嘴巴却没有食物可以填饱，于是，只好狠下心来，割来一把青绿色的、还没有成熟的小麦来想办法解一时的肚子之饿。于是碾转这种特定时期的应急之物就出现了。

碾转，并不是什么时候都可以做的，做碾转的最佳时机就是小满时节的前后几天。那时，小麦麦浆即将饱满，还泛着青，麦粒里的糖分还没有完全转化成淀粉，此时的麦粒鲜嫩，又没有完全成熟。这时候，你用手轻轻地一掐，就能掐出浓浓的麦浆水来，这才是做碾转最好的麦穗了。如果太青，碾压不成；再等长大，麦粒已经变黄，也就不适合做碾转了。记得父亲带我到麦田里时，他只要用手轻轻地一捏，再放到嘴里一咬，就知道能不能做碾转了。

这时候，你可以用镰刀割，也可以带一把剪刀，来到小麦田里，剪下尺把长的带秆的麦穗。如果剪得太短，烧烤时就容易烧着手；如果太长，又会常常把握不住火候，要么烧黑，吃不成，要么烧不熟，难吃。所以麦穗带秆尺把长为最好。

青绿色的、圆滚滚的小麦割回来了，然后就是用火烧麦。简单的烧麦就是三块砖头，左右后摆放成"见"字的上半部，再放入柴火，点燃即可。然后把收割来的麦穗放在火上烧烤。

我和我的小伙伴们在田间偷偷摸摸烤麦穗时并不是这样的。虽然几个小伙伴都挎着竹篮子，是去给猪拔猪草的，但看着一个个饱满的麦穗，也得给自己补充一些"草料"呀！于是，就假借拔猪草之机，专门寻找那些麦穗长得又大又饱满的，顺便放到篮子底。当然我们也不敢就在麦地里烤麦穗，怕冒出的烟被人发现。于是就会跑到远离麦田的树林里，能找到砖更好，没有砖，直接就在地上挖一个坑，点上火，就烤起了麦穗来了。火坑毕竟处于低处，不太通风，于是就会有一个小伙伴脱下自己的薄外套用力地抖动着扇风。最可笑的一件事就是，有一次一个叫小明的小伙伴一不小心，把自己的薄外套烧了一个大洞。回去后，被他爸爸好好地揍了一顿。尽管如此，那天小伙伴们还是烧了不少麦穗，吃了不少麦穗，直吃得嘴巴和手上也都是黑不溜秋的。

等麦穗变成半黑不黑之时，也就基本上成熟了。这时候，大人用手在搓，小孩子也在用手在搓，边搓边吃，手是黑不溜秋的，嘴巴也是黑不溜秋的，但每一个人的手和嘴巴仍都没有停下来，脸上的笑容也没有停下来。麦粒的清香在小小的院落里荡漾着，笑声在院子的角角落落弥漫着，就连饲养的几只公鸡母鸡也跑到人们跟前，咯咯咯地叫唤几声，啄吃着主人偶尔掉下的麦粒。

但这并不是碾转。真正的碾转也就是从这个时候开始了。当你把一把把麦穗烤成黑中带绿、麦秆似断非断之际，就会看到家人把这些麦穗放在笸箩里或放在洗衣板上用力地揉搓着……就在家人如此忙碌之中，一粒粒饱满的、被火烤过的圆滚滚的泛着嫩青色的小麦粒滚出来了，伴随而来的还有脱去的壳和皮，此时你闭上眼睛，轻轻地呼上一口气，顿时就会感受到空气中弥漫着的清香、软糯中的香甜。抓在手心，你会感到韧劲十足，富有弹性。

为了防止有些麦粒并没有烤熟，还会放入锅中进行小炒。一般先在锅里烧开一点点水，再把墨绿色的麦籽下锅，用农村做饭的大铲子翻来覆去地炒着。这时，饱满、浓郁的麦香就被一点点地炒将出来。这样炒出的麦粒，既不焦，又不湿，更加富有弹性了。

新炒熟的麦粒并不能马上上磨，还要被摊到在笸箩里或竹席上，放通风处进行晾晒。直到其凉透之后，才可以上石磨磨。但因为此时已经接近五月下旬，天气一天天变得炙热，为了防止新炒出的麦粒腐坏，一般都不会隔夜，都会在当天上磨磨完的。

过去拉磨的牲口少，金贵，所以磨碾转的活，一般都是家人来推。在我家里，以前都是父亲或哥哥姐姐来做。

古老的石磨在家人的推动下，一圈圈慢慢地转动着，磨眼中间插入的一根筷子，慢慢地搅动着磨盘上的麦粒，一粒粒地也在慢慢地向下塌陷着。就在这一圈圈的转动之中，绿色的碾转打着转儿，翻着滚儿，弯弯曲曲，细如粉条、手指长短的，很快就爬满了磨盘的周围，多的地方，又被母亲收拾到干净的笸箩中。

一边推着石磨，嘴巴也并没有闲下来，常常忍不住地就想抓一把放进口中。尽管母亲在一旁不停地说，少吃点，吃多了，不容易消化，一会儿我给你炒着吃，但仍然挡不住身边的碾转的清香诱惑。

碾转磨好了，在当时的农村，并没有太多的吃法，条件好一些的，就会把碾转用大油、葱花爆炒一下；条件差一点的，就直接把当季的新蒜在蒜臼里"咚咚咚"地几下子捣碎成泥，再拌以酱油、醋汁、盐和香油，然后浇在碾转上面，拌好即可。此时，碾转的麦香，调好的味香，再加上一老碗浓浓的苞谷稀饭，真的就有一种不知今夕是何年的感觉。

一转眼，我已经在这个叫长安的古城生活、工作快四十年了。在这四十年中，虽然我也曾多次回到老家，站在那一片一望无际的、翻滚着碧绿麦浪的麦田，可我却再也看不到老家那口曾经承载着全家人幸福的古老石磨了，更没有人在我的耳边提起"碾转"这个过去岁月里的特有的词汇了，更没有再吃到过这种来自产粮大县的老家的这种稀罕之物。但不可否认的是，只要走到五月，只要看到一望无际的麦浪，甚至看到一口躲在院落一角的老石磨，都会把我重新带回到那个遥远的岁月，那个欢乐的童年。就像我曾经回到老屋，看到曾经邻家的妹妹又从家里跑出来，一起和我做着童年的游戏一样，是那样的亲切和难以忘怀。

辗转，那是一代人不可忘记的记忆，承载着那个年代独特的历史。

味道里的故乡之十五

知了：童年最好的打牙祭美食

　　20世纪的六七十年代，根据上级要求和家庭经济需要，农民家里都会养一头或两头猪。养大之后，既可以完成国家交给的生猪任务，卖的钱，也可以基本满足日常的生活开销。那个时候的猪肉价格也只有每斤四五角钱，但一年到头也只有到年更，生产队才会舍得杀一两头猪，按人头分到一家一户，人多肉少，换算到每个人的头上，并没有多少。那个时候，无论是自己买肉还是生产队分肉，大家都不愿意要瘦肉，争着抢着要买那一掌厚的大肥肉，回家后先炼油，再把油渣包进包子或饺子，甚至撒点盐巴，有条件的或蘸点白糖就直接吃。那时候每一户的家里都有一个盛放大油的陶罐。一到冬天，油罐里的大油就全变成乳白色的了。

　　因为缺肉吃，那个时候人们对吃肉的期盼或渴望非常强烈。那个时候我八九岁，正是长身体的年龄，对肉的渴望就尤为急切。除过年底可以分到的、连牙齿缝隙都填不了的一点点猪肉外，那个时候还逮过青蛙，烤过麻雀，还在黄河滩的浅水洼里捉过小鱼，但印象最深的却是捉知了。

　　知了，学名又叫蝉，不同的地域，其叫法也各有不同。它是一种吸食植物汁液的昆虫，也是人们口中的害虫。知了从幼虫到成虫要经过五次蜕皮，钻出土壤，爬到就近的树上，脱去枯黄的浅黄色的壳变成成虫，这时人们才可以看到知了的真容，其中四次脱皮都是在地下完成。

　　每年进入初夏，是蝉的成虫大量出现的时期，也是我和小伙伴们可以大量捕捉知了、可以解馋的时候。尤其是到傍晚时候，我们在小树林里，仔细察看着树根边的地面上有没有快开口的、如指甲盖大小的小洞，如果有，用小铲子轻轻一挖，很快就能捉住一个软软的、黄黄的知了来。到了晚上七八点钟，这些长时间生活在地洞里的知了就开始向外爬，慢慢地，再爬到身边的树上。这个时候，你只要把手电的光亮往树上一照，就会看到一只、两只甚至多只慢悠悠向上爬的知了。到了晚上十一二点的时候，知了基本上都开始脱皮了，你只要轻轻地一拉，一个小小的、软软的、乳白色的知了就被你轻轻地捉住了，可以把它放进随身携带的篮子里或小塑料桶中。个别脱皮晚的，天明时候，你仍然可以捡得到。

晚上捉知了的都是和我一样大小的孩子，有时候我哥哥也一起去。条件好的，会拿着一个两节或三节的手电筒，这是那个时候家家基本都有的，也是唯一的家用电器了；条件差的，也会提着一个带有玻璃灯罩的油灯来到树林里，仔细察看着那些外表粗糙的树。因为这些树知了容易爬，而且还可以吸取树汁；而那些外表精细的树，知了自然就少。捉回来的知了，我们一般都把它们放在竹篮子里，再在上面或用草帽或用别的东西盖上，既通风，又不怕知了爬走。

除了捉知了的幼虫外，人们还会在晚上，在树下面燃起一堆火，成年人会用力地摇动树干，这个时候，树上的知了就会飞蛾扑火一般，落在火堆周围。人们争着、抢着落下来的知了。虽然这时的知了还会忍不住地哀叫一声、两声，但也无济于事了。

炎热的夏天，知了躲在树枝或树身上，不知疲倦地、没完没了地发出"嘶啦嘶啦"的长长叫鸣，这个时候，小伙伴们一般喜欢用弹弓袭击知了，这需要你有好的准头，经常是一大中午，也打不了几个知了。效果最好的捉知了办法，莫过于用面筋粘知了了。那时候小麦粉少，小伙伴们会偷偷地抓一把面粉，先和成面块，稍等十来分钟，就可以慢慢地在清水中洗面块了。面块在一点点变小，最后就只剩下越来越粘的面筋了。这个时候，你用一片绿叶，把面筋包在里面，既不会干，也不会变质。粘知了时，取一点点放在长杆子的尖尖处，然后屏住呼吸，一点点地把长杆子伸到知了的翅膀上迅速贴近，一只在长杆子尖尖处挣扎的知了就被粘了下来。最有趣的是，无论是粘知了，还是用弹弓打知了，常常是你刚刚摆好姿势，就被知了发现了，只听"嘶嘶"两声，知了就快速飞走了，甚至还会顺便撒下一泡尿来，飘落到你的头上或脖子里，但粘知了却是非常有效的办法，半天工夫，就会粘到几十只。

捉来了知了，其吃法也是各种各样。当装在篮子里的知了幼虫经过两三个小时的蜕皮后就变成了一个漂亮的天使，透明的羽翅，乳白色的身子，黑亮的大眼，软软的外壳，放在你的手心，越发的可爱。这个时候，家里条件好的，就在锅里放上一点葱花和油，爆炒一下，顿时就会有一股清香的味道扑鼻而来；没有条件的，就直接在大铁锅里干炕一下，炕得焦黄，也非常好吃。对我们八九岁这些半大不小的孩子来说，吃那些晚上摇下来的、用面筋粘下来的甚至用弹弓打下来的知了，最直接的吃法，就是用铁丝或树枝一串，放在火里烤它一两分钟。然后用小木棍把知了从火里扒拉出来，抖落掉知了表面的一层灰土，再去掉知了的头和屁股，只留下中间指甲盖大小的一块。一边倒腾着手，一边吹着，迅速揭开知了的黑色外壳，把里面那一点点的纯瘦肉扣出来，丢进嘴里，只听见"嘎嘣"一声响，满足等了一个冬天、一个夏天的上下两排牙齿了，那醇香的知了肉的味道就已经涌进你的鼻腔和胸腔了。这个时候，没有什么可以比得上知了肉的芳香了，仿佛此时，自己就是这个世界上最幸福的人了。

知了不仅解决了我们童年时期嘴巴的馋，也为我们解决了购买课外书的费用。那时收知了壳的收购站每个公社（后来改为乡）都有，而且价钱还挺高。所以很多大人小孩到了天明时分都会在小树林里转悠，他们都是去捡知了壳去了。我那时候的许多小人书，甚至我过年时喜欢张贴的有关英雄人物如《智取威虎山》中的杨子荣的宣传画，都是我用知了壳换来的。

八九岁的年龄，正是猪狗都嫌的年龄，不但调皮捣蛋，而且还会用知了捉弄他人。有一次，正在上课，一个小伙伴偷偷地把一个知了放进了前面一个女生的口袋里，这个女生不知道，总感觉口袋里有什么东西在蠕动，伸进去一摸，吓得大声惊叫。当天这个小伙伴就被老师狠狠地教育了一顿，还被叫了家长。

知了的叫声，让每一个炎热的夏天变得凉爽

一转眼，我来到这个城市已经近四十年了，虽然城市的高楼大厦鳞次栉比，一座比一座高，城里的绿化也进步了很多，但我已经很久没有听到知了的长长的叫声了。夏天，我也曾到院子里和公园的树林里，希望能再听一听被人们称为"大自然的歌手"一曲又一曲的轻快的蝉歌，可我每次都是失望而归。我不知道是因为知了是害虫在城市里被完全消灭了，还是因为这个城市已经没有知了生存的环境了。我陷入了深深的沉思之中，我不知道这是好，还是不好。

五六年前，受朋友之邀，我和妻到大荔的农场参观。中午饭点，当主人端上来了一盘炒好的知了时，我一下子惊呆了，知了还能这样整盘子地当菜吃？主人告诉我，现在这知了的幼虫已经成为高档饭店餐桌上的稀罕物了，而且价钱非常昂贵。我问主人这一盘爆炒好的知了幼虫多少钱，真没有想到，这一盘竟然是88元。更让我惊奇的是，三年前我到济南参加书博会，晚上没事，和同事到旁边的一个公园里玩，公园里有一条小河，河两边有许多不高的柳树，我发现许多大爷大妈都在树林里捉知了幼虫。我问他们，一个晚上可以捉多少，他们说，二三百只，一只一元钱卖给饭店。我终于明白了，现在，知了已经成了一种高级的营养菜品。

又是夏天了，又是一年中知了嘶嘶鸣叫的时候了。那天，我到外地出差，看到一家小小的门店前的招牌上，写有炒知了，价钱还算公道，48元。就点了一份。虽然老板端上来的盘子里的知了没有我想象得那么多，但我已经非常满足了。我一个个地看着，瞅着，再把一个个知了慢慢地放进了嘴巴里。此时，我忽然又一次地想到了我的故乡，想到了以前的那一个个小树林，也想到了曾经和我一起提知了的小伙伴们以及一起烧烤知了的笑声。

知了一只只地消失在我的嘴巴里，让我感受到了童年的记忆，吃到了童年的味道。不可否认的是，虽然眼前的知了依然是那种浅黄浅黄的颜色，依然还是那种样子，但却没有了曾经的我，也没有了曾经和小伙伴们一起提知了、吃知了的快乐了。也许我心里的那一只只知了，已经永远地封存在我的记忆里，储存在我童年的回忆之中。

味道里的故乡之十六

猪油：难以忘记的人间美味

猪油，在我的老家豫北，也叫大油，是指从猪肉中提炼出来的一种半透明的液体食用油。如果天气转凉或放进冰箱，这种被提炼出来的猪油就会凝固成乳白色。

20 世纪六七十年代甚至 80 年代初，家里要想吃一顿猪肉有多难，现在的年轻人是根本无法想象的。因为那个时代，虽然家家户户都养有一头或两头猪，但猪养大后，是要交给国家的。生产队里养的猪虽然到年底每一家能够分得那么细细的一条，但在平时，除非特殊情况，一般是很少能够吃到猪肉的。猪肉吃不到，那就只好退而求其次，希望能够吃到猪油。可以说，猪油一直占据着那个时代农村餐饮生活中的主导地位。

随着人们生活水平的提高，城乡里的年轻人已经越来越少地能够吃到用猪油烹制的各种菜肴了，更见不得饭菜中伴随的一片、两片或几片大肥肉，更别说去吃那种猪肉炼制后的焦黄的油渣，当然也就不会享受到为吃这些食物会兴奋得一晚上睡不着觉的感觉。

猪油在那个时代，无论是对城市还是乡村的居民来说，都承载着一种特殊的感情。正因为如此，所以无论是城镇还是乡村，购买猪肉时能够买到一块大肥肉，尤其是能买到猪脊背上的那一块厚板油，那可真需要很大的面子，要费一番工夫的。因为猪脊背上那一块板油厚，色泽乳白，出油率高，所以每一个当家的，尤其是做母亲的，最想买的就是肥肉，根本不像现在，人人都想买瘦肉。有一次我随父亲去买肉，我再三叮嘱父亲，多买点瘦肉，但父亲就像没听见似的，最后买回来的还是一大块肥肥的肉块。当时我并不理解父亲的行为，认为是不是父亲故意的，认为我什么时候没有听他的话，甚至是不是认为我某次考试没有考好，父亲才不买的。记得当时自己还挺认真地给父亲说："我以后一定会听话，也会好好学习。"但在以后的日子里，无论是父亲还是母亲，在每年不多的几次买肉中，每次买回来的还是肥肉。

最近看到一个视频，是京东刘强东先生回忆他外婆的。他说："小时候，我的外婆去买肉，还要先送给卖肉的 2 斤花生，人家才可以把板油卖给自己，不然怕人家一刀下去，切的都是瘦肉。"看到这里，我才知道，那个年代，普天之下，肥肉、猪油是广大城乡人共同期盼的物品。

买猪肉有讲究，炼制猪油同样是有小技巧的。父亲一般会把买回来的肥肉或板油切成拇指肚大小的四方丁丁，然后直接放入家里既能做饭又能炒菜的万能型大铁锅中。一边是旺旺的炉火烧着，一边是锅里的肥肉冒出的"嗞嗞嗞"的声音。肥肉开始出油时，为了防止粘锅，父亲还会不时地用铲子翻一下。

"嗞嗞嗞"的声音在狭窄的灶房里不停地响着，锅底的猪油也从一点点，开始弥漫住锅底了。很快，那一个个胖嘟嘟的肥肉块，开始慢慢收缩，慢慢变小。再接着，一小块、一小块的肉丁在油面上漂浮着，拥挤着，碰撞着，仿佛是等待了很长时间似的，争着浮上来想看看外面这个美丽的世界。

又过了五六分钟，原来白白胖胖的肥肉块已经看不见了，变成了一小块、一小块色泽焦黄、酥嫩脆脆的猪油渣。

母亲和父亲在炼油渣上的做法大同小异，只是她会往锅里加一点点水，让它慢慢地先熬干，肥肉才会开始出油的。母亲认为，这样熬出来的猪油非常白，炼出来的油渣也非常香。

小时候我最喜欢的事情，就是在灶房看父亲、母亲炼油渣渣了。一边是肥肉在锅底发出"嗞嗞嗞"的声音，一边是趴在旁边盯着油锅的我。那一刻，真的感到，世上再没有什么声音比母亲炼油渣的声音更好听的了。我实在也无法形容那时围在锅边的我的眼光是什么样子的，现在想来，肯定是像饿狼一般，是泛着绿光的。尽管他们不停地让我离得远一点，怕热油溅出来烫伤了我，但离开的我，转眼就又围了上来。母亲看我如此眼巴巴的，有时就顺手捞出一两个已经快要炸黄的油渣子，放在旁边的小碗里。可我等不得，抓起来，两只手互相倒腾着，转眼就放进了口中。母亲急得在锅边大喊着："还多着呢，别烫了嘴巴。"可油渣在嘴巴里倒腾了几下之后，也早已经滚进了肚子。记得有一次，我上学前，知道母亲今天要炼猪油，那天老师讲的什么课根本就不在脑海里，满堂课都是母亲炸油渣的情景。学校的铃声刚刚敲响，我便一路小跑着回到了家，抓了一把就吃开了。还有一次，母亲正要拿一些油渣去炒菜，趁母亲没注意，转眼我就把放在碗里的油渣偷偷吃掉了，气得母亲骂我了一顿。

刚刚熬出来的猪油是液体，呈深黄色，油光闪亮，轻轻地勺起，再慢慢倒下去，那飘柔般的深黄的颜色，仿佛飘带一般；那一刻的芳香顿时就会弥漫那小小的灶房，涌进你的身体，迷离你的眼睛。

那时候，家家户户要么有一个粗糙的小陶瓷罐子，要么就是一个大的茶缸子用来盛装猪油。等热的猪油放凉之后，母亲就会用勺子一点点地把猪油盛装进陶罐里或瓷缸里，很快，冷却后的猪油就变成了乳白色的固体，柔软，细滑。

猪油炼出来了，但母亲在用的时候，还是非常节省的。不仅挖的时候小心谨慎，怕漏在罐子上，怕掉在地上，而且母亲手里的勺子总会在罐子上停留一会儿，待完全不会滴在外面时，才会放进大铁锅内。有的时候，我看到母亲挖出来了一块，又停留的样子，总怕她又把挖出来的猪油再放回去一些，就会催促着母亲："快放呀，快放呀！"甚至当我偶尔用猪油拌面时，母亲也会在旁边提醒："少放点，够了，够了。"不仅我家如此，那时候的家家户户可能都是如此。在刘强东先生回忆他的外婆时说："外婆怕他偷吃猪油，把猪油放进罐头瓶里，挂到梁上。"看来，在当时的那种条件下，每一个母亲都是那样的念头。

肥肉炼出油来后，就成为那个时候生活中的万能用品。炒菜用它，烙馍用它，吃面用它，甚至连刚刚蒸出来的黑白馒头，我也会趁母亲不注意时，用勺子挖上一点，再撒上一点盐，躲在一边吃开了。刘强东在回忆自己吃过的猪油时说："吃完饭后，还要用开水冲碗，因为碗里有猪油。"由此可见，猪油带给人们的那种溢于口中的幸福，唇齿间回荡的那种芳香，至今回味起来，仍是一种回味无穷、人间美味的感觉。

不仅如此，炼油后剩下的油渣，也是有多种用途的。刚刚炼过油后的油渣，油光金黄，这个时候，家里条件好的，就会用这些油渣蘸上一点糖吃，没有白糖的，直接蘸上一点盐就吃起来了。我记得我每次吃猪油渣时，总是小心翼翼地先咬开一小口，然后用力地吮吸着，仿佛要把油渣里躲着的猪油吸干净似的。之后，再蘸点盐，咯吱、咯吱地咀嚼着。写到这里，我突然想到了新加坡著名作家尤今对吃猪油渣的那种栩栩如生、津津有味的描述："极端的脆，轻轻一咬，咔嚓一声，天崩地裂，小小一团猪油像喷泉一样，猛地激射而出。"

不仅如此，母亲还会把这些剩下的油渣子或剁成碎末子，包成包子或饺子，或者把它放在炒制的青菜中。不管哪一种，那味道，你吃上一口，口腔中都是满满的幸福味道。

猪油作为一种烹饪用油，在我国已经有两千多年的使用历史了。作为中国古老传统的食用油脂，猪油在中国很长的一段历史中，是美味的代表，是生活上档次的表现，尤其是在节日以及日常生活中都有着十分重要的地位和作用。现在，当我也已经两鬓斑白之时，每每想起童年时期吃猪油以及猪油渣带给我的记忆，至今仍会忍不住地淌下口水，总是会不由自主地想念起那个时代，那个家，那时的父母以及家庭里所有的人，成了我心中一种源源不断的情感寄托。

现在想想，那个时代的父母真的太不容易了。在那样的贫穷条件下，父母力所能及地、竭尽所能地把肥肉、猪油渣的价值发挥到了极致，让那个贫穷的农家里，努力散发出一丝丝荤味的生活气息，最大限度地为我们姐弟几个提供着身体所需要的能量，让那个小小的狭窄的灶房飘出我们姐弟一阵阵快乐的笑声。

肥肉，旧时光里的一道人间美味（宗鸣安 供）

现在，家家户户想着办法抢买肥肉、回家炼猪油、吃猪油渣的时代早已经过去了，以前吃一回猪肉，用油渣夹一回馍，能让人回味很多天。如今，肉猪大量出栏，猪肉大量上市，极大地方便了人们日常生活的需要，买肉再也不需要凭票供应了。你想买肥肉就买肥肉，想买瘦肉就买瘦肉，可越来越多的人却再也吃不出猪肉的味道了，也感受不到猪油拌面、猪油渣蘸盐（糖）的香味了。

猪油、猪油渣已经离我们越来越远了，成了我们脑海中满满的童年记忆。可每每吃到用猪油炒的蔬菜，用油渣包的包子或饺子，总是让我这个离家近四十年的游子，顿时就会想起老家，想起父母，想起自己的童年，也就是在这猪油、猪油渣弥漫着的芳香中，我又一次找到了幸福感，找到了回家的路。

摇曳着乡愁的树之一

此夜曲中闻折柳

那天到东郊灞桥开会,因时间尚早,便独自漫步在灞桥岸边的人行道上。看着大路两边一棵棵粗壮的柳树,摇曳着一条条缠绵多情的仿佛挥手相别的枝条,还有那只被拴在岸边柳树上的孤零零的小船,心中不由得有丝丝的触动。

古渡、垂柳、小船,一下子将我带到了那个遥远的年代。

柳树自古以来就是一种蕴含中国文化韵味的树种。因为"柳"与"留"的谐音,所以自古以来,古人就常以"柳"赠友,以表达彼此之间的依依惜别之情。中国古代著名的地理书籍《三辅黄图》提到灞桥自古就是送别折柳的地方。所以此时看到灞桥的柳,看到灞桥古渡的小船,就会不由自主地想起古人折柳相赠的画面。唐代诗人刘禹锡的"长安陌上无穷树,唯有垂杨管别离"更是赋予柳树以人格,表达对友人离去时的依依惜别之情。

看着眼前的灞柳,一下子把我带回到了遥远的故乡。小时候,在村头的一个两米高的土崖旁有几棵柳树。春暖花开的季节,也许是阳光直射的缘故,土崖旁的柳树便早早地吐出一条条细嫩的枝条,就像维吾尔族少女头上那无数根细长的辫子一般,甚是好看。

柳条轻抚着下面坑中浅浅的水面,宁静而温柔。这个时候,柳树就成了十一二岁少男少女最喜欢的玩伴。记得那时男孩子、女孩子都喜欢用细嫩的柳条给自己编织一顶像电影里解放军叔叔打仗时戴的柳条帽,戴在头上,大家分成两队,一起在碧绿的田野上打闹冲锋;或者各自折一根细嫩的枝条,轻轻扭动几下,抽出其中的白柳木,就做成一个漂亮的柳笛,一起吹奏着春天的乐曲。同队的一个叫小玉的同学也总喜欢跟我们一起玩，可她总是做不好柳笛。也许因为是同桌的缘故，她每次都会求我给她也做一个柳笛，还说以后要给我带好吃的。也许正因为要等着那个好吃的，所以我也总是满足她的要求，甚至走的时候还会给她带一个、两个吹得响响的柳笛。那个时候，男孩吹着，女孩吹着，长音短音，一起在广阔的田野里飘扬着，在春暖花开的季节荡漾着，在每一个小伙伴的心里洋溢着。

　　哥哥说，柳树最容易活，不论是池塘边，还是盐碱地，甚至是沙滩地，只要你把它插到土壤中，它就能活。为了验证哥哥的话，我和几个小伙伴曾经各折了一段柳枝，分别插到了我们经常一起拔猪草经过的小水沟旁。从此，每天一放学，挎上篮子，便跑到水沟边去看，果然大家插的柳枝都活了。为了让自己插的柳枝比别的小伙伴插的柳枝长得好，长得高，我还把父亲准备给庄稼地上的豆渣肥偷偷藏了一块，并趁小伙伴不注意的时候，埋在了自己种的柳枝下面。再来看时，就越发感觉到自己插的柳枝就是长得快，长得比别的柳枝好，也由此明白了古人说的"无心插柳柳成荫"的道理，何况我还是有心插柳呢！

　　慢慢地长大了，上学了，读了一些成人的书籍，看到书中文人骚客常常用柳树来形容美女，如用"柳眉"来形容女子的眉毛漂亮，用"杨柳腰"来形容美女腰身的纤纤细软，用"柳眼"来形容少女那欲说还休、缠绵秋波的眼神。可见，在诗人的笔下，有着柳眼、柳叶眉、杨柳腰的女人才是世上最好看、最妩媚的女人。可什么是柳叶眉、杨柳腰？以前根本就没有想过，更没有见过。只记得小时候邻居的一个哥哥结婚，从邻村娶回来了一个当时自己认为最为漂亮的媳妇，我也曾仔细地盯着她看过，杨柳腰是不是就是她这种细瘦的腰，柳眉、柳眼是不是就是她的这种眉、这种眼？可我怎么看，都和柳叶一点儿也不像。上了大学之后，也曾观察过班上或学校里很多漂亮的女同学，也曾经问过来自城里的好朋友，可她们自己也不确定。我想，有着柳眼、柳叶眉、杨柳腰的女人一定是最漂亮的，自己以后也一定要找一个这样的女人为媳妇。

少年的我在懵懵懂懂中慢慢长大，离愁也在不断长大的心里开始扎下根来，它让我对柳树有了更多的了解，甚至对柳树有了一种别样的感受。

柳树是我国古老的原生树种，也是中国传统文化中最具乡愁意味的树种之一。不仅仅她鲜嫩的柳芽可以充饥，柳叶、柳絮甚至柳根可以帮人治病，仅仅因为"柳"与"留"的谐音契合着人世间的悲欢离合，相伴着人世间无尽的相思幽怨，所以，自古人们就赋予了柳树更多、更浓的乡愁文化和无尽的情思，成为游子离乡、文人骚客抒情最喜欢借力的树种了。

记得 1982 年 8 月我要去大学报到，几个曾经一起长大的小伙伴又来到了土崖边的柳树下，先是一阵子的说笑，但一说起即将分别的日子，大家都沉默不语了。我告诉他们，大学离老家并不远，想回来很快就可以回来的，可我的话并没有引起小伙伴的回应。一个小伙伴还说，出去就不由自己了。虽然我再三给他们说，到国庆、到元旦一定回来看他们，但大家仍旧一阵沉默。这时，小玉说话了："这又不是不回来了，咋这么沉重？"紧接着又说了一句话，一下子拉开了快乐的幕帷。"咱们也学学古人，折柳相赠如何？"大家一下子乐开了，对呀！转身一人折了一段柳枝要相互赠柳。有才把柳枝折成筷子一样长的两根，他一根，我一根，希望我们彼此"筷"乐无比；小军折的柳枝上各留了一片柳叶，说长柳眉的女子最漂亮，希望以后大家都能找到最漂亮的媳妇；小利用柳枝做了一个柳笛，对我说，虽然现在柳枝已老，吹不响了，但只要我们几个彼此想念，就永远能听到柳笛声声；只有小玉没有动，我感到奇怪，平时我们关系不是最好的吗？今天怎么了？我看了看她，正遇见她投来的眼光……我也一一折了几段柳枝，赠给他们。小惠还说："咱们的语文书上不是讲'苟富贵，勿相忘'吗？我们几个今天也以柳枝相赠，希望大家'苟富贵，勿相忘'。"

就在我即将成行的前一天，小玉送给我一个用牛皮纸包着的像书一样的东西，并告诉我："现在不能看，等你到了大学后再看。"我还感到奇怪，什么东西呀，这么神神秘秘的？但还是听了小玉的话，一直没有拆开。

到大学之后的一些日子，因为刚到校园的新鲜和结识新的同学、老乡，以及军训等原因，小玉送我的那个包被忘记了。等到有一天军训结束，打开一看，发现是一本书，书里夹着两片细细的柳叶，还抄写着欧阳修年轻时写过的一首诗《长相思·花似伊》：

> 花似伊，柳似伊。花柳青春人别离。低头双泪垂。
>
> 长江东，长江西。两岸鸳鸯两处飞。相逢知几时。

虽然那时对这首诗还不是太懂，但字里行间满满的情意却涌上心头，让我明白了小玉那天为什么没有像其他小伙伴一样折柳相赠。记得那天晚上，在教室里，我给小玉回复了人生中第一封带有情感的信，并告诉她，很想念柳树下有你的日子，并同样摘抄了《诗经·小雅·采薇》的片段来回复小玉。

> 昔我往矣，杨柳依依；今我来思，雨雪霏霏。
>
> 行道迟迟，载渴载饥。我心伤悲，莫知我哀！

很快，日子就淹没在岁月的长河里。虽然大学期间彼此写了很多的信，虽然信中也倾诉了不尽的思念，但当我从那个黄河河床高于开封古城的大学来到千年古都的长安时，我却再也没有收到过小玉的来信。书中的两片柳叶早已经干枯、破碎，但仍然静静地躺在当初那本小玉送我的书里。我曾无数次地打开书，仔细审视着那两片已经破碎的柳叶，回想着柳叶中曾经的岁月，以此慰藉着未来一个个艰难的日子。

1993 年，在阔别故乡十年后的秋天，我又一次回到了生我养我的故乡。土崖依然，柳树依然，甚至崖边的环境依然，可二十多年前柳树下的小伙伴们却聚不齐了。有的在外打工，有的娶妻生子。我向朋友打听着小玉的消息，却被告知小玉现在也已经结婚，并生了一个漂亮的女孩子。光景终于变成了流年。

　　我靠在灞河边上的一棵粗壮的灞柳上，又想到了几个小伙伴送我的折柳。是的，这些折柳放在哪里去了？我肯定，虽然搬了几次家，虽然那几根柳枝也已经脆了、断了，但我却一直收藏着、保留着，不敢扔掉。因为那里面有我童年的时光，有我故乡的记忆，有我少年时懵懵懂懂的恋情，也有着那一声声吹响春天、响彻云霄的柳笛，我不由得眼睛有点湿润。

　　前年夏天，我偕妻游走在陕北的无定河畔，在一大片干燥的沙滩地上，我阴差阳错地竟走进了一片拥有数百棵古老柳树的柳林子。我停下车，一棵一棵地看着，一棵一棵地抚摸着，有的老树新枝，有的树倒中空，有的枝杈已断，有的枝干歪斜，但仍像是一个个曾经威武的士兵，伫立在干旱的沙漠之中。在一棵很粗壮的柳树旁，朝阳的一边，我突然发现上面歪歪扭扭地刻写着"李梵、王珊"两个名字时，我一下子惊呆了。他们是哪里人？这是什么时间刻上的？他们又经历了怎样的岁月？他们现在还在一起吗？可是，我什么也不知道，但我想，他们一定是有文化的人，他们知道在柳树下，刻下了他们一辈子的忠贞，并让柳树来见证他们的爱情，借此祈祷他们爱情的地久天长。我想象着他们当时的情景，那一刻，眼睛突然有些潮湿。我回到车上，取下纸和笔，恭恭敬敬在纸上写下了唐代诗人白居易《长恨歌》中的诗句：在天愿作比翼鸟，在地愿为连理枝。

　　这些年来，我走过许许多多的地方，看过各种各样的柳树，心中既感到亲切，又会不由自主地有一种伤感。我不知道，柳条飘飞的季节，人间还要上演多少次的悲欢；也不知道，春暖花开的时节，还会演绎出多少人的离合？

　　柳树，中国最为普通的一种树，却承载着中国传统文化中乡愁和爱情两大最重要的情感内容，成为中国传统文化中一道靓丽的风景线，成为人们心中永远的乡愁记忆。但愿柳树是一棵留住乡愁的树，愿柳树是一棵让人思念、厮守的树。

风吹榆荚打窗纱

　　榆树，在我的老家是一种十分普通的树。房前屋后，街道巷边，甚至公共的或自家的空地上，栽种的大都是榆树。所以，从我记事起，记住的第一种树就是榆树。

　　我家的东厢房外栽种有一排子的榆树，大致有十来棵。记得当时的榆树也就是和父亲的胳膊一样粗细。榆树不像杨树或其他树种，它长得很慢。我曾经问过父亲："榆树容易生虫，又长得慢，为什么还会种这么多榆树呢？"父亲告诉我："榆树可不是一般的树，过去穷得揭不开锅时，榆树可是人们的救命树；又因为榆钱的形状特别像古代的钱币，于是也就有了榆钱的谐音'余钱'的吉祥寓意，所以咱们北方的人家总喜欢在自家的房前屋后种植几棵榆树。"父亲的话，年幼的我当时并不懂，只是认为这种树长得根本不好看。

　　但榆树下却有着童年时期太多太多的快乐了。春暖花开的季节，当一串串的榆钱在春天的微风中摇曳，在春天的季节弥漫着清香的时刻，榆树下就成了小朋友们的乐园。放学回来，几个小朋友站在一起，两人一组，互相绕着榆树间隔着转圈圈，然后看谁先跑到终点。或者玩一种投掷的游戏。因为榆树身上常常会生出一种叫作"吊死鬼"的虫子，它们扯着长长的丝线，吊有一个像豆荚大小的虫囊。微风一吹，虫囊就会随着风儿像秋千般晃动着。这个时候，几个小朋友要么用小石子或土块投掷着，要么找根棍子打下来，"研究"着虫囊里面到底藏着什么。就这样，一天天地转着，一天天地扔着，慢慢地就把自己转成了一个能吃能喝的半大的孩子。

十岁那年，我和父亲正在榆树下站着，父亲仿佛突然想到什么似的，一边笑着，一边把我推到榆树跟前，让我背靠榆树立正站着，然后顺手从地上捡起一个破瓦片，齐着我的头，在榆树上画了一道印子，说以后每年比一比，看看一年能长高多少。从此，和榆树比高低就成了我童年时期每隔一段时间必须要做的"正事"。先是每天放学回来要比，后来每月月底要比，甚至想起不想起什么，也都会站在榆树下自己比一比。更可笑的是，有一次家里改善生活，吃了一顿大肉饺子后，我认为自己今天吃好的了，肯定个子要长高不少的，就赶忙跑到榆树下比量。可一比，没有任何效果，恨不得踮起脚尖自己把这一寸补上去。

榆钱自古就是春天里的美味，人们口中的佳肴，上至达官显贵，下至平民百姓，没有人不喜欢的。特别是春天榆钱盛开的季节，碧绿的榆钱就成了父母脸上的微笑，诗人口中的诗，画家笔下的画。"荠花榆荚深村里，亦道春风为我来"，"杨花榆荚无才思，唯解漫天作雪飞"。甚至连乾隆皇帝也会在春天榆钱盛开的季节，让内宫采摘一些鲜嫩的榆钱做成榆钱饽饽及榆钱饼。

我出生在三年困难时期，因为母亲生我的时候奶水不足，所以听母亲说，我是吃着百家奶长大的。因为家穷，没吃的，又处于正能吃的年龄，所以看到什么，两眼就不由自主地放绿光。春天来了，那一排榆树先是吐出了嫩绿的叶子，很快就长出了一串串浅绿色的榆钱，一个挨着一个，密密麻麻地挤在一起。这个时候，父母脸上的皱纹也比平时少了一些，不是父母自己爬上梯子去摘，就是让哥哥姐姐上去摘，有时父母干活回来，也会顺手在路边的榆树上摘一把榆钱回来。母亲把榆钱洗净滤干后拌上家里少得可怜的面粉，上锅蒸了起来。这个时候，父亲一边烧火，一边捣着蒜泥。等蒸熟后，再拌上酱油、醋和香油，春天的第一缕清香就从我家简单的饭桌上飘散出来，弥漫在整个房子的上空，默默地讲述着关于春天的故事。

榆树在一天天地拔高、长粗，我也在一年年地长高、长大。到了秋闲的时候，就会看到一个或两个穿着老白纺布做成的坎肩和布衫的人，腰间束一根布带子，带子里插着一把比割麦的镰刀稍大一点的割刀，走街串巷地问谁家要卖榆树皮，他们就是专门收割榆树皮的人。那时年龄尚小，并不知道他们要这种树皮有什么用，只是看着他们先是把外表粗糙的树皮用刀刮掉，然后再用快刀去割里面贴近原木的发白的里皮。听父亲说，里皮磨成粉，是可以吃的。过去穷，人们就常常把榆树皮磨成粉来救命。听父亲这么一说，我也曾把一片里皮放在嘴里咀嚼，并没有什么特别的怪味，但也并不好吃。

有一年冬天，邻居家的一位叔叔去世了，因为家穷，并没有多余的钱来买棺木。父亲就建议他家把自己种的老榆树挖一棵做棺木，榆木既结实又实用，还不用花钱。邻居同意后，这棵大榆树很快就被解成了几块厚厚的木板，做成了一副棺材，埋葬了隔壁的叔叔。从那之后，我才知道，榆树在中国人的心中，不仅仅可以救命，也是老人为自己留下的最后的盛装自己的东西。

真正让我重新想起榆树，是我看了冯小刚拍摄的电影《1942》之后。看过电影后，我因事回了一趟老家。我站在曾经伴随我长大的老屋旁，看着原来一排子的榆树仅仅就留下了最后的一棵，也就是那一棵我童年时代曾经刻下身高痕迹的榆树。听哥哥说，原来的那十几棵榆树长大后，因为家里生活需要，有的被卖掉了，有的盖房时做了大梁，本来这一棵榆树也是要挖掉的，只是因为树顶有一个喜鹊窝就留下了。我问哥哥："上面的喜鹊窝现在还有喜鹊在上面住吗？"哥哥说："有啊！你一会儿就会看见。"我能理解这一棵榆树能够存活下来的理由——家有喜鹊，天天见喜，所以，我要感谢这一窝喜鹊，才让我现在回来能看到这棵唯一的老榆树。

我望着这棵榆树，其顶部断裂的枯枝，粗糙、扎手的外表，在蓝天的映衬下，显得是那么的苍老和孤独，不由得潸然泪下。我抚摸着那棵已经像大腿一样粗壮的榆树，仔细寻找着童年时代的记忆，可我却再也听不到童年时代的笑声了，再也看不到那个刻着我生命历程的痕迹。我把脸紧紧地贴在这棵榆树上面，可榆树无言，只是默默地听着我的诉说，静静地看着我这个穿着西装、现在已经两鬓斑白的中年人，努力回忆着我是谁……

正在这时，一只喜鹊飞回来了，落在了巢穴上，先是叽叽喳喳地叫了两声，好像在问："你是谁？我怎么没有见过你？"我轻轻地招了招手，就像我在感谢喜鹊这么多年的守候一样。

一转眼，我从偏居一隅的河南乡下来到这个古城已经四十多年了，原来一头黑发的少年如今也变成了两鬓斑白的中年人，许多儿时的朋友已经多年没有见过面了，许多记忆中的树木、场景也已经消失得无影无踪。我背靠着这棵唯一的老榆树，不由得思绪万千。

"榆次晚钟漏声长，行人独自客他乡。远山千里皆朦胧，归雁乱飞如惊梦。不知何处是家乡，烟波江上使人愁……"诗人王之涣的《榆次道中》，也一如今天的我，感受到了客居他乡的孤独以及对故土无尽的思念。

想到这里，我突然眼里有些湿润，我不知道故乡的那棵老榆树还能坚持到什么时候，那个喜鹊巢还能坚持到什么时候，但我知道，春暖花开的季节，那棵老榆树还会摇曳着满满的乡愁，在企盼着曾经少年的我，在他的树荫下做着游戏，念着儿歌。想到这，我突然想起了曾经享誉《星光大道》的农民歌星旭日阳刚演唱过的一首歌曲《老榆树》，那沙哑的音调，饱经沧桑的脸庞，正如那棵老榆树：

> 有一个小小的村庄，那是我梦绕魂牵的地方，
>
> 我亲手种下的那棵老榆树，树叶青了又变黄……

想到这里，突然想起一位作家曾经说过的话，"榆树是饥荒中的食物，文人眼中的田园"，这句话非常恰当。但愿榆树永远寄托着我们的乡愁，成为我们内心永远不能割舍的文化记忆。

摇曳着乡愁的树之三

桃红又是一年春

小时候，我所在的村庄东头是一片桃园，有二十多棵桃树的样子。每年春天桃花盛开的时候，到桃园里来得多的除了一群群的蜜蜂之外，就是我们这一帮连猫狗都厌的八九岁的、半大不小的孩子了。

那时生产队的桃园主要产的就是那种毛桃。春天到来，桃树上就开满了无数的粉红色的花朵，紧接着，粉花凋谢，先是冒出了黄豆大小的绿色的小桃，然后慢慢地一点点长大，小桃全身就会覆盖有一层细细密密的绒毛。从这一刻开始，这些毛桃就成了小伙伴们日日夜夜惦念的水果了。从最初黄豆大小的桃粒儿，再到长成拇指肚大小的小桃果，没有我们没尝过的。味道从最初的苦苦的，再到酸涩涩的，并不好吃。随着毛桃一天天变大，对我们的诱惑也越来越大，怎么忍都忍不住想吃。于是每天放学后，偷偷地翻过围墙，钻进桃园，摘一两个长得大的毛桃尝一尝，就是当时我们每天除了上课之外必做的功课了。特别是到了毛桃成熟时节，几乎每天都会偷偷地溜进桃园。摘下来的毛桃，不像现在还担心打过什么农药，也不用水洗，直接在脏兮兮的衣服上或裤子上来回擦拭几下，就被吃到了肚子里。

现在看来，毛桃可能是我吃过的桃子中品质最差的一种了，个头不大，硬硬的，但在那个没有东西吃的年代里，这种毛桃却保留了桃子最为原始的味道，酸酸甜甜的，轻轻地用手一掰，就成了两半，一口半口的，就津津有味地吃掉了一个。常在河边走，哪有不湿鞋。有一次，我和几个小朋友刚偷偷地钻进桃园，就被正在巡查的李大爷发现了。他一边大声喊着，一边就追了过来。李大爷既要赶我们走，又怕追赶我们快了，摔坏、碰磕了我们，喊叫几声后，他便回到看桃的草棚里去了。尽管如此，还是吓得我们几个屁滚尿流的，一个比一个跑得快。

也就是在这不知不觉中，我和小伙伴们一个个长大了。记得有一次，奶奶生病了，姑姑来看奶奶，给奶奶带来了一瓶桃子罐头。奶奶给站在旁边、一直盯着罐头的我夹了一块之后，又给我倒了一点点罐头瓶子里的甜水水，这一吃，一喝，我才知道，世上还有比毛桃更好吃的桃子罐头，从此，桃子罐头就在我心里扎下了根。我曾悄悄地给奶奶说："奶奶以后可多生几次病，我就可以经常吃到最好吃的桃子罐头了。"奶奶听了，笑着说："那奶奶以后就多生几场病。"可站在旁边的父亲不愿意了，伸手就在我的屁股上抢了几巴掌，边打边说："看你还胡说不！"

高中时还发生过一件非常有趣而又尴尬的与桃花有关的事情。高中阶段，是一个对爱情尚懂又不懂的年纪，特别是在全力以赴准备高考的关键时刻，真的是没有时间去想爱情的，甚至说是不敢想。因为三年的高中生活，决定了你这一生的命运，所以不管是你的主课老师，还是副课老师，甚至学校的校长，课上课下，都在不停地给你灌输，你们千万千万不要谈恋爱，一谈恋爱必然影响成绩，所以高中时代的我们对于爱情是想却又不敢想的。高考前夕，有一次，班里的一位女同学曾向另一个同学借了一本书，当她还书的时候，还暗有所指地指了指书。谁知那个男同学并没有意会到什么，没有多想，就顺手把书放进了书包里。随后几天，同学们便开始回家休息准备迎接高考了，那个男同学也就忘记了这件事。后来，同村的另一个低一届的女生因为要提前复习，又来向这个男生借课本，才发现了藏在书皮里面的那张细细的小纸条。她打开一看，只见上面写着：今天放学后，你在校外的小路上等我。细纸条上还用浆糊粘上了五瓣早已经变色的桃花。这个女生赶忙把这个事情告诉了我的同学，我的同学又赶忙给原来借书的同学写了一封信，虔诚地解释着，却再也没有得到那个女生的只言片语。也就是从那一刻起，让他真正地明白了，他的生命中是没有桃花运的。那五瓣变色的桃花至今仍被他收藏在他的那一本高考复习书中，并且早已经发黄、变脆，可仍然藏在他的箱底，舍不得扔掉。因为在那破碎的桃花里，有着他最美好的情感和记忆。那天他告诉我这件事时，仍然虔诚地说："那个时候，我们真的不懂爱情，也怕爱情"。

上了大学，学的知识多了，也懂得多了，又是青春的少年，心里自然就会产生一种朦朦胧胧的情感，尤其喜欢背诵一些唐诗、宋词中那些带有情感的诗句，更明白了桃子是一种爱情果，桃花是一种爱情花。特别是春暖花开的季节，看着粉粉的桃花，在青翠欲滴的绿叶映衬下，是那样的鲜艳娇美，心里不由得心神荡漾。那时读得最多的就是唐代崔护的《题都护南庄》，更是对桃花来形容女子有了深刻的体会。"去年今日此门中，人面桃花相映红。人面不知何处去，桃花依旧笑春风。"虽然诗讲的是一个书生到一户桃园里遇到一个长相漂亮的女子，但从"寻春遇艳"与"重寻不遇"两个相同之地却物是人非的场景，还是非常契合那时的大学生活。因为那个阶段的爱情大都是无疾而终，许多人都留下了一个让人伤感、遗憾的结局。

心在古城的角落里漂泊着，胃也在大学里期盼着。那时，偶尔有同学生病住院了，我和同学们便不免要去医院里看望。看住院的同学自然要从班里可怜的班费中支取一点钱给同学买一点补品的，可在那个年代，在学校的商店里能够买到的就是老三样——饼干、罐头和鸡蛋糕。说真的，那个时候，我是真的好羡慕那些生病的同学，盼望着哪一天自己也能生一场病，让同学们也能提着罐头看我一回，可一直没有得到过这样的机会。最可气的一件事是，有一次我真的生病了，还发了烧，心想，这一次真的可以住院，享受一次吃罐头的幸福了，可校医院的医生认真地查看我的身体后，直接告诉我，不用住院，回去吃一点退烧药就可以了。那个时候，真的好想求那个医生，给自己开一个住院证明，可终没有得逞。

工作以后，有一年我和同事到上海出差，在豫园里，同事看到有卖桃木梳子的，赶忙买了一把，并对我说，桃木辟邪，劝我也给家人买一把。虽然我早就从传说中了解了一点有关桃木辟邪的种种趣事，也曾经读过王安石的那首最有名的诗句"千门万户曈曈日，总把新桃换旧符"，但我从来就不相信，现在又听同事说得那么邪乎，反正又不贵，就买了一把。回来后，妻子非常喜欢，连夸我会买东西。妻子这么一夸，才让我有了更多想了解桃木的冲动。原来在中国传统文化里，桃木被认为是具有纯阳之气的，而邪恶通常与鬼神相通，属阴，桃木遇到邪恶、鬼神能够消阴避邪，所以桃木自古在中国古代就有"鬼怖木""神木"之称。由此，古人在过年的时候，常常会在自家的大门上挂上画有擅长降妖捉鬼的一对神人兄弟神荼和郁垒像的桃符，其意就是祈求福气和驱除鬼邪。正是因为桃木的这种特性，在以后的历朝历代，直至今天，我们还会看到用桃木制成的各种各样的工艺制品，如用桃木雕刻成招财猫等财运物品；用桃木做成的桃木剑，作为道教中驱鬼的工具；用桃木做成的桃木符，就成为节日期间大门上的装饰品。此外，还有用桃木做成的桃木梳、桃木棍、桃木六面印等等，都是用于祈福、驱邪、保佑平安的。

想到这里，我又想起了今年春节期间发生在我身上的一件事。大年初二，我到河南林州的太行大峡谷旅行。走到山间的一座房子前，因帮助一位年已八十的老大爷把他在山中摆卖物品的柜子顶部的积雪除去，老大爷非要从他卖的桃木中选了一根最粗的送给我，并对我说："这是山里的桃木，送给你，保佑你全家驱邪招财、平安健康。"看着老大爷脸上饱经风霜的皱纹，我怎么敢无功受禄呢！也许老大爷把它卖了，是他一天的生活费呢！我连连摆着手，说着"不用不用"的话，可老大爷还是把它放在了我的背包里。虽然在此之前，我对桃木辟邪并不相信，但从那一刻起，我信了。

作为我国土生土长的树种，桃树满足了人们精神上的依恋，还慰藉着人们心理上对故土的思念。

曾经看过这样一幅让人泪流的画面。一个衣着朴素的老汉坐在褪了色的屋檐下，身后背着的一个大背篓里，是一棵开着粉花的桃树。照片的主角叫刘敏华，是三峡移民之一。虽然他早就知道，他迟早都得离开这片生于斯长于斯的土地，但当这一天真的来临时，他的眼里还是浸满了泪水。所有能带走的东西都已经打包。他看着眼前这座祖祖辈辈遮风挡雨的老宅，心想，如果能带走多好。他最后环顾了一下院落，猛然看见门前那棵开满了繁花的桃树，他想，如果把它移走，秋季不就可以吃上甜甜的桃子了。便立即动手挖下了这棵正在开花的桃树，准备带到新的移民点去。这个情景被一直跟踪拍摄移民的著名摄影记者李风发现后，一下子震惊了世人，它无言地诉说着千千万万个像刘敏华一样的游子，心中放不下的故乡，消不了的乡愁。

随着年龄的慢慢增大，村东头的那片桃林在 20 世纪的 70 年代就已经消失在岁月的责任田中，但至今仍然不时地会在我的脑海里闪现，让我不由自主地想起童年时代桃树下的种种趣事，也更会想起桃树西边那个充满欢乐的老房子以及住在那个老房子里的亲人们。

这些年来，我走过许许多多的地方，吃过各种各样的、比毛桃更好吃的桃子，可在我的记忆里，留下的却永远是那有些酸涩、硬硬的毛桃，留下的还是家乡毛桃树下那永远无法消去的乡愁。

轻抚槐树认老家

一说起槐树，我就会不由自主地想起老家小路尽头的那棵老槐树，想起坐在老槐树下面乘凉休憩的母亲和依偎在母亲怀里的我，想起一起做游戏的小伙伴以及在老槐树下面那四处飘散着的笑声和打闹声。

老槐树比我的年龄还要大许多，听父母说，大姐出生的时候，就有了这棵槐树，而当时的这棵槐树已经有成人腰身一般粗壮了。密密严严的树荫像伞盖一样，遮住了夏天的炙热，流淌着四邻以及家人之间无尽的笑声。

槐树下是母亲和邻里大妈、大嫂们做针线、拉家常的地方，也是家人劳累了一天可以稍微休憩的地方。在我的记忆中，印象最深的就是我依偎在母亲身边，听母亲给我讲牛郎织女和嫦娥奔月的故事。我不知道母亲究竟会讲多少个故事，但我只要听母亲讲，从母亲口中讲出来的基本上都是这两个故事。牛郎织女和嫦娥奔月的故事在年年、月月甚至每一个闲暇的日子里重复着，我也在一天天的故事中长大了。

在槐树下发生的最有趣的一件事至今让我记忆犹新。我很小的时候，在陕西工作的大姐有一年回老家探亲，竟带来了一包好吃的葡萄干。那时候，在偏僻的乡下农村，是很少能够见到这种东西的，我也根本没有看到过，但吃到嘴里的那种甜津津的感觉，那种自豪，直到今天我都不会忘记。当时正是槐子成熟的季节，而且槐子和葡萄干又长得特别像，这一下子就引起了麻烦。为了显示自己见过世面，我肯定地对小伙伴说："这就是葡萄干"，并用长棍子敲打下了许多槐子，让每个小朋友都尝一尝。但刚吃到嘴里，包括我在内，都一个个不停地向外吐着口水。小伙伴们更是一个个说我骗了他，说我自己根本就没有吃过葡萄干，这一下子我的丑丢大了，很长时间，小伙伴们都不再相信我的话。

不仅如此，还有一件事让我从小就想不通。每当春天来临的时候，许多家的孩子都在吃着用槐花做成的麦饭，那牛奶一样的颜色，那清香的味道，常常让我站立在这棵大槐树下端详许久，为什么我家的这棵大槐树四五月份怎么就不开花呢？而一直要等到七八月份才开，而且开的槐花又不是那种可以让人生着吃、做着吃的槐花？我问父母，父母只给我说，不是那种品种，可也再讲不出多少了。我问过小学教我语文的老师，老师说，这是国槐，不是那种洋槐，为什么国槐花不能吃，洋槐花可以吃，老师也讲不出更多。从那以后，我知道，我家的这棵大槐树，我是永远不可能指望再吃到她的槐花了。后来，长大后，我才知道，这是国槐，并不是那种可以在春天四五月份开出一串串乳白色、清香的、可以生吃槐花的洋槐。

但槐树下的故事并没有完。上大学之后的一年夏天，我和父母坐在老槐树下漫无边际地拉着家常，说着说着，就扯到了山西的大槐树，扯到了我们祖祖辈辈的根。父亲对我说："咱们的老祖先都是从山西洪洞县的大槐树下迁徙来的，那是咱们的根。"并给我说："如果以后有机会，你带我去看看山西的大槐树。"那时的我，对父亲的话，并没有放在心上，因为在自己所填写的各种表格中祖籍都是河南，但父亲的话还是勾起了我内心深处沉睡的记忆。因为在所学到的历史书中，曾提到过那次人口大迁徙。那时，南部的许多地方经过长时期的战乱之后人口稀少，而山西自古就是富庶之地，于是朝廷就将山西的大量人口强制性迁移到全国各地。由于出发地即山西洪洞县的一棵大槐树，所以从这里迁移走的人都会说自己的故土是大槐树，甚至在新移民地的自家房前屋后，都会种棵大槐树，追思自己的根脉所在。据历史学家考证，现存的很多古村里的大槐树，大部分是明朝山西大槐树移民所栽种的。

慢慢地，就有民谚流传下来：问我祖先何处来，山西洪洞大槐树。槐树从此成为中华民族"寻根文化"的符号,成为铭刻在每一个中华儿女心中的乡愁,成为海外或远方游子寻根问祖的精神路标。特别是每年清明时节,来自世界各地的槐乡后裔更是源源不断地、千里迢迢地相聚在大槐树下,举行隆重的寻根祭祖活动,表达自己对祖先和家乡的怀念之情。

本科毕业之际,我又报考了陕西师范大学唐史所黄永年先生的研究生。记得当年研究生考试题目中就有一条词语解释:槐街。因为事先准备充分,并没有难住我。后来到西安求学之后,还专门跑到现在的朱雀大街仔细瞻仰了一番。朱雀大街是唐长安城内第一大街,人称"天街",又称"槐街"。唐代诗人韩愈所写的"天街小雨润如酥,草色遥看近却无"一诗,描写的正是朱雀大街两边的槐景。

岁月沧桑,风云变幻,虽然现在的朱雀大街早已经没有书上记载的槐街那样丰实,甚至连大街两边的一砖一瓦,一草一木,也早已沉眠在历史的风雨中,但走到现在的朱雀大街上,你还是能时刻感受到盛唐"天街"的风韵,甚至大街两边的槐树仿佛依然摇曳着盛唐的荣光。据西安市林业部门普查,西安境内现有古树名木 18658 棵,其中 500 年以上的古树有 279 棵,而"寿"高千年以上的古树就有 72 棵,拥有量居全国城市第一,其中槐树最多。在西安小雁塔内,古树名木共计 10 棵,9 棵为国槐,树龄距今皆在 800—1300 年。特别是其中最古老的一棵槐树,俗称"龙槐",其树围 2.7 米,树高 9.2 米,树冠投影面积达到了 35.23 平方米。抚摸着这些斑驳苍虬的千年古槐,仿佛看到了一个个饱经风霜的老人,虽然他们的脸上刻满了岁月的痕迹,但仍然在轻轻诉说着千年古老的传奇。

在西安以后三年求学的日子里,我了解到更多的有关长安与槐树割舍不断的关系。如槐卿是指三公九卿,槐宸是指皇帝的宫殿,槐蝉是指高官显贵,槐府是指三公的官署或宅第,槐第是指三公的宅第,等等。甚至唐代的科举,也常以槐指代科考,考试的年头称槐秋,举子赴考称踏槐,考试的月份称槐黄。

　　2016 年春节，当我终于有条件计划着到山西大槐树寻根追源时，父亲却早已经离我而去。我带着父亲的遗愿，偕妻自驾，专门来到了山西洪洞县的大槐树风景区。一进大门，就看到了一棵硕大无比的老槐树盘根错节地屹立在大门口，上面挂满了来自世界各地的游子敬献的红绸子。那一刻，我内心感受到了一阵阵的悸动，眼睛也不由得有些湿润。

　　槐树，作为根植于中华大地上最为原生的古老树种之一，它不仅有着悠久的种植历史，而且无论在官方还是民间，都具有古代迁民怀祖的寄托、吉祥和祥瑞的象征等文化意义。特别是在民间，更是对槐树有着信仰般的崇拜。它不仅有着祛邪驱鬼、招财纳福的作用，而且还有着"门前有槐，升官发财"的美好寓意。所以过去不管是普通人家，还是官宦门第，都会在自家院落种植一棵、两棵槐树。其中项羽故里的"天下第一槐"就是槐树文化的典型代表。这棵槐树至今已有 2200 多年的历史了。据说这棵槐树是项羽 16 岁离开家乡之前栽下的，他不知道自己这一离开，什么时候能回来，直至垓下之围、乌江自刎。那棵他亲自种下的槐树，叶子绿了又黄，黄了又绿，就这样，这棵老槐树一次次地写满了一代又一代的记忆，一遍又一遍地诉说着主人曾经的往事，一等就等了项羽 2200 多年，却仍然没有盼到他的主人回到故乡。

　　故乡小路尽头的那一棵老槐树早已经没有了，住在老房子里的父母也已经作古，我抚摸着自己两鬓斑白的头发，不由得两眼含泪。是啊，尘世中的那棵槐树已经不见了，可种在心上的那棵大槐树却并没有随往事消失，反而一点点地在我的心头茁壮起来。记得那次从山西大槐树回来的时候，我抚摸着那棵令中华儿女魂牵梦萦的大槐树，蹲下身子，轻轻地抓起树根的一把黄土，轻嗅着这捧来自故里的黄土的味道，努力地想让那颗曾经漂泊的心安静下来。

　　　　这是全世界最美的一片，最珍奇、最可宝贵的一片，而又是最
　　使人伤心，最使人流泪的一片……蝉翼般轻轻滑落的槐树叶，细看

时光沙漏

时，还沾着些故国的泥土啊！故国哟，要等到何年何月何日，才能让我回到你的怀抱里。去享受一个世界上最愉快的，飘着淡淡的槐花香的季节？

这是台湾元老派诗人纪弦的诗。记得 20 世纪 80 年代末上研的时候，第一次读《一片槐树叶》时，并没有太深的感受。因为那个时候，作者纪弦在大陆并没有太大的影响，自然也没有给我留下太深的印象，而当时正值青春的我，也并没有远离故土，感受不到那种远离故土的人对故乡割舍不掉的情感，认为也只是那些远离祖国母亲的海外游子以及与大陆隔峡相望的台湾岛上的诗人们眺望故乡下写不尽的乡愁。可是如今当我也是两鬓斑白，远离故乡已有四十载的时候，再次阅读纪弦的乡愁诗时，突然间我感受到内心深处的潸然泪下，突然明白了纪弦对故乡源源不尽的眷恋以及无奈和彷徨。特别是诗中那摇曳着的那一片槐树叶，又一次地摇曳在我的眼前。是呀，何年何月，我也能像纪弦一样，去享受一个世界上最愉快的、飘着淡淡的槐花的季节？

我由此陷入了深深的沉思。

摇曳着乡愁的树之五

红枣挂枝秋已熟

家乡那棵红枣树，伴着我曾住过的老屋。

有过多少童年的往事，记着我曾走过的路……

这是一个叫祁隆的作曲家自己作词作曲的一首《红枣树》。第一次听他歌曲的时候，并没有太多的感想，但当我如今已经两鬓斑白的时候，再次让我听到这首歌，我却两眼含泪，成了曲中人。

我对枣树从小就有一种难舍的情怀。小时候，我家的小院子里有棵枣树，几乎和房屋一样高。每年春夏之际，枣树就像一把撑开的大伞，遮掩住了小院子上的大半个天空。按说，我的家住在巷子的中间，不是村里的热闹位置，但正因为有了这棵枣树，也让这条窄窄的巷子变得热闹、生动起来。

春天来临，是我和小伙伴们最开心的时候。树上开满了米粒大小的黄花，蜜蜂"嗡嗡"地在枝叶间飞来飞去。夏天到来，挂满绿果的枝条在蓝天白云的映衬下，显得特别招人。秋天走来，天高云淡，一颗颗红红的枣子挂满枝头，像一串串红红的玛瑙，又像一盏盏红红的小灯笼。寒风袭来，枣树上早已叶落枝枯，又像一位饱经风霜的老人默默地守护着身下的一片土地。

但最让人难忘的还是夏秋之交枣树结果之时。这时已经长大的枣子，虽然还是绿绿的，但已经成为我和几个小朋友每天关注的焦点。不是今天尝一个，就是明天摘两个。到了枣子变红的时节，更是引诱着小朋友的口水直淌。于是，趁着大人不在家的时候，我便和小伙伴们拿着长长的竹竿，敲打着树上红红的枣子，一边打，一边吃，枣子掉到了地上，砸在了头上，甚至为了抢枣子相互碰倒，也赶快爬起来，继续抢着，闹着，笑着。每次用细长的竹竿敲打枣子过后，就会遭到父母的一阵责骂，说枣树是不能用竹竿敲打的，一打，往后就不结枣子了。直到现在，我都不知道为什么不能用竹竿打枣子，但竹竿打在屁股上的疼却是真的。

枣树下和小伙伴进行最多的游戏就是女孩子跳皮筋、跳房子，男孩子打纸片、弹玻璃球，大家玩得不亦乐乎。除此之外，小朋友们还在树下平放的石碑上，一起写着作业。这边坐两个，那边坐两个，相互比赛着，看谁先做完。我那时还算一个比较安静的孩子，做完作业之后，总喜欢把《小英雄雨来》的连环画，翻来倒去地一遍遍地看着。

枣树下面那通石碑，很有一些岁月了，我记得还有人专门来我家枣树下仔细查看过这块石碑，问父亲卖不卖。但父亲当时认为这块石碑正可当吃饭的小桌子，就一直没有同意卖。碑下四周是用砖块垒起来的四个砖蹲，这就成了我们写作业和一年四季全家吃饭的石桌。尽管那个时候的饭非常简单，但全家人坐在一起，叮叮当当的碗筷声，大人孩子的说话声，再加上院子里公鸡母鸡的"咯咯"声，交织在一起，并没有感觉到生活多么的艰难。

在枣树下，还发生过一件与我有关的父母之间的争吵。那是1982年的初夏，平时有点迷信的母亲，为了他的儿子能够顺利考上大学，就在这棵枣树下默默地求神拜仙，并许诺，如果神仙保佑她的儿子顺利考上，她就给这位神仙祭拜上半只羊。父亲听说之后，十分生气，说："你许诺给神仙半只猪也行啊，咱们家人从来不吃羊肉，你却许诺给神仙半只羊。"我不知道神仙是否收到了母亲虔诚的祭拜，是否听到了父母之间为猪或羊的争吵，但那年我的的确确考上了大学却是不争的事实。后来母亲常常说："看，我说啥来，我许下的愿灵吧！咱们这棵枣树是有灵性的，我那么虔诚，它一定会保佑我儿子考上的。"父亲看着他儿子顺利考上了大学，也不再为母亲祭拜是猪是羊争吵什么了，听任母亲买回来半只羊，在枣树下又一次地虔诚祭拜后，我们家吃了很长很长的时间才吃完。

那棵枣树长了多少年，又是什么时候被挖掉的，那块被当作书桌或饭桌的石碑是什么时候消失的，甚至就连这棵枣树的模样、枣树下玩的游戏，等等，也都随着慢慢变白的头发弥漫在时间的长河里，变得模糊起来，但童年时代点点滴滴的记忆却随着年龄的增长，逐渐变得清晰。特别是现在，每每经过农贸市场的干果摊，看着那红红的或大或小或长或圆的枣子，总有一种难忘的感情弥漫心头，总会不由自主地想起家院子里的那棵枣树，想起在枣树下和小伙伴们一起做的游戏，甚至还会想起一切与枣树、枣子有关的事情。

枣树也是我国固有的古老树种，相传，枣的这个名称，就是由人文始祖黄帝命名的；《诗经·豳风》里的"八月剥枣"就是描写枣树种植；北魏贾思勰的《齐民要术》把枣树作为主要的栽培水果做了详细的种植介绍。

枣树在中国民间有着十分美好的寓意，如子女结婚时，枣子就和花生、桂花、莲子一起，被赋予了"早生贵子"的含义；枣树上果实饱满，色泽鲜艳，寓意着生命的旺盛和繁荣；特别是枣子红红的颜色，寓意着家庭美满、红红火火。不仅如此，枣子还曾是新婚媳妇第二天拜见公婆时，必须携带的礼物，所以在我国古代就有讲究"门内有三树，子孙代代富"。这里所说的三树就是枣树、柿子树、桃树。不仅如此，在古时的上层贵族中，枣子也有着非常重要的作用，如枣子是古代祭拜最主要的五果（桃、李、梅、杏、枣）之一，而且还是诸侯之间相互问候时必须执送的礼物。

人们从上到下如此地重视枣子，而枣树又是生命力非常顽强、对土壤和气候条件要求不高的树种，自然也成为历代文人骚客笔下的有情有义的树种，描写、咏颂枣树、枣子的诗文更是比比皆是。

西晋文学家傅玄在其《枣赋》中就有对枣子的赞美："既乃繁枝四合，丰茂蓊郁，斐斐素华，离离朱实。脆若离雪，甘如含蜜。"后秦文人赵整有《咏枣诗》传世："北园有一树，布叶重重阴。外虽多枣棘，内实怀赤心。"甚至连南朝梁简文帝萧纲也曾作《赋枣诗》赞扬："日纷英靡靡，紫实标离离。风摇羊角树，日映鸡心枝。"到了唐代，歌颂枣子的诗文更是数不胜数。唐代李颀的"四月南风大麦黄，枣花未落桐阴长"，在轻快舒坦中，让我们感受到了诗人往日归隐山林的悠闲生活。

文人骚客在歌颂枣树开花、枣子成熟时的满足和幸福之时，也常常借用枣树描写那无法割舍的乡愁。他们看到枣树，就想起了故乡；看到枣花，就忆起了故乡；吃到了甜甜的枣子，自然而然地就又想到了家乡的枣树和枣子。可以说，枣树在许多文学家的眼里，就是一棵弥漫着浓浓乡愁的树种。唐代诗人喻凫的"银地无尘金菊开，紫梨红枣堕莓苔。一泓秋水一轮月，今夜故人来不来"读起，让人不由得潸然泪下。他看着成熟的红枣一颗颗地掉落下来，铺满了门前的台阶，天空的圆月也走了一轮又一轮，可不知道自己的亲人今夜来还是不来？唐代现实主义诗人杜甫历来就有很深的怀旧心绪。50岁时，忽然想起少年时代自己一天多次爬上枣树的情景，不由百感交集，写下《百忧集行》一诗，其中有句"忆年十五心尚孩，健如黄犊走复来。庭前八月梨枣熟，一日能上树千回"。老了老了的杜甫此时想起的不再是他人、他事，而是小时候爬树摘梨打枣的趣事。清代的曹尔堪更是在其《山花子·秋晚》词中这样写道："黄蝶寻花褪薄衣，槐阴吹老漏斜晖。红枣挂枝秋已熟，打应稀。不断雁声和月叫，重惊鸦宿带霜飞。田有香粳园有菊，几时归。"大雁、明月自古以来就是乡愁的代名词，而在这里，作者又借"红枣挂枝秋已熟"轻轻地问自己，何时才能归，反映了作者的思乡心切。

一转眼，我也由当初的那个满头黑发的乡下少年，变成了今天两鬓斑白的中年。虽然这些年我去过很多的地方，吃过各种各样的不同地方的枣子，但每每思想，却再也没有一颗像小时候吃过的枣子一样的味道。

有一次，我经过农贸市场，看到果农摊前摆着一大筐一大筐的枣子，心里不由得泛起层层的涟漪。我给果农说："可以尝一个吗？"果农说："随便尝，没事的。"我轻轻地咀嚼着这颗红红的枣子，突然就又想到了老家的那一棵枣树，想到了那一起在树下打纸包、玩弹球的小伙伴……想到这里，那驱散不尽的思恋，也在我的身上一点点地弥漫开来，让我突然有了一种要回老家的冲动。我想再站在老家院子里的那个枣树下面，去闻一闻故乡的风中那至今弥漫着的乡愁味道。

陕北的清涧，是闻名世界的红枣之乡。国庆节前，受朋友之邀，我来到这里。在离朋友家还有几十公里的一个山头，朋友把车停下了，说畔上的红枣都熟了，让上去尝尝。起初我还真没有反应过来，这随便吃，叫人逮住怎么办？朋友笑着对我说："你放心吃。"我走上山坡，看见红红的枣子在树枝上轻轻地摇曳着，就像老家过年时那一盏盏红红的灯笼，在昭示着他的子女们快快回家。我一边挑选着树上一个个又大又红的枣子，又不忍心地捡着掉在地上的红枣，不由自主地想起了小时候和小朋友一起打枣、摘枣的情景。那个时候，掉在地上的红枣根本舍不得扔掉，也不用洗，捡起来用手擦掉上面的灰土，就塞进了口中。

老家的红枣树早已经淹没在岁月的风雨之中，但心里的那棵红枣树，却一直屹立在我的心中，成了我内心深处永远割舍不掉的乡愁。它暖红了我的梦想，慰藉了我在这个古老的城市里那颗漂泊着的心，也更让我常常想念在过去那些贫穷岁月里的期待和坚守。

摇曳着乡愁的树之六

一树红柿摇乡愁

由赵圣才、赵元平填词，陈建国谱曲的《我的老家在柿子树旁》是一首悠扬的借柿树追念故乡的歌曲，其中的两句歌词至今仍在我的心头荡漾：

我家的茅屋在柿子树旁，一盘老碾，吱呀呀地响。

每每听到或哼着这首歌曲，不由自主地就会想起我远方的家，想起小时候生产队秋末时节家家户户分的十几个硬邦邦的柿子，想起大柿子树下几个一起长大的小伙伴和那个充满快乐的童年。

我家后院的田地里有三棵大柿子树，是什么品种，我已经记不清楚了，但在树下和姐姐哥哥一起玩耍时的情景至今记忆犹新。特别是每年秋季红薯收获之后，把红薯刨成薄薄的红薯片子铺在干净的麦畦晒干的情景至今仍是我脑袋里的一大景色。那一大片、一大片白白的或长或短的薯片在晚秋的乡村田野是整个豫北农村的一大景观。

最令我难以忘记的还是村东头集体田里的那一棵老柿子树。这棵老柿子树到底多少年了，我不知道，但它那粗壮的腰身，斑驳的外表，肯定不止十年的树龄。父亲在世的时候曾经说过，他年轻的时候就有了，如果这样算来，这棵老柿子树起码也有四五十年的时间了。柿树的旁边就是生产队里的机井房。也可能是它邻近水井的缘故，这棵柿子树还真是长得威风凛凛，粗壮的树干，茂密的枝叶，一年四季都努力守护着周边的村民。

这棵老柿子树是农民一年到头辛苦劳作的见证树。春天来临时，柿子树下是一片绿油油的麦田；到了夏天，柿子树下已是一片泛黄的将要收割的麦子；到了秋天，柿子树下又变成了一人高郁郁葱葱的玉米。当整个原野所有的庄稼都收割完毕，此时，田野上到处都是新翻耕的土壤，你抓起一把，放在鼻子下，一股浓浓乡土气息的味道就会迅速溢满你的心胸。特别是到了雪花飘落的时候，老柿子树也早已完成了自己一年的使命，仍在寒风和雪花中轻轻地摇曳，像在呼唤，又像是起舞。这个时候，在一眼望不到边的田野里，当你看着这一棵孤零零的柿子树仍在辽阔的原野上伫立，你内心总是不由自主地泛起一股伤感。

老柿子树一年四季都是我和小伙伴们的乐园。春天来的时候，我们会各自拎着篮子，以柿子树为圆心，在其周围给家里的猪割猪草，捡着掉落的柿花。夏天来的时候，小伙伴们在这棵大柿子树上爬上爬下，不亦乐乎！但也有乐极生悲的时候。柿子树虽然粗壮，但枝干却比较脆，容易折断。记得有一次，有一个小伙伴一不小心，就从树上掉了下来，幸亏没什么大碍，但也把我们几个以及大人们吓得不轻。父母训斥着自己的孩子，以后不准再爬柿子树，要是再看见，下一回就会打得更狠。可是没过多久，大家都忘了，还是照旧趁给猪拔草之际，爬上爬下。

柿树的叶子和幼小的嫩苞基本上是同时出现的，同时出现的还有我们几个小伙伴的身影。可以说，我们的身影是与柿子相伴随的，我们的味觉也是伴随柿子的成长而了解了苦涩和甜蜜。当鹅黄色的四瓣小花散落的时候，花中心便冒出了一个四四方方的指甲盖大小的柿子，这个时期的柿子是苦苦的。到了初夏，柿子已经长成鸡蛋大小的绿柿子了，这个时候的柿子吃起来非常涩，甚至吃一口，涩得让人吐半天的口水。到了九月，树上的柿子有的已经露黄，这个时候的柿子树下，小伙伴们已经不是隔几天来一回了，而基本上是一天一来。不是等哪个柿子熟透才来摘、才来吃，而是稍有点黄就被谁偷偷地摘下来藏了起来。因为这个时候是不敢把偷摘的柿子带回家的，所以你只要在周围的玉米地里转一转，仔细观察一番哪些土被新翻过或动过，就会发现有柿子被埋在了那里。即使被偷埋者发现了，甚至听到偷埋者在田里大声骂着，也不敢吭声，反正柿子早已经吃到肚子里了。

有一次，我和同龄的有才一起偷摘了一些还发绿发硬的柿子，埋在了玉米地里，并悄悄做了标记。谁知等我们过来享受的时候，却发现柿子早已经被人挖走了。当时我以为是有才背着我挖走的，有才以为是我背着他挖走的，弄得好长时间彼此不说话。直到有一天，有才对我说，他发现谁偷我们的柿子了。原来当我们埋柿子的时候，队里的另一个小朋友正好在玉米地里拉屎看到了，就趁我们不注意，偷偷挖走又埋在了另一个地方。后来我们两个把他堵在了玉米地里，他答应让我们两个一人吃三口他的烧饼才完事。可以说，在柿红的季节，偷柿、打柿、埋柿、吃柿就成了那个拔猪草年代最为快乐、最为有趣的事情，甚至可以说，这样的场景几乎年年都在上演着。也就是在这一年年的欢乐和打骂中，柿子树绿了黄了，黄了绿了，而我们也在一天天打闹中长大了，懂事了。

十一届三中全会之后，由于生产队都在加足马力自我发展，我所在村委会的年经济收益也一年比一年高。大年初一，为了犒劳辛苦一年的老百姓，大队部就会在村委会的二层楼上向下撒各种各样的食物，如花生、核桃、硬糖甚至柿饼。其他多，柿饼少。记得哥哥抢到柿饼舍不得吃，给了我。当我第一次咬开柿饼细细品味的时候，那甜甜的、糯糯的、津津的味道至今让我难以忘怀。从此，我就把吃到好吃的柿饼当成了人生中最大的享受。只是当时我所在的豫北农村并没有那么多的柿树，也没有人会务弄那些柿子做成柿饼。

真正让我年年吃到软软的柿子、柿饼是我到陕西上学之后，或者说是毕业工作之后。陕西是产柿子的大省，临潼的火晶柿子，富平的柿饼，终南山里各种大大小小的柿子更是天下闻名。记得有一年秋末初冬，单位在临潼华清池开一年一度的选题会。吃罢晚饭，几个好友相约到街道闲逛，猛然看到路边有一个老汉，面前放了一个大竹篮子，里面放满了红红的火晶柿子，一下子就让我们几个挪不动步子了。谈好价钱，两角钱一个，大家不由分说，围着竹篮子就吃开了。虽然也知道柿子不能多吃，但那个时候什么都忘记了，每一个人都吃了十几个。最后老大爷按照说好的办法，数着柿把子，结算了钱。

柿饼更是我的最爱。因为西安是省会城市，又离富平不远，秦岭山里又盛产优质柿子，所以在西安能吃到柿饼的时间很多。就是到农贸市场去买菜，也会碰到有卖柿饼的，也会忍不住地买一些柿饼回来，但总是感觉上了当。买回来的柿饼不是籽多，就是有些苦涩，吓得我也不敢轻易随便在农贸市场买了。真正吃到好吃的柿饼是我的外甥女和她的女婿买的，可能是外甥女婿家在富平的缘故，所以他买的柿饼，那才是真正的一个好，几乎没有籽，而且个大味正。从此，我知道了什么才是好柿饼。后来外甥女婿记住了，每年春节都会给我准备几斤柿饼。同事和朋友知道了我的这一爱好，也总会在年关时节偶尔带我一些柿饼。每每这个时候，吃着甜香糯软的柿饼，都会不由自主地想起我家后院的那三棵柿子树，想起老家地头的那棵老柿子树下懵懵懂懂的童年，想起树下几个调皮孩子无拘无束的笑声。

柿子树是原产于我国的古老树种，至今已有几千年的种植历史了。在我国民间，柿子树一直有着救命树、吉祥树之称。之所以是救命树，是因为在那一年四季吃不饱的年馑，树上的柿子终究可以让人们在秋末之际吃上一口自己喜欢的东西。之所以说它是吉祥树，则是因为"柿"谐音"事"，所以人们遇到、看到、吃到柿子，就寓意着事事如意、大吉大利。正因如此，过去人们讲究"门前有三树，子孙代代富"，就是寓意"开门遇好柿（事）"。在院子里种两棵柿树，寓意着"好事成双""事事如意"；画家画两个柿子寓意"好事成双"；柿子和苹果同框，寓意着"盛世平安""事事平安"等。所以，自古以来，柿树、柿子就与中国传统的喜庆文化紧密相连，并被赋予了喜庆美好与吉祥幸福等精神内涵。

正因为柿树在民间有着如此深厚的文化基础，所以提起柿树，自然会勾起人们的乡愁。特别是那深秋时节，红红的柿叶更是成为诗人抒情乡愁的信笺。如唐朝郑谷的《舟行》："蓼渚白波喧夏口，柿园红叶忆长安。"让人深刻感受到了柿园红叶满目之时，他是多么想念远方的长安，想念家中的父母妻儿。宋代何梦桂的《秋思有感》："落日西风捲白沙，关山万里客思家。芦花雁断无来信，柿子霜红满树鸦。"就更写出了柿红季节，那甜甜的柿子，满池的芦花，南飞的大雁，怎能不让人思念千里之外的老家？宋代郑刚中的《晚望有感》："沙鸥径去鱼儿饱，野鸟相呼柿子红。"读来不由得让人想念起家乡村头那一棵柿子树，那红通通的颜色，早已经摇醉了乡村的岁月，灿烂了乡村的秋光。在这里，柿子和芦苇、大雁、圆月一样，成为一个乡愁符号。

记得上大学前的那年秋天，秋高气爽，我的几个一起长大的小伙伴又一起来到了老柿子树下。大家围坐在一起，边吃着刚刚偷偷摘下的柿子，边说起即将远去读书的我和即将远去打工的有才，吃着笑着，笑着吃着，回忆着以往在一起的种种往事，并没有感受到即将离别的伤感。他们还笑着对我们俩说："你们中秋节回来，柿子就更好吃了，到时候给你们多留一些。"可是出去了的我和有才，那年中秋节因为距离遥远，舍不得再花父母辛辛苦苦攒下的车费，就都没有回来。记得那次我答应他们，明年中秋一定回来，再和大家相聚在老柿子树下。可不谙世事的我那时哪里知道，岁月是不会给你专门留下吃柿子的机会的，第二年也因为班里的集体活动而告吹。就这样，慢慢地，曾经一起长大的小伙伴们联系少了，甚至老柿子树下的快乐也在岁月的风中渐渐消散。

父亲去世的那年初春，办完丧事后，我踩着薄薄的积雪，又来到了村东头，想遥看一下曾经充满童年快乐的那棵老柿子树。可我已经看不到了，那里已经变成了一片片的农田，正长着一片绿油油的麦苗。我的心不由得沉了一下，仿佛被人连根拔起一般。我知道，那个曾经充满梦想的乡村少年已经不见了。

我站在熟悉而又陌生的地头，来来回回地走着，听着故乡熟悉的风声，踩在故乡熟悉的土地中，一次次地丈量着我和故乡的距离，努力捡拾着少年时代的碎片记忆，突然感觉有一丝冰凉的泪水顺着我的脸颊慢慢地流了下来。

是啊，故乡的泥土里，有我熟悉的时光，有我童年的快乐，可今天的我，一个两鬓斑白的中年人，已经成为年轻人不认识我，我也不认识他们的故乡人。

去年国庆，我和妻子到商洛的黑虎口镇游玩，返回的路上，突然看到路边两个和我们年龄相近的夫妻正在收摘着树上的柿子。不知怎么的，这个情景突然触动了我内心的柔软。我停下车来，和他们夫妻聊了好大一会儿。夫妻的背后就是他们的老屋，老屋的前面栽种着两棵柿子树。我问他们："这是你们自己种的柿树？"他们摇了摇头："是邻居家的，他们都进城去了。看着柿子一天天成熟了，掉落泥土草丛里，看着很是心疼。哎！小时候，人们想吃柿子，吃不够，现在柿子多了，却没有人吃了。"他们还告诉我，村子里的年轻人都去城里打工了，部分的老屋也都空无一人了。村子里熟悉的人越来越少，就连小时候一起穿着开裆裤长大的、喊着自己小名的也都在岁月中漂泊在各个地方。听到这里，我心里一酸，不由得又想起最近有关柿子的一句感叹："树还在，柿已黄，不见当年的偷柿郎。"

想到这里，我突然感到有些悲哀，我们这一代人，真的如人所说，也许注定是热爱家乡的最后一代人。我们的孩子以及孙辈终究要走向我们不熟悉的远方，他们讲着基本同化了的普通话，吃着大都一样的零食，却再难回到那个叫作老家的地方，故土的概念只会在他们心中越来越淡漠，过年的风俗也会渐渐被他们忘记，甚至在他们心中也不再会有乡愁，不会再有故乡……

还是那次在黑龙口，我久久地站在路边的那棵老柿子树下，看着枯枝上还悬挂着的那一颗颗红通通的、晶莹剔透的柿子仍在深秋的天空中摇曳着，我又一次想到了我那远方的家，想起了村头的那一棵老柿子树，想起了曾经一起长大的童年，也许我该回老家看看了。

摇曳着乡愁的树之七

崖边独有皂角树

已经有很多年没有看见过皂角树了。

那天我和妻子一起在秦岭的峪口里闲步慢走，突然看见地面上掉落有四五个黑色的皂角，不由得心中一喜。我捡起来，轻轻地一摇，丁零零响，再抬头仰望，只见碧绿的枝丫间，依稀有一些黑色的皂角悬挂着，摇曳着。可能是我太高兴的缘故，正思索间，又一个黑色的皂角掉落在我的脚边。看来，这些往年的皂角早已经受不住岁月时光的羁绊，纷纷掉落在地。那些依然吊挂在枝丫间的皂角，年老体衰，仍在枝头苦苦地等待着新一轮的轮回。

我看着手中这一个个黑溜溜光滑的皂角，倏然间，就像一把利刃，悄悄地把岁月撬开了一点点缝隙；又像一把钥匙，慢慢地，打开了尘封已久的记忆大门，让我一下子感受到了过去那段难忘的旧时光。

我所在的生产队里没有皂角树，相距只有一站路的毛姓亲戚家有两棵皂角树，让我对皂角树从小就有一种别样的感情。

亲戚家的两棵皂角树长在两米多高的沟畔上，每一棵都有十五六米高，粗壮的腰身，即使两个成年人也勉强才能搂抱过来。每年春夏之际，皂角树上绽放着的那一朵朵洁白无瑕的花朵，犹如碧绿的草原上点缀着的一朵朵小花，又如长夜当空的一颗颗繁星，给这棵历经沧桑的皂角树，平添了几分不可言喻的柔美和雅致。树顶中间有两个大的喜鹊巢，每到这个时候，喜鹊更是一天到晚，叽叽喳喳，叫个不停。到了秋冬之际，树上的叶子一片片地飘落着，最后只剩下了粗壮的树干以及挂在树干上摇曳着的皂角。此时，两棵粗壮的皂角树就像大门前的两个守护神一样，又像两位久历沧桑的老人一般，静静地守候着沟畔上的这户农家。不仅如此，无论是过年过节走亲戚，还是一年四季人们到当时所谓的公社、县上去，认识的，不认识的，每每走到这两棵粗壮的皂角树下，大家总是不由自主地想停一停，歇歇脚，喝口水，拉拉家长里短，说说人间奇事。但那时的我对这两棵皂角树并没有什么特别的感觉，只是觉得那光溜溜的皂角好玩罢了。

因为母亲曾经"寄给"毛姓奶奶的缘故，母亲和毛姓家就有着很近的关系。所以除走亲戚之外，农闲之际，甚至从公社回来，路过亲戚家，碰见了，母亲也总会在皂角树下和亲戚说说话。每每说着说着，都会说到门前的这两棵粗壮的皂角树，说它们已经多少多少年了，说每年两棵树都会结出很多很多的皂角，谁家的小媳妇经常来要皂角洗头，哪个路过的人都夸说他们家这皂角树上的两窝喜鹊，一定会带来好事连连的……

说完，聊完，每次临走时，亲戚还总不忘给母亲装上一些平时存放的皂角，让母亲带回去洗头洗衣用。尽管母亲总是推辞着，但还是很高兴地收下、不停地说着感谢的话。母亲每每走到皂角树下，还会时不时地、忍不住地朝树上多看上两眼。我知道，母亲是多么希望皂角树上还能被风多吹落掉几个皂角。

正因为知晓母亲的心思，所以我就很想帮助母亲多多地搞到一些皂角。有一年秋天，我和母亲从姐姐家赶集回来，看着沟畔没人，捡起地上的瓦片，对准树上的皂角便扔了出去。母亲仿佛吓坏了一般，连忙大声地叫我住手。我不解地问母亲为什么呀？母亲告诉我："树上的皂角是不能敲打的，只能捡树上掉落下来的。如果谁不听劝告，老天爷是会惩罚你的，不是让你头疼，就会让你生病。"虽然我不知道这棵大树到底会不会惩罚我，但看着母亲对神虔诚的样子，我还是住了手。这个时候，母亲就会拉着我的小手，深一步，浅一脚地慢慢地向家走去，度过那一段距离不长却慢悠悠的旧时光。

那时，村里的供销社已经有卖肥皂的了，但因为家家户户一年劳务下来，并没有换来几个钱，所以平时人们根本舍不得用肥皂洗衣洗头，要么使用烧过的秸秆草灰来洗，要么就是用这种来之不易的皂角。记得母亲把亲戚送的皂角带回来之后，先用木棍把它们一一敲开、敲碎，然后就放在大锅里慢慢地熬。熬呀，熬呀，等锅里的水逐渐变成了黑色，母亲就把黑水倒进木盆里，待凉之后，再把衣服一一泡在皂角水中。于是，母亲便开始了一仰一俯地劳作，不停地洗呀，洗呀，洗净了衣物，洗尽了岁月，也把母亲的腰洗弯了。

后来家里条件好了，母亲每每在用洗头膏、洗衣粉洗头洗衣时，还总是不由自主地会叹一口气，然后自言自语地说："这些东西哪里比得上过去用皂角洗衣洗得滑溜柔软，洗头洗得黑亮光滑呀，可现在还能去哪里再找到皂角呀！"

皂角树下的旧时光依然时不时闪现在我脑海里。记得有一年的深秋时节，正刮着呼呼的风，我刚刚从公社的姐姐家回来，路过亲戚家，突然看到皂角树下有五六个同龄的小朋友在树下翘首等待着什么。我连忙也跑上沟畔，才知道他们正等待着大风吹落树上的皂角。

很快，就有一个皂角掉下来了，又一个皂角掉下来了，每掉下一个皂角，就会引起小伙伴们一阵子的喊叫声，以及来来回回不断争抢着的身影，然后就是五六双小手一齐伸了出去。就在这不断地争抢中，又会有一个、两个皂角被风吹落下来，落到地上，落到小朋友的头上，紧接着又是一阵子的欢笑声和骂声。那个时候，由于我的身体瘦弱，没有和小伙伴们争抢的资本，但为了得到皂角，我会等到天黑时分，让哥哥陪着自己，提着玻璃罩着的煤油灯去捡，或者是第二天早早地起床，赶过去捡拾，也常常会拾到不少。

还有一次，我陪着母亲到亲戚家。母亲和毛姓家的奶奶、姑娘一起坐在皂角树下说着话。正说得起劲时，突然一个皂角砸落下来，正好落到了毛姓姑娘家的背上，吓得毛姓姑娘一声惊叫，倒在了地上。姑娘的倒地，又惊吓了卧在旁边打着瞌睡的黄狗，黄狗一个翻身，就蹿了出去。黄狗的奔跑，又踩住了正在一边刨食的两三只鸡，被惊吓到的鸡顿时扑棱着翅膀就是一阵子

深秋的皂角，挂在树梢，一有风便丁零丁零地响

的"咯咯咯"的叫声。这时，毛姓奶奶笑了起来，母亲也笑了起来，毛姓姑娘拍打着身上的土也笑了起来。我站在母亲身边，仿佛听见树上的皂角也传来了一阵子"丁零丁零"的笑声。看来也正应了那句老话：树上吊着多少个皂角，也就吊着多少个快乐。

皂角，作为中国最早的洗涤用品，已经有上千年的使用历史了。据史料记载，宋代人们就将天然皂角捣碎，加上香料制成橘子大小的球状，专供富有的人们洗脸洗头之用，这就是香皂的前身。到了今天，各种各样的洗涤洗发用品多如牛毛，品牌众多，人们再也不用皂角洗头、洗衣了，但每每看到皂角树，看着挂着的那一个个黑色细长的皂角，让我还是感到一种亲切感。记得那次在山里遇到皂角之后，我还专门捡拾了一些回来，一是给女儿看一看，二是摆在了书柜的一角，用红丝带捆成一札，每天看书的时候，也总是会不由自主地看上那么一眼，看了，心就静了。慢慢地，我才知道，我之所以这么做，只是为了我自己，只是为锁住那一段充满快乐的难忘的童年时光。

日月如梭，时事变迁，山里皂角树上的皂角年复一年地在树上轻轻地摇曳着，这里也成为我以后经常光顾的一个地方。春天来了，我会和妻子一起去看看皂角树上那开满了一树的繁花；夏天到了，我会去数一数枝枝丫丫上结满的一个又一个嫩绿的皂角；秋天到了，我会傻傻地站在崖边，守株待兔般地等待着被大风吹落的那黑色的皂角；冬天到了，我会站在树下，闭上眼睛，仔细聆听或捕捉着那枯叶落尽，枝丫间悬挂着的那一只只黑亮亮、光溜溜的皂角所发出的丁零丁零的响声。

就这样，一年一年的，这棵皂角树，不仅把皂角一点点地从嫩绿摇成了土黄，摇成了黑色，又把黑色的皂角摇成了一树的嫩绿，也在这一年年的摇曳中，也把那个性格中有点自卑、有点青涩的少年，摇成了两鬓斑白的中年人。

记得那天，我在崖畔的那棵皂角树下，静静地站了很长很长的一段时间，我仔细地打量着蓝天白云下的这棵粗壮的皂角树，静静地抚摸着手中这几个光溜溜的皂角，仿佛天地之间，是那么的安静和平和，我的心是那样的静谧和柔软，让我感受到了一种从未有过的远离城市喧嚣和浮躁的静寂。

"皂角树，生尖刺，刺鬼刺妖镇宅子。皂角树，结皂角，洗衣洗头吹泡泡。"我轻轻地吟诵着小时候背过的这首有关皂角的歌谣，仿佛又一次回到了那个久远的故乡，想起了亲戚家那两棵皂角树下曾经有过的时光。我知道，亲戚家的那两棵皂角树，后来因为马路的拓宽，早已经被砍伐挖走，消失在故乡的风雨中，每每想起，心里难免感觉到一种空落落的感觉，仿佛童年的时光也一下子淡化了许多。但我知道，沟畔上亲戚家的那两棵皂角树，不仅一直留存在过去的时光里，也一直驻足于那个乡村少年的心头。

磨剪子嘞戗菜刀

今天朋友从遥远的南洋发来微信说："现在都见不到走街串巷吆喝磨剪子戗菜刀的人了，好多儿时的熟悉的手艺人和叫卖声都消失了。"不提则罢，朋友一提，那埋藏在内心深处的记忆顿时像潮水般涌上心头，那久远的"磨剪子嘞戗菜刀"的声音，又一次次簇拥着在心头叫响。

记得小时候，每每于生活的缝隙中突然听到一阵阵拖着长腔的"磨剪子嘞——戗菜刀"的叫喊声，紧接着，扛着一条长凳子的手艺人便出现在自家的门前。这个时候，正在做着孩子们衣服的母亲，正在切着菜的奶奶就会从纸浆糊成的半圆形针线筐里或竹筐里赶忙拿着一把或两把半新不旧的剪刀、菜刀，交给磨刀人让磨得锃光发亮。

那个时候的剪刀或菜刀最有名的就是张小泉或王麻子了。听父母说，那时不管是谁到上海或北京以及其他的大城市出差，同事或亲戚要求给自己帮忙带东西的，最多的就是张小泉或王麻子剪刀和菜刀了。那时这两个品牌的刀就像是现在的华为和苹果手机一样有名，不但谁家的小媳妇嫁过来必须有，而且邻居之间、妯娌之间通常也会相互借剪刀用。一打问，没有这种剪刀或菜刀的一定会说："下一回我也让谁谁谁给我带一把张小泉或王麻子。"

磨刀人的工具并不复杂。一条长长的条凳，一条各种颜色的围裙，长条凳一头用钉子钉好的类似汉字"八"的夹角正好固定住了磨刀石，磨刀石的旁边挂有一个塑料瓶，里面盛有半瓶子水。再加上一把戗子，便是磨刀人全部的家当。当磨刀人开始工作时，就会骑坐在长条凳上，身体前后推挪着，就像人在骑马一样。记得小时候的儿童谜语中，就把磨刀人叫作"骑着它不走，走着不能骑"，说的正是磨刀人这种奇怪的工作方式。尽管如此，磨刀人在当时也是大家公认的有本事的手艺人，不但讨家家户户的女人喜欢，而且在当地也是很受人尊敬的。

磨刀人有能说的，也有不能说的。不能说的，见到妇人拿来的剪子或菜刀，二话不说，就磨开了，价钱自然都是心知肚明的，磨刀人也不会乱涨价。一磨完，交给妇人，拿了二分钱就又磨开了下一把刀。

喜欢说话的，自然从头到尾嘴巴就没有停过，一边磨一边与身边的妇人小孩开着玩笑。不是夸女人的头发梳得油光，就是夸谁家的小媳妇长得俊俏。

更好笑的是，当他把刀磨得锃光发亮的时候，常常拿身边的小男孩子开玩笑，说要用剪刀或菜刀割掉小男孩的小鸡鸡，看锋利不锋利，吓得小男孩赶忙跑开了，磨刀人也会哈哈大笑起来。

我小时候对磨刀人并没有什么特别的记忆，但也喜欢围在磨刀人旁边，看他一长一短地伸着腰磨着剪子或菜刀以及逗着哪个孩子说话。真正有记忆的莫过于当时每一个人都不知

"磨剪子嘞戗菜刀"的叫声，一下子就把人拉进了过去的岁月中（李昆 供）

道看了多少遍的电影《红灯记》了。因为电影里就有一个磨刀人，头戴一顶旧毡帽，身穿一件不知道打了多少个补丁的旧棉袄，走街串巷地吆喝着"磨剪子嘞戗菜刀"。电影里的磨刀人其实是地下工作者。所以那时在我心里，当每一个吆喝着"磨剪子嘞戗菜刀"的磨刀人，在自家门口或街道里磨刀的时候，我也常常认为，这个磨刀人可能就又是一个地下工作者。正是由于这种思想作祟，记得有一次，我趁磨刀人不注意，还几次三番地朝他的前腰或后腰看，甚至还装模作样地摸了一下，看他到底藏枪了没有。

"磨剪子嘞戗菜刀"，对于五十岁以上的中国人来说，这是再熟悉不过的经典声音了。那腔调、那装扮，反映的是那个时代走街串巷的穷手艺人为家族生计而奔波的辛苦场面，凡是经历过那个时代的人依然能从这一声"磨剪子嘞戗菜刀"的叫喊中，感受到老百姓生活的美好以及温暖。

随着时代的进步，许多手艺人不见了，许多手艺也没有了，甚至连许多童年时的声音也听不到了，但磨刀人吆喝出的这一声"磨剪子嘞戗菜刀"却成为我们这一代人永远难忘的经典，承载着我们这一代人永远无法忘却的记忆。

所以，当朋友今天的一声叹息，说起"磨剪子嘞戗菜刀"这一声童年时的经典声音时，虽然是在遥远的南洋，但却勾起了我内心深处永久的记忆。真的，此时所有的语言都无法抵御童年的这一声悠长的吆喝，也忍不住地想对南洋的朋友大喊一声："磨剪子嘞戗菜刀！"

童年记忆之二

看电影

小时候，农村文化生活少，电影并不像现在什么时候都可以看，经常是一两个月每个村才轮到一次。所以在当时，如果哪个村里放一场露天电影，对那个村来说，可是一件了不起的大事，不仅全村大人小孩奔走相告，而且还会叫自己的大姑二姨、姐姐外甥来村里看电影。

农村的露天电影对放映场地要求十分简单，一大块平地，竖两根木杆子挂上幕布，再等到天黑以后，摆好放映机就行了，但最多的还是借学校的操场放映。所以，常常是还没等到天黑，学校的操场上便早早地或坐或站地聚满了观众。

为了看电影，人们一般会早早地去占个好位置。去得晚了，只好在最后面，甚至到银幕的背后去看，背后看的和正面看的恰好是反着的影像，就这人们也是挺满足的。看电影的时候，不仅有站着的，有坐着的，还有让孩子骑在大人脖子上的，也有孩子被父亲扛在肩上的。最有趣的是，如果放映场上有大树，树上也会常常有三三两两的孩子把树夹得紧紧地，两眼紧盯着银幕。

占据一个好地方不容易，孩子们看电影途中如果想撒尿，又怕自己的位置被别人占了，就有自己的办法。一般在电影开始前，孩子们都会用除草的小刀在自己的凳子下挖一个小坑，大小像现在的茄子一样，如果看电影中间需要方便的时候，就直接尿在小坑子里。最可笑的是，第二天一早，可苦了学校的体育老师。因为满地的小坑坑早已成为操场清晨的一景了。

那时候可以看的电影也不多，记得看得最多的就是《地道战》《地雷战》

《南征北战》以及八大样板戏。虽然也有一些其他电影，如《瞧这一家子》《燕归来》《我们村的年轻人》《十六号病房》等等，但对于那个时候的我来说，最喜欢的还是战争片，像前面说的《地道战》《地雷战》《南征北战》等等，每一部都看了不下十遍。此外，像阿尔巴尼亚的《宁死不屈》，越南的《阿福》，南斯拉夫的《瓦尔特保卫萨拉热窝》，也是看了一遍又一遍。

一放电影，全家老小、七姑八姨都会赶来看（李昆 供）

　　到邻村看电影，走十里二十里的，也是经常的事，这样就常常会发生一些可笑的事。记得有一次在邻村看电影，我的一个小伙伴就因为找不到同去的小朋友而走到了别村。后来还是遇到了好心人才被送了回来。许多年后，这件事仍然是小朋友们口头的笑资。直到某年我回老家，遇到小时候的这个伙伴，还是忍不住地想笑。

　　看露天电影也是谈恋爱的男女青年们必有的一道程序。那个时候，谈恋爱远没有现在这样大胆公开，更不敢大模大样地让人知道，只能偷偷的，所以每到看电影的时候，一般都是早早地约好时间，约好地点，在哪里见面。由于在那个时间大家又都是向同一个方向赶去，又怕村里熟人看到，于是，虽然是两个情投意合的人，也会中间相隔一段距离。等到了地方，先是左右看看有没有熟人，再前后看看附近有没有人注意，然后才会趁人不注意的时候悄悄地拉一下手，拥抱一下。那时间之短，拉手之迅速，现在的年轻人都想不来。

由于放电影大都是在学校操场上，不像现在城里的阶梯影院，前面如果有人起身上厕所，对后面的人观看没有什么太大的影响。可露天电影却不一样了。正在看电影时，如果坐在放映机前的观众挪个身子，或起身上个厕所，或伸个懒腰什么的，都会将自己的整个背影或两条胳膊映现在银幕上，惹得好不容易看一场电影的人大呼小叫。也许是调皮的孩子发现了这个秘密，看电影期间总是会有调皮捣蛋的孩子故意伸出自己的一只手或两只手，引得人们大喊大叫；也常常有大人笑着对刚才故意捣蛋的孩子家长说："你儿子又给你挣了不少骂。"

我是家里最小的孩子，又是奶奶喜欢的小孙子，所以奶奶对我看管很严，即就是在本村看电影，也会千叮咛万嘱咐地让哥哥、姐姐把我带好，更别说到邻村看电影了。记得每次到邻村看电影，奶奶总是不让我去，还拿那个走迷路了的小朋友作为警戒。但我又确实想去看，于是每每就叫隔壁的小姑去给奶奶说情。因为小姑最受奶奶的喜欢，所以十有八九，只要小姑一说，我都会跟着小姑去看的。所以直到现在，每每提起小姑，我心里总是有一种幸福的感觉。

一转眼，在这个用砖和水泥筑成的城市里我已经待了近四十年了，虽然现在在城市里看电影，只要你想看就可以看，甚至想看什么就可以点播什么，但我却再也感受不到小时候看露天电影时那种开心了。我知道，童年的时光已经离我们越来越远了，但童年的记忆却永远不会模糊。

打纸片

风行于 20 世纪 70 年代的打纸片游戏，也承载着我们那一代人的许多快乐和幸福。

打纸片，地域不同，叫法也不同。当时我们农村一般叫打菜包，一个人可以自己玩，两三个人可以比着玩，三四个人可以互相追逐着玩，是课间、课后、放学路上都在玩的一种游戏。

谁是打纸片游戏的祖师爷，我不知道，但玩打纸片游戏在那个年代可是风行于城乡的小学生之间。

这一点，后来还是我上大学之后，有一次和本班的一个同学说起来，一个郑州的同学说，他们小时候也玩过这种游戏才知道的。

打纸片并没有特别复杂的程序。首先用纸折叠成正反两面的正方形，一面有相交的纸纹路，一面没有。规则也很简单，双方先"锤子、剪刀、布"猜拳，输者先把自己的带有纹路的纸包正面朝上，放在地上，另一人用自己的纸包使劲地朝地上的纸包去砸，或者在地上的纸包旁边砸，目的就是通过砸或震动带起的风，让地上的纸包翻个盖儿。翻过来了，就为赢，纸包就归了对方，然后输的一方再拿一个纸包放在地上，继续玩。如果没有砸过来，对方开始砸。这样，要想取得胜利，就必须找那些结实、厚重的纸来叠，而且要尽可能把纸包叠得大一些，这样叠出来的风力大。所以寻找那些结实和有分量的纸，就是那时小朋友们的心愿。

20 世纪六七十年代基本上家家都有一套《毛泽东选集》，可没有哪个人敢撕领袖的著作做纸包。有的孩子的爸爸喜欢抽烟，香烟盒纸就是最好的，又结实又漂亮，唯一的不足就是纸张有点小。我的父亲以及哥哥都不抽烟，对于我来说，这条路是行不通的。当时的每个村都有一个供销社，里边卖着各种各样的日用品，其中就有一大整张的红纸、绿纸、白纸，母亲就经常把纸买回来，剪成本子大小，用针线帮我订起来做本子。可这种纸很薄，没有分量，虽然做打纸片可以，但最容易输掉。还有一种纸，又结实又有分量，那就是装水泥的牛皮纸袋，一般都是三四层，我们偷偷拿回来，吹掉或擦掉上面的水泥，叠成一个又一个纸片，常常弄得浑身灰一片，白一片。

记得有一次一个叫小军的小朋友，为了找打纸片的纸，趁哥哥不注意，把哥哥的作业本封面撕了下来，做成纸片就去玩了。正玩得高兴，被母亲拧着耳朵揪走了，原来哥哥发现后，告诉了母亲。还有更可笑的事，一个小朋友为了玩纸片，把奶奶刚刚偷偷请回来的保佑家人的神符给拿走做成了纸片。当时农村人迷信，家里的人病了，又没钱看病，就去神仙那里偷偷请一个符，让回来烧。奶奶准备烧的时候却找不到那张黄纸了，正好又被小朋友的姐姐告了状，这下子可了不得了。奶奶大骂着，母亲抄着扫帚追着，要不是那个小朋友躲到我家的后院里，从里面插上门，还不定被他爸爸踢几脚呢！

农村里没有哪家家长会专门为孩子准备一个书房，也没有自己的书桌和抽屉。虽然我赢得次数不多，但我还是在有一次到表姐家走亲戚的时候，专门向在供销社当服务员的表姐要了一个纸箱作为自己储藏战利品的地方，也成为那个时候藏了许多童年记忆的神秘箱子。为了保险起见，我还让哥哥在上面用铁丝拧成一个环环，又买了一把小锁，自己拿着钥匙，一直偷偷地藏在自己的床下。后来上了大学的第二年暑假，当我从床下取出这个纸箱时，纸箱已经潮湿得不行，里面奋斗了一个学期的战果，全部变成了一堆湿乎乎的烂纸。

从那时起，我知道，曾经快乐的童年游戏打纸片已经成为记忆，成为一去不复返的一道美丽的风景。

童年记忆之四

冰溜子

说起冰溜子，20 世纪 60 年代后出生的人一定都不会忘记，甚至都能一边"嘿嘿"笑着，一边给你讲起几段童年里有关冰溜子的趣事来。

冰溜子是老家农村冬季里一道独特的风景，对我来说，有着更深的记忆，那是一段属于童年时代冬天里最快乐的时光。

小时候，在我的老家，农民的住房大都是用小麦秆俗称麦秸搭成的草房，屋顶铺得厚厚的，冬暖夏凉。但是冬天一到，气温很低，大雪纷纷扬扬，草房子上面就会落上厚厚一层的雪。由于早晚温差较大，当正午的太阳出来之后，草房子上的雪就开始慢慢地融化了。雪水顺着麦秆开始了一天"滴答、滴答……"的营生。到了半下午甚至傍晚时分，天气逐渐变冷，滴着的水开始慢慢地被冻住。之后，房间里的热量也在一点点地降低，慢慢地就形成了一小截、一小截的冰溜子。冰在慢慢地融化着，前面的冰溜子又不断地被后面的冰水浸透着，延伸着，最后就在屋檐下形成了一排排的晶莹剔透的冰溜子。阳光一照，冰溜子熠熠生辉，就像给这简陋的屋檐镶嵌上了银色的、有着高高低低图案的花边。

房檐下的冰溜子，可是童年时代农村娃娃手中亮晶晶的玩具，也是那个时代小朋友们冬季里的免费零食。

过去的草房子都不高，看到屋檐下的冰溜子，个子高的伸手就能摘下，但对于孩子们来说却是不容易的。稍大一点的孩子会自己搬个凳子站在上面自己取，个子低一点的孩子也会拿个长棍子去轻轻地捅一捅，但捅到的十之八九都会掉在地上摔成八瓣。那个时候，拿着长冰溜子的孩子的那种自豪感，不亚于今天手中的苹果手机，而没有长冰溜子的孩子眼中尽是羡慕嫉妒恨。好在当时我有哥哥，他一伸手就给我摘了几根冰溜子。

拿到了冰溜子，孩子们的节目就开始上演了。先是相互比较着，品评着谁的冰溜子粗，谁的冰溜子长。随后，几个小朋友站在一起，先是左顾右看地看了看附近有没有自己的家长，如果没有，就会忍不住地开吃自己的冰溜子。他们仰着脸用舌头轻轻地舔一舔，品尝着味道，不一会儿，就开始咔嚓咔嚓地嚼起了冰溜子，就像现在小青年吃辣条一样。关系好的，小伙伴们还会互相吃对方的冰溜子。

家长看不到固然没有办法，但只要家长看到，挨一顿骂那是少不了的，甚至挨一顿打也是很有可能的。因为冰溜子是房上的雪水融化形成的冰，虽然看起来晶莹透亮，纯洁无瑕，但其本身常常附着许多杂质或细菌，吃了，

冰溜子，旧时光里的冰激凌

轻者会闹肚子，重的还会到医院去住院打针吃药。但好奇又是孩子们的天性，这么漂亮的冰溜子，不尝一口，实在太对不起这个冬天了。所以尽管手冻得通红，冰溜碴子在嘴里来回倒腾着，脸上那种快乐的样子，嘴里那种冰凉冰凉的感觉，比现在孩子们吃冰激凌还要过瘾。

冰溜子不仅让处于儿童期的小伙伴们感受到城市里吃冰棒的快乐，还是小伙伴们冬天里最好的玩具。取下的冰溜子拿到手里，就成为一把亮晶晶的"宝剑"，尤其是那种特别长的冰溜子。虽然冰溜子把两只小手冻成了红红的一片，但孩子们的额头上却冒着一阵阵的热气，甚至脸上还渗出了一层细小的汗珠。每当这个时候，家长们总是不停地交代着，玩的时候，不准对着人，更不能对着眼睛，不然眼睛就会被刺瞎的。虽然父母的叮嘱有着吓唬孩子的意味，但冰溜子的尖头伤人却是不争的现实。虽然那个时候很少听到谁的眼睛被刺瞎的情况，但前一阵子一个在城里送快递的小哥被突如其来地从屋檐下掉下的冰溜子砸死，却是血淋淋的事实。

小伙伴们拿着冰溜子不仅互相追逐着冲啊、冲啊地向前跑，以此抵御着漫长冬季的寒冷，而且还互相取乐。记得小时候，几个小伙伴在一起玩得最多的就是丢冰溜子。一是趁人不注意的时候，悄悄地放进小伙伴的衣领里，顿时就会感到有一股刺骨的寒意滑过你的后背，并会顺着后背直溜溜地向下滑。当时小伙伴们都是穿着厚厚的棉袄，用布带子束着，有的还是连体的，一时又取不出来。等解开时，冰溜子又顺着屁股滑溜下去了，直到脚跟。被丢冰溜子的小伙伴全身上下动弹着，扭动着，骂着"看我下一次怎么收拾你"，周围的小伙伴却是一个个仰头大笑，甚至还有的小伙伴跑去帮倒忙，故意把被丢冰溜子的后背揪起来，让冰溜子滑溜得更快一些。再一种玩法就是比赛跳高，看谁能打着冰溜子，有的打着了，冰溜子掉在地上，被摔成了四分五裂；没有打着的，就甘愿认输，要么把自己的小人书让给大家看，要么就是让对方在额头上轻轻地弹一下……

虽然那个时候，没有高楼大厦，家家都住的是草房或平房，但房檐下的冰溜子却成了孩子们最好的玩具。可以说，冰溜子有着许多人共同的记忆，闪烁着无数小伙伴的梦想，冰冻着每一个小伙伴的笑声。

如今，许多年轻人早已经大包小包地走出了老家，告别了故里，穿行在各个城市的大街小巷，奔波在生活的繁忙中。高楼大厦代替了低矮草房，没有屋檐的高楼自然也就没有了屋檐下那曾经悬挂过的故事，没有了冰溜子掉在地上破碎的声响，更没有了冰溜子穿行后背时身体的扭动和开怀大笑。特别是现在快节奏的、忙碌的生活，也让很多年轻人没有机会、没有心情去享受这种冬季里特有的闲情。然而，只要一有机会，这童年时代的冰溜子就会一件件地勾起你内心的柔软，伴随你游走在每个城市的角落。

去年冬天，我带妻子到分水岭玩。在离分水岭不远的一个村庄，看到许多游客停了下来，我赶忙打听怎么回事。原来这家农家乐的主人很会做生意，他知道现在城里的很多孩子甚至大人都没有看到过冰溜子了，便在小河边利用积累起来的很多柴草细枝，搭建了一个屋檐，每天晚上主人都会下到河边，每半个小时向树枝上浇水。水在一层层地结冰，冰溜子也在慢慢地延长。没有见过冰溜子的孩子们或者没有看到过如此众多冰溜子的大人，纷纷停下车，交上10元钱停车费，便可以免费下到河沟，让你欣赏到大概15米长的冰溜子。大家在冰溜子前拍呀，照呀，别提有多高兴了。特别是太阳出来后，阳光一照，冰溜子更是五彩缤纷，吸人眼球。此时山里的气温很低，尽管我把衣服裹得紧紧的，可山里的寒风还是一点点地钻进我的衣领，包围着我的全身。

随着城市的楼房越建越高，冰溜子也慢慢地离我们越来越远。如果有机会，到曾经的岁月里去走一走，看一看吧！去把小时候曾经的记忆续起来，凝聚成一腔的乡愁，伴随我们未来忙忙碌碌的日子。

童年记忆之五

拔猪草

　　我出生在 20 世纪的三年困难时期，也是人们温饱最难挨的时候。当时国家对肉猪实行统购政策，鼓励家家户户养猪，尽管人都难以吃饱，但每一家还是会想方设法地养上几头猪。当然，猪长大了，卖给了国家，既可以帮助解决一家人吃穿用度等主要生活用品的开销，又完成了上级交给的饲养任务。

　　但那个时候，人吃饭都成问题，猪自然也不会好到哪里去。于是拔猪草喂猪，就成为每一个农村男孩女孩必上的劳动课，也是农村最为常见的一种劳动活动。

　　拔猪草，又称为割猪草、㛮猪草。不分大人孩子，男人女人，虽然大人也常常会拔猪草，这里说的却是农村小学生放学回家后又㧟上竹篮子去给猪拔草的事。

　　拔猪草的工具非常简单，一个竹篮子或竹筐或一条小布袋子，再加上一把小铲刀而已。下午放学后，还没扔下书包，就听到了父母在喊："快去给猪拔草！猪都饿得在叫呢！"于是扔下书包，㧟起篮子，有现成馍或其他食物的，抓一个；没啥吃的，也连跳带唱地跑出了门。

　　所谓的猪草，实际上就是长在田间地头、水沟渠边或者庄稼地里的杂草。把这些杂草拔下来既可弥补猪饲料的不足，也可以为庄稼除去吸收营养的杂草。拔猪草的时间通常是春、夏、秋三季。春天，万物复苏，田间地头、庄稼地畔，既长出了绿油油的庄稼，也会长出绿莹莹的嫩草。夏天，正是庄稼长穗结果之时，也是杂草长得最旺的时候。到了秋季，虽然庄稼接近收获，但水沟渠边还会长满猪喜欢吃的杂草。

那个时候，也不知道怎么的，粮食产量不高，杂草倒是长得格外的旺，蒲公英、格巴草、苦苣菜、马齿菜、荠荠菜、面条菜、灰灰菜、地肤、渠渠菜，几乎什么都有。而猪也基本上不挑食，拔来什么，它就吃什么。但我知道，猪最喜欢吃的还是渠渠菜和刺儿菜了。渠渠菜是一种味儿肥厚，鲜嫩无筋的野草，味道虽然有些苦，但却含有较高的营养价值。刺儿菜在农村也是一种最为常见的路边野草，叶子上长有幼小的刺。初咀嚼时带有苦味，但留下的却是甜味。这种野菜不但猪喜欢吃，有的时候人也会拔来焯焯水，调成凉菜自己吃。还有一种叫格巴草，整个身子趴在地上生长，伸到哪里，就在哪里长出须根，但其鲜嫩的枝叶也是猪喜欢吃的野草。扯上一根放在嘴里咀嚼，口中也会有一股甜甜的感觉。地肤在农村是一种做扫帚的菜，小的时候比较嫩，也是猪喜欢吃的食物。

尽管拔猪草是每一个农村孩子必上的劳动课，但并不会引起小伙伴们的反感，反而，我感觉到，不管是男孩子还是女孩子，大家都非常愿意或者说高高兴兴去给猪拔猪草。就我自己来说，也是这样的心情。在学校受老师管教一天了，借拔猪草的机会在广阔的庄稼地里释放一下儿童的天性是再好不过的。况且那时的学生，不像现在的小学生负担这么重，要学这个，要学那个，也基本上没有什么作业，而且八九岁又是猪狗都嫌的年龄，所以一放学，通过拔猪草的机会，约上几个小伙伴，在田野里疯呀、闹呀、打仗呀、爬树呀，摘个柿子，逮个知了呀，也是非常乐乎的，不知忧愁！

但拔猪草总是有你拔多我拔少的时候，也有今天拔多明天拔少的时候。拔得多了，父母自然高兴，也会赏给你一块小点心或烙一个小小的油馍；拔得少的，轻者被父母骂一顿，重的也许会被父亲踢一脚，骂你一句"光知道玩"！为了避免被父母责骂或追打，小伙伴也会想各种办法，来哄骗父母。最常见的就是把猪草放得松松垮垮的，或者放一些其他庄稼秆子充数，这样表面上看起来不少，但实际上的猪草并没有多少。

　　记得拔猪草时发生过的一件最有趣的事就是，有一次和小伙伴们高高兴兴出去了，可到了田间地头或者说钻进了玉米地，一玩起来就什么事情都忘了。到天黑的时候，才想起自己忘记给猪拔猪草了。怎么办？然后便是紧一阵子地东拔一把，西薅一丛，可短时间哪能一下子拔得那么多呀，于是同龄的有才便提出："你在篮子中间用小嫩树条圈成一个圆圈，用棍子撑起。再把刚拔的猪草铺放在上面，这样，你的篮子就装满了猪草。"我照着一做，果然很有效果。回到家后，父亲一看我今天拔了那么多猪草，正想表扬我两句，可伸手一抓，一下子就露馅了，转身就要抢起笤帚打我。后来我对有才说："那个办法不行。"可有才还是满口保证，是我自己领会不精才导致的。他告诉我："你这样做的时候，既要让父母远远地看到你拔了不少，还要避免让父母去喂猪草，而要趁父母不注意，赶快把猪草倒进猪圈。倒进去了，两三头猪立马就围上来了。即使被父母发现，也可以说被猪吃掉了。"虽然猪有口难言，但"噢噢噢"的饿叫声也会让父母怀疑的。这样的办法也只能偶尔使用一次两次，使得多了，总会有露馅的时候。

　　在拔猪草的间隙，小伙伴们也会玩许许多多的游戏。如小伙伴们在一起比赛折红薯叶的茎，一截一截折断，外皮却粘连着，女孩子会把它挂在耳朵

拔草空闲，斗鸡是小朋友最喜欢玩的游戏

111

两边当作耳坠，男孩子则会绕在手腕上当作手链。女孩小风的手最巧，她会把几根连接起来，绕着脖子一圈子当项链。秋天来的时候，小伙伴们还会比赛捉蚂蚱。秋收后的蚂蚱特别多，小伙伴们会一边拔草一边看谁今天捉的蚂蚱多，然后把捉来的蚂蚱用狗尾巴草的草茎串起来。最可笑的是，一只刚刚捉来的蚂蚱不小心，又跳到了一个小伙伴的衣服里，吓得这个小伙伴身体来回地扭动着，别提多逗笑了。但最让我想笑的，至今难忘的还是大家一起躺在秋收过后新翻过的土壤上玩的游戏。那时候，天高气爽，大地辽阔，身下是新鲜的土，耳边是干净的风，空气中流动的是土的味道、草的味道。四五个小伙伴齐齐地躺成一排，抓起身边的土向空中撒，看谁撒得高。谁撒得高不知道，但土落到身上、嘴里却是人人感受到的。每当这时，大家便会笑作一团。一转眼，我已经到这个城市生活近四十年了，再也没有养过猪，也没有再拔过一次猪草，但每每想起童年时期拔猪草的事，就忍不住地感到亲切和难忘。记得有一次秋天回老家，我在田间地头闲逛时，不由自主地又想起了小时候在这里拔猪草的事情。我弯下腰来，顺手拔了一大把渠渠菜，在鼻子下闻了闻，草还是那样的味道，可我却找不到童年的快乐了。我站在田头，在空旷的田野里，除了手中的渠渠菜陪伴我之外，有的只是乡村空旷的田野和流动着新土和青草味的微风。

童年时代的许多场景都渐渐消失在未来的岁月中，但每每想起小时候拔猪草的情景，我总是不由自主地放声大笑起来，因为那是我曾经熟悉的或感到亲切的童年环境，也是每一个乡村孩子心底深处的一种特殊时空里的记忆。虽然那个时候，人们的生活不是那么美好，但那种简单、无忧无虑的童年生活，却让我不断地处于回忆之中。我也很感谢我有那一段拔猪草的生活，它让我明白了"撒谎总有露馅的时候"这一道理，也让我学会了很多应该知道的知识。

童年记忆之六

自行车往事

一

20世纪六七十年代，拥有一辆名牌自行车，无疑相当于现在家里拥有一辆轿车。

那时候，最有名的自行车就是天津的飞鸽、上海的永久和凤凰，这是当时全国最为知名的三大自行车品牌。这些品牌有轻型和加重型两种，轻型的就是二六式，即女性用车，无横梁，有一斜梁。加重型就是二八式，也被人们称为二八大杠。这种自行车的特点非常明显，不仅大，而且重，个头还高。说它大，主要是指它的车轮直径是28英寸（71.12厘米）的；说它重，是指它的横梁、斜梁都是用粗粗的铁管子做成的，有的还是双横梁，既可以坐人，也可以载物；说它高，是因为它的横梁一般达到了成人的腰部，对于当时的我来说，基本上达到了我的胸部。

购买自行车并不是一件容易的事，是需要家里有好的经济条件的。因为自行车作为当时最为时兴、最为主要的交通工具，也是当时年轻人结婚必备的三大件（自行车、缝纫机、手表）之一。那个时候人均收入太低了，而自行车的价格在180元到200元之间。国家统计局数据显示，2023年我国人均可支配收入是30年前的485倍。也就是说，30年前的200元相当于现在的100000元。如果按照我哥哥1978年参加工作时的月工资18元计算，哥哥需要不吃不喝10个多月才能买一辆自行车。如果按我1989年硕士毕业参加工作时的工资 86 元计算，我也得不吃不喝近三个月工资才能买一辆自行车。所以，能拥有一辆加重型二八式自行车是当时许许多多人共同的美好心愿。

购买自行车不仅仅需要家庭经济上的许可，你还得有关系，弄到自行车的购买票，也就是当时所谓的"自行车购买券"。这种券，对于一辈子在农村种地的农民来说，还真是不容易。特别是那些将要结婚的男子，女方要的彩礼必有一辆自行车，这一要不打紧，男方家长可就如热锅上的蚂蚁，四处托关系，走后门，想方设法地想搞到一张自行车购买券。

买自行车时要有购车券，买回自行车后，也不像现在就完事了。在 20 世纪六七十年代，甚至 80 年代末，你还得花费大半天的时间，到市公安局下面的车管所去办手续。工作人员会在自行车脚踏子旁边的转轴上打上一个带字母和数字的钢印，再发给你一个已经填好的红色的塑料皮小本本，表格里登记有你的姓名、住址、车型、男车女车等。听工作人员说，这样一编号，即使你的自行车丢失了，也方便查找。这些事办完之后，会给你一个蓝色的自行车牌，别在自行车的后轮胎盖子上，你就可以走人了。就像现在你的行车驾照和行驶证一样，出门必须时时带上，因为你不知道什么时候路上就会有人查。如果不一致，你就会遇到麻烦，轻者训斥一顿，重者会直接把自行车扣下来，甚至交不少的罚款。

二

经常看到同学父亲扶着自行车后座，在教同学骑自行车，那个时候的我，心里既羡慕又痒痒，总是盼望着什么时候自己家里也能拥有一辆自行车，自己也能够学会骑自行车。可苦于当时家里贫穷，根本买不起自行车，所以也只是想想而已，心有余而力不足。

第一次真正地学骑自行车是在 70 年代的末期。那时候，本家的二哥有一辆可能是自己组装的自行车，非常简单，没有铃铛，也没有脚镫子，只是一根筷子粗细的铁棍，甚至没有刹车皮。如果需要刹车时，就要用右脚去踩前轮。看着这个简单的自行车，我是既高兴又担心。因为简单，就不用担心摔坏二哥的自行车；因为简单，可以放心地学。在征得二哥同意后，我是先骑上车，一手扶墙，一脚慢慢地向前踩着脚镫子。就这样，慢慢地向前行走了几米远；慢慢地，走得越来越长。也许个子高的缘故，我也没有像其他同学一样，学骑时需要腿从横梁下穿过去，伸出腿来骑。当然，摔倒是免不了的，但并不多。即使摔倒，好在那个时候年轻，也没有太在意。值得高兴的是，也正是这辆破旧的自行车，让我慢慢学会了骑车，尽管不是那么老练。

　　我家的第一辆自行车是哥哥参加工作后的 1978 年买回来的。记得刚买回来时的情景，那可真是我们家的一件重大喜事。大家围在一起，看着、说着、摸着，就像围观一个新娘子一般。买回来的当天，哥哥并没有舍得骑，而是从当时的供销社买回来一卷细长的黑塑料胶皮，仔仔细细地把自行车的横梁、斜梁缠绕了一遍；又给自行车的转动处抹上一些黄油，给座子套上了一个软软的座套,并把车前前后后、里里外外用细软的棉纱擦得明净锃亮后，这才算把"新娘子"收拾打扮好了。哥哥先是小心地骑着试着转了一个小圈，就把它搬进了房间，害怕灰尘

修车，曾经是那个时代街头巷尾的热闹一景（李昆 供）

115

落上。我本想趁哥哥休息时，让哥哥扶着我学一学骑车，但一看哥哥现在如此看重这辆新买的自行车，也就只好放弃梦想。

哥哥对这辆自行车那可是真的精心到家了。遇到下雨的时候，哥哥宁愿走路，也不愿意让车淋雨；遇到坑坑洼洼的路段，自己要么推着走，要么扛着走，所以有人就笑话哥哥，你这是车骑人还是人骑车呀！回家之后，哥哥更是不让自己休息一下，要么把车擦洗得锃光发亮，要么会围着自行车仔细检查一番。

真正自主地、随意地骑自行车是在我认识当时的女友、现在的妻子之后。那时，我们刚刚开始谈恋爱，女友的父亲又正好退休，有一辆二八式凤凰大杠自行车在车棚闲着无用，女友就让我骑，希望我以后可以带着她上课和出去玩。那时候也没有想太多，于是这辆知名品牌的上海凤凰二八大杠自行车就成了我们两个每天上课去教室、出去玩的专车，也是我和妻子整个恋爱过程的见证者。记得有一个星期天到鲸鱼沟玩，我带着她，一路骑一边仔细观察着路边是否有查骑车带人的戴红袖章的工作人员。看着一路无人，便放心地向前骑着。可天算不如人算，刚向前走到一个凹进去的大门口时，突然就走出来两个戴红袖章的人把我们两个拦住了，要罚款。虽然再三解释，也没有用，只好交了两元钱。那个时候的两元钱可不是一笔小钱，那时候我一天的生活费用也还不到两元钱。回来后，一直心疼了很多天。等到结了婚，有了女儿之后，这辆自行车更是出尽了力。女儿3岁时，我要送女儿到大差市的省委幼儿园，我的单位又在西安未央区。因此，每到周一或周六，我要么从土门带着女儿到大差市，再从大差市骑到未央区，下午再从未央区骑到土门家里，或者反过来，一个大圈子来来回回有近20公里。好在那时年轻，身体又好，并不觉得有什么累。就这样，风里来，雨里去，一直走了3年多。

那时候的街口、路边常常会有修自行车的老头，随时为人们修理着各种坏了的自行车。我所住的楼下路口就有一个姓史的老汉，每天像人们上班一样，早出晚归，一修就是一天。因为熟悉了，也就有事没事地和他聊聊天，拉拉家常。慢慢地，也从中明白了一些简单的修车原理，并很快为自己准备了一个专门修车的工具箱，装着粘胶、备胎、老虎钳、扳手、螺丝刀等各种各样的修车工具。像补胎之类的，都是自己补了，也能省下几个钱。虽然那个时候，补一次胎也就是五分、一毛钱，但仍然舍不得。除非大的毛病，才会推着车来到史老汉的修车摊前请他修理。

也许长时间骑车的缘故，不知道怎么的，一骑车，屁股就会感到特别疼痛，要坐到椅子上或沙发上休息半个点才能缓过来，也就慢慢不骑自行车了。那辆名牌凤凰二八车就被我长年累月地放在车棚里，每天上班下班路过时，自己便忍不住地站着"瞻仰"一番。2010 年前后的一天，突然发现那辆大杠二八型凤凰车不见了，问了看大门的人，说没有看见。看门的老大爷告诉我，前一阵子，导演冯小刚要拍电影《唐山大地震》，好像在征集老旧自行车，是不是被人偷走卖了。这个消息我也听说过，但没有想到，这个事会落到我的头上。丢就丢吧，反正也没用，只是偷偷被他人卖了，自己心里还是有点不舒服。

三

自行车不仅仅是当时时兴的、主要代步工具，也是当时最主要的负重载物工具。买个菜、买袋粮是它，单位领一个煤气罐也是它，甚至上下班捎带个人还是它。所以当时的二八大梁加重自行车非常受广大城乡人民的喜爱。那时，无论是乡村还是城镇，路上能看到的一景就是无数辆自行车在飞奔，所以那时老外把中国称为"自行车王国"。尤其是那些处于恋爱中的男青年，一边吹着口哨，一边不停地按着车铃，风驰电掣般地载着姑娘从你身边急驰而过时，你一定会羡慕得不行。逢年过节之时，能看到的情景一般都是男人骑着自行车，横梁上坐着一个孩子，甚至两个孩子，后座上坐着媳妇，媳妇怀里还抱着一个孩子，就这样一家四口或五口一起去走亲戚。那些走街串巷卖东西的，都会在车前悬挂一个铁丝编织的铁筐，再在横梁两边、后座两边各搭上一个帆布袋或竹筐，里面放着各种各样的物品。1993 年，我送女儿上大差市幼儿园时，为了方便，还特意去买了一个小孩子专用的放在横梁上坐的小椅子，并在自行车前安装了一个前筐。这样，横梁上坐着年幼的女儿，筐里放一些女儿必带的用品，带着女儿从土门十字，从西到东，穿过近 10 公里的东西大街，一边给女儿讲着城墙、门洞和钟楼等地名，一边骑着，花费近 1 个小时，才把女儿送到了幼儿园。可以说，那个时候的自行车就是一辆全能型的运输工具。

四

现在的西安，各种家用轿车、摩托车、电动车早已经替代了自行车成为人们更便捷、更舒服的代步工具，尤其是遍布大街小巷的共享单车更是方便了近距离的广大出行人员。但偶尔看到大街上有同龄的人骑着一辆老旧的自行车穿街而过时，除了新鲜之外，总会不由自主地勾起内心深处的记忆。是的，那个时代的自行车，不仅仅是自行车，而是承载着一个时代、一个民族甚至一个家庭的全部记忆，也承载着一代人坚强不屈、努力奋斗的精神。它是一个符号，更是一种精神。

童年记忆之七

架子车

——消失不了的记忆

一提起架子车，出生于 20 世纪五六十年代到八九十年代的农村孩子大都十分熟悉。种庄稼、收庄稼，拉化肥，分粮食，串朋友，走亲戚，盖房拉土拉砖，拉麦子到晒场，拉庄稼秆回家，甚至拉着病人到乡上、到县里看病……都是架子车。其用途之广，用处之多，数量之大，让它成为中国北方广大农村家庭中最为常用的主要的运输及交通工具。可以说，那个时代，北方农村，家家都有架子车，家家都离不开架子车，而且谁家有架子车，谁家的架子车新，谁家的架子车拉的东西多，都是让人十分骄傲和自豪的事情。

架子车，是我家乡人的叫法，其他地方的人也有叫作板车、土车、小拉车什么的，但不管它叫什么，它给农村、给农民的生产生活所带来的便利是非常明显、实实在在的。

架子车的形状基本大同小异。它一般是用两根结实的木料做成两个主架，包括车把、车身和车尾。车身两边和中间用木板铺就成一个"凹"形的车槽。再在车身正中间的下面装有一个两边有轮子的小孩子胳膊粗细的车轴，就像自行车一样，有内胎和外胎，但比自行车的轮胎要明显宽厚一些。两个平直的车把中间，有一条 2 米左右的拉带。车身中间部分，就是盛放东西的地方。有的人家还会把两边的车帮加宽，一来可以方便捆绑，二来平时也可以方便坐在上面。车前车后各有一个堵头叫车前圈、车后圈，但拉一些长秆植物如麦子、玉米秆、棉花秆、高粱秆等，车前圈和车后圈明显不适合了，就会在前后加装两个"田"字形四边出头的架子，拉车的时候，人站在两个车把中间，肩上搭上拉带，一步一步地向前行走。如果拉的东西少，一个人就可以轻松拉走。如果拉的东西多，除主人低头弯腰撅着屁股用劲外，其他的人还会在车帮两边一起用劲向前帮忙推着，前面有人在车身上绑一条绳子，在前面拉着，车尾还会有人在后面推着，一幅"一人有难万人帮"的情景。

我家也有一辆架子车，但最初的架子车的其中一个车把还有点残疾，裂开了一条缝，所以拉车的时候，总是上下来回活动，咯吱咯吱响。后来父亲又重新找人定做了一个新的架子车。上高中时一切围绕高考转，所以校长大会小会都在语重心长地讲，是否考上大学就是坐汽车还是拉架子车，是穿皮鞋还是穿草鞋的区别，更是让我对架子车有了一种特殊的记忆。我第一年高考，以 0.5 分之差，与大学失之交臂。父亲曾经和我面对面坐着，对我说："没事，明年再考，家里供你。考它五年，实在考不上了，到时候给你定做一辆架子车，娶个媳妇，再安安生生过日子。"这又一次加深了我对架子车的记忆。我第二年考上了大学，虽然没有机会让父母给我做一辆架子车，但父母也因此为我骄傲了好一阵子。

架子车一年四季都在转，没有闲下来的时候。春天来了，即就是没有东西需要拉，家家户户的男人或女人上午下午到地里劳动干活，也总会拉上架子车。回来时，有东西就拉，没东西时，顺便铲一些猪草，甚至拉一些路边的新土给猪圈里垫肥料。到了收麦子时，一束束被割倒的麦子，被捆绑成一个个麦捆子，被放在了装有前后隔板的架子车上，被拉到了麦场。碾好麦子，装入口袋，又被放在架子车上，开始向国家交纳公粮。一辆辆的架子车装满了长长的布口袋，行走在公路上。天气炎热，在休息期间，大家把架子车一停，车把上搭一件衣服，一块装水泥的牛皮纸，甚至铺就一些刚刚拔来的长秆子草，车身下就是一个小小的阴凉世界。

到了秋天，那可是架子车大显身手被用得最多的时候。从地里剥下的玉米，要往生产队拉；生产队按人分后，再往自家拉；地里的玉米剥完后，还要把玉米秆砍倒向生产队或家里拉。然后再把一车车的猪圈粪向地里拉去。到了平整土地时，更要把一车车的土由高处向低处拉。这个时候，驾车的、前面拴个绳子拉车的、车后推车的，完美的一幅乡村农忙季节架子车忙活图。即就是收工了，还会在车上装一些新土，回头给猪圈垫上做日后的肥料。那些时日，人白天晚上没个闲，车也是两个轮子转得没个空。手上磨出了老茧，胳膊上划拉出一道道血痕，皮肤晒成了酱肉色。到了冬天，天气寒冷，各家各户除了要给猪圈拉土垫圈外，架子车用得最多的就是走亲戚了。尤其是到了过年过节，男人拉着车，车上一边装着给岳父母家或七大姑八大姨的礼物，中间坐着自己的媳妇和孩子。特别是冬天大雪飘飞的时候，车上还会多一条棉被，把媳妇和孩子的身子全盖在被子里。此时，被子外，是雪花飘飘；被子内，是孩子们的打闹声。

记得我刚结婚时，第一年带妻子回老家过年。大年初三，到外婆家去。母亲一开始就叫妻子坐上来，妻子原本还扭捏着，要自己走。可没走两三里路，她这个城里来的媳妇，哪里受过这样冷的天气，双手双脚被老天爷冻得都有些麻木了。母亲看到妻子这个样子，连忙又叫她坐上去，这下妻子也不再客气，立马坐到了车上，脚伸进了被子里。母亲又把自己的厚头巾让妻子扎上，远远一看，真像一个农村"养猪"的俏媳妇。

架子车不仅仅是家家户户主要的运输或交通工具，还是孩子们或大人们的游戏工具。当时玩得最多的就是把架子车当作跷跷板做游戏玩。车头、车尾分别坐上同样多的孩子，利用中间两个车轮的支点，一高一低地前仰后合。有的时候，还会趁架子车闲的时候，小伙伴们相约着，推着自家的车轮子转，来到空阔的场地，排好队，你前我后，我前你后，相互追逐着，看谁跑得快。最刺激的就是把一辆架子车和一个车轮子绑在一起，在平坦的乡村路上，一个人坐在车上负责掌管车把，把握好方向，其他人在后面一起用劲推。待架子车急速向前行进时，其他小伙伴再一起跳上去，靠着架子车的惯性，一起向前滑动。大家轮流掌舵，轮流推车，如此反复，不亦乐乎。

孩子们喜欢玩架子车，大人们也不闲着。大人们玩的是"开火车"。在平坦的大路上，两三辆、三四辆、四五辆架子车，甚至更多架子车，除第一辆架子车的主人负责拉车外，后边的拉车人一个个分别坐在前一辆架子车上。第一个人拉着，后面的人休息着，形成了长长的一个个架子车搭成的车龙。大家相互保存体力，轮流拉车，轮流休息。

长大以后，我第一次独自驾驭一辆架子车干活是跟随生产队里的叔叔到县城拉无烟煤。县城距离我家虽然不远，有 4 公里路，有上坡，也有下坡。那时候，一般都会在车后边装得略多一些，这样架起来省劲，有时候还可以一边走，一边翘起身子，小跑起来。

一转眼，我已经离开故土四十多年了，曾经在北方广大农村发挥过巨大作用的架子车已经逐渐消失在人们的视野中。除了偶尔在一些偏僻的乡村、一些工地还能见到外，我已经很久没有看到过架子车了。那年父亲去世，我回到老家，看到邻队的一位老者，正在田里除草，路边放着一辆架子车，不由得手有些痒痒，便拉起了这辆架子车。哥哥姐姐微笑着看着我，我也仿佛遇到了久违的朋友，心中有一丝丝的温润，进而闻到了一股股泥土的芳香。

随着农村土地承包制的实行，随着农村经济的逐步好转，手扶拖拉机取代了架子车，电动三轮车代替了架子车，架子车渐渐从人们的视野中消失不见了。很多家庭的架子车因为长期不用，也慢慢地在岁月的风雨中，车把、车身开始松动，车板、车架开始破损，甚至曾经鼓鼓的、硬硬的轮胎也像饱经风霜的老人牙齿掉完一样，瘪得已经不成样子了。几个地方曾经缀有的铁环，也开始变得锈迹斑斑，甚至一些架子车由于长时间不用，也开始被当作柴火弥漫在日常的烟熏火燎之中。

架子车，是北方农村生产生活中一道永远不能忘记的记忆。可以说，架子车里，拉过全家人生活的酸甜苦辣，拉过童年时期的欢乐和幸福。甚至可以说，架子车拉过 20 世纪五六十年代到八九十年代整个中国农村的命运。

在关博院，寻找那份久远的乡愁

小时候，乡愁是一枚小小的邮票，我在这头，母亲在那头。长大后，乡愁是一张窄窄的船票，我在这头，新娘在那头……

这是台湾诗人余光中在离开大陆几十年后，面对汹涌澎湃的台湾海峡，道出了隐藏于内心深处的、滴着血泪的乡愁。

一晃，我也在这个城市待了近40年了，那个当初一脸懵懂、满头黑发的乡村少年现在也已经两鬓斑白。望着这个城市一天天高高矗起的大楼，站在写字楼间看着那一点点变狭变细的天空，心中不由得有点空落落的，就像一株水面的浮萍，突然有一种"望极天涯不见家"的感觉。

朋友陪着我在关博院里慢悠悠地走着，一个院子、一个院子地转着，那古老的戏台，那雕饰着喜庆吉祥的照壁，那古老沧桑的木轮车，那圆圆的斗，方方的升……不由得勾起了我内

关博院，中华儿女的乡愁寄托（王兰 供）

123

心深处的某根神经，心里突然有了一些酸楚。我静静地站在那里，面向我的家乡遥望着，眼里慢慢地噙满了苦涩的泪水，我知道我想念那个久远的家了，想念那个曾经有着奶奶、父母和哥姐的家了。

"走吧！我和你一样，每次来这里，都有一种难舍的感觉，总会想起那个远方的家。"朋友的话在我的耳边响起，她继续说着，"是的，在关博院，你无论是看到这古老的宅院，还是听到什么久远的乡音，甚至触摸到这里任何一件老物件，都会突然间让你勾起沉睡在内心深处那久远的乡愁。"

"乡愁！乡愁！"朋友突然间提起的这个词，仿佛像长了根似的，一直不断地在我的嘴边重复着。我一下子明白了我这些年来，为什么常常会感受到一种无言的忧伤，为什么内心里总有一种游子漂泊的感觉了。

朋友和我一条街、一条街地慢慢走着，一个院子、一个院子地看着，我明显感觉到，自己的心里，一丝丝、一股股的思念正在慢慢地酝酿着，升腾着，变幻着，那久远的乡愁化为眼前一件件的实物，眼前的实物又不断勾起内心一股股的乡愁。我知道，那站在海峡边的余光中，邮票、船票……是他永远写不完的乡愁，而远离故乡的我，又是什么勾起我内心无尽的乡愁？

是那建于明朝的西京雄镇门楼，还是那一栋栋别具特色的明清宅院？是那雕梁画栋的角楼，还是那人头攒动的戏楼？是那市井喧嚣、人来我往的大街小巷？还是那鳞次栉比、首尾相连的高墙深院？

是那8600多根形态迥异的拴马桩，还是那雕刻着福禄寿喜的砖雕？是那早已经被岁月磨损得锃亮如墨的门当，还是那防止财气外露的青砖照壁？是那大大小小的饮马槽，还是那大小如人的石人、石马、石羊？

是那一台台古老的手动脱粒机，还是那一个个反映农耕文化的铁犁？是那一杆杆长长短短的秤，还是那一把把形态各异、守家护院的锁？是那大大小小或方或圆的斗和升，还是那一盏盏照亮黑夜、照亮人间的灯？

是那红底上绣着"龙凤呈祥"和大红"双喜"的婚床，还是那披红挂绿娇羞魅人的花轿？是那到处显示着喜庆的嫁妆，还是婚娘身上大红大绿的衣着？是那一件件形态各异的红木椅子，还是那各式各样的八仙桌子？

　　想到这里，心不由得愈加宁静和安详，仿佛找到了心的归宿。是啊，在关博院，乡愁无处不在，无时不在，每一条街巷都会带你走进浓浓的乡愁，每一件实物都会让你感受到久远的乡愁。你会明白，乡愁就是故乡张望等待的白发苍苍的父母，乡愁就是故乡那贴着红红对联的茅屋，乡愁就是故乡村口那棵裂痕斑驳的老榆树，乡愁就是故乡十五夜间那弯弯的圆月，乡愁就是故乡过年时好吃的饺子，乡愁就是故乡中秋甜甜的月饼……

拴马桩，传承千年文化符号

心里一点点地有些感动，眼里一点点地有泪涌出。是啊！都市的霓虹繁华曾经迷乱了自己的双眼，甚至常常迷失了自己，可心里的故乡依在。虽然这么多年来，自己也曾经在这个古老的城市里愉快地工作和生活着，但内心深处，却总被一种叫乡愁的东西牵引着，一头拴在故乡那边，一头拴在了自己的心底。特别是我这个久别故乡40余年的人，在今天这个摆着一件件充满着乡愁的博物院里，突然感到乡愁在我的眼里变得愈加清晰，在我的心里变得更加香醇。

"关中多少民俗事，何人不起故园情。"站在关博院里，眼前的一切，过去的时光，突然让我感受到了关博院里弥漫着的一股浓浓的乡愁，也让我产生了一种"欲作家书意万重"的冲动。特别是那天回来之后，当我望着天空弯弯的明月，更是有一种两眼潸然泪下的感觉，感受到了那个久远的乡愁突然间就走进了我的脑海，弥漫在我的每一处身体之中。

关博院，一个我念她、想她的地方，一个我永远不能忘记的地方。在这里，乡愁就像是春天四月的繁华芳菲，弥漫在我们的整个世界；又像是冬天雪夜里梅花开放时的一缕清香，让你感受到无人黑夜里的幸福绵长；更像是山中的涓涓细流，将远离喧嚣世界的我们一点一点地溶解……

关博院是一个值得常来的地方，她的每一个房间，每一件实物，都隐含着浓浓的乡愁，她让我们的心有了归宿，也让我们的心有了寄托，更让我们的心宁静而安详。

来吧！在关博院，无论你是谁，来自中国的哪个地方，都会寻找到属于自己的那份乡愁！不仅如此，在这里，你还会明白，我们的根在哪里，我们来自哪里，将来又会到哪里去。

也许，有一天，当我们离开西安的时候，关博院就是每一个西安人的乡愁；当我们离开陕西的时候，关博院就是每一个陕西人的乡愁；当我们走出中国的时候，关博院就是整个中华儿女的乡愁。

慢品人间烟火色

走过偏僻乡村，走过繁华都市，

生活中会遇到许许多多的美，

但唯有这人间的烟火味，才最能温暖你的心，

浸化你整个的世界。

每天看日月星辰，每天看花开花落，

平平常常的生活，才是人生最温暖的好梦。

生活要五颜六色，但不能乱七八糟。

文学是我的后盾，因为我梦里、我童居难爱
的时候，我就会悄悄地躲藏在这里任意观放、看自
己的心情、慢慢地等待心里的修复、我平静、然后
再慢慢地走回到那个充满期望的、依然努
力的、有些三角军功多村少年。

人的一生、实际上就是修行的一生、写作也一样。

之所以如此也是、欢文字、无疑就是想接纳我完善

一个更加美好和温暖的自己，一个性格善

看　戏

已经很久很久没有看过戏了。

端午节三天假期，因家中有事，无法远行，便想安安静静地在家好好休息一下，可又无法安妥自己的心情，便趁老人休息之际，到丰庆公园里去走一遭。

公园里也很热，除了一些爷爷奶奶拉着孙子孙女享受天伦之乐，以及一些年轻的伴侣手牵着手或湖边散步，或花丛依偎之外，游园的人并不多。我没有什么事，便顺着曲曲折折的林间小道，慢悠悠地瞎逛着，一边瞎逛，一边把身体里的汗水排出去。

一阵急促的锣鼓声传到了耳边，一声高亢的唱腔相跟着钻进了耳鼓，我知道，一定又是那些热爱戏曲的中老年人聚在一起自我演奏，自我欣赏，自我陶醉。天气炎热，湿了后背的我也想找个地方休息一下，何不借此一边休息一边补补自己戏曲的功课呢！

我挤进围了两三层人群的观众里，大都是比我大一些的老人。我没有地方坐，顺势坐在了亭边的草地上。敲锣打鼓、吹拉弹唱的有七八个人，化着浓妆，穿着各种戏服的男女大致也有十来个。尽管天热，尽管扮相简单，但每个人的脸上都荡漾着微笑，一种幸福而满足的微笑。

那个已经满脸皱纹的老妇，一袭白裙，迈着碎步，从一边缓缓地走了出来。问旁边看表演的人，才知道她扮演的是白娘子，虽然我没看见过如此老相的白娘子，但我还是从她的一笑一颦中，从她已经不太婀娜的身段中，听清楚了她的戏词。那戏词像珠子，像弹球，一粒粒地从她的皱纹中滚下来，滚到地上，滚到草丛中，滚进每一个在场人的心里，滚到了遥远的西湖断桥。

那个包公扮相的老头也迈着方步，充满正能量地走了上来。那一板一眼，那黑色的戏装，一下子就勾住了我的心。我想起考上大学的前夕，嫁到县城的本家姑姑带我去看《铡美案》，让我第一次近距离地感受到包公为人间的不平而敢于直谏的形象。也就是从那时起，我明白了自己一生的追求，一定要做一个堂堂正正的人，一定要做一个言行举止一致的人，不枉对青天，也不枉费自己……想着、想着，不由得哼起了其中的戏词："驸马爷近前看端详，上写着秦香莲她三十二岁，状告当朝驸马郎……将状纸押至在了爷的大堂上，咬定了牙关你为哪桩？"

"苏三离了洪洞县，将身来在大街前。未曾开言我心内惨，过往的君子听我言……"我还没有从包公的思绪中缓过神来，一个老头男扮女装成苏三一边哭着一边走了上来，看那扮相，让人忍不住想笑；听那唱词，不由得让我的心也潸然泪下。我是前年春节去了山西的洪洞，特意去看了苏三监狱。看着监狱里的一幕幕，再想想一个柔弱女子所遭受的酷刑，也由此让人想到了苏三面对尘世间不平的怒火："人言洛阳花似锦，偏我到来不是春！"

一曲唱完，一曲又起，观众的掌声像潮水一样，涌到了演唱者的面前，为他们的演技，为他们的执着，也为他们满足了自己的内心深处的柔软。

"爷爷，爷爷！你挡住我了。"身后的一个小女孩的叫声把我从回忆中唤醒过来。"爷爷"，这个以前从来没有想过的称呼，近两三年来却时时传进我的耳鼓。我恍然明白，我曾以为的一直内存于心的青春岁月已经悄然结束了，曾经属于我们那一代的回忆也已经渐行渐远，以前的看戏人也变成了现在的戏中人。

其实，说真心话，上了大学之后，我已经很少看戏了，不是因为学习功课忙，而仅仅是感觉到戏曲已经与我相处的时代距离太远了，什么皇帝与民女的爱情、什么英雄美人的故事、什么梁山好汉劫富济贫的壮举……都远远被现代化的时代抛在后边。可如今到了两鬓斑白的中年以后，不知道怎么的，又总是被戏里的那种唯美的故事和唱腔吸引。周末空闲，我也常常忍不住地高唱两声："包龙图打坐在开封府，尊一声驸马爷你莫要执迷……"特别是最近两三年来，更是喜欢看戏、听戏、唱戏。我仔细琢磨着自己的变化，才慢慢明白，在这个信息嘈杂的时代，戏曲音乐节奏的相对缓慢，无疑给有一定年龄的我一种心灵上的慰藉，一种传统上的合拍。

锣鼓还在响着，一个年轻一点的女人又将要出演另一出戏。望着这一个个走上舞台，又一个个走下舞台的戏者，我慢慢地明白了一些道理。其实，人生如戏，我们每一个人都是这个舞台上的演员，主角也好，配角也罢，每天都在演绎着不同的生离死别、悲欢离合，岂不知，我们在看他人演戏的时候，他人也在看着我们演戏；我们在嘲笑他人的时候，我们同样被舞台下的他人观看着，嘲笑着。

我知道，每一天有每一天的故事，每个人有每个人的故事，有些话，可能永远讲不出口，有些眼泪，可能永远流不出来，但每一个人都不是傻子，尤其是不要以为对方是傻子。

年少不解戏中意，看戏终成戏中人。我趴在栏杆下，静静地看着小舞台上的人生大剧时，也想起了杨绛先生的话："当你身居高位，看到的都是浮华春梦；当你身处卑微，才有机缘看到世态真相。"

这个时候，掌声响起，锣鼓喧天，我知道新的一出戏又要开始了。

喝咖啡记

周六无事，携妻子到钟楼闲逛。踏入骡马市，东看看，西看看，就像刘姥姥进大观园一样，两只眼睛都不够用了。仔细一想，有多长时间没有来逛钟楼了，也没有多少时间呀，钟楼周围怎么变化这么大呢！

妻子看到对面的星巴克咖啡屋，平时不怎么喝咖啡的她突然就来了兴趣，对我说："请我喝杯咖啡怎么样？"虽然我平时也很少喝咖啡，但星巴克，我还是知道，这是年轻人聚会的地方，一个浪漫的场所。正好今日无事，不妨也浪漫一回，静静地享受一下现代文明社会的芳香弥漫。

10点钟的咖啡屋并没有几个人，我们俩找个座位坐下，便招来服务员拿来单子，佯装内行地看了起来。可单子上的咖啡品种一个也没有听过，更没有喝过，浓缩咖啡、拿铁咖啡、卡布奇诺、摩卡咖啡……实在不知道哪个好喝！

妻子看看我，我赶忙又佯装内行地把单子左看看，右看看，猛然看到"抹茶咖啡"几个字，心想，自己曾经吃过抹茶蛋糕，想必也一定好喝，就要个抹茶咖啡吧！妻子看我要了一杯抹茶，心想，她就换一种，这样，两个人还可以交换喝一下，不就知道两种咖啡的味道了吗？便要了一杯"星冰乐咖啡"。

很快，服务员便把两杯咖啡端了上来。妻子要的是冰凉的，我要的是热的。一杯盖子是立体半圆形，一杯盖子是平面形。因为妻子曾经跟着女儿在国外的咖啡店里喝过咖啡，便熟练地从半圆形的顶端中间把其中一根吸管插进了杯子，我也拿起吸管准备插入，可找不到插吸管的地方。平顶盖子有两

咖啡屋里弥漫着普通人的烟火味

个小米似的孔，插了几次，根本插不进去，看来这里明显不是插管子的地方。盖子的下方画有两个标识：一个是三个箭头相互追逐着，呈三角形；另一个是两个箭头相互追逐着，呈正方形。我插了几次，也根本插不进去，翻过盖子看看，根本就是实心的。没有办法，打开盖子不也可以喝吗？就打开了盖子准备喝。可总感到不用管子喝，又有哪一点不合喝咖啡的摩登方式和味道，心里一想，计上心来。

　　我站起来，假装找东西似的，到周围喝咖啡的人沙发边悄悄侦察了一番。可由于早上太早，虽然有人喝，但杯子同妻子的一样，要么插到杯顶的插洞，要么把盖子掀开直接喝，并没有像我的杯子那样的盖子。

　　没学到插管子的技能，只好重新坐到沙发上想一想。又把杯盖翻过来调过去看了看，仍然没有找到突破的办法。看着妻子嘲笑的样子，我忍不住地说："这有什么，问一下服务员不就知道了吗？"虽然这样想，但我心里也怕让人家服务员笑话，连个咖啡都不会喝！

　　但在妻子面前，又不能说自己没有办法，就起身走到柜台边，问："您好，小姐，这个杯子从哪里插管子呢？"谁知服务员连看我都不正眼看一眼地说："那个不用插管子，揭开盖子就可以直接喝。"真是的！早知道这样，还需要问你！

一坐回到沙发上，妻子便笑得合不拢嘴巴，嘲笑我说："你真的是个土老帽！你怎么不问问，咖啡杯里能放点香菜吗？！"

一喝完，内心仍有不甘，小小的一杯咖啡，今天早上就让我出了洋相，我要仔细地研究一下它，我掏出手机，对准杯子盖、杯子身仔细拍了四张。回到家，想查看一下那几个箭头的标识是什么意思，也仍然没有查出来结果。又惹得妻子把我嘲笑了一番，真的一个土老帽！

哎！"土老帽"，一个久久没有听到的词语今天却在自己身上应验了。想一想，自己也真的是土老帽，长这么大，到店里喝咖啡还是第一次。平时虽然喝过屈指可数的几次咖啡，但也是猴年马月里三十几块钱买的一支支速溶咖啡。我知道，一个平时以面食为主，吃一块锅盔就顶一顿饭的生活，已经能让我感动万分，这样的肠胃怎么能够享受咖啡的刺激呢？

躺在沙发上，仔细回味着今天喝咖啡的种种经历，不由得有些许感慨。咖啡不只是苦和甜，也不只是享受和小资，喝咖啡也是一种人生。追求幸福和甜蜜，享受和小资固然重要，但感受一下生活的酸甜苦辣，也是人生必须经历的一种内容。就像今天，虽然没有如我期待的那样用吸管慢悠悠地享受生活，但我也从大口大口的举杯痛饮中品味到了人间的烟火。

不仅如此，也让我明白简单就是幸福。工作如此，为人处世如此，生活也如此。我不贪心，也不等待，无论生活和工作，尽心尽力为好，适可而止就行。我没有更高的生活追求，唯一的希望就是借由开悟来改善内心的平衡，这是我在这无常的世上，唯一一直在努力追求的获得快乐的方法。

难忘的生日聚会

回到家简单地冲洗一下，已接近十一点了。

带着一丝微醺，准备上床休息时，我却没有一丝的睡意了。刚刚过去的生日聚会一幕幕又闪现在我的眼前。

那甜香的水果蛋糕，那闪烁着"生日快乐"的电子板，那一桌子好吃的菜肴，那一个个我熟悉的朋友，那一句句真诚的祝福……那一刻，让平时一向自认为坚强的我，突然间，内心有了一丝丝的酸楚，两只眼眶也顿时感到有一股湿润。

说真的，过去的几十年，从来没有把自己的生日当一回事，也从来没有认认真真地过过，总认为那是老人、女人或孩子们过的节日。真正对生日有了记忆的，也是在自己有了女朋友或者有了女儿之后，"生日"这个词才在自己的记忆里扎下了根。

那天上午，几个好朋友给我说："今天晚上咱们小聚一下，为你明天的生日。"一下子惊醒了一直懵里懵懂的我，也勾起了沉睡在内心深处的记忆。

记得小时候，也可能是过生日或者是我表现好的时候，母亲总是会悄悄地给我煮一个鸡蛋；或者在给家人烙黑白馍的时候，悄悄地用一小块白面团给我烙一个手掌大小的、中间还有一个小圆洞的油馍，那就是我记忆里最深刻的享受了。后来上了大学，甚至上了研究生之后，再也没有过过生日，更不用说吃蛋糕了。还记得班里有城市的同学过生日时，作为体育委员的我也会跟着大家一起为过生日的同学唱一首生日歌，就是那个一句歌词用不同的声调一直在重复的"祝你生日快乐"。

圆桌子中间的蛋糕，仿佛仍在眼前，依然在散发出浓浓的香味；各种颜色的切片水果，依然吸引着我的眼球；还有那几支燃着的蜡烛上，蓝色的火焰像一个个蓝色的精灵仍然在我的眼前闪耀着，是那么的迷人、妩媚和多情。我不由自主地又把手摸向了我的头，仿佛刚才生日聚会上的皇冠依然戴在我的头上。我仔细地回味着刚才吹灭蜡烛时的喜悦，感受着闭上眼睛许愿的情景，此时，内心里突然有一种静静的幸福感觉：我的生日，我没有记得，他们却记得；我的生日，我没有准备，他们却有准备。还有什么比得上朋友之间这种无私的、默默的感动。

我又一次地闭上了眼睛，仔细回想着刚才许愿的样子或内容。虽然我没有看到自己许愿时的真实表情，但我许愿时的样子一定是像虔诚的基督徒或佛教徒一样，内心里充满了无限的感激。特别是刚才许愿的内容，仍然在我的耳边一遍遍地闪现：谢谢你们走进我的生命；谢谢你们今天给我准备的这个生日聚会；谢谢岁月的斑白并没有改变我们之间的情谊；也感谢自己能够健康、按时长大。因此，真诚地祝愿你们每一个人都能够健康和快乐，希望我们每一个人的人生都能更加精彩。

我轻轻地呼吸着房间里的空气，仿佛仍在呼吸着刚才过生日时那甜津津的蛋糕味道。特别是当我双手捧着你们给我切好的蛋糕时，我内心真的是非常感动，仿佛在捧着一个沉甸甸的幸福。这一幕幕，这一点点，慢慢地，将曾经如花般破碎的流年，此时正一片片地在我的脑海里重新聚拢起来，成为我生命中最美的点缀。

此时，大地一片寂静，院子里的树已经睡着了，草也都睡着了，只有躺在床上的我，依旧两眼大睁着，我一点点地想着、想着，想着我和他们曾经的过去，也想着我和他们期望的未来。虽然平时都是在忙忙碌碌中度过，忙碌得没有时间去和他们好好地说几句话，聊一会儿天，发一会儿呆，甚至没有时间去好好彼此凝视一下，但共同的目标，彼此的理解和尊重，却让我们彼此的心越走越近。

今晚再也睡不着了，我索性坐了起来，轻轻地把窗户打开了一条大大的缝，顿时感觉到深夜悄悄穿过这个城市的风从我的脸上轻轻滑过，凉凉的。我索性探出头来，看着天空中平时很少看见的几颗星星此时就在自己的头顶，不由得心神荡漾。我尽情地呼吸着此时的空气，独自享受着这个城市半夜时分的宁静与安详。

此时，夜是静静的，大地是静静的，心也是静静的。仔细想想，人生就像一列不断奔驰的列车，有人上车了，有人下车了，总是在不停地相遇和离别中度过。今天晚上的生日聚会，那个让人难忘的水果蛋糕以及那些我熟悉的身影，都深深地刻在了我的内心深处，甚至会渗入我的每一寸皮肤。无论以后我在什么时候、什么地方，总会唤醒这些珍藏在心底的记忆，成为自己未来不断努力的动力。

今天的聚会是我人生路上一个难忘的节点，也是人生驿站上一个短暂的小憩，就像是我们在外行途中，遇到的一个难忘的景点。虽然今天很快就要过去了，但今晚的聚会不会过去，蛋糕的味道不会过去，朋友的情谊不会过去。

真诚地谢谢你们，你们给我的不仅仅是一个快乐的生日聚会，而是一个大大的、美好的世界！

真的，因为你们，我才会变得年轻。即使真有那么一天，你不再记得，我也不再记得，但时光一定会代替我们记得今晚——这个不能忘记的生日聚会。

出版社搬家了

单位要搬家了，要搬到一个更好的家。

从宣布的那天起，我看着满屋的书，心里有一丝丝的满足，又有一种无言的依恋。

搬家，对我来说，就是搬书。搬柜子里的书，搬地上的书，搬茶几上的书，搬办公桌上的书。每一本书都是我的故友，又是我的新朋，手心手背都是肉，哪一本书都舍不得丢掉。

但不丢掉肯定不行，未来的图书新朋自然也是不愿意的。于是，那些有价值的书、那些有温度的书、那些有情感的书，便在头脑中一次次地涌了进来。

可是当面对眼前、周围、脚边一摞摞的图书时，我还是犹豫不决了。说真的，每一种我都舍不得丢下，拿出来，又放进去；放进去，又再次抽了出来。有些书虽然并不是必需的，也不是特别重要，但真的准备扔掉时，心里还是有一种隐隐的疼。我知道，每一本书里，都记载着我的过去，甚至是记载着我的情感，所以我对每一本书都踌躇良久，难以割舍。特别是当你在某一本书中，突然发现一封纸张已经变黄而没有寄出去的信时，或者发现某一张特别的书签或明信片时，相信你一定会被这些小东西带回到过去的某个时间和空间。

书难选，包更难打。我的大部分包都是自己一个人打的，而且基本上都是选择在每天的早餐前或午睡后开始打包的。因为那个时间，整个大楼是相对比较安静的，自己的心也是相对平静的，这样我就可以和那些即将离我远去的书轻轻地做个告别。抚摸着封面就像抚摸着它的头，然后轻轻地放在另一个箱子里，不敢再多看一眼，我害怕我的柔软会让我再一次把它捡了回来。

我强装着坚强，默默地把每一本要带走的书，轻轻地放进包去，一一摆弄整齐，唯恐我的粗心折皱了书的四角，折断了我和它们的感情。我把每一张包装纸摊平，把每一册书摆好，慢慢地包裹起来，我知道，我顺便也把自己的过往、自己的幸福甚至自己的情感都一并打进了每一个包里。甚至能想象着眼前的这一个个包里，都包裹着自己每一个时期的年华，都包裹着自己曾经的每一个秘密和回忆。

打好了一个个包，我却舍不得与这些包马上分离，总是让它们再在我的身边待一会，这有点像自己每一次的离家远行，不舍得与亲人分离一样。我坐在包的中间，望着空落落的书柜，心里不由得也感到空落落的，总感到那些被丢弃了的书在角落里哭泣着，骂我的残忍和无情。我没办法，我只好背转过身，脑子里顿时一片空白。

一本本书，就像一个个曾经的故人，他们的故事，他们的情感甚至于他们的世界，都在我的脑海里漫延开来。这一本本书，伴随我，从花样年华走到了今天的两鬓斑白，见证了我每一个日子的幸福和自信，伤感而忧伤，给我留下的却是一段段难忘的回忆。

其实，搬新家挺好的，起码说明我们的日子在一步步变好。对我来说，这样的搬家，何尝不是我们人生的一次旅行甚或是修行！我们在一个地方待久了，习惯了，搬个新家，到一个新地方体验一把当地的人文风景，见识一下周围不同的风俗习惯，又怎能不让我们怦然心动！特别是我们到了一个新环境，一定会让我们的内心有方方面面的波动，心动了，身又如何，不正是要求我们修炼我们的身心，让我们静谧地享受心的安宁和幸福。我知道，随着单位的发展，以后还会搬新家，但不管搬多少次家，搬到哪里，我想我的灵魂、我的情感永远不会搬出出版社这个家。

其实，那个新家我之前已经去过几次，现代化的高楼，落地的玻璃窗，干净明亮的办公室，设施齐全的办公设备，早已经让我动容。记得那一刻，自己掩饰不住地有些激动，又对未来的出版生活有了更多的期待和惊喜。我相信，在这个漂亮的新家中，每一天都会有新的故事，每一个角落都会有新的期待。特别是面对自己即将搬入的办公室时，心里更是充满喜悦，我真的愿意和大家一起，在这个新的办公大楼里，书写更加美好的出版生涯。

搬新家了，房子大了，条件好了，此时本应舒心畅快，可是我心里，却总有一丝淡淡的忧伤。我是个怀旧的人，新家让我期待，老家让我难忘，因为这里毕竟让我度过了人生中最难得的花样年华，聚集了我满满的情感，所以，我虽然走了，却不想给你说再见。

搬家总是有些不舍的，住了这么多年的家，承载了太多太多的回忆。我不知道，我搬家了，你还会不会来找我，会不会很容易地就能找到我的新家？如果你找不到我了，你会怎么办？

不过，我还是希望，你不要怕我远，还能经常来我的新家坐坐，聊书的多情，看云的婀娜，品茶的氤氲……

除夕晚上

吃罢晚饭，窗外已是一阵阵的鞭炮声，夜空中那五彩斑斓的烟花也在一下子、一下子地勾连着我的心。原本想去南门广场看夜景的，可一想到下班时那拥挤的人流，一下子就打消了念头，转过身来，便躲进了狭窄的书房，静静地发着呆。

今年我也走到了人生中的一个节点。37 年前的一个阴雨连绵的 9 月，当我从八朝古都的开封走进十三朝古都西安的时候，看着巍峨雄伟的城墙以及那浓郁的书香氛围，我就想，这就是我一辈子要落地生根的地方了。虽然研究生毕业的时候，也曾经有过念头，想到五朝古都的北京再去拼搏一下，但终究因为舍不得西安这座城市以及对身边亲人的眷恋而放弃。这么多年来，我在这个城市的大街小巷里穿梭着，在每一个可以努力的地方努力着，也就是在这不断地寻觅中，我从那个有点自卑的乡下少年走完了人生的青年阶段，又走到了人生中的两鬓斑白的中年。我迷恋于古城那高大巍峨的城墙，沉迷于凉皮、牛羊肉泡等各种各样的小吃，享受着这个城市带给我的荣光。

大千世界，熙熙攘攘。我一直庆幸几十年的岁月中，让我认识了无数的值得我敬佩或尊敬的人。特别是在人生中的每一个关键时刻，总会让我遇到那些愿意帮助我、信任我、支持我的人，所以我特别感恩那些给过我帮助和支持的人，感恩那些坦诚给过我不同建议的人，感恩那些虽然位卑而善良的人，感恩那些在我痛苦或委屈的时候陪我一起晒过太阳的人，甚至感恩于那些从我身边走过的充满着朝气、美丽漂亮的少男少女……他们不是亲人，却以亲人的方式，让我永远感觉到，无论这个冬天如何寒冷，总有一个人在偷偷爱着你；纵使世界再冷酷，现实再无奈，也总有人愿意想尽办法去拥抱这个寒冷冬天里的你。

人生就像一列永不停止的火车，有的人上车了，有的人下车了。虽然我不知道未来我还会遇到谁，也不知道谁会离开我，但我知道，在这个喧嚣的尘世，每一个离开的人或走来的人都是我应该遇到的人。我会默默送别那些远去的人，感恩他们让我变得坚强，真诚地祝愿他们万事顺意、鹏程万里；我也感恩那一如既往待我如家人的同事亲朋，无论什么时候，你们都是我一生的幸运。感谢你们这么多年无怨无悔的陪伴，我也愿意继续用我下半生的真诚，陪您走过以后的每一个春夏秋冬……

窗外鞭炮声声，一阵阵地响在耳边；一支支五彩斑斓的烟花不时映现在我的眼前。可无论如何，都不能让我的内心掀起任何的波澜，此时此刻，我的内心是如此的平静和安怡。是的，正如钱钟书先生所言，窗外的繁华都是

福和寿，国人永远的希冀

他人的，与我无关，窗内的世界才是自己的。我愿意在这个寂静的世界里，慢慢地品味未来的人生，静静地回味没有虚度的过往，不以物喜，不以己悲，做一个让人感到温暖的人。

房间里静静的，心也是静静的。我知道，未来的人生无论是蓝天白云，还是阴雨绵绵，最重要的是你的心是什么颜色。如果你的心是青春的，你就永远不会老；如果你的心是五彩的，那么再灰蒙蒙的天，也终会阳光灿烂。所以拥有一颗年轻和善良的心很重要。你要明白，所有的成长都包含着岁月的磨炼和人生的委屈，但你也要相信，所有披星戴月走过的路，都会有繁花似锦的那一天的。所以从此以后，我依旧愿意继续做那个足不出户、依窗独坐的人，静静地走自己的路，唱自己的歌……

窗外的天空深邃遥远，窗外的世界已经万家灯火，我不知道，未来的路还会有多艰难，但只要我们有一颗善良的心，有一个努力向上的心，没有什么能够阻挡我们前进的步伐，没有什么事情能让我们止步不前。

我伸出头，虽然此时我看不到一颗星星，但不知道为什么，突然间感到某根神经被拨动了一下。是啊！一转眼，我在古城长安已经近40年了。每每想起对长安的留恋，除了留恋长安城里的人和事外，更多的，是留恋沉淀在长安城里自己最好的年华。

新的一年开始了，虽然我从不相信单凭什么简单的许愿会实现什么，但此时此刻，我却愿意在这个寒冷的冬夜，对着这万家灯火，默默地祝愿那些我爱的、爱我的人，那些曾经让自己后悔却无法挽回的事情不会再发生，那些还没有来得及实现的终有一天会美梦成真……

窘迫又难忘的元宵节

元宵节年年有，可今年的元宵节却让人难以忘记。

今天是元宵节，一下班，我便急急忙忙地往家里赶。因为家人早早提醒："今天元宵节，你答应带孩子放烟花的，可不要忘记。"

吃罢饭，看天色尚早，便想趁此机会把下午放在门前的冰箱外包装收拾一下。妻子看我出来了，也跟着出来准备帮我一下，可没想到，小外孙子也跟着出来帮忙了，并以迅雷不及掩耳之势，顺手就把防盗门给关上了。

我是知道小外孙有喜欢关门的习惯的，所以平时出门，妻子和我都是随时随地带上钥匙的。可今天没有打算出门，并没有想到要带上钥匙，这一下子我们两个人的头大了。

怎么办？门现在肯定进不去了。可现在囧人的是，我和妻子两个大人都只穿着棉毛裤，脚上穿上拖鞋，而孩子身上也只穿着薄薄的毛衣，就是去岳父家取备用钥匙，也得有厚衣服穿呀！想来想去，看来只有向邻居借了。

到了楼上，给同事一说，又是帮我们找衣服，又是给孩子找吃的。可让人窘迫的是，我们俩又高又壮，而邻居同事却瘦瘦小小的，如果我去取钥匙，邻居男主人公鞋号小，我没有鞋子穿；如果妻子去取，女主人公衣号小，她无衣穿。没有办法，妻子只好穿了男主人公的棉袄去取。

衣服解决了，另一个问题又出现了。我和妻子现在手里没有一分钱，又都没有带手机。在现如今的社会，没有手机该如何出去？

不管了，先出去再说。妻子先是一路招呼着出租车，不是有人人家不拉；

就是一问不能扫码，转身离去。无法，妻子一边走，一边等着一个好心的出租车司机能够"开恩"一下，拉她过去。可妻子一直快走到岳父家社区门口，仍没有打上一辆出租车。

好在路程不远。当妻子走到大门口的时候，又轮到了进出大门扫码。先是不扫码不能进去，妻子再三解释，又征得经理同意，方可进入社区。

这个时候，我和孩子待在同事家等待着。同事两口子忙上忙下的，又是给我冲茶，又是给孩子拿水果吃，像招待自家亲戚一样。可我却实在有些窘迫：穿着拖鞋，全身穿着秋衣秋裤，而且秋裤上的缝线还开了一个小缝……那时的我别提多囧了，坐在沙发上，一动也不敢动。哎！那一会儿，我真的是无地自容。可小孩子却没有那么多的顾虑，又是吃水果，又是喝水，可能也知道自己做错了，靠着我一动不动地听着我和同事聊着天。

妻子三步并作两步走，很快就到了岳父家，简单说了情况，取了钥匙就往回返。妻子知道打车不行，干脆快步走回去得了。于是，又经过了一个半小时的折腾，终于取回了钥匙，重新打开了我家的幸福大门。

煮了汤圆，看了元宵晚会，随后又拿了一把烟花跑到楼下，在黑漆漆的楼角，和小孩子一起，点燃了五颜六色的烟花。烟花飞溅着，照耀着三张幸福的脸。

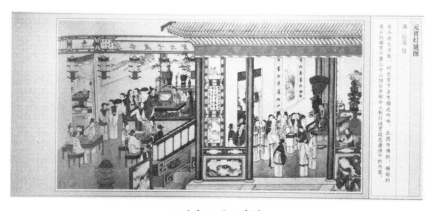

旧时光里的元宵节

意外常常有，好在不是什么大事。特别是被锁上大门的时候，幸亏当时我们三人都在外，又何尝不是一种安慰。假如我们两个大人在外面，小孩子一个人在里面，他身子又没有那么高，又没有那么大的劲，肯定是打不开这防盗门的，那时候，我们不知要比这更着急多少倍……

人生就是如此，没有谁的人生是完美的，没有谁的人生是没有意外的，有意外的人生才是真正的人生。当你认为所有的一切都会如你想象中应该如此时，生活常常会给你意外的囧态；同样，当你对所有的一切都不再抱有希望的时候，生活同样也会给你意外的惊喜。所以，我们要努力把这种意外、这种不完美，变成一种美。就像今天元宵节的晚上，虽然面临着种种的窘境，但这也是我们过年中感受最深的一件事情，它为这个红红的年，画上了最后一个充满希望的句号。因为，只要努力，我们仍旧可以打开那一扇幸福的大门。

今天如此，未来如此，我们在以后无尽的追寻中，还会遇到一个又一个意外和偶然，也会有一个又一个邂逅和错过。就像今晚这座古老的城市，依然在漆黑的夜里，闪烁着烟花般的风景，散发着她的厚重和宁静的美。

给生活按下暂停键

这两天，绵绵的细雨，一下子把古城的夏天拽进了秋天，也让在书房里喜欢光着膀子的我，被迫穿上了棉毛衣裤。

雨仍在滴滴答答地下着，淋湿了院子，淋湿了树叶，淋湿了小草，也淋湿了一个夏天燥热的心。

凉爽的空气里，弥漫着一股淡淡的花的味道；潮湿的林间，氤氲着一丝草的清香。一切都变得安静下来。

借着连绵的秋雨，今天我找到了可以给自己放松的理由，于是，我切断了所有与外界的联系，按下了生活的暂停键。关上房门，拉上了窗帘，只留下一条窄窄的缝隙，静静地坐在书房的椅子上，对着天花板傻傻地发着呆。现代社会的快节奏，已经很难让人们有时间静下心来，享受生活中的点滴美好了。我也一样，我的心需要安静。需要安静，并不是我漠视这个世界，而只是在我与这个世界的若即若离中，想暂时地远离喧嚣，享受生命的完整。

也许大脑也在想给自己找一个放松的理由，脑海里突然间就涌现出了以前记住的一句名言：有的时候，人是需要在匆匆忙忙中停一下脚步的，然后去静静地想一想自己生活中拥有的所有美好。

是的，许多我们曾以为一辈子都不会忘掉的事情，就在我们每天念念不忘的日子里，在每天急匆匆地行走和忙碌中忘却了，甚至有的时候也常常忘记了自己，忘记了许多美好的味道。

我调出了手机里许多平时保存已久的陕北民歌、内蒙古民歌、新疆和西藏民歌，一首接一首地播放着。慢慢地，蓝天，白云，雪山，戈壁，草原，沟壑，不停地在我的眼前变幻着，心也在这一首首的歌声中，渐渐趋于平静和安宁。我不知道自己这么多年为什么会如此喜欢听这些歌曲，但今天，当我静静地独自待在这个狭小的空间里时，看着玻璃上的一滴滴的雨水由一个个点慢慢地变成一条条线，又突然滑落的瞬间，突然间明白了为什么。因为这些歌里，有我向往的辽阔的草原，连绵起伏的高山，茫茫无垠的戈壁，纵横捭阖的沟壑，它们会让你的心一点点地变得宽广和包容，变得韧劲和坚强。特别是想起那片星空下的热爱生活、没有压力、没有争斗的黎民百姓，性格里或多或少带有的那种孤独感、那种刚性感、那种神秘的宗教感，怎能不让长年累月居住在城市水泥高楼里的我，有一种摆脱束缚，在蓝天里遨游，在花海里畅游的向往？

我起身给自己冲泡了一杯咖啡，用小勺子顺时针轻轻地搅着，突然间就想起了小时候陪着母亲推着石磨磨玉米面的画面。那时候的我很小，只是把手搭在磨杠上，随着母亲一步一步地向前走。一圈又一圈地转着，一粒粒的玉米粒变成了细粉被筛了出来。虽然小手被磨杠磨得红红的，但和母亲在一起的幸福却是至今难忘的，甚至到了今天，那温馨的画面、那磨亮了的磨杠，仍然让我感到甜蜜而幸福。

轻轻地搅着，杯中现出一圈圈的棕色的涟漪，慢慢地，心中也荡起了一层层的波澜。虽然平时工作中或者在出差的酒店里，也曾偶尔啜饮过各种各样的咖啡，但并没有让我感受到什么特殊的感觉。但今天，在这安静的时刻，在这绵绵的秋雨中，轻轻地小抿一口，顿时感觉到有一股淡淡的清香扑鼻而来，心里也不由得有些激动。今天的咖啡怎么比平时就香了很多呢？！

门被轻轻地推开了，小外孙的叫声随之飘了进来："爷爷，我想让你陪我玩。""好呀！陪你玩什么呢？"小家伙什么也没说，只是拉着我的手向外走。然后让我坐在这一边，他坐在那一边，拿起身边一辆辆各种各样的玩具车，他推给我，我推给他。小汽车在两点之间来回奔跑着，鸣叫着，有的直直地快速驶来，有的却在半路上转了弯，跑到了别处，甚至钻到了沙发下。更可笑的是，有的时候，同时相向而行的两辆小汽车不由自主地撞到了一起，那个时候，小家伙总是学着电视里的画面，大声说着："叫你慢点开，慢点开！"那小大人的模样，稚嫩的声音，引得我也不由得想逗逗他。"你告诉他，以后再开快，打你屁股！"小家伙边学边说，还顺手朝自己的屁股上拍了一下。看着他这有模有样的样子，我突然间觉得自己也变成了一个小小孩，回到了那个久远的童年，无问西东，只有眼前这一辆辆的玩具汽车。

雨仍在滴答滴答地下着，心却一点点地逍遥起来。这一两个月的高温炎热，这一个星期、一个星期的忙碌奔走，身心所经历的疲倦和烦恼，都在这滴滴答答的秋雨中被清零了，被刷新了。而此时，我的心里早已经平静如水，没有喧嚣，没有人海，一切都是如此的美好和温馨。

我轻轻地把手放在胸口，突然感受到了此时心跳的平缓和那沉稳的"咚咚"声。是啊！任何一种生活方式，都会有得有失，所以，你不用去羡慕别人的什么，也不用动辄去抱怨自己的什么，你能做的，就是去保持自己身心的平静。只有这样，你才能听出一首歌背后的缠绵忧伤，才能懂得某一句话里的情深谊长，才能喝出一杯咖啡的小资优雅，才能明白某一个眼神的爱远梦长，也才能让记忆中那些温馨的画面久久地在心底荡漾。

南门的夜啊，我的夜

今晚因为单位有事，接近晚上十点半的时候，我才急匆匆地离开了办公楼，向楼下的十字路口走去。

此时的十字路口，早已没有了白天那样的喧嚣和妩媚。我孤零零地站在那里，百无聊赖地数着办公楼上仍旧亮光的窗口，想象着十字路口白天曾经走过的丽人……

很快一辆出租车便到了。师傅告诉我可以走小寨西路，那里车少，路近，可我却不想走那条路，我喜欢沿着长安南路一路北上，去感受这条有着古城墙、护城河等浓郁文化氛围的南北景观大道。

也许在办公室里看了一天稿件的缘故，也许此时脑子里已装满了一摊浆糊，一坐上出租车，我便紧靠在车后背上，顺手打开车两边的窗户，让微微的风吹散我一身的疲倦。

夹杂着这个城市气息的风，暖熏熏的，轻轻地从我的脸上滑过，我突然有一种感觉，我已经深深地融入了这个城市的每一个区域，每一种生活之中了。我不知道，一个从小不喜欢吃辣的我，一个喝惯了苞谷糁稀饭的我，怎么会每天陶醉在胡辣汤、泡馍和凉皮的陕味之中。特别是每天天黑之后，大街小巷边那一排排的大排档、小吃摊，虽然我很少去吃，但也让我时时有一种幸福的感受。我认为，这才是古城的味道，才是充满烟火气的古城生活。

西安的南郊已经越来越洋气和时尚了。虽然此时已接近晚上 11 点了，但长安南路这条贯穿西安南北的主干道却越加显示出她的青春的风采。尤其是小寨，当身着一袭浅色的碎花裙子或一层层透明柔软细纱的少女依偎着、手挽着身边的少年从你身边一闪而过时，心里不由得感受到了西安所散发出的青春的气息和亮丽的色彩。

穿过小寨，很快就到了南门外。虽然我早就知道南门城墙夜间的灯火闪烁，也知道南门外护城河边的妩媚动人，但我却真的没有想到，王府井百货门前的广场上如此的人山人海，音乐声如此的铿锵激昂。我突然间有了一种冲动，我告诉师傅："把我放在这里吧！让我也看一看深夜西安的夜景。"

这里真的是欢乐的海洋！在绿树掩隐的马路左边，在王府井大楼闪现的五彩斑斓的霓虹灯下，一大群人，男的女的，老的少的，有戴着维吾尔族小花帽、穿着维吾尔族服饰的男女，还有一些男女，正随着一首首快乐的新疆舞曲尽情地跳着、唱着，释放着自己内心的情感。一层层的人，一圈圈的舞，一下子、一下子地撞击着我的内心，就像久未被人轻拨的琴弦一样，慢慢地激活着我身上早已沉寂的每一根神经。我在台阶上看着，手和脚也不由自主地开始晃动起来。

舞曲越来激烈，人员越来越多，我不明白，古城西安怎么会一下子有了这么多能歌善舞的人，让古老的西安又一次充满了浓郁的异域风情？我走下台阶，穿插在这熙熙攘攘的人群中，仔细观看着这些穿着维吾尔族服饰的男男女女，突然间我发现其中有一个瘦瘦而精干的男子有些面熟。虽然他戴着小花帽，腰间束着那传统的维吾尔族服饰，还有那故意粘上的八字胡，那样的惟妙惟肖，但我还是一眼就认出了他。他也没有想到会在这西安的深夜里碰到了熟人。他给我轻轻地摇摇了手，又自顾自地转到了舞池的中心。

我置身于西安南门的夜色中，听风微微地吹着，心也开始慢慢地、一圈圈地荡漾着。这就是我的西安，这就是西安美丽的夜。我开始有些陶醉，随着快乐的节奏，跟随舞蹈的人群慢慢地走动，和他们一起，一起编织着这个城市的美丽的夜色。

南门外这个自发的歌舞场地，虽然没有那一间间歌舞厅里灯红酒绿的都市生活，也没有地下酒吧那美丽的多情和浪漫，更没有城市丽人所消费的规模和档次、格调和品位，可在这炎炎的初夏夜晚，在西安南门这个重要的区域，有人在弹着冬不拉，有人在欢唱着，有人在舞蹈着，有人在相爱着，成为西安夜色中一道美丽的风景线。

夜已深了，我穿过人群，准备向家走去。突然有一种莫名的感觉，南门的夜啊！我的夜！一个美丽温柔的夜！

一个个男人或女人从我身边走过去了，一辆辆汽车从我身边的路上喧嚣般地驶了过去，一根根的电线杆迅速闪到了我的身后。我喜欢这样的夜晚，我慢慢地走着，享受着两个路灯之间自己瘦长的影子温馨的陪伴。

护城河水静静地流着，环城南路的人行道上亦已然静悄悄的，一如我此时的心，宁静而坦然。我站在路边的一棵槐树下，从窸窸窣窣的声音中，透过层层叠叠的叶子缝隙，向深蓝色的夜空望去。天空依然是那么的迷人，月亮依然像外婆般慈祥，甚至偶尔闪现的几颗蓝莹莹的小星星，此时也调皮地对我眨着眼睛，尽管它们离我是那样的遥远。

路灯把我的身影慢慢地拉长，又慢慢地缩短，我感觉是那样的温馨和幸福。我轻轻地迈着脚步，一棵一棵地数着路边的树木。突然之间，我明白了城市的设计师们为什么要把路灯的光设计成暖暖的色调了，那就是要让每一个夜归的路人能够感受到一丝丝的温暖,慰藉那一个个曾经疲倦或委屈的心灵。

为什么我喜欢躲在文学的后花园里

每每经过一个星期的忙碌之后，我便会把自己关在文学的后花园里，或依偎在诗意的树林里，仰望着满天的星空，把自己一点点地融化；或者纵身一跃，把自己投入小说的世界里，让自己的灵魂静静地得到洗礼。

今天天气阴冷，空中飘着淅淅沥沥的小雨，更让坐在窗前的我感受到了心里的悲凉。我放下手上的一切，抓了抓凌乱的头发，再一次地躲进了文学的后花园里。

尽管一团团的寒气正从四面八方包裹着这座千年古城，尽管窗外的寒风不停地拍打着那层薄薄的玻璃，但我在文学的后花园里，却一点也不感到悲凉，反而感到在这个院子里，我是温暖的，也是惬意的。因为我有着自己的天空，有着弥漫着芳香的小小的世界。

我一页页地慢慢地翻看着，想象着主人公为什么总能说出那样美丽的话语，而且总是那么恰到好处，而我却嘴笨口拙，总是忍不住地想扇自己一嘴巴子。又常常是因为主人公的一句话、一个眼神，便会触动自己那藏在最心底的柔软。

我是喜欢文学的，说得更准确一点，我是喜欢那些写得优美的文学句子的。因为喜欢，所以枕头边总是放着笔和本子，以便随时准备把那些温暖的、温馨的以及触动内心柔软的句子抄下来，随时把自己想到的句子以及那些甜蜜的梦境记下来。

桌上那本看了无数遍的书，我一页页地翻阅着。夹在书中的那一片早已枯萎的玫瑰花瓣，仍然在散发着淡淡的清香。我知道，今天我不是真的想看，也不是真的想闻花的味道，我只是想在书中寻找着那个乡下少年曾经的过往，触摸到曾经感受过的温暖的瞬间以及曾经走过心灵的每一个人……

那杯冒着热气的茶杯，还在散发着浓浓的茯茶的味道。那茶香氤氲了整个书房，也浸透了我的整个身体。我闭着眼睛，轻轻地嗅着空气里的茶的味道。我知道，我不是想喝茶，我只是想从那不断的袅袅绕绕中，感受那些曾经带给我帮助的人们的温暖。

我就那样呆呆地坐着，让一幕幕温暖的画面从我眼前闪过，让一个个我尊敬的人从我心上走过。我轻轻地哼着王菲那动人的旋律，把无限的眷恋哼给了远方那九十有七的母亲，哼给了窗外那弥漫着的、氤氲着冬的气息的树林，哼给我所不知道的遥远的地方……

一点点地回忆着，日子里竟全是五彩斑斓的光影，记忆的内存里，全都是曾经感动或心动的声音。

过去的岁月，不管从哪个角度去读，总是感受到快乐满满的，就是偶尔缺少的部分，也早已让我在文学的院子里用想象的句子填满。

当初那个有些自卑的乡下少年如今也已经两鬓斑白，但那个少年简单、青春的心却仍在这个中年人的胸膛里跳动着。他明白，只要微笑，你就不会孤独；只要有爱，你就会永远年轻！

我沉浸在风情万种的唐诗宋词之中，感受着李白诗的豪情和奔放，丰富的想象和无拘无束的风格；品尝着杜甫诗的气势和精辟，现实和深厚；特别是那些擅长写情歌的诗人，每当读起他们的诗句，总能让人感到缠绵悱恻，优美动人。我一遍又一遍地背诵着，如李商隐的"相见时难别亦难，东风无力百花残。春蚕到死丝方尽，蜡炬成灰泪始干"。如杜牧的"蜡烛有心还惜别，替人垂泪到天明"。如宋代李之仪的"我住长江头，君住长江尾。日日思君不见君，共饮长江水"。不仅如此，现当代诗人的唯美浪漫更是让我沉醉其中，流连忘返。走在雨巷的戴望舒给我讲着丁香的故事，坐在康桥的徐志摩给我叙述着夕阳中的新娘，站在橡树下面的舒婷给我讲述了恋爱中的美好，站在海边的海子给我讲述了春暖花开的幸福……

我陶醉在现当代名家韵味非常的散文小品之中，感受着周氏兄弟散文的常读常新，徐志摩、郁达夫散文的韵味悠长，冰心散文的细腻精彩，平凹散文的拙朴清香。特别是阅读当代名家的长篇小说，更是让我忘记了白天黑夜、茶浓饭香。读着钱钟书的《围城》，仿佛在听着他给我讲抗战时的文人轶事；读迟子建的《额尔古纳河右岸》，让我体会到了鄂伦春这个狩猎民族的粗犷豪放，特别是两书中的名言警句，更是让我记在了本上，刻在了心中；读刘震云的《一句顶一万句》，让我明白了许多人生智慧，有些话真的一句顶一万句；读余华的《活着》，带给我的不仅仅是感动、激动和悲伤，而是震撼和感叹，它让我明白，活着就有希望；特别是路遥的《平凡的世界》，我不知道读了多少遍，每读一遍，在合上书的那一刻，我的泪水都会禁不住地流下来，那是一曲不屈不挠、荡气回肠、充满活力的生命赞歌……

成人的世界里有我的影子，童话的世界里有我的向往。《猜猜我有多爱你》，讲述了兔子母亲和小兔子之间可爱的故事；《逃跑小兔》讲述了那只日日夜夜想逃离母亲怀抱的小兔，是那样的可爱……

就这样，在文学的后院里，我放纵着自己的情感，心慢慢地静了，身慢慢地轻了，所有的一切都开始变得如此的安好。

也就在此时，我的双眼两行暖暖的泪水潸然而下。我这才明白，只有在文学的后花园里，我才是那个依然努力的、依然有点自卑的乡下快乐少年！

我行走在失眠的夜晚

人们常说，没心没肺的人，什么时候都能睡着，不管别人怎么吵，电视里怎么唱，想睡觉时，倒头就睡，根本不会顾忌自己是否喝过茶水或咖啡，是否睡在舒适的席梦思上还是在堆着石头的半坡上。我就是这样的人。

可昨天晚上我不知道怎么了，却失眠了，很长很长时间睡不着，就是睡着了，也感觉自己没有睡得熟，一会儿就醒了。我想不明白，我怎么突然变得有心有肺了？我不知道自己是因为什么。

房间里黑乎乎的，什么也看不见。我想像以前一样，躺下就睡，可是不能够。我先是仰卧着睡，可很快就感到不舒服；又左侧着睡，一会儿又感到胳膊有些麻；转过身来，右侧着睡，一会儿右胳膊也麻了。哎，学学别人，用被子把自己的头蒙起来，可很快就感到头晕晕的，出不来气。只好在床上不停地翻转身子，想早点入睡，可就是睡不着。

我听别人说，可以先看一会儿平时不爱看的图书，于是我找了本字典，可越看越有意思，看了这个"苟"字，就想到了那个"狗"，还有那个"荀"字，越想越多，一点用也没有。我又把看过的报纸重新看了一遍，就连报纸中间的广告也看完了，还是没有一点睡意。可我想睡呀！

我又想到了别人说过，数数字可以入睡，于是我闭上眼，"1，2，3，……"默默地数着。可数到了99998的时候，头脑还清醒得要命，我想不通，为什么数数字到我这里不管用了？

这些办法不仅没有用，而且还引起了无尽的一连串的思绪一股脑地往我的脑子里钻。我使尽全身的气力，把它们向外推，可思绪还是让我一点点地想想这，想想那。

先是想起了大家一起出去开会，几个喜欢逗乐的人告诉我："505房间有人叫你。"我什么也没有想，就冲了进去，进去之后，大家在一边都笑着跑开了。

又想到了小时候，曾经喜欢对门一家嫂子，就当着大家的面主动给母亲说："我以后也要找那样漂亮的媳妇。"可思绪马上就想到了春节回家时自己见到的那个嫂子，目前已不是腰赛水桶，而是腰赛水缸了。

又想到了我们两个曾经相识时的情景，想起两个永远不会见面的人却因为一个电话就认识了。又想到了我们两个就像是大海里的两条鱼，海那么大，那么深，但我们两个小鱼就能遇见，真是神奇了。

我又想到了自己曾经遭受过的委屈，想想自己到现在都不知道或都不明白的错。不知道自己该如何过好这道坎，如何应对自己的心理。我想了想，不知道自己是不是病了，或还病得不轻？

我也想到你，我就会把你和我相识的前前后后想了一遍，你说的话，你做的事，都会在我心上划上深深的一道。我知道自己这一辈子就这样了，但我知道自己一定不是个坏人。

不知不觉地，我的头变得模糊，思维也变得迷糊了，我睡着了，可我知道我还清醒着。

先是梦见了家里盖房子，人们来来往往，都在忙着做着什么，可我不明白自己为什么一点事也没有，就站在一边看。

我又梦见下着大雨，我打着伞，一脚高，一脚低，向前走，还看到一条黄狗从身边跑过去，把自己都吓了一跳。

又梦见了和你一起吃小吃的情景，我们一边吃小吃，还盯着从身边走过的漂漂亮亮的男人或女人。我们还看到一个怀孕的少妇从我们身边走过时，那右手叉腰一扭一摆的样子，真的好有意思。

正在这时，不知道如何又来到了一片森林里，森林中间有一个木头房。正在想着，我怎么来到了这个地方，突然看到了过去的同学，有小学的，有初中的，有大学的，还有单位的同事，都围在房子边，说着，笑着。

一会儿这个场景也不见了，只见我来到了一条小河边，我怕你弄湿了鞋子，想背你过，你不让，非要让我拉着你的手，正在这时，你一下子就跑了过去。

不知道怎么回事，我又醒来了，又回想着梦里的事情，又想到了新的事情。就这样，我看着窗帘的边由黑慢慢地变亮了，紧接着，窗帘布也开始变亮了，于是我知道，我今天晚上完全地失眠了。我拍拍头，想清醒一点，可头是昏昏沉沉的，整个身子也感到非常地疲惫。我蜷缩在被窝里，想不清楚自己为了什么，怎么今天晚上自己就变得有心有肺了？怎么就一点儿也睡不着？

就这样，我行走在失眠的夜晚，行走在一个茫茫的无边无尽的路上，寻找着那条睡觉的路。

无言，是此刻的心静

连着数天的高温，让院子里的泡桐早已经没有了往日的碧绿诱人，树下的狗尾巴草也明显垂头丧气的，直不起来腰杆。

虽然已经是下午快 6 点了，但窗外明亮亮的阳光，照在身上仍感到热烘烘的。我缩回了身子，有些蔫蔫地斜靠在了沙发上。

今天家人不在，偌大的一个房间只剩下了孤零零的我。但一想到大卧室是我的，小卧室是我的，甚至那个平常两个人共享的书房，此时也成为我一个人独享的空间，不由得哼着歌儿在各个房间里走来走去，满脸骄傲地巡视着属于自己的一方领地。

平时因为家有小孩子，所以沙发上总是堆满了各种各样的玩具和大大小小的动物布偶。可今天不一样了，不管三七二十一，我一股脑地把这些东西全部收拾进了一个大纸箱里，一个鱼跃，便斜躺在了这个宽大的沙发上。

不想说话，不想看电视，只想一个人静静地待一会儿，享受这一时刻特有的安静。

房间静极了，我的心也静极了，猛然间，我感觉有什么东西落到了右胳膊上。转眼一看，只见一只小小的蚊子刚刚落到了上面，也许是刚刚出生不久的小蚊子，身子不仅小，而且小肚子还显得有些透明。本想一巴掌拍死，可那一瞬间，我的心软了，就让它吃一口吧，它毕竟也是一个小小的生命。

早几天就看见阳台上的昙花吐出了花蕾，现在花蕾已经变得像鸡蛋大小了，而且顶部已经张开了嫩白色的花苞。我想，再有两三个钟头，今晚的昙花必定又是一年最美的时刻。

红色的幼儿三轮车静静地靠在阳台的墙边，旁边那个黑色的两轮自行车也在调皮地看着我，还有那辆跟在两轮车后面的红底白座的滑板车，依然是平时那种可爱滑稽的模样。我摸摸这辆，摸摸那辆，就像平时在抚摸小外孙的头。突然间我的眼睛有些模糊了，仿佛看到小外孙一边"咯咯咯"地笑着，一边卖力地给我炫耀着他的车技。我不知道，是小外孙变成了现在的我，还是我变成了那个无忧无虑的小外孙。

太阳早已经没落西山，房间也明显暗了许多，但此时房子里的热度依然没有降低。我轻轻地啜了一小口绿茶，又捞起一小撮茶叶在口中咀嚼着，顿时有一股草青的味道在唇齿间慢慢地氤氲着，又不断地挤兑着五脏六腑里的温热，密密麻麻地让米粒般的汗珠挤满了我的额头。

窗外已经明显看不清楚树上的叶子了，只有一团团的黑色像雾一样簇拥在窗前。房子里灯变得更亮了，我看看这里，望望那里。突然间，我的两眼定格在了沙发扶手上的那本《挪威的森林》上，顿时渡边和直子、绿子三人之间的爱恨又闪现在我的脑海，它使我更加理解了村上的话：每个人都有属于自己的一片森林，迷失的人迷失了，相逢的人会再相逢。

阳台上的昙花仍在揪扯我的心。我搬个小椅子，恭恭敬敬地坐在昙花跟前。花苞明显比傍晚时更大了一些，花口也渐渐舒展开来。特别是围着花口镶嵌的二十来瓣花瓣，精致得宛如一个和田玉雕凿而成的紧口杯，晶莹剔透，巧夺天工。九点半时，第一朵昙花开了，第二朵昙花开了……我轻轻地看了看时间，短短的半个小时内，五六朵昙花竞相开在了我的面前。我闭上嘴巴，大气也不敢喘，静静地聆听着花开的声音。我知道，昙花是为数不多的几种在夜间开花的，也是花种中开花时间最为短暂的，但她却像划过天际的流星，纵使粉身碎骨，也要努力地给人们留下一瞬间的灿烂和辉煌，用自己短暂的生命为宁静的深夜平添自己的一抹淡淡的香。

其实这样的时刻是适合听听歌曲的，但是我却没有。不是我不爱听，而是我实在听不懂现在的歌词都说的是什么。所以我平时根本不听那些所谓的现代流行歌曲，而是一首又一首地在心里不停地变换着慰藉心灵的西藏民歌、新疆民歌、内蒙古民歌以及陕北民歌，是它们把我的心一次又一次地带入了一望无际的冰川雪原、白云蓝天、沟壑纵横以及风吹草低的世界。心逐渐变得空灵，自己变得如此渺小，所有曾经经历过的事情，所有遇到过的不快，就像是一滴微不足道的墨汁，很快便被无尽的海水冲洗得无影无踪。

本想舒展一下自己枕麻了的胳膊，猛然摸到了靠垫下的一排小汽车。这是每晚睡觉前和小外孙子必玩的玩具。我看着这些不同颜色的警车，抚摸着《赛车总动员》里那麦昆、杰克逊式的汽车模型，心里总有一种幸福的感觉。那不是玩具汽车，那是一种快乐的记忆，一种幸福的见证。

夜已经深了。眼前，耳边，心里，依然是一片安静。这些年来，我一直在努力，做一个安静细腻的人，在一个默默的角落，默默地开花，静静地成长，悄悄地悦人。就像顾城在他的《门前》所说的那样：草在结它的种子，风在摇它的叶子，我们站着，不说话，就十分美好。

今天一天，虽然没有和谁说过一句话，但人生至高的境界，不正是追求纷繁喧嚣中心灵的淡定。而无言，正是我此刻的心静，一种我可以独享的光阴。

一个人的雨

西安又进入了雨季，淅淅沥沥，或大或小，下在街上。

我是喜欢在雨中漫步的。况且今天心中无事，打上一把雨伞，便走进了绵绵的雨中。

西安的环城公园是最适宜的漫步场所。一边是高大巍峨的城墙，一边是绿水环绕的护城河，脚下呢喃着碧绿的小草，身边摇曳着有些暧昧朦胧的树枝，再加上近视镜片前那一层薄薄的雾气，顿时脑子里已经细碎的记忆，一丝丝地开始在眼前幻变、氤氲开来！

在这样的雨天，平时熙熙攘攘的环城公园里此时已找不到几个人了，除了偶尔走过的几对手挽着手的情侣之外，偌大的公园里，只有我慢悠悠地享受着这个浪漫的世界！

雨滴欢快地在我的伞面上跳着舞，我的心却越加平静下来。忽然觉得，在这样的雨天，在这样的环境里，一个人打着伞，该是怎样的一个画面？

一把红红的雨伞静静地伫立在人行道上，她是那样的艳丽，又是那样的优雅，她是在等谁？等我吗？肯定不是。在等他人？那这个多情的人太让人羡慕了。我好奇，静静地站在离雨伞不远的山楂树下，好想看到一场浪漫的故事，好想看到一个俊美的人。

雨中的空气中弥漫着一股股的花香味、青草味，雨水像过滤器一样，把一股股清新的空气随着微风推送到我的身边。我看着一块块被雨水浸湿的古砖，颜色明显比平时深了许多，也干净了许多。我抚摸着这一块块的城砖，仿佛看到每一块砖都有着一段自己的故事，每一块砖都是一段浓缩的历史，而长安五千年的文明也全部囊括在这尺寸之间。

匆匆地，从前边弯弯曲曲的小路上走过来的一对情侣，人还未到，声音已至。"红雨伞还在呢！"他们走到那把红红的雨伞跟前，正准备拿起雨伞，猛然间看到了雨伞不远处静静地站立着的我。女的粲然一笑，男的朝我挥了挥手，便匆匆离开了。我知道，在他们前头，还有更多的美好故事。

一个人的雨天，一个人的世界

雨比刚才来的时候，小了许多，我索性把雨伞收了起来。细细的雨丝轻轻地飘落在我的脸上，给人一丝淡淡的凉意；雨滴落在我的头发，落进我的衣领，柔柔的，让我感觉到心底有一缕缕淡淡的温情。

我就这样静静地站在这绵绵的秋雨中，享受着大地的宁静和内心的温馨。我仔细回想着走过的每一个日子，突然明白，每一个人其实都是在过着自己的生活。这个日子是快乐还是忧伤，其实都是由你的内心决定的。心若不动，风又奈何！

在我的世界里，是没有雨天和不雨天的，只有快乐的晴天。虽然最近一连几天的雨，让家人感到无所适从，有些郁闷，但我的心里却甚是平静。因为所有的一切，都不能动摇我内心的平静，因为我才是下雨天或者是不下雨天的主人。

其实，我是喜欢下雨天的，因为雨天能够让我思考许多平时没有机会思考的东西，也能让我突然明白许多平时不明白的事情。

人活在尘世间，不可能永远都是顺顺利利的，也不可能事事都不如意，甚至有的时候，不顺心不如意更多一点。但只要我们内心不动，把姿态放低一些，让生活简单一些，又有什么东西能阻挡我们放下尘世间所有的牵扯，又有什么纷乱可以动摇我们内心的宁静？

其实雨中漫步，真的是挺有意思的，跟你的学历无关，跟你的职务无关，跟你的经济无关，跟眼前的景色无关，它只跟我们内心的强大与否有关。

雨又变大了一些，我打开雨伞，在伞下重新打量着眼前的世界，我突然觉得，所有的一切都是那么的美好，甚至连平时看到的有些老旧的楼房，此时也显得有些模糊的美丽；甚至连护城河里平时积聚起来的一片片枯叶烂草，此时也变成一朵朵金色的花朵，漂移在此时静静的护城河里。

凉凉的秋雨会让大地变得更加安逸，会让人们平时那颗躁动的心回归宁静，也会让我在绵绵细雨中寻找到从前的自己。

我就这样，在环城公园里，慢慢地走着，看着，寻觅着每一棵让我感到温馨的树，打量着每一片让我内心柔软的叶，甚至仔细轻嗅着每一丝从我面前吹过的新鲜的风……

雨仍在淅淅沥沥地下着，雨滴仍在雨伞上滴滴答答地跳着舞，我轻轻地抓了抓有些湿透了的头发，继续向前走去。因为前面还有更加美好的风景在等待着我。

今天公园里的雨，很美，很柔。我感谢着这个美丽的世界，感谢着每一个从我身边走过的人，更感谢这个迷离的雨天带给我的快乐的周末。

一个人的雨天，一个人的世界！

在暖暖的阳光里为你读书

下午的阳光很好。

我躺在阳台的藤椅上，隔着厚厚的玻璃窗，让碎碎的阳光暖暖地、懒懒地照在我的身上。不一会儿，身上便涌起一股浓浓的暖意，随之并肆意地一点点地向全身蔓延着。

很少有机会能这样放下一切地享受阳光的抚摸了，我不由得挺直了腰板，尽情地让阳光洒满我的整个身体，还忍不住地不时用力地嗅一嗅这暖暖的幸福的阳光味道。

茶壶里洋溢着红茶的醇香，藤椅周围盛开着橙红的君子兰，放在空调顶上的、伸展着绿枝的绿萝，在阳光下更显得晶莹剔透。我安逸地把自己堆在藤椅上，让整个身体都沉浸在暖暖的阳光之中。

你也悄悄地走过来了，坐在了我的对面，端起那杯弥漫着淡淡茶香的小杯子，轻轻地啜吸着。

在这茶香和花香的交融中，在绿萝和阳光的交织中，胸中那颗长着触角的心灵也开始慢慢舒展开来。我拿起那一册册散发着快乐和静谧的大书小书，开始把自己整个的灵魂浸泡在书香里。

"给我读书吧！"你轻轻地对我说了这么一句。"读书，好呀！你喜欢听什么？""你喜欢的就好！"我喜欢的文章太多了，尤其是那些隽永、优美的文字常常能背出不少来。

我一篇一篇地给你读着，偶尔也会伸出手来比画着。那一刻，只有我那不标准的河南普通话在暖洋洋的阳台上轻轻地回响着。

我给你读朱自清，燕子去了，有再来的时候；杨柳枯了，有再青的时候；桃花谢了，有再开的时候……

我给你读方素珍，我想要一颗星星，母亲说："我把整片夜空送给你"；我想要一朵云，姐姐说："我请清风送过来"……

我给你读山姆·麦克布雷尼，小兔子对大兔子说："猜猜我有多爱你？"小兔子把手臂张开，开得不能再开，说："这么多！"大兔子的手臂要长得多，对小兔子说："我爱你有这么多！"小兔子一看，还真是很多……

慢慢地给你读着，读得让你闭上了眼睛，我以为我读得不好，像催眠曲一样让你睡着了，便停了下来。谁知，你却睁开了眼睛，问我："怎么不读了，我没有睡着。我今天好幸福，全身好舒服。刚才听你读的时候，我就像在听一曲舒缓的音乐、在品一杯醇香的红茶，也仿佛在无垠的草原上静静地看一朵花的开放，那一刻，我的心好静好静，感觉到时光如流水般的恬淡素净。"

一篇篇的小短文轻轻地滑过你的脸颊，一则则精彩的童话在花丛中荡漾。特别是那一个个小小的精灵更是在飘着醇香的红茶水雾中轻轻地飞舞着。

我慢慢地读着，心中静静地想着。这样的情景好美呀！仿佛我们一起走在人生的旅途中，犹如和挚友围炉夜聚……

你就静静地坐在我的面前，听我轻轻地给你读着童话和美文。我们什么都不用想，什么都不用做，只求在这一片宁静的小天地里，让我们的心灵沉浸在欢乐和幸福之中。

站在这个城市的街角

那天下班路过环城公园，不知道怎么的，突然就想停下来，到公园里背靠着城墙待一下子。

环城公园里并没有看到几个人。就是偶尔过去的一两个人也都是戴着口罩，急急地从我身边穿过，一边走，一边看着我怪怪地不戴口罩大口呼吸的样子。

一个多月的宅家生活，我全身的各个部件都好像生锈了一般，有些麻木，有些呆板，甚至思维也有些变呆。我就像冬眠了一个冬天的青蛙似的，抖落一下满身的泥土，尽情地呼吸着带有早春泥土气息的空气。

地上的小草已经露出了鹅黄色的嫩芽，旁边的树枝上也长满了或红或绿的嫩苞。此时的我，已经全然忘记了自己，只觉得有轻微的风儿从耳边吹过，有清脆的鸟声滑进我的耳膜，甚至感觉到有古人的声音在我的耳边轻轻地吟诵。

我很喜欢这个古香古韵的城市。它不仅带有我喜欢的诗人的气息，而且整个城市都带有一股充满浪漫情调的味道。特别是现在，当我一个人静静地待在这早春的公园里时，脚下的泥土，土里的嫩芽，甚至城墙上的每一块青砖，都让我的心感受到了一种飘逸，一种舒展，一种满足。

我站在城墙的这个角落，抬头望着头顶的蓝天，突然感到平时压抑我无法呼吸的一栋栋高楼大厦都不见了，偌大的公园里只有我一个人，甚至此时整个的天空中也只有我一个人。我坐着，站着，看着，望着，整个世界里寂静无声，我仿佛能听到自己的心跳。

微微的寒风吹得大脑也变得清醒了，许多平时没有时间思考的内容便闯了进来。特别是那冒着热气的包子，那满口溢香的饺子，总是像一幅画面充溢在我的眼前，让我感受到现在自己的身上仍有一股它的香气。

一片云彩也在眼前荡漾着，我感到奇怪，赶忙揉揉眼睛，这个时候，天上是不会有什么云彩的呀。原来是和你一起进山时，那朵美丽的云彩也飘进了我的脑海。我走，她也在走，我停，她也停了下来，原来云彩也会跟人捉迷藏呀！

每个人心中都有许许多多这样幸福的小画面，不想对人说，也不想对人去显露。平时忙的时候，又常常会很长很长的时间想不起来，但真正静下来的时候，这些小画面却又第一时间闪现在眼前

一个母亲的喊叫声把我从沉思中唤了回来。原来是一个大约四五岁的孩子可能不愿意戴口罩，受到了她母亲的训斥："快戴上！不戴上，就不带你出来了。"可孩子转眼就看到了我，并没有马上要戴上口罩的样子。我想，小孩子可能把我当作参照物了，我可不想给孩子树立一个不好的榜样，赶忙也戴上了。大概孩子再也找不到不戴口罩的借口了，戴着口罩跑开了。

我静静地数着城墙上无数的青砖，就像在数着我曾经遇到过的每一个人。不管这些人是爱你的，还是不爱你的，他们都是你生命中

静静聆听这个城市的声音

应该遇到的贵人。爱你的，会让你时时要努力前行；不爱你的，也会时时提醒你要守正善良。虽然我知道一个人一生中，会遇到许许多多的事，但老天一定不会让所有的好处或坏处都落到一个人的头上。所以如果等不来满意的人生所愿，躲不开远忧近虑的时候，就将自己沉到尘埃里，在春天的雨水中，再开出一朵美丽的花朵。

我就要走了，突然闻到了一股淡淡的清香。转头一看，原是从旁边走过的一对年轻的男女，他们手中的玫瑰花香轻轻地撒满了此时的公园小道，自然也撒在我的身上、我的周围……

就这样，在今天，我站在这个城市的街角，一个人孤零零在走着，看着，尽情地呼吸着这难得的早春气息。

虽然我不知道这样的日子还会多久，但我知道，乌云早晚会消失的，蓝天白云一定又会到来。等春天跑来，无论你在这个世界的哪个角落，我都愿意等你，请你跟我一起，大声地歌唱。

走在深夜属于我的大街上

十一点多了，我取下挂在墙上的大衣，用力地抖落掉在歌厅里粘满全身的音符，又轻啜了一小口啤酒，转身就走出了在初春的深夜里依然在发出喧嚣的歌厅。

大街上的游人明显少了许多，许多出租车停在路边招揽着乘客。七八个小吃摊点仍在寒风中叫卖着馄饨、鸭脖、煮玉米……

霓虹灯依然在无力地闪烁着，几个穿着艳丽的女子急匆匆地从我身边走过，顿时弥漫下一丝丝廉价的香水味道。

也许是最近身心太过疲惫之故，于是总盼望着，能找个地方找个机会，大声地吼叫几声，尽情地释放一下心中郁结的疲倦。

可是一走进歌厅，我就知道我错了。不仅现在的流行歌曲，我一首都不会唱，甚至连如何点歌我也不会。我开始知道我和岁月之间的距离，我也知道了我和年青一代的差距，更知道了我和时尚、潮流已远远地脱了节，被时代远远地抛到一边去了。

可是这不是我想要看到的今天的自己，更不是我愿意看到的未来今后的自己呀。我一下子惊醒了，我不能再浑浑噩噩地如此下去。岁月虽然苍老了我的容颜，可我的内心依然是年轻的、不变的。

我请来服务生教我如何点歌，教我如何去查找流行歌曲和喜欢的民歌。虽然我反复地在点歌机上查找着，可实在找不出几首我会唱的歌曲，虽然一些流行歌曲也非常好听，但我这个从小浸泡在苞谷糁里的嗓子却总是难以与浸泡在西餐、咖啡的音符相一致。于是我只有在八九十年代的歌曲里徘徊着，并让这种音乐在这个时髦的歌厅里苍白地回荡着。

啤酒瓶傻傻地待在吧台上，瞪着迷迷蒙蒙的眼，悠悠地发着愣；话梅从塑料包装里钻出来，偷偷地看着我，它们不知道，在今天的夜晚，我为什么用沙哑的、声嘶力竭的、如此大的声音，吼唱着汪峰的《北京北京》：我们在这欢笑，我们在这哭泣，我们在这活着，也在这死去；我们在这祈祷，我们在这迷惘；我们在这寻找，也在这失去，北京北京……

我还是控制不住自己，又站了起来，狂叫着，手在空中比画着，向空中抓狂着。我忘记了我是谁，今天我为什么这么放肆地、咆哮般地唱着。

声音在每一个包间回响着，又穿过长长的窄窄的走廊，在黑暗的、已是深夜的西安夜空中飘荡着。

我上了一辆出租车，告诉司机我的住处后，请司机绕到钟楼再转回去。司机初一惺怔，马上就眉开眼笑地喊了一声："没问题！"

此时的西安，南北大街上早已不见了白天的熙熙攘攘，但依然非常热闹。特别是钟楼附近，更彰显出西安大都市耀眼的光芒。公交车仍在辛苦地来回跑着，一辆辆出租车闪着苍白的光，从我身边疾驰而去，不时从我打开的窗口的缝隙里，给我带来一股淡淡的汽油味道。

可忽然间，我却不想坐车了，我付过车费，告诉司机，我想独自走一走。司机不知为什么，突然拍了一下我的肩膀，对我说："兄弟，一切都想开些！"

想开些？我一下子愣住了，一下子又想开了，我笑着谢过司机。是呀，想开些！司机说得对呀，虽然我并没有什么想不开。

就这样，在深夜，在西安的西大街上，我独自地慢慢地走着，一边走一边看，看街上慢慢稀疏的人流，看树上闪烁的灯光，还有忍不住地看着从我身边走过的吃着冰糖葫芦的缠缠绵绵的情侣……

夜在一点点地变深，行人在逐渐地减少，早前的喧嚣此时也慢慢地变得安静。我看着街道两边的风景，一边走，一边看，尽情地享受着这谁也不认

喜鹊都回巢了，我们的心还能不回归

识我的大街。

"枇杷树上的鸟儿叫鸣，叫醉了天上的云彩；枇杷树下的你的笑声，摇红了我们的脸。可心上的你，我去哪儿寻见？"我哼唱着自己改编的歌词，突然就想到了远方的你。此时的你，是一个人，还是和同伴一起，在城市的大街上轻快地散步？是否也是刚刚吃罢夜市，正在欣赏着城市的夜景？是否也在唱着那首熟悉的歌儿在夜空中轻轻地回荡？

这个时候，我突然一下子静了下来。特别是刚才歌厅里的喧闹，就像重新刷新了自己一样，身上所有的疲惫都已消逝，所有的快乐都像被复制似的，重新换了一个自己。

此时的我，就像一个快乐的幽灵，轻松愉快地走在深夜寒冷的大街上，尽情地享受着属于我的西安。

走在这悠长悠长的城墙上

一转眼，来西安已经三十八年了，虽然也曾上过几次城墙，可每一次上去，都会让我内心受到深深的触动。城墙是如此的悠长，如此的高大厚重，而我这个小小的人，心里只有敬畏的份，哪敢轻易走在这悠长、幽深的城墙呢！

下午的太阳暖暖的，暖得人心里痒痒的，正好手边没紧要事，便携妻子来到西门里，拾级而上，登上了这青色的，悠长、幽深的城墙。

西安的城墙，是全中国保存最完整、规模最宏大的城墙。它奠基于一千四百多年前的隋唐长安皇城，距离明代初期的扩建已有六百年的历史。它南北墙长，东西墙短，并不是标准的正方形，这在中国古代的建筑史上可是个特例。城墙全长 13.74 公里，整个地面全部用青砖铺就，平平的。当你走在上面的时候，你顿时感到自己的眼睛不够用了，因为站在高处，以前许多没有看到的风景尽收眼底。从城墙的垛口向下看，是环城公园，里面坐满了老老少少、男男女女，他们有的在运动，有的在晒太阳，有的在打牌，悠然自乐；向城里看，除了满眼低矮的、青色的楼房外，以前没有看到的活色生香的酒吧，以前低矮的砖塔，也刹那间进入你的眼睛。走在这城市的半空，你就仿佛行走于时间与空间、过去与现代的某个交界线上，不由让你感到颇为奇妙。

城墙的地面，足有四车道之宽，上面虽然不能跑汽车，但有可供租赁的单车和双人自行车，骑上它，自然能让你领略到别有一番享受和趣味。虽然我和妻子没有骑自行车环绕而游，但从我们身边飞驰而过的俊男靓女，还是让我感受到了那种幸福。因为他们银铃般的笑声，因为他们张扬的双手，因为他们幸福的欢叫，都让我感受到了他们幸福的"飞翔"，也让我想到了电影《十七岁的单车》，想起了我曾经的快乐。

站在这座悠长、幽深的城墙上，抚摸着那一块块斑驳陆离的、青色的砖块，不经意间，我的思绪也随着城墙的蜿蜒伸展而飞向远方，飞向古代。我仿佛看到这城墙上的每一块砖，每一座城池，每一个垛口，都在诉说着隋唐及以后各个朝代不同寻常的历史，都在描绘着历代为争夺城池舞动的弓箭长矛、升腾起来的硝烟炮响，以及城池下面那无数死去的鲜活的生命。

我看过北京城墙，也看过南京城墙，还看过山西的平遥城墙，这些城墙，有的在经历了漫长的岁月之后，大部分已成残垣败壁，仅存片瓦块石了。只有西安城墙，屡经劫难，历经战事沧桑，一任风雨的剥蚀，安然无恙地保存了下来。抚摸着它，靠着它，你在慢慢地触摸中，心中也慢慢升起许多无限的感慨。虽然岁月的沧桑变化，虽然曾经的辉煌已经逝去，但无论是炎炎的

站在城墙上，才能理解作为一个西安人的自豪

酷暑，还是刺骨的寒冬，无论是漫长的白天，还是漆黑的夜晚，只有城墙，仍在默默地守卫着西安的这份厚重，这份悠长，这份高贵，这份雄伟。也就是在这慢慢地触摸中，你也才能感受到千年西安独特的魅力，才能感受到一份属于西安的悠长和文明。你也只有站在城墙上，也才可以骄傲地说，没错，这里就是西安！没错，只有站在城墙上，才是真正地来过西安了！

慢悠悠中，我便走到了南门。从南门向南望，可以望到蓝天下那连绵起伏的终南山脉。向北望，先是看到城中心巍然矗立的钟楼，再是透过中轴线看到的由无数的高楼形成的长墙，让整个的北大街变得狭窄、拥堵。虽然大道两边，变得越来越繁华，但我知道，人们头脑中城墙的概念和意识一定会久久挥之不去。即使远在他乡的游子，不管他走得多远，多么有钱，地位多高，只要是从西安走出去的，头脑中对城墙的思念永远都会挥之不去，也总会念着、想着城墙的一砖一瓦，总会一直守着他们心目中城墙的那悠长的余韵。

我用手抚摸着这青灰色的城墙，抚触着眼前这斑驳的墙砖，凝望着这座悠长、幽深的城墙，顿时感觉到自己的灵魂也在一点点地拓宽着它的广度，在这曲曲折折的历史中，在跌宕起伏的生活中，我们才会拥有处变不惊、温柔安定的内心。

眼睛慢慢地有些湿润，一瞬间，我仿佛从这青灰的城墙看到了自己的历史，也看清、看透了自己眼前的生活。因为我们今天的生活，就是我们明天的历史。

思绪在漆黑的夜里飞翔

这几天由于附近修路的原因，家里两天都没有电。

刚开始听到要停电的消息时，心里感到非常无奈和愤懑，怎么老是停电呀？可仔细一想，其实平时并不是总是停电的，只是因为一停电，什么也做不成了，心里就不由得充满了一股怨气。可又有什么办法呢？既来之，则适之吧！

漆黑的夜很快就到来了。

因为没有电，所以以往一边吃饭一边看电视的坏习惯就没有了。虽然曾经几次忘我地、迷糊着走到电视机前，想打开电视，但又是一瞬间清醒过来。我不知道今天的晚上，没有亮光、没有电视，我该如何度过？

没有电视，总有手机可以玩的，以往也是如此呀，有好的电视就看，没有好的电视，让电视自己乐哈着，自己玩手机去。可今天晚上不一样了，由于没有电，白天又忘记了给手机充电，所以这个时候，手机也开始了从来没有过的罢工，先是不停地提示我电量不足，过了一小会儿，就不顾我的感受，直接地罢工关机了。气得我真想摔了它去。关键时候掉链子，还算什么好手机？

找根蜡烛看会书吧！有了手机，平时看书的机会也少了，正好这个时候好好地看看自己喜欢的书。我以前曾专门准备过蜡烛，就是为了预防突然停电，可今晚不同了，长时间不用，原来准备好的蜡烛，现在也不知道放到什么地方去了，所以只好放弃了寻找。

出去逛街吧！可我和家人平时并没有晚上出去逛街的习惯，总是一回到家，匆匆地吃过晚饭后，都各自忙各自的事情，所以平时并没有感到有什么不同。可是今晚却明显不同了，想出去逛街，却又不知道去哪里逛？想买什么东西？于是也只好作罢。

坐在沙发上，望着窗外漆黑的夜空，实在想不起来做点什么。那就和家人说说话、聊聊天吧。于是，没有什么主题，东一榔头，西一棒槌，说了我身体健康的母亲，说了他家老爷子这次的远行，说说单位里碰到的开心事，聊聊街上遇到了的奇葩……既看不到彼此的表情，又感受不到彼此心里的想法。很快时针就指向了九点来钟。

我平时都是在晚上十点上床休息的，而且有着他人羡慕的躺下两分钟就能睡着的习惯，想来今天晚上可以好好地睡他个好觉。于是，趁着今晚没电，便摸着黑，简单地洗了洗，便躺在了床上。可我没有想到，平时躺在床上立马就能睡着的我，却在今晚本可以安心睡觉的这个漆黑的夜晚，却一点睡意也没有了。

我脱下衣裤，钻进被窝里，很快就感到有些闷热。把胳膊伸出来吧，很快又感到身上凉飕飕的，赶紧又缩了回去。几次三番后，我索性坐了起来，用棉被轻轻地包围着我。我睁大了眼睛，可是再大的眼睛在这漆黑的夜晚也是毫无用处。我索性闭了去，慢慢习惯地把自己缩进这漆黑的夜里，只让自己那两只清醒的耳朵，静静地聆听着这夜晚的声音，让自己的思绪随着这漆黑的夜一点点地弥漫出去。

我首先想到了顾城那句有名的诗句：黑夜给了我黑色的眼睛，我却用它去寻找光明。是的，虽然在黑色的夜里，我什么也看不见，但我却能感受到，我的思绪在跳跃着，内心的激情在激动着，太阳正在远方一点点地升起来。

我想起了我小的时候，在昏暗的煤油灯下，我依偎在母亲的身边，听她讲着过去不知道讲了多少遍的"红眼绿指甲"以及"牛郎织女"的故事，第一次明白了红眼鬼怪的吓人、牛郎和织女面对天河的无奈以及大河相隔时他们两个泪眼婆娑地苦苦盼望。

我想起了我们两个的相识，想起我们曾经走过的每一个地方。我知道，因为有你，我的世界才变得精彩、斑斓。记得那天在家里看书的时候，有一句话突然跃进了我眼里：

我是一颗小小的星星，我站在我的星空里，静静地仰望

着你的星空，我知道我的世界里有你，你的世界里有我，所以

天上的星星才会彼此地、不停地闪着眼睛。

是的，人生中会遇到许许多多我爱的人，爱我的人。我爱的人，我愿意给你幸福；爱我的人，让我感受到快乐。他们都是我生命中应该感激的人。

我还想起了我在远方的女儿。女儿是我生命中一幅永远的风景。正因为此，那天在少华山中的情景又一幕幕地闪现在我的眼前。我遇到的那个小女孩，穿着和我女儿小时候一模一样颜色的外衣，梳着两只直直的小辫。看着这个小女孩可爱的模样，在征求她母亲的同意后，我忍不住地把小女孩抱在我的身上。小女孩静静地靠着我，没有说话，转眼看着我的脸。我又抱起小女孩，让她坐在我腿上，让同事给我们两个照了几张相。那一刻，我突然感受到了一股暖暖的血液在流动，感受到内心充满了满满的幸福。真的，真的好想身边再有一个可爱的小女孩做我的女儿，让我来陪着她长大，陪着她玩，陪着她笑，为她买漂亮的裙子，为她买好吃的食物，甚至为她买好玩的玩具，然后和她一起躺在床上，孩童般地哈哈大笑。

我也想到了我的同事，想起了和大家一起走过的许多地方。虽然大家的岗位不同，但大家都在努力着，相互扶持，相互帮助，虽然我有的时候、有些地方做得不够，把控得不好，但大家的包容还是让我感到了幸福。真想和大家永远地这样下去。

……

夜在慢慢地走向深处。窗外偶尔的几家窗口，散发出昏黄的暗淡的光。我的思绪还在四处飞翔着，就像刚刚喝过咖啡一样，心情也跳跃着向前延伸着。

　　闹钟滴答滴答的声音，正从我的身边一秒一秒地溜走。真的，不是我不珍惜，只是我无法留住这般美好，就好比人生中遇到的某些人、某些事一样。

　　夜深了，楼下也已经听不到人们走去的声音了，就连平常楼下的几只野猫可能此时也感受到无聊和寂寞，无声无息地睡觉了。可我的思维依然是那样的活跃，继续在我的世界里四处蔓延着。虽然今天晚上没有电视，但却让我感受到了想象的欢乐；没有手机，却让我感受到了无尽的思念。

　　已经是晚上十二点了，仍然没有来电。突然我想到了高中甚至大学时期学校里突然停电时的那种快乐和幸福。因为那可以名正言顺地不用看书写作业了，不由地"嘿嘿"笑了起来。

　　其实有的时候，适当地停一下电，也是挺好的。不看电视，不看手机，可以用更多的时间，想想我的家人，想想我的朋友，想想我远在四面八方的朋友。

　　我要感谢今天这个没电的晚上，它又把我还给了我的家人，还给了那些我爱的、爱我的亲人们。

寻找着夜空那满天的繁星

城市的天空已经越来越看不到星星了。

当我迈着疲惫的脚步，披着满身五彩斑斓的灯光，在高楼林立的水泥城市一步步地走到家中的时候，我总是不由自主地做的第一件事就是推开窗子，向天空瞭望，希望站在高处的我，看到的窗外不再是五彩的灯光，而是漆黑的天空有一轮弯弯的明月，有满天眨巴眼睛的星星⋯⋯

我是喜欢看星星的。因为每次看到星星，我的心就不再属于自己了，不再蛰伏在自己小小的胸腔里，白天经历的所有的一切，都会忘记得一干二净，就像又回到童年时候一样，什么也不用想，静静地，傻傻地，什么都是自己的，什么又都不是自己的。所以，不管是一个人坐在自己狭小的书房里，还是坐在院子里的泡桐树下，更或者是自己一个人出差的时候，总是想寻找一个僻静的地方，静静地等待着这个城市黑夜的到来。我想看看这个城市的天空和我相处的古城的夜空有什么不一样的地方。

虽然今天回家，依然没有看到满天的星星，可微信群里的一组美丽的星空图片，却又一次地触动了自己内心深处的柔软。我觉得，那就是为了满足今天的我。这样想着，心中也自然一点点地变得温润起来。我知道，我是需要这样的滋润的，也是需要腾空自己的五脏六腑，让内心变得清新和宁静的。

每一张图片，都是极美的夜空风景。蓝色的幕帷上，没有一丝的浮云，却点缀着一颗颗钻石般的繁星。她们看着我，眨着眼睛，显得是那样的顽皮和富有童心；我看着它们，忍不住地向它们轻轻地招一招手，也做出依依不舍的样子。

　　我一张张地凝望着照片中天蓝色幕帷中的那大大小小、忽明忽灭的星星，仿佛自己的心里被他人投进一粒石子一样，慢慢地荡漾起一层层的涟漪。是的，你不管是有名的星星，还是平凡无名的星星，正是它们的相互映衬，才共同点缀了这一个美丽的浩瀚夜空，让我们感受到了夜空之美、星星之美！

　　有一张流星的照片，我看着看着，仿佛真的感觉到有一颗流星正从自己的眼前闪过。它划破了夜的沉静，在蓝色的幕帷上，留下了一道细长而美丽的弧线，继而又迅速消失在遥远的天际。我呆住了，一瞬间的流星也是如此之美呀！由此我想到了人生，想起了尘世中每一个默默无闻的自己和他人。是的，每个人因天赋的不同而各有不同，虽然一个人不可能一辈子都时时有灿烂辉煌的盛际，但能让自己一瞬间地照亮、温馨他人，又何尝不是一种美丽！

　　星星还在不停地向我挤着眼，弄着眉，我也向它轻轻地招招手，摇摇头。

　　我对着她笑一笑，星星也对我笑一笑，有的时候，笑着笑着，就感到仿佛所有的星星都在对我微笑一样。于是，自己就变得开心幸福起来。其实，幸福是很简单的，一杯热茶，一个拥抱，甚至一个甜甜的微笑，再或者读到一句喜欢的话，看到一个喜欢的词那样。

　　我慢慢地合上了手机，感觉到自己就像坐在辽阔的草原上，坐在一望无际的大海边，坐在曾经去过的戈壁沙滩上……大地是那样的寂静，星星是那样的繁多，她们离我是那么的近，仿佛伸手就能抓住似的，依偎着我，给我讲它们的故事。

　　我再次抬头望着这满天的星空，顿时觉得自己的心变得好大好大，仿佛就是一片完整的星空。

　　真的，我不是怕我努力了不优秀，我只是怕比我优秀的人还比我更努力。所以，我必须努力孤独地继续前行。

孤独的守城人

今天是新书《西安城墙》的首发式。会后，我独自向空无一人的西南城角走去。

以前也曾多次爬过城墙，但也许是人多的缘故，并没有让我有什么特别的感觉。今天突然从狭小的发布会现场走到这空无一人的城墙上的时候，视野一下子变得开阔起来。

暖风轻拂在我的脸上，身子里也慢慢地变得热燥燥的，我索性解开衣扣，任城墙上的风掀起我的衣角，在我的身上、发际钻来钻去。

今天的城墙上几乎看不到人。地面上一块块灰头土脸的墙砖，早已经被岁月磨损得没有一点脸面了，甚至连个别砖上曾经被当初的工匠粗糙地刻上"户县"的字迹，也早已经饱经了岁月的风霜。如果你再蹲下来一寸寸地仔细查看，你会发现每一块墙砖仿佛都是一段历史，甚至连那些弥漫在青砖缝隙里的空气，此刻也都沾满了历史的沧桑。

天高云淡，我慢慢地向前走着，一抬头，头顶的那朵白色的云朵也正随着我走；我从垛口向下望去，墙边上的树枝也在轻轻地晃动着，慢慢地，我的心也开始晃悠起来。

我不知道，此刻我是谁，来自哪里，又身在何方。

西安城墙见证过长安金碧辉煌的繁华，也经历过长安风花雪月的凄美；她聆听过西域胡人走在长安西市的声声驼铃，也感受过长安人走茶凉的悲欢，如今，她依然像一个忠诚的卫士，默默地守护着长安这一方古老的城池。

很多外地游客来西安，总愿意登上城墙四周转一转。我常常想，他们到城墙上来看什么呢？是墙上的城楼，还是地面上那大而厚的墙砖？想想，是，又不是。

我每次走进城墙，看着脚下那凸凹不平的石条，总忍不住地想俯下身子用手去抚摸一下那斑驳的痕迹；走上城墙，也总是愿意用手去拥抱一下那已经掉色的梁柱，那一块块已经被浸透了的墙砖，甚至常常愿意把身子贴在墙砖上，静静地聆听着城墙的声音……我知道，那远去的历史我已经触摸不到了，我只是想通过这遗留下来的遗迹，感受一下那已经是历史的味道了。

远远地就望见了西门的城楼。也许是地理位置使然，西门的箭楼远没有南门的箭楼那样容光焕发。我一点点地慢慢靠近城楼，抚摸着那粗粗的已经有些褪色的柱础，那一块块已经浸勒斑驳的墙砖，我倚墙远望，不由得有一丝酸楚涌上喉头。这是我待了近四十年的城啊！

这的的确确是我的城！因为在这座城里，有我的大学，有我的恋爱和婚姻，有我熟悉的泡馍、凉皮，也有我熟悉的大街小巷，更有我熟悉的我爱的人、爱我的人。

垛口下的那五个吹着古箫、弹着古筝和琵琶的仕女雕像，突然间让我仿佛听到有一曲古老的乐声从城墙上、从城池间、从城楼里袅袅升起，是大唐玄宗在梨园教授宫女演奏的《霓裳羽衣曲》，还是秦王李世民演奏的《秦王破阵乐》？我迷离于那些宫女的演奏，沉迷于那一声声的风花雪月。恍惚间，我明白了，我就是那个唐朝人，我就是那个我永远不能抛弃、也不会忘记自己根在哪里的守城人。

一对年轻的情侣共骑着一辆自行车从我身边驶过，大概是看见我把耳朵贴在墙砖上的怪模怪样，便停了下来，问我能听到什么？我告诉他们："你只要用心听，你就会听到不一样的感觉。有射箭攻城的'嗖嗖'声，有诗人饮酒作乐的唱和声，有大唐西市传来的阵阵驼铃声，也有大清早从终南山赶到城里卖炭的叫卖声……甚至你还能听到大唐芙蓉园的烟花爆竹，也能听到龙首原上大明宫殿的早朝声……"

我在箭楼的台阶上坐了下来，孤零零的，想象着我在这个城市的过往。39 年前，也许命中注定与这座城的缘分，我报考了城墙南边的这所高校，每个周末最幸福的事情就是围着城墙走一圈。可以说，大学时代，我曾无数次地走过这座寂寞青春的城，抚摸过厚重的墙砖，聆听过曾经的历史。慢慢地，我感受到了这个城市的厚重和坚强，感受到了她的文化悠久和博大，尤其是让我感受到了她对来自外省的我的包容。所以从那时起，我便和这座城有了千丝万缕的联系，我的未来将紧紧地与这个城拥抱一起了。

我静静地坐着，不敢高声语，总怕自己不小心惊扰了这城池里的历史；总怕我不知道轻重的脚步惊扰了这座城市的幽梦。

我一点点地追寻着过去的旧时光，感觉自己能在这座城市里生活和工作，真的是太幸运了。我不由得微笑起来。

真的，西安是一座美丽的城。如果将来的某一天，我在西安遇见了你，我一定会第一站把你带到城墙上，去抚摸那斑驳浸勒的墙砖，去抱一抱那已经掉色的梁柱，去登一登那用砖垒起的马道，去瞧一瞧那古老的城池，去踩一踩那一段被战车已经磨得凸凹有致的长条石……

因为我是守城人，尽管是一个孤独的守城人。

今夜我是唐朝人

早就听人说过"长安十二时辰"，但一直没有时间前往。趁着元宵节，叫上家人，急匆匆地赶往那个位于西安唐文化资源聚集区内的"长安十二时辰"。

还未走近景点，便一路感受到了春节那火火的红。红红的墙，红红的灯笼，红红的横幅，红红的衣裳，特别是那一群群来自不同地方、操着不同口音的、穿着不同服饰的男女，簇拥着，欢笑着的情景，让到处都红红火火的。

穿过门廊，一幢偌大的仿唐宫殿式建筑就矗立在眼前。那夸张的木檐，那五彩的宫灯，让你根本想不起来，此时外边还是艳阳高照的白天。挤过熙熙攘攘的人流，深一脚浅一脚地穿过或坐在地上或围成一圈的人群，此时，我的眼睛已经不够用了。那上下两层雕梁画栋般的楼阁，那一面面缀满鲜花或宫灯的墙壁，那悬挂在店铺门前的各种招牌，还有不时从你身边走过的那一个个浓妆艳抹、梳着高高发髻、个性张扬的女子，那一个个穿着胡服、戴着胡帽，或黑或深红衣裳的男子，更是让你忍不住地流连张望。

突然间，一个穿着长衫、打扮成诗人模样的男子从我身边匆匆而过，那张扬的个性，一饮而尽的派头，让我顿时想到了那个"烹羊宰牛且为乐，会须一饮三百杯"的李白飘飘欲仙的样子；与他同行的男子，虽然身材瘦削，穿着补丁摞补丁的粗布长衫，但那一副忧国忧民的样子，一看就知道是那个"安得广厦千万间，大庇天下寒士俱欢颜"的诗圣杜甫。正在这时，一个光头、微胖的男子走到了我的跟前，那头上的剃度，那负笈而行的姿态，一看就是那个到西天取经、历经九九八十一难的玄奘。更让我惊奇的是那个身材丰腴的女子，不停地朝游人微微招手示意，雍容华贵，一副完美的盛唐女人气象。

我一边走，一边想，如果是我，我会选择装扮成什么样的唐人？是诗人，还是狱警？是小二，还是和尚？

一个年轻的女子，一身大家闺秀的装扮，正坐在台阶上准备照相。那轻薄的花纱外衣，再佩上轻纱彩绘的披帛，云鬓蓬松，袒胸露臂，手里正打着一盏兔儿灯，对我微微一笑。我静静地站在那里，仿佛是早已经相识了的。慢慢地，我的眼前开始迷离，又想起了那年元宵节在城墙上观灯时的情景。记得那时的她一袭红衣正站在那大红色的城门前，半个身子向外探看着。那浅浅的微笑，红红的脸色，是否以前遇到过的那位女子，那种淡淡的微笑，那一招一式迷人的身姿，刻在我的脑海中。

突然，我感到身边的人群开始在向另一个方向流动。轻轻地打问身边急匆匆走过的人，才知道花萼相辉楼的表演时间到了，我也止不住地移动着自己的脚步。楼前早已是人山人海，根本走不到近前。匆匆跑上二楼，在人头晃动的缝隙间，睁大眼睛向楼下观看着。灯火辉煌，人声嘈杂，地上的舞女在舞，空中的舞女在飞，迷人的风姿，早已经把观看的人的魂灵勾得上下翻飞。

我退了出来，继续沿着通道慢慢地向前走着。通善街、杏园街、胡食巷、霓裳街、乌衣巷、芙蓉街，那一条条熟悉而又陌生的街巷名称在我的眼前晃动；灯笼、鼓、吊灯、布幌，那店门前一面面飘舞着的旗幡，琳琅满目。突然一个小女孩举着一串冰糖葫芦映入了我的眼帘，再仔细一看，那一种种让人口水直淌的市井小吃——庾家粽子、萧家馄饨、黄金鸡、胡饼、胡辣羊蹄等，更是将我带到了唐时的味觉记忆。

我就那样傻傻地站在那里，沉浸在这种可体验、可触摸式的盛唐情景之中，分不清白天和晚上，分不清现代和唐朝，一点点地阅读着曾经的大唐盛世，忘记了自己现在是在哪里，我又是谁。

正当我沉浸在长安十二时辰中不知所措时，一个打着旗幡、着粗布长衫的算卜先生拦住了我，不停地对我说着："先生好命，先生好命！可否容我为你一算？"平时我就不信，这个时候，更是难以相信，连忙摆手准备离开。可风水先生又开口了："先生本来好命，为什么现在如此急切离开呢？"他怎么知道，如此拥挤，如此狭窄，满头的大汗，我怎能有兴趣在这样的一个地方长待呢！

挤到窗边，微微的寒风顿时让我打了一个寒战。看看时间，已经七点半，抬头眺望，一轮圆圆的月亮正挂上空。我不知道，她是在惊慕人间还有如此的良辰美景，还是恋恋不舍人间的情丝未了？

我一步一步地向楼下走去，不承想，刚才照相的那位女子，又飘逸地站在了我的面前。她又是微微地一笑，我轻轻地点头，我不知道她来自哪里，叫什么姓名，但我知道，那淡淡的清香，已经飘然荡漾在我的心上，一种无言的幸福迅疾溢满了我的全身，让我陶醉在这绚烂的夜晚所带给我的安然和宁静。

走出大门，我看着一个个从我身边走过的男男女女，他们的目光是那么的柔美，微笑是那么的迷人。刹那间，我感受到这个世界是如此的美好，今夜是那么如花般的绚丽灿烂，长安是一个多么让人依依不舍的古城。

我知道，我今天做了一回唐朝人。

时间是如此地不经过

一跨过知天命的年龄，不知道怎么了，老感觉时间过得很快，一不留神，一天过去了；再不留神，一个星期过去了。就这样，在这一次次不留神间，五十年过去了。

我给妻子说起来，她笑我："你还以为你年轻呀，还十七八呀，你都五十了！"

五十了，我一下子愣在那里。我可从来没有在脑海里想过自己五十了。记得刚上大学的时候，心想，四年时间，多难熬呀？谁知几番春秋，不知不觉就过去了。后来参加了工作，结了婚，心想，自己才二十七八岁，离五十还远着呢，谁知一转眼五十年就没有了。女儿刚生下来时，看着手中粉嘟嘟的女儿，心想，有女儿真好呀，可以让自己好好陪女儿玩。谁知，一转眼，女儿就上了小学，后来又上了初中，紧接着，又上了大学，很快有了自己的同学圈，不愿意跟我一起玩了。

五十年，并不短呀，为什么就能够不知不觉就从自己的眼皮底下溜走了呀？它是什么时候溜走的呀？又是怎么溜走的呀？难道真的像小沈阳和赵本山演的小品：一闭一睁，一天过去了；一闭不睁，一辈子过去了。

五十年，并不算短，可这五十年，我是如何度过的？我又做了什么？都去了哪些地方？我学到了什么？我一下子什么也想不起来。

那天和同事在一起说着时间。说着，说着，就说起了小时候。记得小的时候，我们总是感觉时间过得好慢呀。一节课虽然只有四十五分钟时间，可我们总觉得那么长。而两节课中间的十分钟，又是那么的短。随后就用手盘算着，再有几天就是星期天，再过几天就要放假了，再过多少天就要过年了。可左等右等，总觉得时间过得很慢。于是就在这一天天的盼望中，我一点点地长大了；也就是在这一天天长大的过程中，时间就这样流逝，被老天收回去了。

记得那天晚上，回到家，我找了一面镜子，对着镜子里的自己，左看看，右瞧瞧。仔细看着镜子里的自己，看到我的两鬓黑发间，已经长满了白发，我的脸部也生出了一个小小的老年斑。还有，这一两年，一个曾经让我，还有同事骄傲的身体，偶尔也会感觉到这里不舒服，那里不舒服。记得以前，我中午饭后，是从来不需要休息的。可现在呢，如果中午饭后不休息十分钟、八分钟，下午就感到晕乎乎的，没有精神。现在想想，难道真是岁月催人老吗？

我又想起当年那个小小的乡村少年，一转眼，已经在这个古老的都城度过了近四十年的时光了。那个小小的少年哪里去了？还有那个整天围着我，叫我爸爸的小女孩，一转眼，也已经长大成人，有了自己的家庭，还动不动地说："老爸，你什么时候退休，我来养活你。"她养活我，我才想起：当时那个我每天为她梳辫子的女孩哪里去了？我还想起了单位里一起年轻，一起说笑的兄弟姐妹，他们一个接一个地退休了，离开了我，他们的时光又到哪里去了？终于我明白了，是时间偷走了那个乡村少年，是时间偷走了那个梳着羊角辫的孩子，是时间偷走了我身边兄弟姐妹宝贵的青春年华。

可我知道，虽然如此，我的心理年龄却并没有老，我的心还是一如既往的年轻。在大街上，我不喜欢给我让座的小孩子叫我爷爷，也不喜欢别人老是提醒我，你已经是半百老人了。还有，当我看到我熟悉的邻居的小女孩时，我仍喜欢把她高高地架在我的脖子上，带着她一起玩，给她买好吃的，好玩的。还经常傻傻地盼望着，别人家的小女孩能突然跑到我家里来，我和她一起做手工、一起做游戏，一人买一个冰激凌走在大街上。我也喜欢每天回到家里，不顾妻子的讥笑，依旧看我喜欢看的《青年文摘》《读者》，依旧喜欢

旧时光里的一切，已经一去不复返了

在床头放着一支笔，一个本子，把遇到的好句子记下来，把突然闪现的好选题记下来。我依旧喜欢坐在路边，看街上靓丽的年轻男女，看他们花枝招展的漂亮衣服。

可时间还是如此地不经过，还是在我不经意间一天天溜走了。现在常常进入我思维的，是我也一天天靠近了退休的年龄，耳边听到的，也是我一个个熟悉的朋友亲人离开了。更是和几个知心的同事，在一起笑着议论着谁谁谁已经走到大雁塔，谁谁谁已经走到了电影制片厂……

时间是如此地不经过，但日子还得一天天这样过。我还年轻，我才刚刚过了五十，还有大把大把的时间掌握在我的手里。我愿放下心里的一切，背起行囊，用我的热情，用我的真诚，用我的爱，让我的亲人开心，让我的朋友开心，让我认识的每一个人开心。

我的父亲

父亲是在一个飘着雪花的寒冷的夜晚去世的。

记得父亲去世的前几天，天气还一直暖暖和和的。不知道怎么的，父亲去世的前一天，却是出奇的寒冷，先是风儿在呜呜地低哭，接着，天上便纷纷扬扬地飘起了雪花，而且越下越大。父亲离世的那一刻，我赶忙跑到门口，见雪已经不下了，而房屋上已落下了足有半尺来高的白白的雪。村上的老人说，好多年都没有见过这么大的雪。

难道是风儿有什么先知，知道父亲要离开我们，舍不得他老人家离去？不然为什么会那样地呜呜长嚎？难道雪花也知道父亲一生的功德厚重，也让这广阔的大地为父亲的离去戴上厚厚的重孝？

父亲就这样走了，吝啬得没有留给我们一句话。

也许是父亲实在太累了，不想再说什么；

也许是父亲对自己的一生还比较满意，对得起自己的良心；

也许父亲对自己的子女也还满意，没有什么可以交代的。

总之，父亲没有说一句话，就这样静静地、安逸地走了，甚至没有回头看看子女们的脸。

也就是在这一刻，我的心突然觉得空空落落的，就像被什么掏空似的，再也无法填补。

父亲生于1923年农历八月初六，2006年农历二月初一因病不幸去世，享年84岁。

父亲一生忠厚豁达，老实本分。父亲的一生没有轰轰烈烈，没有碌碌无为，没有贪图享受，没有算计害人，他有的只是对家人、对子女的奉献，有的只是对亲戚、对邻里的帮助和热情。

父亲在生活上，可以说是简简单单，朴朴素素。从我们记事之日起，父亲不讲究吃，不讲究穿，从不乱花一分钱，从没有过高的奢望和要求，而总是埋头于自己家的那一份土地里，用自己红肿的双肩，长满老茧的双手，拉着架子车，挥舞着锄头，勤勤恳恳，踏踏实实，为子女们种下明天的希望。当我和姐姐到城里之后，几次让父亲到城里来享享福，可父亲总是说自己闻惯了泥土的清香，舍不得离开那块生他养他的土地。姐姐每次要给他买衣服，父亲也总是说自己有衣服，穿不完的，坚决不让我们再给他买什么衣服。他常常微笑着对我们说，现在政策好，不愁吃，不愁穿的，他现在已经非常满足了。父亲就是这样，他对自己是苛刻的、节俭的，可他对子女却是慷慨的、大方的。

父亲在做人上，可以说是老老实实，坦坦荡荡，光明磊落，没有私心。无论是家贫之日，还是家富之时，父亲总是尽自己所能，用诚心化解是非，用钱物帮助他人。过去生产队穷，许多家庭经常是吃了上顿没下顿，父亲总是宁可自己少吃一点，也要让他人多吃一点。他常说，如果不这样，他心里会不安的。直到现在，许多人还常常想起父亲的好。父亲在我们的村里是辈分比较高的，亲戚和邻里有什么事情，也总喜欢让父亲出面调停解决。每次出去，不但费舌出力，而且还经常出力不落好。有时父亲实在烦了，常常对母亲说："我们自家没有什么事情，净都是邻里和亲戚这些事。"但说归说，说过之后，父亲还是一如既往地帮助他们，有的甚至是伤害过父亲的人。父亲就是这样，他一生寻求的就是亲戚间的和睦，邻里的平安。他对亲戚、邻里是真诚的、大方的，对朋友是赤诚忠心的。他为我们子女做出了一生的表率。

父亲对子女的教育是严格的。无论什么时候，他总是要求我们要上进，要有文化，尤其是要有爱心。他以身作则，用言语、用行动时时刻刻影响着我们，督促我们一步步健康成长。记得小时候，我非常贪玩，不是和邻居的孩子一起下四子棋，就是偷偷地跑到田里捉虫儿玩，常常惹得父亲生气。但父亲总是给我讲道理，让我明白自己应该对自己的行为负责，应该做一个对社会负责的人，但那个时候我似懂非懂。当我给父亲抱回一张又一张奖状时，父亲开心地笑了，不是反复地将它看了又看，就是赶忙让母亲做好吃的给我奖赏。尽管是几块粗制的饼干，或者一个鸡蛋，但我却感到了一种格外的甜。记得一天傍晚，天下着大雨，我劝父亲明天再回远离村庄的黄河滩农场，可父亲坚持要回，说他只向单位请了一天假，不能拖延的，而且早去一天就会多一个工分。父亲冒着大雨走了，在泥泞的道路上踩下了一个又一个深深的脚印。那一刻，我看着父亲的背影，第一次眼泪禁不住地流了下来。也就是从那一刻，我明白了父亲的希望，也明白了自己今后的方向。随后，我也慢慢地长大了，成为中年人了，但父亲的话仍时时响在我的耳边，让我时时刻刻成为一个对自己负责、对家庭负责、对亲戚负责、对邻里负责的人。

父亲的一生是勤劳持家的一生，是默默奉献的一生，也是光明磊落、胸怀坦荡的一生。他让我们明白了什么是勤劳，什么是节俭，什么是忠诚，什么是无私。与他人相比，父亲是平凡的，但对我们来说，父亲却是伟大的。

父亲走了，对我们来说，我们失去了一座大山；对亲戚、对邻里来说，他们失去了一位好长辈、好朋友。

父亲走了，我们子女都非常悲痛，但我们又都感到非常幸福。因为我们拥有一个好父亲，好长辈，好朋友。父亲的一生是平凡的，也是成功的。

父亲走了，父亲以后再也不会接我的电话，耳畔也不会再有父亲的叮咛，我也再听不到父亲朗朗的笑声了。

我们真诚地感谢父亲带我们来到这个世上，感谢他教我们长大，教我们成人。今天虽然父亲不在了，但我们相信，父亲的在天之灵，一定会在神圣的天国继续佑护我们的全家、我们的亲戚、我们的邻里、我们的村落。

父亲走的时候，我没有哭，但在为父亲守灵的时候，一个人默默地望着父亲的遗像时，我的泪止不住地流了下来。滴滴泪水，顺着眼眶流，打湿了我的衣襟；片片纸灰，随着微风飞，难受了我的心，但愿把我心中对父亲的无限思念带到父亲的身边。

　　父亲虽然已经离开我们多日了，但无论是母亲，还是姐姐、哥哥，仍然觉得父亲没有离开我们，仍在我们身边幸福地生活着。特别是他的一言一行，时刻都让我们感受到父亲的威严和伟大，甚至连他的气息，也仍然时时扑面而来。我们都知道，父亲真的没有离开我们，离开我们的只是父亲的躯体，而他的灵魂永远都会伴随在我们的周围。

坐在大门口等我的母亲

母亲的生日到了，又赶上三天的清明小长假，我便急匆匆地赶回老家。

由于连霍高速临潼段修路，回家的路程一再地延长，到家的时间一再地推迟。当我下午 1 点左右走进家门的时候，一眼就看到了依偎着大门不停向外张望着的母亲，我赶忙跑过去，一边叫着"妈妈"，一边扶着母亲。虽然我在路上的时候，一再要求家人和亲戚不要等我吃饭，他们先吃，可姐姐告诉我，母亲总是说"他一会儿就到了，再等等。"当看到我走进大门的那一刻，母亲脸上顿时涌现出了笑容，我知道，那一刻母亲的心终于落了下来。

吃罢午饭，平时母亲都要休息一下午的，可那天母亲却没有一点想要休息的意思，姐姐也对母亲说："你去睡一会吧"，母亲说："今天不睡了。"于是，大家围着母亲拉开了家常，我也搬个小凳子坐在母亲身边，就像小时候依偎在母亲身边一样，静静地听母亲和姐姐、哥哥说话。那一时刻，我感受到母亲是幸福的，我也是幸福的。

聊了一会，因为姐姐要出去办事，就让母亲回房间休息。母亲坐在床边，我开玩笑地说："妈妈，我不在家时，你想我不想？"母亲不紧不慢地说："咋不想呀，我想你的时候，就去看看你的照片。"看我的照片？我一下子惊呆了。我问母亲："哪张照片呀"？母亲就带我在房间里找，可怎么也找不见，嘴里还不停地说："就放在这里呀，昨天我还看了呀。"那一刻，我的心里不由得酸楚和阵痛。我能想象到母亲倚在大门上向外眺望的身影，我也能想象母亲在电话里由于听不清我说话而自言自语的样子，可我真没有想到，母亲是每天看着我的照片在想我呀！

我和母亲说了一会儿话，怕母亲太劳累，就劝母亲休息。我想帮母亲脱掉外套，可母亲死活不让，说她还可以自己脱。我只好由着她慢慢地坐在床边，躺下。我也就势坐在母亲床边，仔细地看着母亲。躺在床上的母亲，身材显得那么娇小，干净的脸上，布满了很深的一道道皱纹，特别是那块老年斑，更是写满了岁月的沧桑。母亲的手显得干瘦，轻轻地一摸，就能感受到手指骨一节一节的。母亲的头发白中带灰，显得稀少。那一刻，我真想轻轻地捧起母亲的脸，拉起母亲的手，可又怕惊醒她。

我从来没有这么近地端详过母亲，守候着母亲，就像在欣赏一幅优雅的油画。房间里安静极了，只有母亲均匀的呼吸声。我再也止不住眼中的泪水，任凭泪水顺着脸颊慢慢地滚落下来。那一刻，我不想擦，也不想控制，只为床上躺着的已经慢慢变老的母亲。

第三天，我要走了，谁知母亲又让我吃惊一回。早晨6点钟，当我走进母亲的房间，发现母亲早已经穿戴整齐了。我问母亲为什么起这么早？母亲说："你今天走，我怕我起床慢，送不成你，就起来了。"听着母亲的话，我的心里一下子感到满满的幸福和酸痛。幸福的是，已到中年的我，还有九十多岁的老母亲在牵挂，还可以像孩子一样依偎在母亲身边；酸痛的是，已经中年的我，还时时让九十多岁的老母亲在牵挂着、在操心着。想到这儿，不禁潸然泪下。我被一种深深的母爱包围着，不能自已。我无言地拉起母亲的手，任泪水在脸上流了下来。

"南风吹其心，摇摇为谁吐？慈母倚门情，游子行路苦。"王冕的这首诗，又浮现在我的眼前，面对日益苍老的母亲，我扪心自问，心中惭愧不已。我除了偶尔回家看看她，陪她说说话，给一些生活费用之外，我又给过母亲什么呢？我又如何能报答我九十多岁的白发苍苍的母亲的恩情呀？

我不能自已。我不能再想了，我只有多多地回家去，好好地陪陪母亲，陪她说说话，陪她聊聊天，听她再给我讲一讲她年轻时候的趣事，再听一听母亲拉起家常时爽朗的笑声……

　　我一步三回头地看着我身后的母亲，想着今年已经九十有五的母亲，心里不由得一阵阵地痛。母亲生我在三年困难时期，几十年来，母亲为了我们姐弟几个，那真的是操尽了心。四个孩子看大了，又开始帮忙带孙子、外孙子。特别是听到她最小的儿子也有了女儿之后，母亲想到自己给老大、老二、老三带过孩子，还没有给自己的小儿子带过，一直放心不下，最后还是毅然决然地在她 69 岁的高龄，来到了人生地不熟的西安。那时我和妻子、女儿暂住在岳父岳母家，南北生活习惯的不同，语言的不同，城乡生活的不同，让母亲在家里一天到晚就知道带孩子。可孩子一睡，母亲就不知道做什么了，于是就没活找活地把我和妻子原准备丢掉的破了洞的袜子一只只地补好……可以说，母亲在西安帮我带孩子的三个月，解决了我们带孩子上的大问题，尤其是在小孩子穿衣穿裤上。就连我的岳父岳母后来也给妻子说："孩子奶奶带孩子比我们有经验。"

　　我走了，慢慢地走了，我从后视镜里仍看到白发苍苍的母亲在大门口静静地目送着我。我又一次流泪了。我不敢对母亲保证什么，只希望我们的母子情，能尽可能地延长、延长，只想能更多更好地抽出时间，陪着母亲，一起慢慢地变老，让母亲更开心幸福地度过自己的老年时光。

世上所有的好，都比不上你的微笑

记得谁说过，孩子的笑是最迷人的笑。当时并不理解，但随着小家伙进入这个家，所有的一切都明白了。

我从小就喜欢孩子的，甚至小时候最大的理想就是长大后到幼儿园当一名男"阿姨"。但我不明白，我为什么喜欢，为什么喜欢陪着他玩。

小家伙是三个月时走入我家的。那时候的他整天就是在睡觉。但当他天明醒来的时候，我把他抱在怀里的时候，我只要轻轻地对他说："姥爷上班去了，去给小毛头挣钱买好吃的"的时候，小家伙总是掩饰不住地轻轻地笑了笑，而且一准百准。

小家伙慢慢地长大了一些，当小家伙半岁的时候，"咯咯咯"的笑声就经常出现在我家的各个房间。你用手咯吱一下他的腋窝，小家伙会"咯咯咯"地笑；你用头顶住他的小肚子，他会"咯咯咯"地笑；用手指轻轻地挠他的小脚丫，他仍会"咯咯咯"地笑。

现在的小宝宝比以前更大了一些。听爱人和女儿说，我每天下班回家，只要听到我按响的门铃，听到我敲响的大门声，小家伙总是激动万分。这我是能够感觉到的，因为刚站在大门口，门里的吱吱哇哇以及笑声就会荡漾在我的耳膜。

打开大门，那眉开眼笑的神色，那伸出双手让我抱的动作，早已经把我一天工作的劳累冲洗得干干净净。说真的，那一刻，我知道，世上所有的好，都比不过小家伙的微笑。

　　因为我睡觉比较快且好的缘故，晚上小家伙是跟着我睡的。每天睡觉前的场景，更是家里每一个人都想看、都笑得合不拢嘴的一道难得的风景。小家伙和母亲刚躺在蚊帐里的时候，只要轻轻地在房门一过，小家伙立马就会手舞足蹈的，那"噢噢噢"的叫声，那因激动而不停晃动着的头，那擂鼓般地砸向床板的双脚，那不停地上下挥舞的双臂，特别是脸上的那种快乐的神情，都会让人忍不住地走过去逗逗他。等他完全睡着的时候，我才会静静地躺在他身边，看着那嫩嫩的脸蛋，那细细的绒毛，总是忍不住地想摸摸他的小手小脚，但又常常怕把他弄醒。半夜醒来，经常性地想听听小家伙的均匀的呼吸，又忍不住地想摸摸他那肉肉的小手、小脚丫。特别是我想帮他摆正一下四仰八叉的身子时，那半眯半醒着的眼睛，忽一下子睁一下，又马上闭上，忽然又咧着嘴笑时，所有的一切都在瞬息之间融化掉了。

　　我以前是不知道那么小的小孩子会说梦话的，可几次三番当我在夜间被小家伙笑醒时，我也忍不住地坐起来，盯着他的小脸，忍不住地想抱抱他，亲亲他。也由此明白，小家伙是和大人一样的，遇到幸福的事儿，晚上也会在梦中显现的。

　　孩子就这样在他的一颦一笑中，一点点地长大了，可此时的我却还没有从孩子长大的微笑中挣脱出来。于是，当我走在大街上的时，总是不由自主地搜寻着从我身边歪歪扭扭走过的一个个女孩或男孩；在街头公园里，我会仔细聆听着从风中送来的孩子们那干净空灵般的笑声；甚至半夜时分，也常常让我从幼儿的绘本里，从经典的儿童小说中，探听孩子们那一串串银铃般的笑声。

　　我以前一直以为，是小家伙需要我，希望我抱他，亲他。时间长了，慢慢地我明白了，是我需要小家伙，需要小家伙带给我那种天真的笑，那种简单幼稚的笑，那种治愈我心情的微笑。那"咯咯咯"的笑，那"嘿嘿嘿"的笑，那"嘎嘎嘎"的笑，甚至那无声地眯着眼的笑，像滑滑梯一样，带动我整个的身心，一下子就把我滑向了幸福的世界。我忘记了心里的烦闷，我忘记了一天的闷闷不乐，甚至整天缠着我的疲倦也不知道哪里去了。一瞬间，我突然明白了，小家伙那一串串天真无邪的笑声，叮叮咚咚地便成了治愈我心理疾病的良药，成了愈合我情感的良方。

以前我也认为，我为孩子付出了很多，但现在想想，我付出的只是让他吃个饭，穿个衣，而小家伙却为我驱除了一天的疲惫，尘世的烦恼，以及一个人无言的孤独和寂寞！

以前，我总认为，孩子需要我细心保护，可慢慢地我明白了，我也同样需要孩子的"养护"。他在我有意识的保护中慢慢长大，我在他无意识的"养护"中，精神上得到了愉悦，感受到了生活每天的充实和幸福。

想到这里，我又忍不住地把小家伙抱在了怀里，看着小家伙微笑的脸，盯着小家伙那眉飞色舞的眼睛，自己也忍不住地笑了起来。我忽然懂得了，原来我自己的心里一直住着一个孩子，甚至我自己也常常就是一个孩子，一个内心简单、视事简单的孩子。

人们常说，爱笑的宝宝，运气应该不会太差。现在我也明白了，爱笑的我，运气也应该不会太差。你信不信，我不知道，反正我是信的。

相识已是上上签

人生总是在不停地相遇和离别中渐行渐远，

许多曾经遇到过的身影，刻在心灵深处的记忆，

常常让我感动得有些落泪。真的，

能在茫茫人海里遇见你们，我是多么的幸运。

虽然我也知道，这些美丽的遇见，

不一定会垂名千古，但却带给我一生的温暖和温馨。

我不知道，这幂光的青石板上，还要蔬绿

多少人的离合，我不知道，这一生住在多少青砖

故瓦之屋上滚多少人的悲欢？我就这样独自

走走过这一条又一条我摇断我寂寞的街巷，

不由自主的心深爱着到一阵心悸动，我不

知道为什么，就这样疯掉的地站在雨中

任一场春雨淅淅沥沥的洒

在我的身上。

我来了，您在哪

这已经是我第三次来到平遥古城了。

当我带着满身的疲惫走进预订好的龙门客栈，年轻女老板邻家妹妹般的微笑，顿时让我卸下了一路的疲惫。这也是我为什么一直选择龙门客栈的最重要的原因。

龙门客栈位于古城的东大街，是一座四进落的庭院，一个房间套着一个房间，古色古香。在这里，闹市的喧嚣与客栈的宁静并存着，文明与传统并存着，现代与历史并存着。更重要的是，在这里，你能感受到一种家的味道，一种让你难忘的微笑，一种可以让你把思念写在脸上的坦然。

收拾停当，我便裹紧衣服，迎着蒙蒙细雨，来到了这条充满无限思念的大街上。我要放下所有，在这里的大街小巷，去搜寻我们曾经的点点滴滴。我要把这些曾经美好的回忆，一件件地串起来，挂在那个红红的喜庆的窗口。

两年前，我们在那个柳絮飘飞的季节，你嬉笑着说，让我和你一起去平遥，去体会那个充满着年味、充满小资情调的古城，在那里度过一个挂满红红灯笼的日月。

街上游人如织，我睁大了眼睛，仔仔细细地看着每一家我们曾经携手走过的小店，努力在脑海中搜寻着过往。

那家古色古香的手工艺店铺还在，还是那个漂亮的女子，左手腕上仍然戴着那条五颜六色的玛瑙手串，仍在向一对对情侣推荐着适合他们的手链。

历史和现代结合中的平遥古城

特别是当我看到玻璃展柜中，那年你看上的那串绿松石手串仍在，仍静静地躺卧在那里，如同一个痴情的女子，在等待着那个和她相爱的人到来。我不由得脸上有些发热，只恨当年我还没有挣够那么多的钱为你买下。我今天已经挣够了足够的钱，要为你买下，可你现在在哪里呀？我默默地看着这条手串，手串也静静地看着我，仿佛就像是曾经的熟人一般。

那家我们曾经吃过的小吃摊前仍然挤满了前来品尝的游人。我又坐在以前我们坐过的餐桌旁，久久地盯着你坐着的那条大木凳，又想起了你的微笑，可今天的我对面坐着的却不再是你。你去哪里了呢？

那个卖着大红花、大绿花的衣裤店还开在那里。还是那个头发花白的老板，墙上还是挂满了各种规格的、农村媳妇儿穿的衣物。我一件件地抚触着，寻找着那年你买过的裤子。可所有的衣物，却都没了你的影子，你在哪儿呢？

那个曾经充满了靡靡之音的音乐小店仍然在飘出一支支柔软的歌曲。仍旧是一对漂亮的年轻男女一边用手敲着鼓，一边用嘶哑的声音唱着歌。那年你买过的碟片《又见平遥》还在，可我却感受不到了那种兴奋的心情。你在哪儿呢？

你曾经走过的那个带楼阁的小楼还在。上面挤满了南来北往的男女，笑着、说着。我不停地揉着眼睛，总希望在那人群中寻找到那双会说话的眼睛。可我看过去，又看过来，却总没有看到你的笑脸。你在哪儿呢？

就这样，我奔走在平遥的东西南北四条大街，我盘桓在一家家你曾经留恋过的小吃摊前，可我仍看不到你的身影，仍听不到一声你轻唤我的声音。你到底去哪里了？

小雨下得更紧、更密了。大街上早已经飘起了五彩缤纷的雨伞。可我仍不愿打伞，我怕那小小的伞遮住了你的眼睛，我怕我因为这一时的错过，断了我的今年的梦想。雨水轻轻地飘落在我的脸上、脖子里，一滴滴地浸湿了我的心。

我不知道，这磨光了的青石板上，还要演绎多少人的离合。我不知道，这一片片古老的青砖灰瓦，又要再上演多少人的悲欢。

我就这样，独自走在这一条又一条或拥挤或寂寞的街巷，不由得在内心深处感到一阵阵的悸动。我不知道为什么，就这样地站在雨中，任平遥的第一场春雨淅淅沥沥地洒在我的头上、脸上、身上。

龙门客栈的大红灯笼，在雨中轻轻地摇曳着，摇曳得我也如这多情的灯笼一样，整个心都开始摇曳起来。

我不知道你为什么没来，但是我知道，你永远不会离我而去。

万人丛中一握手，使我衣袖十年香。虽然今天你没有来，但你留给我的记忆仍如那杯中淡淡的茶，仍在我的心上散发出淡淡的香。

那列开往秋天的绿皮火车

上大学之前，我是没有坐过火车的。所以当哥哥把我送到郑州准备转赴开封时，我央求哥哥，不坐长途汽车了，有入学通知书，可以买半价票，我要坐坐火车，而且火车又快又便宜。哥哥顺从了我，但哥哥为了节省他的全价票6元钱，在把我送上那列绿皮火车后，给我交代几句，转身就走了。

这是我人生中第一次坐火车。车厢外表是绿色的，座椅也是绿色的，我不知道，为什么当时的火车从里到外都是绿色的，但我能感受到绿色的柔软与舒适，甚至感觉到坐在绿皮火车上，犹如坐在了碧绿的草地上，荡漾在森林里那一湾碧绿的湖水里。

很快，火车便在一声长长的鸣叫中，在一阵阵"哐当哐当"的交错声中慢慢向开封驶去。

我的周围大都是和我一样的学生。我座位对面是一个女生，那穿着打扮，打眼一看就是城里长大的孩子。虽然我穿的衣服也是姐姐专门为我做的新衣，但一坐上火车，我就发现了我的衣服的式样落后城里"时兴"的学生服有多远。我向角落里缩小着自己的身体，眼睛也不转弯地看着窗外。不是为自己衣服式样的窘迫，只是不想让他人看到自己内心的自卑。

也许是九月的省会天气依然炎热的缘故，也许是整个车厢里人多拥挤的原因，再加上第一次独自出远门，总害怕错过开车时间，所以早早地钻进闷笼似的车厢后，送我的哥哥和我都没有想到准备一些路上喝的水。很快，车厢里的燥热，就让我感到嗓子眼痒痒的。

狭窄的车厢里坐着各种穿着的男男女女的学生，走廊上也坐着一些没有买到座位票的学生，他们有的坐在铺盖卷上，有的用网兜提着水壶脸盆。尽管走道狭窄，尽管坐着人，但精力旺盛的叔叔阿姨仍提着大铝壶，兜售着稀得可做镜子的牛奶和小食品。各种声音杂绕着，让小小的车厢更加闷骚和嘈杂。

我强忍着，嘴巴不停地向下咽着口水。同时把眼睛转向别处，不去看坐在我对面的以及我身边的一看穿着就像是城市男孩女孩打扮的学生放在小桌子上的零食和水杯。

火车"哐当哐当"地向前奔跑着，我的胸前也湿了一片。我站起身子，准备到水房的水龙头上去喝点水，可水房的水龙头却滴不出一滴水来。我无奈地退回到了座位上，把头压在双膝上，向窗外无聊地看着。

可能是我不停地舔着嘴唇的窘态被我对面的女孩看到了，她把她的杯子打开，递给我："你也是去河南大学吧？哪个系的？你喝吧！"我连忙拒绝，我知道，城里的女孩都爱干净，别说让别人用自己的杯子喝水了，就是用手碰一碰，她们都会感到你把她的杯子弄脏了，要拿纸巾来回擦几遍的。我一边告诉她我也是去河南大学的，是历史系的，一边不停地推辞着说："不渴，不渴！"只见她眼睛一转说："我看你没有带水杯，嘴唇都起皮了，没事的，快喝吧！"那一刻，我看到了她的眼睛，看到了那种让我感到温馨的眼神。

虽然我最终没有喝她的水，但我和她还是认识了。她说她是郑州的，是河大中文系的。虽然和我不是同一个系，但同一所大学已经足够让我们互相亲近了许多。特别是她递给我她水杯时的眼神，没有鄙视，没有造作，就像山野清澈的小溪，一下子就温暖了那个年代、那个来自乡下的、懵懵的、没有见过世面的青年。

绿皮火车喘着粗气，不紧不慢地向前行驶着，虽然每经过一个小站，都要停上三五分钟，但她的那个眼神，那种听起来柔软的话语，还是让我感受到了绿皮火车的温馨，紧张、自卑的心理也有了一点点的放松。

绿皮火车在这"哐当哐当"的声音中，把我送到了梦想开始的地方。我帮她取下行李架上的箱子，提着自己简单的行李，一齐向出站口走去，很快她就消失在茫茫的人海中了。

虽然我后来坐过动车，也坐过高铁，甚至于多次坐过飞机，但最让我难以忘记的还是第一次坐绿皮火车时那样的眼神和温馨。

今天，当我在遥远的古城，抚摸着满脸白茬茬的胡子时，绿皮火车上的那一幕，又一次被我折叠成记忆的小船，荡漾在让我难忘的心湖里。这么多年过去了，我不知道她现在哪里，是否还记得当年火车上发生的事情，是否还记得那个刚刚从乡下来到城里上学的男生，甚至现在同我一样，已经退休在家，含饴弄孙，颐养天年。她不知道，她当年的一个温暖的眼神，一个小小的善行，几十年来，一直温暖着那个乡下少年的心灵，让他不断努力着，像她一样，温暖着和他一路同行的人。

我只能在匆匆的人群中静静地看着你

你和你的"先生"一走下 5 路公共汽车，便拎着行李径直向火车候车室走去，我没有走到你们身边去，也不能走到你的身边去，我只能远远地躲在你们身后匆匆的人群中。因为我知道，我和你相识在匆匆的人群里，现在你要走了，我也只能在匆匆的人群里静静地看你。

你站住了，转过身来，望着刚才坐车来的方向，仔细地看着周围走动的人群，人匆匆，车匆匆。你的"先生"也站住了，也许认为是自己的"妻子"对猛然离开这个生于斯长于斯的古城最后的一丝留恋吧。他提着箱子，静静地等待着，若有所思地看着，他不想破坏"妻子"的这种最后的眷恋。

我站在城墙的门洞里，眼泪禁不住地流了下来。我知道，这一次，你真的要走了，你不得不走。尽管你一点也不爱身边的他，但你没有办法，你只能跟着他一起到上海。因为两家的老人，早已经将你们牵手在了一起，默许了你们的"幸福"，并给你们两个都找好了工作，为你们的将来设计好了前程，甚至还为你们定好结婚的喜庆日子，所以你现在必须跟他一起走……

你仍站在那里，眼睛来回扫描着从自己身边走过的每一个人。我两眼模糊着，继续望着远处的你们两个，我知道，从我和你相识的那天起，我和你就注定不会走到一起的，因为你的父母已经为你早早找到了归宿；因为你"先生"的信时不时地就会飘落在你的桌上；因为你从小就是一个听话、孝顺的孩子，你不能，也不愿意让父母因此为自己伤心，也不愿意曾在自己答应过的婚姻上让父母落泪。

我记得那次匆匆地相识，是在那匆匆的人群里，急匆匆的你，走过的一瞬间，那无意的笑容就定格在那飘满果香的九月里。于是，你从容地微微一笑，便匆匆地走开了。随后的课堂里，两眼对视，才明白刚才的一笑中，为今生的相识奠定了永恒的根基。就像一首歌中所唱的那样：我站在那个路口，只是为了看你走过……

我记得，在以后的日子里，我们两个携手走过了西安的许多地方，曾经躲在露天电影院的一角，偷偷地拉着手；在熟人的天地里，两双无声的眼睛会对视和飘移。那时，我和你，不需要语言，不需要招手，只是轻轻地一个嘴动，一道眼神，一切都在无言中明白了。

我还记得分别的那天晚上，那欢乐中匆匆流下的泪。你对我说："谢谢你，你是我在西安认识的一个最可依赖的男生，我很喜欢你，但我无法爱你，你不会恨我吧？你以后会记得我吗？"我怎么会忘记呢？还有什么比得上一个自己深爱的女子的信赖呢？忘不了，忘不了，虽然我们两个从此分开，也许以后很难见面，但曾经一起种下的种子，曾经一起涂抹过的青春，曾经在佛前许下的诺言，还有你告诉我的那一句"这件事，要永远在埋在我们的心底"，让我一下子明白了一个瘦弱的女人心里所竖立起的那个大大的坚强……一切，一切，都绝对不会随着岁月一逝而去。

我知道，你这一去，以前我和你所有的那种朝夕相处的情感将永远定格在那里，你将有你自己的生活，有你自己的孩子，有你自己的……但我也知道，以往的我和你的情感也将永远封存在心底，就像一枚埋在地下的文物一样，永远不会因为埋在地下而失去它的价值；就像存储在酒窖里的陈年的酒，不会因为人们的一时忘记而降低了她的芳香。我会在快乐时打开它，也会在烦恼时思念它，就像当初那样，我为你祝福，你为我祝福一样。

你仍在流泪，一边擦眼，一边仍在四周静静地看着。"先生"好像在安慰着你什么，掏出了一包纸巾递给你，你好像哭得更厉害了，身体抽泣着。我真想冲过去，去为我俩举行最后的告别；我想冲过去，再去拥抱一下曾经走过的岁月。可我不能，我只能站在远处，静静地看你。

我的眼泪止不住地流了下来，轻轻地在我的脸上划下了一条条泪痕。我知道，无论什么，岁月都不会冲刷掉过去的眷恋。也许随着时间的流逝，在自己的心底，永远地都会珍藏有一份他人不知的情谊，伴随着自己度过今后的每一寸时光。

我不能奔过去，我只能站在人群中，静静地看着你，就像我俩当初的相识在匆匆的人群中一样，就像以往在人多的校园里一样，远远地看着你，看你从我身边匆匆走过，看你过后，再装作无所事事地回来，然后默默地转身，跟着你的脚步离去那样。

"先生"一边安慰着你，一边拉着你的手，匆匆地走了。可我仍站在城门洞下，目送着你们的背影，很快你们就消失不见了。

火车发车的时间很快就到了。随着火车笛声的响起，我知道，我们之间的一切将会随着今天的火车笛声而慢慢地沉寂下来，但我知道，那份美好的情感，决不会随着火车的长笛而烟消云散。对你，对我，留存在心里的永远是记忆无法拂去的岁月，无法消失的眷恋和一对男女彼此的情感。

记得哥伦布曾经说过，地球是圆的，只要一直前行，就会到达目的地的。可我和你走了三十多年，却发现我们之间的距离没有一丝一毫地减少。

也许有一天，两个人还会相见，也许有一天，两人永远不会见面，但今生我们短暂的情爱故事，却永远不会改变。

我就那样悄悄地站在风中，静静地望着你的背影，就像当初送你离开时一样。我知道，一切都会随着今天的离开慢慢地归于平静，但那份美好，决不会随着火车的长鸣而烟消云散。

谁让我在匆匆的人群里认识了你？谁又让我只能在匆匆的人群里静静地看你！

当火车已经进站

火车一边鸣叫着，一边缓缓地进站了。

车上的人拥挤着，扛着大包小包，走下来；车下的人又一窝蜂地你推我挤地走进车厢，急切地寻找属于自己的位置。

我轻轻地拍了拍你的肩膀，又掏出纸巾，轻轻地帮你擦掉流出的泪水，提起箱子，送你走进了车厢。

我怕我承受不了伤心的离别，正想准备赶紧转身离开，忽然你旁边的窗户又打开了，你轻轻地一声呼唤传入我的耳膜。"你等一下！"只见你探出头来，伸出手让我过去，说："伸出你的手来！"我什么也没有问，什么也没有说，我知道在这个时候任何的语言都是苍白无力的。我伸出我的手，伸向你，你什么话也没有说，就在我的手心轻轻地画了一个枫叶的形状，然后又迅速地收回了自己的手。那一刻，我明白了，也知道了你的用意，我看到你的眼泪一股股地流了出来。我的眼泪也在那一瞬间不争气地从眼眶里滑落下来。

火车汽笛的鸣叫声，一声接一声地响起，火车也"哐哧哐哧"地缓缓地向前移动了。虽然转眼间就看不到了车的身影，但刚才隔着那窗户的玻璃，我却分明看到一双手在里面轻轻地摆动。

火车已渐渐远去，两条笔直的冷冷的铁轨慢慢地向远方伸去。离别的愁绪也在这点点的云淡风轻中，一点点地升起。

我已不是那个不懂风情的乡下小男孩，我知道，你对我的好，你为我所做的每一件事，对我所说的每一句话，都包含着你深深的、纯朴的情感，可我却不敢去接受。你曾经笑我太懦弱，笑我太老实，但你绝不会怪我，因为你懂得爱人或被爱都是幸福和快乐。

其实想想，人生就是一列火车，在人生的路途中，有的人上来了，有的人下去了，有的人能陪你一段，有的人却要陪你一直走到终点。

而我却不能陪你，也没有资格陪你，我知道，你永远都是我眼中的那个傻傻的女孩，而我也会永远都是那个你眼中的傻傻的男人。我虽然不知道时间倒退二十年，我们相识了会是什么光景，但我现在心里很清楚，现在相识的我们却是一切都不对，时间不对，地点不对，情感也不对。

我知道我的心里这一辈子都赶不走你了，我也知道我这一辈子都会把你牵挂在心上。我们还会相遇在梦中，相遇在那个枫叶飘飘的日子，甚至还会相遇在那个曾经穿过整个河西走廊的火车上。

如果这个世上真的有来生，我一定会等你。也许就在梦中，就在那列曾经相遇的火车上。如果是在梦中，如果你不认识我了，我就会轻轻地走到你的身边，放一个用绿绿的细细的柳枝做成的柳笛。那时，你一定就会明白，那就是我。

如果我们相遇在火车上，你不认识我了，当我走过你身边的时候，我就会说："我是西安的，你什么时候到西安来，我带你去吃泡馍。"那一刻，你一定就会想起，也一瞬间就会明白，那个人就是我。

又一列火车出站了，还是那种伤心的鸣叫，还是那条冷冷的让人心寒的墨一般的铁轨。

起风了，我裹了裹身上单薄的衣衫，最后朝着那伸向远方的轨道，静静地伸了伸我的手。我知道，一切都在这淡淡的泪水中烟消云散。

我知道，我该回家了。正如徐志摩的诗所言：轻轻的我走了，正如我轻轻的来；我轻轻地招手，作别西天的云彩……

没有情人的情人节

你走了，慢慢地消失在了我的视野里。

我趴在窗口，静静地坐在黑夜中，思绪很乱，我不知道如何让自己静下来。

我以后再也无法抱到你了，虽然在此以前我们曾有无数个机会，但我们彼此却永远都没有这样的念头。而此时，我一个人静静地待在黑夜里，把你留给我的这本书，紧紧地抱在怀里，像抱着你似的。

那本书被你不知道翻看过多少遍了，书角已经被你抚摸得卷了起来。我一页页地翻看着，那上面画下的痕迹，那天地间写下的简短而又秀气的文字，还有那写在上面的一系列时间。

我的思绪随着上面的文字一点点地延伸着，我想到了那个夏天，想到了那个下着雪的冬天，还想起了那次骑着自行车带着你，贸然走到路边查车的警察面前。

我一页页地翻着，一页一页地回忆着，可是我实在想不起来第279页的空白处画着的那棵山楂树的情节了。我拍打着自己的脑袋，那棵山楂树是在哪里？是在什么季节？……我怎么就想不起来了。我惊异于自己的老相，惊异于自己记忆力的衰退，可我知道，那棵山楂树下，一定有着我们的什么故事。它虽然现在逃离于我的记忆之外，但我肯定的是，它一定与我们两个人有关。

那本书现在就成了我的白天和夜晚。白天，我蜷缩地你的世界里，不想

静静地看着你来，静静地看着你走

出来，一页一页地、慢慢地、懒散地一边品着茶，一边在袅袅的氤氲中让自己陶醉。

微风轻拂着我的世界，我的世界又沉迷在你的言行之中。捧起那本温暖的书，就好像在捧起你的脸；轻轻地抚摸着那一页页的书，仿佛在抚摸着你的手。特别是到了晚上，你更是成了我整个世界脱离不开的影子。因为书里有你的味道，书里有你的影子，所以，我窝在沙发的时候，你会在我的手心；我看月亮的时候，你会躲在我的怀里；甚至在我看家里那美丽的昙花开放的时候，也会忍不住让你跟着我一起看，感受到那花的洁白，花的清香。我知道，我这一辈子都离不开你了，所以我会把你的书抱在怀里，就像在抱着远方的你。

我慢慢地将我们的过往一一摊开，回忆就成了一片片飞舞着的云彩。我两眼紧紧地盯着那飞舞的云彩，一点点地筛选着、聚拢着，我先将那些我暂时记不清楚的放在大脑的一角，给它编上号，写上时间。那些我能回想起来的，便开始用时光的针线一片片地把它们串起来，写上标识，放在记忆的深处。我躲藏在这些碎片中，一点点地看着它们开出一朵朵美丽的花朵，发出一丝丝淡淡的花香……

夜显得更静了，那本书也已经在我的怀里睡着了，就像当初你靠着我的样子。我静静地坐在漆黑的夜里，感受夜的凉气正一点点地变浓、变冷，并紧紧地包裹着我的身体，可我知道，我对你的想念永远不会变凉，我会带着这本书，走过以后每一个充满风雨的日子。

想到这里，泪水又慢慢地溢满了我的双眼，我又拿出那片我为你做的书签，在手心仔细地翻看着。正面是你娟秀的字体：天上有多少颗星星，就知道我有多么想你。反面是我的字体：我可能一辈子不能给你荣华富贵，但我保证让你一辈子过得快快活活……书在，书签也在，我相信，你也会永远在。

一辈子都不能抱到你了，这是我一辈子最大的遗憾，也是我一辈子最大的满足。正因如此，我们才彼此活得简单，活得纯洁，活得自由而无负担。

虽然你已经走了很久了，但你的书留了下来。正因为这本书有你的气息，有你的温度，有你的感情，所以，这些天来，我并没有感到孤单和寂寞。我也相信，在未来的日子里，我一定会因为这本书的留下，过好未来的每一个日子。

我轻轻地合上书，把它放在胸前，想着未来我们两个人相处的方式。虽然我们以后还会相互问候，还会一路相伴，但我们两个人就像两条通向未来的轨道，相互对望，相互平视，相互依靠，却永远不可能相交。而我愿意就这样永远地、近近地看着你来，又看着你去。

每一片花瓣都是我写给你的文字

今天，阳光很好，我坐在桌子边，什么都不想说，满脑子都是四月的樱花在晃动。

已有很多年没有你的消息了，今天不知道为什么，看着那天我装在玻璃瓶中的樱花花瓣，突然就感到自己的双眼有些湿润，就想给你写信，写一封春天樱花的信。而此时，那瓶子里的一朵朵小小的樱花就像一个个跳动的字符，从我的脑海里一个个地闪现出来。

我记得那天，你也是在一个阳光很好、樱花烂漫的日子依依不舍地离开的。

四月是西安一年中最好的月份，不冷不燥，到处都盛开着鲜花。无论是走到街头，还是到香烟缭绕的青龙寺，甚或是青春沸腾的交大校园，樱花树下，总会看到无数的青年男女，在如梦般的樱花下展现着自己最美的风采，享受着樱花带给他们的漫天飞舞的景色。

交大的校园是最浪漫的校园。草坪上落满了无数的粉红花瓣，有的独自，有的汇聚，一片片，一簇簇，白中透粉，粉中透红，远远望去，像云像海又像霞。樱花的香不是那么浓烈，淡淡的，特别是当无数的鲜花飞舞时，那淡淡的香，让人感到特别温馨。

我是喜欢樱花这种性格的，不似桂花那么浓烈，不像牡丹那样艳丽，它淡淡的花香，总让人感到温馨和适宜，就像你需要的时候，有人总能够陪你聊天那样舒服。而且樱花的花期不长，但当无数的樱花飞舞时，也在一瞬间将自己的生命之美诠释得如此透彻完美。人又何尝不应该如此，经济的差别，地位的高低，都不是最重要的，给他人带来舒适就好，温馨就好。生命的长短不重要，重要的是要让自己灿烂就好。

我捡起一片掉落在地上的樱花，仔细端详着，此时的樱花如同一个妩媚的女子。那粉得透明的花瓣鲜嫩润滑，我真的害怕我的大手一不小心，生生地就把它们给捏碎了。

一棵樱花树轻轻地晃动起来，满校园的樱花树也跟着摇曳，于是你的眼前立刻就是一片粉红色的花瓣雨在飘落。再过一会儿，已经聚落了一地的粉红。不知道怎么的，此时心里突然就会有一种隐隐的痛，是为樱花，还是为别的，我不明就里。

一片片樱花在微风中打着旋儿飞舞着，落到了润润的水泥路上以及绿油油的草坪上。尽管落入凡尘，但那淡淡的红晕，依然散发着自己的光彩和淡淡的芳香，依然保持着自己不变的含情脉脉。

我静静地想着，想着樱花时节的你。淡淡的花香，一片片的粉红勾起了岁月中久远的故事，让我顿时情不自禁。

我不知道南方的大街上是否同西安一样，也有连成街、连成片的樱花。如果有，你现在是否同我一样正在欣赏着满天的樱花？我不知道，如此的美景之下，谁又是那个陪在你身边一起赏花的人。

还记得吗？那年毕业前夕，我和你一起去观赏樱花，你让我捧起一捧粉红的樱花朝空中撒去，你又是用口吹，又是拿着手中的帽子向我这边扇着，然后看着满天的花瓣落在头上、衣服上、衣领中，然后哈哈大笑着、追逐着。整个的天空，整个的四月都是你乐呵呵的笑声。

还记得吗？当我们看到一个清洁工准备清扫地上的樱花时，我们两个一起拦着，不让扫，然后轻轻地把樱花的花瓣聚集在一起，在绿油油的草坪上摆了一个粉红的心字，并用那老掉牙的相机拍下了青春岁月里最难忘的记忆。现在虽然照片发黄了，但满脑子里却永远都是粉红色的回忆。

还记得吗？你把樱花放在手指缝里，让两个手都开上了粉红的樱花。那一刻，不但你满脸笑得像四月的樱花，而且引得旁边的一对小情侣也学模学样地把樱花夹在了手指缝里，高高地举起手来："看！我的手也开满了樱花！"于是，樱花树上开出了一朵朵美丽的樱花，樱花树下也开出了一朵朵美丽而缠绵的爱情。

一阵微风吹来，一瞬间，又吹落了无数粉红的花瓣。突然间，我忘记了自己，不知道自己是在梦中还是在仙境？

真的，好想留住四月，留住四月这淡淡的红晕，留住四月那一朵朵小小的花和一个个美丽的爱情故事。

写到这里，我突然感受到，每一片花瓣其实都变成了我写给你的文字，她有温度，她有情感，甚至还有着青春岁月里的许多不舍。可是此时此刻，你能读到这些美丽花瓣里的心情吗？你能触摸到这些文字里的温度吗？你还能闻到这封信里淡淡的樱花香味吗……

我想，你一定会的。因为四月的樱花曾有着青涩岁月里最美的色彩。

那朵随我飘移的云彩

可能是晚上刚刚下过大雨的缘故，到终南山里来爬山的人并不多。

山里的天气格外好，天是蓝莹莹的，就像是刚刚被浸染过一样，晶莹透亮。特别是那一朵朵松松的、软软的白云，一团团，一片片，让你感受到那才是我们想看到的白云。不仅如此，整个的终南山都是一片碧绿，就像被人拉开了一面巨大的绿色的幕帷一般，把水也衬成了绿色。就连我走在这窄窄的山路上，整个人的心也慢慢地洇染成了一片绿色。我轻轻地荡漾地在这绿色的海洋里，心也开始不断地摇曳起来。

我和你拉着手，沿着弯弯曲曲的山路，慢慢地走着。

虽然阳光直射得有点闷热，但不时的凉风吹过，还是让我感受到心头一阵阵的惬意流过。也许正因如此，我没有像往常爬山那样日急火燎地仰着头，大踏步地向前走，而是时停时走，慢慢地向前移动着，不时地嗅一嗅空气中弥漫着的野艾的味道。有时还忍不住地抚摸一下伸到自己眼前的绿草、树叶以及路边开放的一朵朵像指甲盖大小的野花。

山路弯弯曲曲，越往上走，喘得就越厉害，但上面的天空更加明媚和多情。一阵微风吹过，那种清新会让你感受到山里的空气是多么的洁净。你拉着我的手，紧紧地靠着我，一边走，一边悄悄地说着、笑着，就像是给躺在自己身边的人没有目的地轻声呓语。

像棉絮一样的云也随着我们的前行在不断变化着。刚才还是一大团一大团的云，现在开始慢慢地散开，变成了两朵，又变成了三朵。它们不断在天空变幻着、演绎着人世间最美的浪漫和甜蜜。

　　山里格外的清静，我回首眺望，刚刚走过的山路上，依然有我们欢快的笑声在飘荡，在回响。这个时候，我们两个也放开了平时的拘谨，不由自主地哼起了那首传唱已久的歌曲《见与不见》。只感到那一刻，天是我们的，地是我们的，高山是我们的，溪流是我们的……

　　突然间，我才知道，在寂静的山谷里，是我一个人在唱歌，而你却一会儿仰着头，一会儿左顾右看着，一副幸福满足的样子。

　　白云仍在我的头顶变幻着，刚才那悠然飘浮的三朵白云，此时又合成了一朵大大的云，像兔，像狗，又像一匹奔跑的小马驹。我一边欣赏着天上飘移的白云，一边享受着你带给我的欢乐。看着你额头上冒出的汗珠，我说："休息一下吧！天太热。""好呀！"

　　路边遮阳的地方自然是我们的首选。可没有可以坐的地方。我左顾右看着，来回走动着，寻找着一块可以坐的平展的石头。你不解地问我干什么，我说："给你找块石头坐呀，这样腿就可以展开舒服些。"你一下子抱住了我。

云在，你就在；云走，你依然在

221

你坐在我搬来的石头上，往一边靠了靠，"你坐这边吧"，可我早已一屁股坐在了地上。我们一起听着山野的鸟叫，听着山野吹来的有点发甜的山风，开心地说着洁净而又风情的话。

你依然没有放开我的手，仿佛怕我瞬间就会走掉似的。我们彼此凝视着，感叹着现在的日子是多么的美好，现在的每一天又是多么的可爱，就连路边的小草，山缝间的野菊，甚至一缕细风、一片绿叶都让我们为此感动着。

我沉浸在无限的幸福之中，我想起了你打给我的电话："谢谢你给我的一切，你让我开心，你让我幸福，你仿佛又让我回到了少女时代。真的，这么多年，我一直在盼望着、寻找着一个能走进我心里的男人，我整整寻找了三十多年，才终于找到了你。我找到你的时候，我就明白，我们不可能结婚，但我觉得这样就很好了，没有日常的琐碎，我们都只是彼此需要对方，就像植物需要空气、水和阳光一样。我常常为此感到激动，也感到骄傲，也许我们真的善良，感动了老天爷，还是让我们彼此遇见了。"

说着，说着，你的眼角就流下了眼泪，我的眼中也有泪珠滚落下来。想一想，人的这一辈子，真的太不容易了，而要遇到一个与你合拍的心灵就更不容易了。所以，遇到了，就好好珍惜，用真诚去呵护，用行动去证明，用感恩去相伴，让彼此成为一生中最美的风景。

那片巨大的白云依然在我们的头顶盘旋着，变幻着。我知道，那朵白云是属于我的，那是一朵美丽的祥云。

真的，这一辈子，我什么都可以不要，只要你会心地微笑；即使全世界都背叛了我，我也会依然在夜深人静时，向你道声晚安。

那个陪我在路边吃米线的女孩

我已经记不起多少次和她在"云飞翔"米线店里吃米线了。

当我今天听她说要到西安来，便早早地在饭店订好了饭菜，想好好请她吃一顿像样的，可她还是拒绝了我："咱们还是到我们常去的'云飞翔'吧！"我身子定格在那里。"还去那？"我想不通，这么多年了，吃了那么多次的米线，怎么还吃不够呀？我尊重了她的意见，赶忙搭车奔赴小寨育才路旁的那家米线店。

她也赶到了。一坐下来，就问我："点了没有？我都饿死了！"还边说边喊着："老板，今天多加一碗米线！"

热气腾腾的米线很快就端上来了。只见她一边用筷子搅和着，一边嘴巴贴着碗边吸溜着。"又是好久没有吃到这里的米线了，真香啊！"看着她那满脸幸福的样子，我不由自主地又嘀咕开了："这家米线固然味道很好，但也不至于这么久了还喜欢吃，该不会还是想照顾我的面子吧？"她没有看我，继续一边吃着，一边说着："这里的米线就是香，但更重要的是，每次你都愿意陪我过来。"我忍不住地问："吃了这么多年了，你不烦吗？而且今天我都订好了饭店，想请你好好吃一顿呢！"她仍微微一笑，连连说："我知道你的心意，但这么多年了，我越来越感觉到，吃米线不重要，关键是和谁一起吃。我就喜欢和你一起吃米线，和你在一起吃，吃什么都好吃！""别逗我了，谁不想吃山珍海味、大鱼大虾呀？我知道，你以前是体贴我，怕我多花钱，所以就让我陪你去吃米线，可现在我能请得起你的。""我知道你现在请得起！

但这要怪你呀？""怪我？""怎么不怪你！要不是你经常陪我来这里，我也养不成这个胃口呀！现在养成了这个胃口，不怪你怪谁？而且每次一回到西安，就会想起这家米线店，就会想起我们两个刚认识时候的情景。那时你我都是傻傻的，没有什么心眼，非常简单。现在我虽然常年在南边，不管遇到什么事，只要一想起你，心就会安然一些，就觉得心里有了依靠。不知道怎么说你，你这人，让人一看就放心，一看就靠谱，一看就感到亲切、像自家人。"

她自顾自地吃着、说着，我坐在对面静静地听着、笑着，热气在我和她之间升腾着、弥漫着，我的眼镜片上也蒙上了一层薄薄的雾气。一瞬间，那红扑扑的脸，那无拘无束地笑，还有那大口大口吃米线的样子，一下子把我带回了三十年前的那个下着大雨的午后。

那天我拿着装有书稿的纸袋，刚走到南稍门，天空倏然间乌云密布，狂风大作，街道两边的树被吹得东仰西歪，紧接着便是一阵瓢泼大雨。许多人一下子都被大雨淋湿了。

我也没有带伞，我把书稿袋放在上衣里面，寻找着可以躲雨的地方。路北小饭店的房檐下已经挤满了男男女女，我看准一个空隙，赶忙侧身挤了进去。但在这样大的风雨中，窄窄的的屋檐也根本抵挡不住风雨的侵蚀。我弯着腰，想借助我的身体挡住雨水，但早已经湿透了的上衣，又怎能遮盖住肚皮之下的纸袋。正不知所措之际，突然感到头上的雨滴少了，我抬头一看，见是一位不认识的女子正把她手中的雨伞朝我这边倾斜了不少。我赶忙说："没事的，你自己打吧！你看你的衣服也淋湿了。"她嫣然一笑，对我说："没事的，我见过你，咱们一个大楼的，以前还和你说过话。""一个大楼的？还和我说过话？"片刻间，我的脑子在飞速地运转着，想着她是哪一层的？我什么时候和她说过话？

风依旧呼呼地刮着，雨仍在啪嗒啪嗒地落在脸上、身上，不断有人在向屋檐下挤，也不断有人因为嫌过于拥挤而冒雨跑开。

又过了半小时左右，雨小了一些，风也弱了不少，我正准备和她告辞，听到她对我说："咱们一块走吧！我也要回单位。"就这样，我和她，打着一把伞，一左一右，并排着向前走。

忙过了几天，为了表示感谢，我约她到对面的饭店去吃饭，可她却对我说："不用去这里。听同事说，小寨育才路上有一家'云飞翔'米线店，挺不错的，咱俩去那里吃吧！"请人吃饭，到一家路边店吃，我心里自然有点接受不了。"太便宜了吧？""吃饭不讲究便宜不便宜，只要好吃就行了。听我的。"看她坚持的样子，我随着她，很快就来到了那家米线店。

从此之后，每每于工作闲暇之际，我们俩便相约着一起去吃这家米线。之后，她的公司搬到了南方，她也就跟过去了，从此见面的机会便越来越少。也会写写信，通通电话，发个微信什么的，只要谈起过去一起吃米线的情景，就像找到了一团曾经绕乱了线头，一下子便会说个没完没了。甚至还相约着说，哪天不忙，就飞回西安，还一起去吃。可一晃几十年过去了，虽然中间她曾回来过几次，也曾经吃过一两次米线，但很多美好的记忆慢慢地弥漫在岁月的沙漏中，沉下，浮起。

"想什么呢？怎么不吃了？我现在可再也吃不了两碗了。"她这一说，我又想起了有一次她吃两碗米线的趣事。吃完后，一路上她不停地打着饱嗝，惹得不少路人盯着她笑。

此时，我静静地坐在她的对面，想着这么多年来我们一起吃过的米线，心里不由得充满了感激和幸福。其实她不说，我也知道，这些年来，她为了照顾我的面子和尊严，她用她女性的细致和体贴，温暖了一个乡村青年的心灵。

转眼几十年已经过去了，我和她也都已经退了休，每每想起她陪我一起吃米线的情景，心里总是感到满满的幸福。

其实，幸福真的很简单，一个愿意陪你在路边摊前吃米线的她，一个愿意和你一起不管吃什么都感觉好吃的她，一个处处体贴你、尊重你的她，就是幸福。

轻轻地，她走了

那天，回省城的汽车上乘客很多。当我背着行李步履艰难地坐到自己的位置上的时候，头上早已渗满了汗水。我一边擦着汗，一边寻思着这一趟旅行，一定是辛苦和非常枯燥无味的，但又有什么办法呢？

很快，汽车就发动了。我靠着椅背，闭上眼睛，心里琢磨着该如何消磨掉这一路的时间。猛然间，一个女人的声音从我的背后传了过来。那声音是如此的熟悉，如此的清纯、悦耳，如此的亲切动人，一下子让我整个的身体和心都激灵起来了。是她？我的大学同学？我迅速转过身子，照后一看，只见一个三十余岁的女子不慌不忙地正和自己的女儿说着话，而她并不是我的同学，我们也没有见过面。

但她的说话声真的太像我的同学了。随后，女子的话声源源不断地传入我的耳朵。那清晰的吐字，那悦耳的音速，那干净的语音，一声声、一阵阵，轻轻地抚慰着我那颗激动的心。

我闭上眼睛，什么也不愿想，就那样静静地听着那个声音。感觉到这是一种享受，一种幸福。我对我身边的朋友说："她说话的声音很像我以前的一个女同学。"不但声音像，而且她现在的打扮，梳的辫子形状，甚至她的穿着，都和以前的她很像。可她又根本不可能是她。

我一边听着她说话，一边又开始胡想起来。她是哪里人？既然她的普通话说得那么好，那一定是在北方长大，但现在她的话声又不像纯粹的北方女子，那就一定是现在在南方工作？带着这样的想法，我一边听，一边寻找着和她说话的机会。

机会终于来了。她的女儿不停地吵闹着要母亲陪她玩，可能由于女子太累了，就让女儿自己玩。我一看，就对那个女孩说："叔叔陪你玩吧，叔叔教你折纸好不好。"小女孩一听，来劲了，我先教她折了一个五角星，又教她折了一个状元帽。小女孩的兴趣一下子起来了，让我坐在她旁边的两个空位上，教她折小青蛙……我们的游戏又吸引了小女孩的另一个朋友，就在这来来回回的游戏中，我得知她是北方人，现在在长沙的一所高校工作。

北方人，在长沙工作，世界怎么如此之小？怎么和我认识的她一模一样？难道她和我认识的她真的有什么关系吗？可这根本不可能呀？这个女子既不可能是我认识的她的女儿，也不可能是她的妹妹，那怎么如此相像呢？

从心里，我是那样地盼望着是她，可现实又根本不是她。

她仍是那样悠然地说着话，有的时候也转过身子看我陪着她的女儿玩着游戏。可是她不知道，她的话声是怎样把一个陌生男人的思绪带回到了二十多年前的学生时代，又是如何地慰藉着她的座位旁边一个她不认识的男人。

她不知道我是谁，不知道此时的我，因为有她，正在回想着过去。

我也不知道她是谁，但我知道，是她的话音让我了解到了她们两个非常相似的地方。正是因为这种相似，让我在孤寂的行程中感受到一种难得的幸福和快乐。

女子要下车了，我帮她取下行李，轻轻地抚摸着小女孩的头发，和她说着再见。女子也让女儿跟我告着别，然后一个转身，轻轻地走了，就像她当初轻轻地来一样。

我在心里真诚地祝福她和她的女儿，也在心里默默地祝愿我的同学，希望她幸福、快乐。也希望未来的有一天，还能有缘相见。

人约黄昏后

今晚的月光很美，淡淡的，柔柔的，有一点朦朦胧胧，又有一点忧伤缠绵。

我穿过层层的人流，深一脚浅一脚地向前挪动着步伐。一边走一边向周围观望着。因为我知道，也许在这拥挤的人潮中，你也许正一步步走来。

南门城墙上的彩灯在今晚是如此炫目，以致那曾经威武的城墙，那高高的箭楼，还有那一尊尊古色古香的雕塑，都被这红红的灯笼映衬得有些神秘，有些莫测……

我终于挤出了人流，走到了那一片小小的树林跟前。这里的游人不多，刚才已渗出汗珠的额头被这微风一吹，顿时清凉了许多。我独自靠着那缠着紫丁香藤的柱子，望着城墙上那一盏盏红红的灯笼以及护城河里那闪烁着、摇曳着的灯光。刹那间，一种无言的幸福迅速溢满了我的全身，让我陶醉在这绚烂的夜晚所带给我的安然和宁静。

我知道，今晚你一定会来。

我又想起了我们以前一起观灯的日子。记得那天晚上，城墙上也挂满了这么多红红的灯笼，天也是这样的冷，人也是这么多，当我穿过人流，满以为比你要先到的时候，猛然发现，一袭红衣的你早已经站在了那紫色的丁香藤下。看着你浅浅的微笑，我顿时想到了那句"你站在丁香树下，沐浴一身花香，静静地等我"的情景，不由得想对你说出那句满含诗意的句子：一片晕红疑着雨，晚风吹掠鬓云偏……

正当我沉浸在这放飞的思绪之中时，还是那一袭红衣，又飘逸地站在了我的面前。

我知道你会来！那一刻，你微微地笑了，我开心地笑了。我知道，你的来，像今晚城墙上的那一抹红红的灯笼，一点点地湿润了我的心。

我轻轻地拉着你的手，泪珠止不住地在眼眶里打着转。虽然我们生活在同一个城市，饮着同一条河里的水，可岁月中的每一丝阳光，生活中的每一只眼睛，人们背后的每一句有心或无心的话，都会让我们望而止步。我只能远远地看着你每一天走进走出，装着不认识一样，从你的身边慢悠悠地走过。不为别的，只为想再闻到你身上那淡淡的清香，只为看一眼你那一双会说话的眼睛。

我们就那样静静地攥着彼此的手，曾经想象着见面时的千言万语，此时此刻却什么话也说不出来了。我们彼此感受着这不时的鞭炮声中彼此的心跳，以及这寒冷的夜晚彼此的温暖。

我为自己庆幸，让我在茫茫的人海里，认识了你。因为有你，我的波澜不惊的世界才激起了一朵朵的浪花，我平淡如水的日子才有了如今夜般的灿烂，所以我很珍惜你带给我的每一点滴快乐，也很难忘记一起度过的每一寸时光。所以，我曾在每一个静谧的夜晚，在每一个行走的寺庙，都在感谢上苍在冥冥之中的赐予。

我们就这样彼此对视着，彼此握着手，什么话都没有说，又感觉什么话都在说，不由自主地一起吟诵起那句经典的诗：只愿君心似我心，定不负相思意……

你要走了。我看着你一步步地消失在我的视线里，那一刻，我只知道，空气中仍弥漫着淡淡的你的清香，微风中仍飘荡着你的笑声。

我知道你已经走了。但我更知道，就在今晚，我收获了一地的大红。我不知道，明年的今夜，你是否还会如约而至。但我想，不管怎么样，在以后每个挂满大红灯笼的夜晚，我都会想起你，想起今天晚上你的那一双温暖的手，那一双微笑的眼睛。

——写于元宵夜的那个深夜

我们那个时代的爱情

那天，和同学吃饭，大家互相嬉笑着说起了大学时代的爱情，谁曾经追过谁，谁曾经暗恋过谁，谁对谁很有好感。我坐在一边，静静地、默默地就想到了你，想起了现在仍在江南的你。

我和他都是你的同学。当时我们三个每天在校园里形影不离，无论去哪里，都是我们三个。我喜欢你，他也喜欢你。虽然我隐隐地感觉到，你更愿意和我在一起待着，可那时我的家庭条件和他家是明显不能比的。他的经济条件，他的打扮，他给你说的话，我只能怪自己没有那么好的条件，只能怪自己嘴巴笨。特别是他每天为你跑上跑下地买早餐，到教室占座位，我更是感觉到他对你是非常用心的。何况我和他又都是你的朋友，于是，我那时有意识地、慢慢拉开了和你的距离。才开始你非常不解，曾有两次把我堵在教室里问我："你最近忙什么去了？为什么最近老找不到你？你好像在躲着我？"我说："没有呀，我最近有点忙"，可你根本不相信我的话。

虽然那时候，他一连向你表白了几次，你都没有答应，我感受到了你的愁苦，看到了你的闷闷不乐，感受到了你们两个在一起时他的热情洋溢，你的平淡如风。可我又能说什么呢？他曾经三番两次地找到我，央求我帮他在你跟前多说说好话，说他怎么怎么爱你。我虽然满心里的不愿意，但看着他求助我时的样子，我心里就感到，如果我再追你，那就太对不起哥们了，我违心地点头答应了，从此便把对你的那种饱含爱的情感深深地埋在了心底，不敢再有一点点的外露。还记得吗？那次我找你说的时候，你劈头盖脸地大声地责问我："你把自己的事管好了吗？我的事不用你管！你自己还没有对象，还来瞎操心别人的事情？"

我知道你的气从何而来，也知道你为什么闷闷不乐。我知道我的心，也知道你的心，可我又能做什么呢？我只能默默地承受着你的数落，听着你的数落一点点、一滴滴地喷溅着砸在我的身上，让我的心里生生地疼，可我又能说什么呢？我不想看着你为选择而痛苦，我想让你开开心心地过好自己的生活，可那时的我真的是没有条件让你过上好生活的，他比我更有条件让你幸福。于是，就在那年的春节，一回到学校，我就告诉你，今年春节我在老家碰到了我的高中同学，我们两家以前又都是熟人，所以按照两家家长的想法，我就和她订了婚。你当时根本就不相信，但看着我那样认真地、反复地说来着，还是慢慢地相信了。于是，就在那个快要毕业的夏天，你和他一起到了江南，我也就在古城落了根，结婚、生子、成家，过起了一日三餐、两点一线的生活。

刚工作的几年，你和我还互相写着信，互相传递着分别后各自的工作和生活，互相倾诉着彼此离开的那种想念，但随着你女儿的一声啼哭，慢慢地，我们之间的信就逐渐少了，除了节日还有一两封信外，我们两个就像天上的两片云彩一样，虽然每天都在各自的天空存在着，甚至许多时候，还能从老师和同学那里打听到你的只言片语、个别行踪，但却再也没有见面的机会了。

有一年，你经过西安回老家，我到车站去见你，我问你他的情况，你茫然地笑了笑，但就在那一刻，我突然感到你的笑容里有一丝丝淡淡的愁苦。可我什么也没有想，只想你也许是一路太劳累的缘故罢了。当你看到我身边的妻子时，你悄悄地问我："这就是你那年春节告诉我的那个女人吗？"我无置可否，既没有否定，也没有肯定，但我知道，那时你就有点怀疑了。之后不久，我收到了你的一封信，你说你问了咱们的同学，说我那时根本就没有什么老家的女人，为什么那时不告诉她真实的情况？在信里，你告诉我你们结婚之后的一些情况，告诉我一些他这些年的作为，也告诉我当年你面对我和他时心里的选择。特别是你知道我告诉你的那个老家并不存在的女人后，你为了不影响我，才最后选择了他。在信的末尾，你一连声地问我："为什么那时爱我不敢大声说出来？为什么要编造那个痛心的鬼话？为什么要在自己的爱情上讲那个毫无意义的哥们义气？"我看着信纸，仿佛看到了你正站在我的面前，涨红了脸，瞪大的眼睛，愤恨地责问我。记得那一天，我整整一天趴在自己的小房间里，没有出门。我知道，那时的我太简单幼稚了，太讲究哥们义气了，正因为自己的缘故，老天和我开了一个天大的玩笑，让我错过了今生的那次缘分。

可这世上哪有卖后悔药啊！已经错过的缘分又怎能走得回去？于是，所有的一切一切的爱都在这漫漫的岁月中一点点地流逝了，只剩下今天还偶尔闪现在头脑里的那一点点情景……

可心中的祝愿却一点点上升，真的希望，她能够在未来走出一条顺利的路，但愿她和孩子幸福平安。

那棵高高的白桦树

昨天我又来到那棵高高的白桦树下，树依旧，人已非。孤零零的树，孤零零的我，面对面站立，心中不由得思绪万千。远方的你，现在过得还好吗？

三十五年的光阴转瞬过去了，当年的小树已经长粗、长高。当年年少的我们也由青年一步步走向中年，由满头的黑发慢慢地两鬓斑白，曾经稚气的脸上刻上中年的皱纹。

抚摸着这棵高高的白桦树，抚摸着树干上那卷起来的发白的树皮，我多想找出当年在树上刻下的眷恋，当年树下留下的青春的脚印，以及当年在树上拴上的红丝带。可除了岁月留下的印痕之外，一切都不存在了。树不知道，我不知道。但我明白，埋在心底的那个岁月的秘密，却永远定格在了那里：蓝色的卡布上衣和红格子的背带裙子……

风从耳边过，人在事中游。虽然岁月的沧桑磨去了我们年少的轻狂，但也让我们一天天长大，一天天成熟。我知道你的不易，也理解了你当初的离开。还记得最后一次我们来到这棵白桦树下说过的话，做过的事吗？我们席地而坐，眼睛对着眼睛，互相看着，仿佛要把即将离开的思绪完全地记录下来。你流着泪，我默默地看着你，你从书包里掏出那枚你平时一直夹在书中的金色的书签，递给我，说："送给你，这是我父亲送我的，现在我送给你，我希望你每次看书的时候，一打开书，就能想到我，就能想到在这棵白桦树下，我们曾经说过的话。我拿在手里，也想送你一件礼物，可当时一个来自乡下的学生，我实在没有什么东西可以送你。我脸红红的，看着你，你对我

233

说："我最喜欢你写的字，你就把你写的那篇《我就是你路边的一棵树》给我吧，我喜欢你那篇文章，我也会把他放进心里，好好珍藏的。"记得吗？说那句话时，你哭了，我流泪了，你又拿出一根红丝线，准备串在那枚书签上。可不知道怎么的，你突然把我们两个人的左右手捆了起来，还开玩笑地说："记住，你是我在西安爱过的一个男生，在我心里，你以后不许跑掉。"说完，你就唱起了那首动听的《白桦林》。没有鸟叫，没有风吹，只有天和地，只有你和我。

也就在这棵树下，我们约定了我们两个的秘密，为了我们各自的幸福，我们两个在以后的日子里，不联系，不写信，不见面。我答应了你，从此，我们两个开始了一个漫长的等待日期。这三十五年里，我们两个没有写过一封信，没有打过一个电话，也没有参加过任何一场同学聚会，我不知道你的任何情况。虽然偶尔从出差同学的片言只语中，知道了你的丁点消息，可我仍不敢给你任何联系，因为我明白，爱，就要学会珍惜，学会放在心里。正因如此，为了这份爱，我这些年一直很努力，很幸福。在人生不如意时，我总是会想起这棵白桦树，想我们曾经走过的路，想我们曾经说过的话，想书中这枚金色的书签。可以说，它伴随我走过了人生路上的每一个沟沟坎坎，走过了人生中的每一条河流。

今天，这棵白桦树还在，这枚金色的书签还在，可这棵树下曾经的那个人呢？我抱住这棵白桦树，就像轻轻地抱着你；我用头轻轻地顶着树干，就像我们两个头碰着头。我坐在树下，靠在树干，想你我的过去，想你我的现在。知道吗？因为有你，这些年，你在的那个城市让我感到熟悉。虽然我没有到过那里，可我每天早上一打开电脑，首先要看的就是你的城市，你城市的天气，你城市的交通，你城市新修的高速，你专业新发表的论文。可我不能给你任何联系。有的时候想一想，我就像这棵白桦树一样，静静地，坚定地守在这里，等着天边的那一片属于我的云彩……

我围着树转了又转，看了又看，禁不住流泪了。虽然白桦树没有拴住两颗年轻的心，没有让两个曾经走在白桦林的男女走在一起，但白桦林却给我们留下了无限的思念。

没有你的日子里，我也经常会逃离这座喧嚣的城市、浮躁的人群，一个人来到这棵静静的白桦树下，仔细地凝神静听。有的时候，也会唱起这首歌，因为我知道，你就在这里，静静地听我唱。在这里，没有金钱的铜臭，没有尘世的浮躁，没有人与人之间的尔虞我诈，没有虚情假意的迷茫。我坐在树下，想一想，静一静，常常在恍惚中，感觉到你飘然而来，还是那条裙子，还是那头短粗的羊角辫，还是那个精瘦的样子……我浑然忘记了周围的一切，心中也仿佛被什么无形的东西撞了一下。屏息静气，思绪纷飞，泪水已不知不觉地从脸上滑落下来。

我也曾经以为，没有你的日子里，曾经的白桦林也会慢慢地消失，但我知道自己错了，因为常常一句不经意的话，一个不经意的瞬间，一张不经意的图片，就会让这一棵白桦树突然地涌向我的头脑中，勾起了我以往无限的遐想。就在这一刻，心灵的大门就会又一次轰然打开，让我又一次陷入了对这棵白桦树的思念之中……

三十五年过去了，远方的你，还记得这棵白桦树吗？还记得这棵白桦树下那个和你拉手的青年吗？你可否想到，在今天，白桦树下，仍有一个曾经的青年站在树下，静静地想你？可否听到，白桦树下，仍有一个曾经的青年在轻轻地唱起我们一起唱过的歌曲《白桦林》。

> 静静的村庄飘着白的雪，
>
> 阴霾的天空下鸽子飞翔，
>
> 白桦树刻着那两个名字，
>
> 他们发誓相爱用尽这一生，
>
> 她默默来到那片白桦林，
>
> 望眼欲穿地每天守在那里……

我想给你写封信

那天看过电影《归来》后，满脑子都是一沓一沓的信。一回到家，好像有什么人催促似的，连夜就在自己的书柜里把那一包包书信打开了，我想看一看，我收到的最后一封信是谁寄来的，又是哪一年的。我又有多少年没有写过信了？也没有收到信了？

不看不知道，一看吓一跳。最后一封你的来信已是 2004 年 11 月 28 日的事情，我已经整整十年没有收到你的信了，也没有给你写过信了。

今天晚上，不知道怎么的，我不想再给你打电话，不想给你发短信，更不想给你发微信。我坐在桌边，拿出久违的纸和笔，静静地给你写封信，写一写我十年来想要告诉你的。

我会给你写，西安的钟楼周围现在的环境是多么的美，我们一起上学的时候的那个拥挤的街道，那个破烂的门面房，早已经不见了，那美丽豪华、下沉式的广场，那环绕钟楼的地下环形通道，那通道中间具有陕西特色的地方风味，一定会让你感受颇深的。

我会给你写，咱们以前曾经一起经常走过的南门，现在可是大变样了。那碧波荡漾的护城河水，那古色古香的游船，那满目苍翠的绿树，特别是那动辄三五天就会落下的雨水，一定会让你感受到一点江南烟雨蒙蒙的味道，寻找到一片柔软的江南。

我会给你写，钟楼旁边的回民街依然是那么的热闹，依然是那么的香味扑鼻。特别是你走近去，那泛着回民味道的特色小吃，一定还会让你不由自主地流下口水。你快来吧！我一定会带你穿街走巷，寻找我们过去曾经吃过的味道。

我会给你写，那个曾经远远让我们注目的终南山现在的交通是多么的方便，无论你是自驾，还是搭乘公交，一个钟头不到，你就走进了被称为"父亲山"的秦岭。每到周末，进山旅游的人络绎不绝，既没有门票之扰，也没有交通之烦，你可以尽情地感受秦岭的水的清澈，山的俊美，树的多样，石的奇妙。

过去的时光很慢，一封信要走很长很长的时间

我会给你写，春天到来的时候，关中那一片片粉色的桃花园，那一片片金黄的油菜花，那一片片白色的梨花，一定会让你眼花缭乱。当然，我也会在信封的纸笺里，给你夹上一片粉红色的桃花，让你感受春的美丽。如果这还不够，你还想看五彩的郁金香，兴庆公园可是最好的观赏地；如果你想吃红艳艳的草莓，红得流汁的樱桃，那长安的郭杜、灞桥的樱桃沟一定会让你大饱口福的。

我会给你写，秋天到来的时候，你以前很少看到过的那一片金黄。这几年，银杏树在西安特别地繁茂，夏天它是满眼的绿，可一旦到了秋天，一场秋雨，一个夜晚，那环城西苑、那小雁塔里、那汉阳陵边……到处都是一片金黄的世界。那黄的炽烈，那黄的纯洁，一定会让你感受到"满城尽带黄金甲"的味道。

当然，我还会给你写，我最近做了什么，最近看了什么电影，今天和同事吃了什么好吃的。

我还会给你写，我最近碰到了什么高兴的事情，遇到了什么麻烦的事情，我都想一股脑地告诉你，听听你的想法……

　　我还会趴在桌子边，一边给你写信，一边想象着你接到信的时候，那种古怪的惊诧表情，不知道过去曾经埋在记忆深处的笑容是否还会闪现在你的脸上？

　　我还会想象着把这封信装进瓶子里，封好，朝着你的方向，扔进流动的湖泊里，扔进流动的河流里，希望它能漂到你的身边，漂到你的家门口，当你清晨轻轻地打开房门的时候，你第一眼看到时那欣喜若狂的样子。

　　夜色已静，虽然城市的天空早已经看不到满天的星星，但此时此刻，你就像天空唯一悬挂着的月亮一般，让我难以静下心来。眼前不停地浮现着你的笑容、你的羊角辫，心中不由得泛起一股股的幸福来。

　　于是，我低下头，一边想你，一边静静地给你写信。远在他乡的你，最近还好吗？

只要你好，就行

他比她大七岁，她比他小七岁，她结了婚，有了自己的丈夫，他也结了婚，有了自己的妻子，可他们还是在相遇的一瞬间感受到了彼此的心跳。

他知道，他不可能再爱上另一个女人；她也知道，她不可能再爱上另一个男人。因为他们彼此的爱人都很不错，都是他们要真心对待的人。

可他们还是时时感受到了来自对方的爱。每天上班的时候，他无论是看到她，还是没有看到她，只要听到她的声音，他一天的心就会放下来，他就不再想她；但如果她今天没有来，他就会感到焦灼不安，赶忙寻找机会给她打一个电话，问问她怎么了？需要他做什么吗？她也一样，他在，她自己就感到有一个人可以依赖，有一个人可以让自己撒娇，有一个人可以去替自己小跑着把饭买来。

心情好的时候，他会第一时间给她一个电话或短信，甚至在路上碰见，一个眼神就会告诉她，他有什么事，他想见她，他想给她说，他们在哪里相见，那个时候，是他们最愉快的时候。他们可以两个人一起说，一起笑，一起把吃饭的大碗碰个"啪啪"响。他心情不好的时候，他的一个电话或短信，他的一个眼神，她就会心有灵犀，默默地陪着他，轻轻地劝说他，甚至还会站起来，轻轻地抚摸一下他的头。反过来她也一样，她喜欢吃什么，她想去哪里，她不用告诉他，他就会知道。她的一个眼神，他就明白了她全部的心思，他就会默默地跟着她来到一个僻静的地方，听她说话，听她讲高兴的事，也听她讲不高兴的事，直到她自己停下来，不再说话。

只要你好，就行

他们之间有情，却并没有任何有关爱的故事。他们没有拥抱过，没有亲吻过，更没有过那种超越恋爱男女般的亲密，但他们两个的的确确关系很好。他替她背过包，替她披过自己的衣服，甚至他在一次单位组织的爬山活动中，由于山陡路滑还主动伸出手拉着她的手，走过一个又一个台阶，翻过一座又一座山头。

他们之间有爱，却从来也没有产生过爱情。因为他知道，她有一个幸福的家庭，有爱自己的先生，有可爱的孩子。她也知道，他有一个幸福的家庭，有一个爱自己的妻子，一个可爱的孩子。

可是他们仍是这样深深地相爱着。因为他们两个都知道，爱是一个人的事，而爱情是两个人的事。所以，我爱你，你爱我，只要你好，就行。

我在漫山等你

你说过，等满山的杜鹃开了，我们就在漫山相见。

现在满山的杜鹃已经开了，一簇簇，一片片，映红了峪里的山，也映红了沟里的溪水，自然也映红了我平静的心湖。

我坐在漫山咖啡店我们曾经坐过的桌子前，又叫了两杯我们一起喝过的拿铁，一杯放在你的位置，一杯我慢慢地品着。

杯子里升腾着一丝丝的水雾，翻卷着，盘旋着，很快，桌子周围便弥漫着淡淡的咖啡的清香。我看着那翻卷着的向上飘去的水雾，追逐着它的走向，眼睛里不由得迷蒙起来。

我们相识在漫山，相识在满山杜鹃花开的季节。也就是从那一天起，每个周末的晚上，漫山的咖啡屋里，便会看到我们两个人的身影，便会听到我们开心的心跳，更会感受到我们两个人对视的幸福。记得有一次，你悄悄地对我说："你知道我为什么约你到漫山吗？"我摇摇头："不知道。"你神秘地笑着，调皮地对我说："我喜欢这里温馨的气氛，我喜欢躲在咖啡屋的一角，静静地看着这个舞台。更重要的是，我可以在这个小天地里，和你一起品味美妙的咖啡呀！"

"还记得我为什么喜欢你吗？"我还是摇摇头。你又神秘地对我说："我就是喜欢你傻傻的模样，看起来是那样的诚实和善良，一看，就让人感觉到很放心，很安全。尤其是第一次接触后，就感到和你一点也不生疏，让人很亲近，你像我的家人，就是我以前曾经无数次梦萦魂牵的亲人。所以，每次看到你从我的世界走过，心里总有一种满足和喜悦；每次听到你的电话，心里总有一种甜甜的味道和幸福；每次看到你写的文字，心中总是感到那就是我和你的文字；在一起时，总感到有说不完的话语；分别时，又总是有一种淡淡的失落和忧伤。"

杯子里的咖啡已经有些凉了，我叫来了服务员，给你重新换上一杯，服务员问："她什么时候来呀？"我说："她一定会来，再等一等。"

咖啡屋里弥漫着淡淡的咖啡的香味，千百惠的《走过咖啡屋》也在屋里轻轻地荡漾着。是呀，每次我走过这间咖啡屋，总会不由自主地慢下脚步，因为你我初次相识在这里，揭开了相悦的序幕……

还记得第一次我们两个喝咖啡时的窘样吗？我们一坐下来，服务生就来问我们，想喝什么？拿铁？蓝山？曼特宁？还是爱尔兰？我看看你，你看看

我爱你，不光是因为你的样子，还因为和你在一起时，我的样子

我，咖啡还有这么多品种呀？哪一个最好喝呢？只见你大将军般的手一挥，说："各来一杯吧。"说完之后，你笑了，我也笑了，服务生也笑了。

服务生一走，你对我说："我也不知道哪个好喝，但我就想和我喜欢的人一起把咖啡都品味一下，感受咖啡的细腻和温和，也想感受一下咖啡的香醇和精致，更想感受咖啡的那种执着和浪漫，当然还想感受咖啡的那种苦中带酸，体会到我们一步步在风雨中走过直至走向成熟。"

服务生又来了，问我："先生，还需要把咖啡加热吗？"我点点头，说："再去换一杯热的吧！"我摆了摆手，服务生悄悄地离开了。

斜阳已慢慢地向西边沉落，余晖已尽染了满天的彩霞，仿佛一幅古老的油画。我看着铺陈在自己身上的斜阳，心里突然有了一个主意。我向服务员招了招手，让他给我取来了店里的留言簿，轻轻地在上面写下了自己的愿望。真的希望，如果有一天，你来到了这里，看到了这本留言簿，看到了我写的愿望，你就会明白，我的世界早已经离不开你！

我不知道以后还能不能见到你，我也不知道以后你还来不来这间曾经有过爱的咖啡厅，但我的心间总有一个牵念，总有一个期盼，期盼几年后，我还能和你在这个咖啡厅里相遇，重见，哪怕只是一个拥抱，一个握手，一杯咖啡，一句温暖的惦念，甚至只是一个转身，一声轻轻的、淡淡的哀叹。

太阳的已经明显没有刚来的时候敞亮了，我仍坐在那条咖啡桌子前静静地等待着。

虽然我知道今天下午你肯定不会来了，但我还是愿意在这个温馨的角落里想象着，品味着……其实我知道，你已经来过了，就藏在我的心里。因为我已经感受到了你带给我的温暖和温馨。

杯子的咖啡味道仍在轻轻地飘着，盘旋着，我知道我该走了。

虽然今天我没有等到你来，可每年漫山杜鹃花开的时候，我还会在漫山咖啡店等你。还在那个位置，还是你喜欢的咖啡。

我走了，轻轻地走了。我披着晚霞的余晖，轻轻地走在满是你身影的大街上。

真的，因为有你，即使此刻全世界都忘了我，我也会轻唤你的名字。因为有你，我仿佛拥有了整个世界，我每天的生活都会是阳光明媚。

因此，我要让你明白，钟楼等了我多少年，我就愿意等你多少年。

纵马踏花向自由

我总感到，我性格里伤感和自由的成分要多一些，喜欢听忧郁一些的歌曲，喜欢看悲剧的影视，喜欢去很美很美的地方旅行，但真正到了那个地方，却发现一切也不过如此。细细琢磨，才明白，我们出去旅行，其实不是去看风景，而是去寻回那个最本真的自己！

人生间的事情就是如此。有的人，有的事，总是在你的心中并不留下深刻的印象，但却让对方永远地记住了你。当然，以我也曾无数次地走过这个窗口祈求着再一次地到你，我到的把红色的雨伞，却永远没有再出现，但我走灰心因为我知道你曾在哪个雨天的窗前出现过，我心中、道永远的风景。也许你不知道了我心间的窗前，却无意装饰了我的生活。

徜徉在金色的胡杨里

　　去年的国庆前后，朋友们提到最多的就是自己什么时候也能去额济纳看一下美丽的胡杨。我知道，去额济纳并不是想象得那么容易，所以对去额济纳并没有什么打算。今年国庆前，在观看内蒙古卫视的节目时，一条有关额济纳的广告宣传语一下子吸引了我：三千年的守望，只为等待你的到来。心中顿时像有一条虫子撕咬似的，一下子揪动了我内心深处的那根神经。于是，从那天起，胡杨就一直徘徊在我无边的梦境里，徘徊在了我绵绵的思念里了。

　　随后的几天，前往额济纳胡杨林的念头越来越强烈。于是，打听、报名，急匆匆地便踏上了西行的路途。

　　三天的劳累辛苦，并没有淹没内心的那种向往。当我从旅游大巴上走下来，一眼望到额济纳河对岸那一片金色的胡杨时，三天的辛苦一下子化为乌有。我忘记了自己，不禁地跳了起来——额济纳，我来了。

　　今天的额济纳天气格外争气，蓝蓝的天空，白白的云朵。在白云和沙漠中间，片片金黄的叶子在树枝中来回地拥挤着、摇曳着、嬉戏着……穿过额济纳河，便进入了美丽的童话世界——胡杨王国。只见眼前一片金黄，绚烂耀眼。那一簇簇金黄的树叶，依偎在白沙和蓝天之间，真是一幅绝美的、醉人的画。我按捺不住自己的心跳，背好相机，便汇入了拥挤的人流。

　　我慢慢地移动着，睁大眼睛望着眼前这一片黄得热烈、黄得炫目的胡杨叶子，内心充满了无限的敬慕。慢慢地，我也融入了这一片绚丽多彩的金色之中。

弯弯曲曲的木板铺就的小路引领着我慢慢走进胡杨的深处。空中的白云，脚下的细沙，金黄的树叶，清清的小河，以及岸边的红柳，慢慢地浸湿了我的眼睛。那一刻，在我的眼睛里，一切都变得如此辉煌，如此灿烂！

游人越来越多，微风从树林间轻轻地滑过，金色的叶子在风中轻轻地婆娑，每一片叶子都仿佛在轻轻地低唱。在我的右边，是一个年轻漂亮的少妇，穿着红白相间的衣裙，正带着一个小女孩在沙漠上摆着叶子。叶子黄黄的，在闪亮的沙子里，显得是那样的诗情画意。我连忙拿出相机，偷偷地拍下了这一胜如仙境的美景。今天的我，真的动情了，动情得让我是如此这般地如痴如醉……

我慢慢地移动着，一棵一棵地寻觅着，寻找着属于我的那一棵树，那片金黄的叶子。

前面有一个人搭的摄影架，游人都急着向前跑去，想占个好的位置。我没有去，我走向了旁边一棵那满是金黄的大树前，轻轻地抚摸着胡杨树干上

三千年的守望，只为等着你的到来

那粗糙的厚厚的皮,内心不由得酸楚。这棵树有多少年了?它都经历了什么?树身上怎么是如此的斑驳、沧桑?看着树又想到了自己,我不由得问自己,我从哪里来,又到哪里去?

我捡起落在沙漠上的一片树叶,不知道为什么,树叶又从我的手中滑了出去。我正准备重新去捡起来,正在这时,又一片黄叶像一只金色的蝴蝶似的,打着旋儿飞舞着,轻轻地落在我的头上,又轻轻地滑进了我敞开的衣领中。在这一瞬间,我忽然明白,你来了,你来到了我的心里。我把叶子掏出来,轻轻地拿出一片白色的餐巾,小心翼翼地把这片树叶包了起来,放进了内衣的口袋里。我的心跳猛然加快了,我知道,心近了,爱就有了。

继续前行在软软的沙子上,先是绕开了脚下那一片片蝴蝶般的叶子,又异乎寻常地放轻了平时重重的脚步,我生怕我的粗鲁和无知,踩伤了地上金黄的叶子,更不想听到脚下的胡杨叶因为我而发出的低低的呻吟。

沙漠里的小路继续向前延伸着,我的心也一直荡漾着。扎根在荒芜沙漠里的胡杨,历经了多少个磨难交加的春夏秋冬,才长成如此的参天大树啊!他们没有抱怨,没有哀叹,迎着酷暑,顶着寒冷,一年年、一天天地抗争着。在即将告别四季中这段最美好的时光前,她们终于释放了自己生命中所有的激情,用无比华丽的乐章,用璀璨夺目的色彩,把自己的生命演绎到了极致,给予人们心灵上的震撼。

天慢慢地黑了,我要离开了,但我知道,金色的树叶还在我的心中轻轻地摇曳,也慢慢地摇醉了我那颗心……

戈壁滩的夜晚

经过两日的颠簸之后，第三日的晚上十点多，我们的旅游大巴终于抵达了当晚的目的地——枯树林，这个距离额济纳十多公里的地方。

来的时候，领队就告诉我们，这三天晚上，要住在帐篷里。当我们看到枯树林边的蒙古包时，心里还是挺高兴的。心想，这一辈子也把蒙古包住过了，体验过了。可一下车，领队就通知去领帐篷。领什么帐篷？不是住在帐篷里吗？怎么还领帐篷？当我把帐篷和睡袋领到手里的时候，才知道今天晚上我们住的是帐篷，不是蒙古包，是我自己把帐篷和蒙古包当成一回事了。不过也没有多想，住帐篷，自己也是第一次呀，体验一把也好呀！于是，开包，穿杆，铺垫。因为没有水和电，脸也没有洗，钻进睡袋就准备睡觉了。

虽然一路的劳累早已经让我有些想睡觉了，可钻进帐篷以后，特别是钻进睡袋以后，刚才的那股睡意却不知道跑哪里去了。

睡袋里面一片漆黑。我躺在睡袋里，睁大眼睛，没有目的地想着白天走过的地方，看过的风景，回想着车上大嫂毫无顾忌地说笑……

风儿微微地吹着，把绳子上面绑着的小旗吹得"哗哗"作响。我翻了个身，静静地听着外面的一切。

路上的汽车还是源源不断地向额济纳涌来。强烈的灯光时不时地滑过我们的帐篷，在闪亮过后，帐篷又顿时漆黑一团了。

枯树林的主人养着的一只狗，才开始时，见着陌生人还不停地"汪汪"乱叫着，为主人守着家，尽着自己的责任。可随着不断有陌生人来到，小狗也不再叫了。或许是生人太多的缘故懒得叫了，也许是它真的叫得口渴了，它也要休息一下的缘故；还有可能是它真正想开了的缘故，与其不停地叫，还不如偷点懒，叫一阵、歇一阵罢了。

睡意一点点地离开了我，我把帐篷拉开一个小口，把头从里面探了出来，顿时感到帐篷外的空气比里面新鲜了许多。我打了个寒战，正准备重新钻进睡袋里去，一转眼，我看到了满天的星星，几十年来，在西安城里从来没有看到过的满天的星星。我仔细地一颗颗地望着头顶的星星，那一瞬间，我突然有了一个想法，天上的星星有一颗一定是属于我的，我就是天上的其中一颗星星。于是，我看着瓦蓝瓦蓝的天空，看着那满天的星星，开始寻找，属于我的那颗星星在哪里呢。

戈壁滩上的夜晚还略显得有些寒冷。我因为担心感冒影响明天的日程，就钻回睡袋，想赶紧休息一下。可在钻回睡袋的几分钟里，周围的各种声响，就让我刚刚涌起的睡意又不知道跑到哪里去了。

先是一阵接一阵的呼噜声从帐篷里传来。这些呼噜声有的长，有的短，

戈壁沙滩的夜晚，你盖着满天的星星睡觉

有的粗，有的细。特别是隔壁传来的那长长的一声呼噜后，又突然什么声息也没有了。正当我为他而担心时，猛然间，又是一阵长长的呼噜声传来了。虽然我平时睡觉并不怕别人打呼噜，也很少专门听别人打呼噜，但在这一时刻，听着夜间这有一阵没一阵的呼噜声，还是让我感到了一种别样的有趣。

呼噜声还在继续着，磨牙的声音接踵而来。先是轻轻的、短短的"咯吱咯吱"声，紧接着，便是粗粗的、来回的磨牙声。伴随着磨牙的，还有偶尔说梦话的声音。时而有，时而无，但断断续续的梦话声还是传进我的耳朵里："我就是不给！""下午到你妈家吃饭去吧？""你个狗日的，喝！"……

梦话还没有听完，就听到隔壁的帐篷里又传来一阵阵的放屁声。有短有长，有放一声的，有放一长串的，就像工厂里拉响的放工的笛声：呜——呜呜——呜呜呜，越来越短，越来越急促。

这边的声音没有完，就听到旁边的帐篷里有拉开帐篷拉链的声音，然后就是一阵窸窸窣窣低低的说话声音，好像是女的准备上卫生间，但又害怕一个人走在这荒无人烟的戈壁滩上，于是就叫起了自己的男人，让他陪自己一起去。可男人在这半夜三更的戈壁滩上，也不知道哪里有卫生间呀？于是就听到男人说："别跑了，就在这里吧！"可女的又不愿意了："这里怎么可以？连个围墙也没有！"女人还扭捏着："这样让人看见多不好呀！"可男人又说话了："你又不是尿在白天，你是尿在黑夜里。这黑天半夜的，你尿在哪里，那里就是围墙！"猛然一听，感到这个男的一定是学哲学的，不然怎么会说出那么有哲理的话。紧接着，便是一阵子的"哗哗"的瓢泼声和一阵子的管子浇花声。

黑夜还在慢慢地延长着，风儿还在漆黑的夜里吹着口哨快速地行走着，帐篷里的各种声音还在不时地传入我的耳朵。也就是在这漆黑的夜晚，在这远在千里的戈壁滩上，我度过了人世间这个难忘的、最真实的夜晚。

忆江南，最忆是西湖

过去每去一个地方，在当天或回来后，总想把勾起我心中的那片柔软写出来，可这次匆匆的杭州之行已经过去两周了，却一直没有动笔。忙，固然是理由，但真正阻碍我的却是我不知如何去表达杭州，表达西湖，表达我心中的一片柔软。

我是第一次来西湖，也是第一次来杭州。就在准备返程的那天清晨，当杭州还处于似明非明之际，看看离乘机还有两个多钟头的时间，我便悄悄地出门，迎着扑面而来的寒风，上了出租车，赶往那诗情画意和浪漫温情的地方——西湖。

西湖自古就是浪漫清新、俊男靓女聚集之地。碧波荡漾的湖面，袅袅娜娜的荷花，缕缕不绝的轻烟，迷人朦胧的风韵，还有那传说中的断桥，宛如一幅流动着的画卷，吸引了无数的游人驻足观看。特别是从那亭楼琉璃之间不时滴落下来的水珠，更像是一位清雅温馨的女子在轻轻地弹唱一曲哀伤忧婉的曲子。所以，曾经无数次地想象过，来西湖时，一定要选一个下着小雨的天气，一定要打着一把能和心爱女子搭上话的油布雨伞，在微微的淅淅沥沥的小雨中，慢慢地行走。一边听江南女子绵绵的软语，一边触摸江南山清水秀的柔软。如果有缘的话，再听上一曲意韵袅绕的越剧，那才是在真正地享受江南，才是真正地感受江南的韵味。可今天却没有小雨，更没有那多情的油布雨伞，只有微微的寒风轻轻地滑过我的脸。

微明的西湖一片宁静，就像一个刚刚睡醒的少女，清新而又楚楚动人。

特别是眼前这一大片烟雾浩渺的湖面，一下子让我这两天来一直在城里大街小巷穿梭的人的心敞亮起来。我用力地向上跳跃着，感受着西湖清晨的静美。

此时的西湖，游客并没有多少，这正是我想要的。走几步、站一会，看野鸭在墨绿的水面跳着、闹着，看湖边多情的柳树摇曳着自己长长的辫子。特别是平湖秋月那边，我叫不上名来的大树，绿色的叶子轻吻湖水的画面，让我一下子忘记了这是什么季节。微风吹过，波光潋滟，真的煞是好看。再向远望，不远处的孤山山色空蒙，黛眉含翠，像江南多情羞涩的女子，又像一幅慢慢铺开的充满风情的水墨画卷。

轻轻走在那条充满柔情的白堤上，总让人心里温润许多。美丽的西湖呀，曾经有过多少美丽的传说。且不说许仙在那个下着小雨的断桥之上遇到的那个美若天仙的白娘子，也不说同窗三年让人思念的梁山伯与祝英台，就连那个小小年龄就魂飞湮灭的美丽女子苏小小……哪一段的爱情不是让我们如痴如醉，又有哪一段爱情不是让我们感天动地？想到这里，我也为西湖感慨。作为西湖，能够聆听她们的低吟浅唱，能够聆听她们的窃窃私语，能够感受她们的生离死别，能够感受她们曾经经历的一段段让人揪心的爱情，又何尝不是幸运！想到这里，我真的不知道，到底是西湖成就了她们美丽动人的故事，还是她们成就了美丽的西湖？不然，为什么如此众多的情爱故事，都发生这小小的西湖之畔？

慢慢地走，慢慢地想，那过去曾经耳闻的一首首诗词，也一股股地涌进我的脑海。我想起了苏堤上那个手摇纸扇、边走边吟的苏轼：欲把西湖比西子，淡妆浓抹总相宜；也想起了那一边啜茶一边挥毫泼墨的杨万里：毕竟西湖六月中，风光不与四时同；特别是那个住在临安城中小旅店里忧伤消沉的林升，面对社会上纵情声色、纸醉金迷的世风，愤懑不已，愤然在墙上写下了那首有名的诗篇：山外青山楼外楼，西湖歌舞几时休？暖风熏得游人醉，直把杭州作汴州。

突然，一股微风吹来，让我不由自主地打了一个哆嗦，我下意识地裹紧了衣袖，又把自己沉浸在了童话般的西湖之中。

我轻轻地抚摸着每一棵经过我身边的树，轻轻地嗅着空气中那甜润的味道，甚至还捧起一掬湖水向空中洒去。因为我想让江南的柔软包裹着我，我想让西湖的柔情在自己以后的日子能够变得诗意和静美。

西湖边上已经有了一些早起锻炼的人，遥远的东方也开始闪现出道道霞光。西湖开始热闹起来，散步的人，运动的人，还有穿着各式各样服装的游客，构成了一幅幅让人惊羡的美景。特别是那早起的打鱼人在湖面上慢悠悠地摇曳着自己的幸福，那画面简直太美了。人们常常羡慕别人是风景，在这美丽、平静的、荡起一圈圈涟漪的西湖，在这垂柳依依的湖岸，我们自己又何尝不是一幅美丽的景致呢！

想着西湖，梦着西湖，我沉浸在梦幻般的西湖里，忘记了尘世的喧嚣和纷扰，只有轻风，轻轻地吹拂着我，尽情地享受着江南的柔软……

忆江南，最忆是杭州；忆杭州，最忆是西湖！

双手合十，站在贡嘎雪山顶上

由于西安长久不雪，春节期间，便和朋友一起相约，到贡嘎雪山之下去看雪。

经过十多个小时的路途奔波，又经过一个多小时的摆渡车爬山的颠簸，我们终于来到了海螺沟旅游景点的三号营地。从这里，我们就要沿着铺满厚厚冰雪的台阶，向靠近贡嘎雪山旁边的山顶奔去。

这是一段艰苦的步行。虽然有新修的木板台阶，但大多数台阶上都有一层厚厚的冰雪，由于众人踩过，这里的雪已经变得发硬、光滑、发黑。踩在上面，如果不小心，你的屁股一定会和它亲密接触。有的地方由于前一段地震的缘故，石头外露，泥土疏散，但人们并没有停下自己的脚步。因为越往里走，原始的味道越浓。

我慢慢地、小心地行走在浓密的原始森林里，让我顿时有一种隔绝尘世的宁静之美。这里的森林是原始的，这里的冰雪是原始的，不仅如此，就连山路偶尔出现的山猴也显示出了一种原始的本性，它们并不怕人，悠闲地慢慢地跳着，慢慢地跑动着。

经过一个半小时的原始森林中的行走，我终于来到了贡嘎雪山旁边的山顶。山顶的人并不多，但大家并没有像以往那样的张狂和跳跃，只是默默地站在山顶，面向宏伟、神圣的贡嘎雪山，静静地看着。据当地人说，谁能够来到这个山顶，就会得到贡嘎雪山神灵的庇护。于是，我不顾刚才摆渡车上的颠簸，面对着神圣洁白的贡嘎雪山，闭上眼睛，在心里轻轻地许着心愿：

"愿这充满神气的雪山在新的一年里，能够庇护我的亲人、我的朋友和我认识的每一位值得我用心感恩的人以及那些曾经怨恨过我的人。"

爬到山顶并不意味着旅程的结束，让人更想下到三千七百米之深的海螺沟底挑战一下自己。从山顶往下看，海螺沟是一片白色的世界，一条条的冰凌，就像是沟的脊梁一样，凸起伸向远方；又像一条条白色的巨龙，让我感受到那种博大的气势。我被眼前的海螺沟感染，不顾刚才的气喘吁吁，继续追寻心中的那种向往，来到了贡嘎雪山之底的海螺沟。

海螺沟不同于其他的山沟，它的博大，它的宁静，它的洁白，让人有一种顿悟的感觉。面对雪山，我知道了我的渺小，知道了我的微不足道，知道了我只是沟里的一片小小的雪花。没有我，并不影响雪山的伟岸，也不影响雪山的宽阔。

沟里的冰雪，也许是时间长久的缘故，硬邦邦的，有些冰冷，但慢慢地扒开上面的一层，下面仍是一片洁净的冰雪世界。那一刻，我的心静寂极了。

站在这刺眼的白色冰川之上，我没有像其他游客一样，自虐似的奔走，也没有像其他游客一样放纵地高喊，我只是静静地，用自己的心去慢慢地感受着这冰凉的世界。我轻轻地做着深呼吸，以便把我以往内心、肺腑里的所积下的怨气、现世的浊气以及自己遇到的种种晦气统统地排放出来；再把这原始的纯净的氧气、新年的瑞气、游人间的喜气，一点点地吸进去，让它来净化我的身心，升华我的灵魂。

我闭目凝思，双手合十，让冰凉的寒风从我的耳边轻轻地吹过，从我的脚下慢慢升腾，我不由得打了一个寒战，感觉到有一股清凉从我的内心慢慢地流过，让我顿时感觉到神志的清醒。

我抓起一把冰雪，冰冰的，凉凉的，什么也不愿想，用心慢慢地感觉手心的冰雪在一点点地融化，慢慢地从我的指间渗出来，流下去。

我忘记了自己，忘记了身份，默默地陶醉在海螺沟这原始的自然中，融化在这浪漫的诗情画意中。

吴哥观日出

早就听说，吴哥的日出别有一番洞天，是世界五十大著名景观之一，所以一到柬埔寨，我就向导游提出了看吴哥的日出。

早上四点五十，宾馆的叫早电话便响了起来。我脸也没洗，牙也没刷，饭也没吃，便急急忙忙地出发了。

来到小吴哥，满以为自己一定是来得比较早的。因为听导游说，日出的时间分毫不差地将在六点四十分出现。可我想错了，车一停，很大很大的停车场上早已经停满了各种车辆，我从源源不断的人群里穿过一层层黑暗，慢慢地走向最佳拍摄点——小池塘边。

原本想到这样著名的景点，起码会有路灯的。可我错了，整个景点，漆黑一团，没有一个路灯，我没有带手电，只好借助他人的微弱的灯光，高一脚低一脚地蹒跚着向前走。

来到小池塘边，这里早已经挤满了密密麻麻的人群。虽然看不出是男的还是女的，是中国人还是外国人，是老人还是孩子，但要想寻找到一个合适的站脚地方，那可真够难的。这个时候，我的耳边被灌进了各种各样的语言，能听出的便有英语、俄语、韩语、日语，还有山东话、四川话、河南话。这些不同的语言混杂在一起，组成了一个不同语言的交响乐。

虽然离日出还早，但要想寻找一个合适的拍摄地方已经很难了。小池塘的边沿，已经围成大半个圆圈，人一个挨着一个。我在人群中挤来挤去，却始终找不到一个能站的位置，只好站在人群后，等待着前面的人煎熬不住了，好趁机钻进去。

东边的天空慢慢地变成了鱼肚白。当坐东朝西的小吴哥的五座宝塔显现在一片模糊的世界时，人群开始躁动起来了。坐在前面的相机男已经在啪啪拍照，后面的踮起脚尖在叫着。一个可能是韩国人的年轻女子，由于个子小的缘故，看不到前面，索性蹲下来，从前面两个高大的欧洲人的身体夹缝中，寻找着自己的机会。这一刻，每一个人都睁大眼睛，盯着宝塔的方向，期待那一轮红日夺目而出。

天空慢慢地发亮了，依稀可以看清面前的各色人群。我把相机举得高高的，希望凭借自己个子高的优势，可以拍到好一些的照片。可仔细一看，除了人头黑压压一片外，什么也没有照到。

更为惊奇的是，不时有四五岁、七八岁的小男孩、小女孩在人群中穿插

吴哥日出，世界五十大景观之一

行走。他们手里拿着饮料单或明信片，用当地的语言说着我们听不懂的话。一问导游才知道，这些孩子正在做生意，他们要给自己挣上学的学费。

天空比刚才更亮了一些。可以看清池塘边站着的、坐着的人的衣着和面部表情了，更看清他们手中举着的长的、短的各种各样的相机。池塘后面的建筑物台阶上，也挤满了人，大家都眼巴巴地盯着东方，希望看到世界上最为壮观的吴哥日出。

塔上方的云彩一点点变红了，变黄了。云彩慢慢地升腾，连小池塘里也开始变得五彩斑斓起来。五个塔尖已经清楚地倒映在池塘里，此时，没有一个人说话，只听到闪光灯在啪啪地响着。

导游说日出的最佳时间是早上六点四十分，可现在已经快六点五十分了，只见云彩在升高，却看不到太阳的出现。

人群中开始出现躁动了，有的人开始叹气了。我第一次来这里，还在傻傻地认为，太阳很快就会出现的，不可能不出现，因为云彩已经出现了呀！

六点五十五，太阳还没有出现。一些有经验的摄影者已经扛着长枪短炮离开了池塘，一些人还在虔诚地等待。

七点整，小池塘边已经没有剩下几个人了，我也恋恋不舍地跟着前面的旅客离开了小池塘。

吴哥日出，是世界五十大著名景观之一，也是世界各地的游客来柬埔寨必去的景点之一。特别是现在是柬埔寨一年当中拍摄日出最美的时刻。今天虽然有些遗憾，但我已经很满足了，因为在我的心中，吴哥的太阳已经缓缓地从我心中升起，已经慢慢地从吴哥寺的莲花顶端升起，并将我整个的心胸渲染得绚丽多彩，同时将它的倒影投进了我平静的心湖里。

稻城亚丁，一个让灵魂安静的地方

曾经无数次地听朋友介绍过，曾经无数次地鼓起前行的心，也曾经无数次地想象过稻城亚丁那碧蓝如洗的天空、鹅黄色宽阔的牦牛坪草甸以及被秋霜染黄的原始森林、高耸入云的皑皑雪山、潺潺流动的山溪，甚至那充满牛奶味和牛羊粪尿味的空气……但每一次都又在无限的忙碌之中，弥灭了自己的遐想。

这一次，我终于放下了一切，向着稻城亚丁，义无反顾地跑来了。可没想到，这一跑，我却跑过了高尔寺山等数座海拔 4000 米以上的山峰，走过了逾 1700 公里的行程，跨越了平原、盆地、高原、戈壁、草原等等地形地貌，甚至经历了一天四季的天气变换。为什么？只为去那里看一看西安所没有的夏天，只想去那里寻觅一个西安所没有的五彩斑斓，更想去那里安放一下自己那颗向往宁静、向往空灵的心。

稻城亚丁，位于四川省甘孜藏族自治州稻城县香格里拉镇亚丁村境内。亚丁的藏语意为"向阳之地"。景区主要由仙乃日、央迈勇、夏诺多吉三座神山和周围的河流、湖泊、高山草甸组成，它的景致保持着在地球上近乎绝迹的纯粹，因其独特的地貌和原生态的自然风光，被誉为摄影爱好者的天堂，是中国目前保存最完整最原始的高山自然生态系统景观之一。1928 年，当美国探险家约瑟夫·洛克发现亚丁的雄伟壮观和美丽风景之后，便把自己所拍摄到的照片发表在美国的《国家地理》杂志上，从而引起了巨大的轰动。后来英国的畅销书作家詹姆斯·希尔顿在稻城亚丁探险故事中获得灵感，创作了长篇小说《消失的地平线》，这才让亚丁在世界名闻遐迩，亚丁也由此被誉为"最后的香格里拉""蓝色星球上最后的一片净土"。

当我风尘仆仆地赶到亚丁景区大门口时，顿时为眼前的座座海拔超过4000米的高山、为山间飘移的云雾感到敬畏。那隐藏在云雾里的山峰忽隐忽现，那弥漫着的云雾缭绕笼罩，顿时让人觉得不知道自己是在仙境，还是仙境传入人间！

观光车从山脚下起了步，沿着弯弯曲曲的山路喘着粗气向山上爬行着，时而的一个急转弯都会让我们心惊肉跳。好在司机熟悉山路，技术又好，过了一会儿之后，人们再也不大呼小叫了。一个钟头之后，我们便来到了人间仙境——亚丁自然保护区，来到了美丽而宽广、神秘而又向往的山谷地带——洛绒牛场。

空旷而又漂亮的绿草地上，点缀着一小朵一小朵美丽的黄花。这种花，既没有藏区格桑花那样的娇艳，也没有平原地区向日葵那样的妩媚，她就那么指甲盖大的，在偌大的草地上静静地开放着，不以物喜，不以己悲。草原中间有一条不宽但很平静的小河，平静得没有一点水花飞溅，安静得没有一点水声响起，也许是自始至终沐浴着仙乃日神山的缘故，也许是自小就见识过大世面的缘故，也许是自己从来都是根红苗正的缘故，这条小河用她的潺潺细流，聚集起一个又一个小的"海子"。她就像菩萨在草原上镶嵌的一面面镜子，一年四季，倒映着万里的蓝天白云，倒映着周围的高山冰雪，倒映着吃草的牦牛矮马。在这里，蓝天、白云，黄花、绿地，还有那穿着红色藏服的喇嘛……五彩缤纷，五彩斑斓，从远处望去，这亚丁的山谷，就像人间不可多得的仙境，就像大自然在亚丁织就的五彩的毯子。

在这里，一切都是那么的安逸。牦牛悠哉悠哉地吃着草，河在无声无息地流着水，风在空旷的山谷吹着口琴，信教的子民在日复一日地摇着手中的经轮……

我沿着弯弯曲曲的山路，像藏民一样，怀着虔诚的心态，不敢高声，不敢浪语，唯恐惊扰了这周围的神山。我迈着小步前行着，猛然看到冰山下的草地上，一群喇嘛正面对着神山自言自语地念着经文。我赶忙肃立静心，用手机拍下了他们的虔诚。当他们念完后，发现了我，就围着我说合个影。那一刻，我被他们的热情感染着，发现我也变成了一个喇嘛，变成了神山下一个无忧无虑的子民。

前行的路越来越难，这时天空又下起了大雨，我赶忙收回了前进的脚步，面对高耸入云的仙乃日神山，恭恭敬敬地低吟着六字真言"嗡嘛呢呗咪吽"，便冒着大雨走了回来。

我在大雨中前行着，我在偌大的山谷里寂寞着，那一刻，你心中所有的一切都不重要，最重要的是你的心安。你的心大了，世界就变小了；你的心小了，世界就变大了。

我坐在返程的观光车上，冷风一吹，不由得打了一个寒战。我再一次地转过头来，面对仙乃日神山，心里不由得升腾起这样一句话来：这里有你想象中的一切，也有你想象之外的一切。无论你何时踏上这片土地，总有一种风景让你震撼，总有一种感动让你流泪。

这就是稻城亚丁，一个让灵魂安静的地方。

迷人的桑科草原

在秋老虎肆虐的日子里，我终于卸下了身上层层的包裹，来到了这个我向往三年的甘南大草原。

桑科草原位于甘肃省甘南藏族自治州夏河县境内，平均海拔 3000 米以上，草原面积达到了 70 平方公里。它是青藏高原上的一片广袤的高寒草原，也是青藏高原上最美的草原之一。

桑科草原距离著名的拉卜楞寺不远。也许是自古以来就一直享受着名寺的洗礼，当我下午 5 点驱车来到桑科草原时，我一下子就被桑科草原的辽阔与大气惊呆了。群山环抱着的桑科草原绿草茵茵，无遮无蔽，那湛蓝湛蓝的天空，那洁白如棉絮般的白云，还有那直射透彻的阳光，以及那个五色斑斓的让人艳羡的湖水，让我一下子就变得有些激动起来。

我四下里望着，眼睛感到不够了。我举起双手在空中使劲地挥舞着，用力地蹦跳着，我知道，那隐藏在我心底深处已沉睡良久的童心一下子被唤醒了。

草原的风不大，但空气中却弥漫着一股股淡淡的草的清香。特别是站在牦牛刚刚啃食过的草地上，那种青草的味道更浓。我在草地上徘徊着，贪婪地呼吸着，顿时感到神清气爽。

草地上到处都散落着一头头悠闲散步着的牦牛和一只只漫步着的羊。放眼望去，蓝天白云下面，就像是在绿色的草原上镶嵌上了一朵朵或明或暗的花朵。它们有时聚拢在一起，有时又迅速地散开，就像流动的星星和白云。

牵着矮红马的小姑娘走过来了，问我骑不骑马；骑着摩托、赶着牦牛的大哥走过来了，一边走一边向我打着招呼："扎西德勒！"最有意思的是那头刚刚一个多月的小牛犊，撒着蹄儿来回跑动着。看我走近，低着头，朝我一抵一抵的，逗得我不由大笑起来。

映入我眼帘的还有那一束束飘舞着的五彩经幡。有的经幡周围，还有刻着经文的、用碎石块垒成的玛尼石堆。记得佛教里说，哪里有五彩的经幡，哪里就有古祥和善良。风吹到经幡，人们即会随风诵经，让经文随风飘落到藏区的各处。我睁大眼睛，看见每一根经幡都被风吹成了一道道完美的弧线，我知道，经文已经飘散四处，而且也已经簇拥着、穿越过我的心灵。我赶忙平心静气，双眼紧闭，双手合十，默默地为我的亲人，为我的朋友，祈祷祝福！

我在草地上走着，跑着，忘记了自己的年龄，忘记了过去所有的不快。我像个孩子似的，看着地上一个个胳膊粗细的田鼠洞，真想伸出手进去摸一摸，看它的洞有多深，是直的还是弯的。可最终我还是没敢伸手，我怕我的好奇惊碎了田鼠的好梦，我怕我的不恭被田鼠狠狠地咬上一口。

迷醉在绿色的桑科草原

我就这样在草地上奔跑着，把双手插在发中，让头发一根根地竖起来，一点点地感受着草原的风一丝丝、一股股地穿过我的头发。

一头牦牛从我身边走过，"哗哗哗"地撒了一地的尿，又拉了一坨牛粪。也许是很久没有被牛粪熏过的缘故，感到那一刻的牛粪味也瞬间就穿越了自己整个身体，又像一股过滤的清洁剂一样，一下子就把自己心中所有的一切过滤掉了，只剩下了淡淡的草的清香……

我就这样在桑科草原上慢慢地行走着，静静地看着，看白云在头顶轻轻地飘移，看河水在自己脚下潺潺流淌，我闭上了眼睛，听草原的风在我的身边一丝丝、一股股地吹过。这时，我的心是空灵的，仿佛被水洗过似的，感到是那样的清爽，那样的静谧。我不知道，此时的世界是什么样子，只听见我的心在"扑通扑通"地跳着。

也许是云朵刚刚飘过，这时草原的天空忽然变得清澈明亮起来。那一片已经变黄的油菜地，早已没有了青春的花朵，但这么大片成熟了的油菜，被阳光一照，又闪烁着醉人的光芒。再加上旁边那一片湿地，那一汪汪让人迷离的湖水，我开始变得迷茫。我不知道，这个美丽的地方，是人人向往的天堂，还是人间的伊甸园？

桑科草原的美，是多彩的；桑科草原的醉，又是迷幻的。我把自己的四肢成"大"字形铺展在这蓝天、白云、绿草、碧水的世界里，双眼有些迷离，我仿若置身于五彩的童话中，让我惊艳，让我迷失；希望我在这五彩的世界里沉醉，也希望我在这绿色的草原中空灵自在！

——写于夏河萨拉客栈，修改于松潘小巷之家

我在阆中等你

早就听说，阆中是一个美丽而独特的古城，所以星期六一大早，我便搭上了开往四川阆中的大巴，风尘仆仆地向阆中赶去。

阆中古城位于四川省南充市阆中市，是著名的旅游景点，也是有名的四大古城之一。景区总面积达 4.59 平方千米，核心区域达 2 平方千米，有张飞庙、永安寺、五龙庙、滕王阁、观音寺、巴巴寺、大佛寺、川北道贡院等 8 处全国重点文物保护单位；有邵家湾墓群、文笔塔、石室观摩崖造像、雷神洞摩崖造像、牛王洞摩崖造像、红四方面军总政治部旧址、华光楼、阆中文庙等 22 处省级文物保护单位。阆中是古代著名的蜀国军事重镇，也是中国春节文化之乡，它与山西的平遥古城、云南的丽江古城、黄山的徽州古城，一起构成了闻名全国的四大古城。除了黄山的徽州古城之外，其他的三个我都去过，感觉各有各的不同。丽江风情，平遥悠远，而阆中呢，是幸福感最强的古镇。

因为心中对阆中充满了幻想，所以一路上的秦岭风光，一路上的油菜花香，一路上的奇异美景，都从我身边呼呼而过。我知道，人虽在旅途，但我的心却飞到了阆中。

下午快 3 点的时候，我终于来到了阆中，来到了这个充满独特韵味的古城。

古城四面围山，水绕三方，天造地设，风景优美，自古就有"阆苑仙境""巴蜀之要冲"之誉。特别值得一提的是，阆中地处四川盆地东北缘，嘉陵江的中游，其由大巴山脉、剑门山脉与嘉陵江水系交汇聚结，形成严密缠绕合护的形胜之地。正如名联所言："三面江光抱城郭，四围山势锁烟霞。"这里的山川形势独特，这里的山、水、城融为一体。

古镇的街道都是用青石板铺就的。那一条条幽长的小巷，那一座座幽深的四合院，那一扇扇雕刻古画的大门，都让你感受到这里的清静和寂寥。最引人入胜的便是这里清一色的灰瓦建筑。矮矮的、木头建成的小阁楼，走在上面，"咯吱咯吱"地响动，别有一番情趣。"秦砖汉瓦魂，唐宋格局明清貌；京院苏园韵，川渝灵性巴阆风。"这副对联，完整地概括了阆中古城的特点和历史风韵。当你站在腾空而起的塔上向下看时，一大片、一大片的青色瓦，让你忘记了你在何朝，你在何方。

古城边上的老榕树下，有一群老头、老太正围着一个圆桌悠闲地打着麻将，摆着龙门阵，孩子们则在一边你追我撵。在这里，你看不到他们匆匆的脚步，看不到他们焦急的眼神，更感受不到他们为生活奔忙。他们的一切都是慢慢地，慢慢地聊天，慢慢地打牌，慢慢地过自己的日子，就连挣钱，也都是慢慢地，这就是他们的"慢生活"。

街两旁的低矮的黑色木门，一盏盏高挂的红红的灯笼，一扇扇古色古香的门楼，让我一下子迷失了自己。我轻轻地推动木门，只听到大门"吱呀吱呀"的声音在耳边响起，我仿佛又回到了童年时代。

无论是李家大院、秦家大院、蒲家大院，还是今天充满青春活力的孔家大院、水码头，那一扇扇厚重的双扉兽环木门，那恬淡雅静的亭台楼榭，那一窗疏影映出的几枝素竹，那几座假山衬出的层层砖雕，那砌工精湛的花台，以及回廊和画宇下的鸟笼中，组成了一幅幅声色俱佳、动静和谐的立体图画，给人以无尽的遐思和审美愉悦。在这样的人居环境里，古城的人们怡然自得地尽情享受着一份属于自己的生活恬美和艺术文化的滋养。

我在塔旁边的一家茶店坐下来，请客家倒上一杯茶水，一个人静静地品起茶来。浅吟时光流逝，低唱人间情缘，在世事浮华之外，叩问自己的心灵，静静地感喟人世的沧桑。

坐着坐着，我慢慢明白了，为什么阆中古城会引起如此多的人的眷恋和光顾。并不是因为这里城里城外满满的阳光，也不是因为这里充满着别样的风情，只是这里质朴的气息能唤起人们对她的眷

慢慢地，才能品出阆中的美丽和多情

恋，让人一时间忘记了城市的高楼与繁华，人世的烦恼和喧嚣。

淡淡的茶香弥漫了我的周围，我让店家又续了一壶，我知道，阆中的美不是简单地看一眼就够的，就像品茶一样，需要慢慢地品，才能品出她的味道。

我沉浸在古城的阁楼上，思绪慢慢地荡漾开来，我想到了你，想到了她，快快放下自己身心的一切，背起行囊，来看一看三面环水，一面背山的阆中吧。

那一刻，我一定在阆中等你！

静寂中的中坝大峡谷

那天，我准备启程到石泉大峡谷去看一看。

谁知天公不作美，一上高速，就下起了密密的雨。我一边小心地开着车，一边还仔细听着音响里传出的那美妙的旋律。

长在北方的我，很少有时间去观赏到雨天的小江南，所以虽然天空下着密密的细雨，我还是饶有兴趣地向前奔驰着。一慢下来，还忍不住地用手抹一把窗外的雨水，贴在自己的脸上，感受那一刻的心情与凉爽。

下了高速，汽车就一直在一边峡谷一边山崖的省道上前行着。雨比刚才似乎小了一些，我降下玻璃，任山野的清风一丝丝、一股股地吹到我的脸上、我的怀中。那一刻，我感到自己肺腑里的那一团团污浊就像蚕儿抽丝一样，一点点地从我身上剥离出来。

又经过四十分钟的车程，我便来到了著名的中坝大峡谷前。虽然那一刻，雨仍在下着，我却发现，在我的上空，天变小了，地变窄了，满眼的葱绿不断地涌进我的眼睛，让我一下子忘记了时空。

雨中的峡谷游人并不多。我打着雨伞，放慢了脚步，沿着这木条铺就的窄窄的、忽高忽低的栈道，一点点地观看着眼前的景色。

首先映进眼帘的就是那百米宽的瀑布，虽然简介上写的是百米瀑布，但所谓的百米瀑布并不是连成一片的，而是大约十多条山水从山腰奔腾下来，奋不顾身地、一股脑地扑进了谷底的湖泊中。

峡谷里的湖水非常别致，既不是纯净的绿，也不是纯净的蓝，呈现一种别样的玉一般的颜色，滑滑的，润润的。我从山崖上捡起一块小石头正准备向湖心投去，不知怎么了，高举着的石头，却没有忍心丢下去。我猛然感觉到，眼前的这一片小小的、五彩的湖泊，也许正如人的心湖一样，也是需要一种宁静的。

沟底的水流仍在不紧不慢地流着，溪中的石墩仍在水流中静静地伫立着，也许她早已适应了这多变的气候，甚至也早已适应了这种孤独。

山腰的栈道随着山形慢慢地伸向远方。栈道上的人并不多，走了很多路，才能看到三三两两的人。栈道的两边，一边是山崖，一边是河水，一路的绿树清溪相伴，不时还有一片片浅浅的沙滩。就是在这条栈道上，我感受到了另一种他人没有注意到的惊人的享受。我慢慢地走，慢慢地听着脚下木板发出的"咯吱咯吱"的声音，我走得快，它也响得快；我走得慢，它也响应得慢。就这样，每次走上这样的栈道，我就会慢慢地让这种声音充盈我的双耳。

峡谷里的吊桥有很多处。每当走上吊桥，桥就会左右摇晃起来，我的整个心也会慢慢地随着吊桥荡漾开来。我索性收起雨伞，双手抓着吊桥两边，在吊桥上坐了下来。雨水滴落在我的头上，又流进了我的脖子。我打了一个激灵，那一刻，我不由得忘记了自己，不知道我是在人间还是在仙境。

山里的雨水明显和山外的雨水不一样，洁净而又甘甜，凛冽而又润滑。我轻轻地舔了一下山崖边小草的叶子，吮吸着叶子上的雨水，让这种感觉慢慢地充盈我的胸间。

平时身在城市里，我不知道新鲜的空气是什么，此刻身在峡谷之中时，让我明显感受到了一种全身心的洗礼。我就那样傻傻地站在雨中，任雨水慢慢地洗刷着尘世里的自己。虽然今天的峡谷有些孤独和清静，但正是这种孤独和清静，让我感受到了内心的宁静。我知道，此时的我是幸福的，幸福就在我身边，就在这湿漉漉的雨中。

深秋的乡村

不走出去，不住下来，你是感觉不到深秋的乡村是什么样的。

这个双休日，我又一次背起行囊，跟着一群驴友，走向秦岭的深处黄柏塬。

从眉县下西宝高速，经过一段县级公路之后，大巴车便驶上了通往黄柏塬的盘山公路。随着越来越近地走向秦岭的深处，公路两边那美丽的景色便会一股股地涌进你的眼帘，又迅速地从你的眼前一股股地飞逝而去，让你感觉到两个眼睛已经不够用了。双眼远眺，那连绵的山脉就像一幅幅画家笔下的水墨画，一层层，一层层，由近及远；双眼收近，那一簇簇黄色的叶、红色的叶、绿色的叶层层叠叠，让人沉醉，让人忘记了山路的狭窄，忘记了转弯的颠簸。我们就在这宏大的山水和水墨的画卷中慢慢地前行，就是遇到堵车，也一改以往的坏脾气，慢慢地等待，尽情地欣赏着两边的秋景。

来的时候，就听人说，黄柏塬虽然距离省会并不算远，在这条条大路通秦岭的时代，黄柏塬却依然保持着自己纯朴的丰采，不让自己受到尘世的浸染。当时我还心想，这可能吗？但一路上的场景，特别是一下车自己看到的山野、山民、房屋以及院落里那挂着的一串串金黄的玉米串时，一下子就震撼了我的心灵。这里没有城市里高高低低的楼房，也没有五彩缤纷的各色广告牌。就是这里难得一见的一家宾馆，也还保留着 20 世纪六七十年代的旧貌。农家的住房更是特别，差一点的，还是泥土墙；好一些的，便是让我们有点羡慕的用树皮包裹的房子，朴实无华，让人感受到那就是一个个建在山谷的鸟巢，在等待着倦鸟的归来。

深秋的乡村黑得早，下午刚刚五点半，整个山里就已经黑下来了。公路上点点滴滴的灯光忽闪忽闪着向前行走着，农家的院子已经灯火通明，一条土黄色的家狗在院子里走来跑去，一点也没有尽到看家的责任。也许是早已看惯了陌生的游客匆匆而来，匆匆而去的缘故罢了。一群群归来的游客像倦鸟般，三三两两地来到了农家院子。

农家的院子并不大，但却让人感受到一种家的温馨。那屋檐下挂着的一串串金黄的玉米棒，引得许多游客站在那里看着、摸着、照着相。大门边的那棵柿子树，橙黄、橙黄的柿子低垂着，像一个个小小的灯笼，一伸手就能摸到。树的下边，长着一些我叫不上名字的野花，虽然已近深秋，但依然旺盛地开放着，丝毫没有一点怕冷的样子。房子的一侧是用茅草盖就的棚子，摆着三张大圆桌，那就是主人招待游人的地方。房子的山墙边，堆放着一些这山里才有的雪白雪白的石头，虽然粗糙，也没有造型，但还是显现出山里的质朴和豪放。

晚上的农家饭虽然简单却很温馨。特别是那用酵面做成的馒头，又让我想起了以前母亲做的馒头的味道。这种馒头虽然没有城市馒头那样白，也没有那么软，但吃起来味道却很好，根本不需要配上其他菜吃就感觉很香。记得那天晚上，我一连吃了两个大馒头，还有点恋恋不舍。临走的时候，我对领队说："可以带走几个馒头吗？"领队和房东很熟，笑着说："好吃吧？带！带！带！"那一刻，我虽然感到自己"桑眼"得狠，但心里又感觉到很甜美。

黄柏塬的秋夜显得有些寒冷。虽然是十月下旬，但身上的夹衣却已经抵挡不住山野的寒风了。房东大叔、大婶非常厚道纯朴，一边帮我们烧着烫脚的水，一边和我们有一句、没一句地说着话。那朴素的穿着、那真诚的笑容以及那和你搭讪的话语，都会让你感受到自然和亲切。他们不会为了一点钱刻意地迎合你，也不会因为家里来了人而做作。烧火的味道，冒气的大锅，以及在脚边跑来跑去的小狗和小猫，让我们真正感受到一种家的感觉。我们盘腿坐在烧得暖暖的热炕上，一边看着电视，一边喝着农家免费提供的用玉米做成的烧酒，感受着浓浓的乡村生活。

　　黄柏塬的秋夜很静，静得让你忍不住推窗外瞧，去感受、去寻觅那与灯火通明和喧嚣的城市生活完全不一样的感觉。那时，整个大地伸手不见五指，一片漆黑和宁静，我裹紧衣服，张大嘴巴尽情地呼吸着这山野的空气，感觉着这和城市里不同的空气。然后，尽量小心着，站在原地，一动也不敢动，唯恐自己的一不小心，弄出一些声响，惊扰了这山村的一片漆黑、寂静和来此寻梦人的美梦。猛然间，一声狗叫，吓得我赶紧缩回了头，伸了伸舌头，躺在炕上静静地望着漆黑而寂静的窗外。

　　清晨五点左右，鱼肚白在黑色的夜空一点点地向远处弥漫着。早醒的我已经按捺不住内心的兴奋了，急忙忙地穿衣起床，蹑手蹑脚地推开房门，向远方眺望着。只见眼前的晨光熹微中，远处的山峰显得一片墨黑，而山腰却有团团的雾围绕着，一会儿深，一会儿浅。雾气慢慢地从山腰升腾，眨眼工夫，团团的白雾不见了，展现在你眼前的是一幅湿润湿润的水墨画。

　　吃完早饭，我一个人悄悄地来到农家的对面菜地边，望着眼前的这个掩映在山坳里的简单、纯朴、干净的院落，心中不免升起串串的念想。记得一个作家说过：人的一生中，每月至少要有一次，为了心中的那份安宁，或者为了心中的某个人、某件事而忘记自己，不求山珍海味，不求高楼大厦，不求众人相陪，一个人轻轻松松地走向乡野，走向山谷；一个人开心地唱歌，一个人静静地傻笑，一个人趴在窗沿上看满天的星星，一个人在黄黄的灯光下翻着一本已经卷边的杂志……

　　虽然黄柏塬的水是那样的五彩缤纷，虽然核桃坪是那样的景色迷人，虽然原始森林里是那样的浪漫与温情，虽然久远的老县城在心里是那样的盼望，但给我脑海里留下深刻印象的还是这个深秋里的乡村。她让我这个来自乡下的"少年"，在走近中年之际，再一次感受到多年来从来没有感受到的故乡的味道、家的温馨。

在瀛湖，寻找一片宁静

当初并没有想去瀛湖的，可我又实在想不到去哪里，正在这左思右想不知如何之际，家人说，去瀛湖吧，找一个僻静的农家，好好歇息一下吧。听她这么一说，顿时那碧绿，像翡翠，像碧玉，像江南娇羞的女子般的瀛湖便迅速地闪现在我的脑海。于是，趁天还未明，趁路上车稀，便一路风驰般地奔向了安康，扑进了瀛湖那温柔的怀抱里。

瀛湖周边的农家早已经人满为患，没办法，到旁边僻远的农家问一问吧，谁知，越开路越远，越开越僻静。大约二十分钟之后，只见瀛湖背后的一户三层楼的宾馆展现在眼前。一打听，只剩下最后一个标间了，就这地方了，楼下就是湖边，又安静，又临山临水，正合我意！

瀛湖还是我五年前认识的模样，静静地泛着自己的波澜，缓缓地流着自己的水。特别是那一大池碧绿的湖水，宛如女人腕上的翡翠玉镯一般，把尘世间的一切颜色都浸化成了诱人的绿色，真的能把人的魂魄都勾去似的。

微风轻轻地摇曳着树的叶子，吹乱了我的头发，也吹皱了我的心，我知道，这样的地方是适合静心的，也是适合养心的。

客人不多，除了几个孩子发出的打闹声，大人们都坐在椅子上，倚靠在栏杆边，或坐在江边的石头上，享受着远离喧嚣的安静和平和。我和他们一样，坐在藤条编成的椅子上，安静地闭上眼睛，轻嗅到空气中湖水的味道以及弥漫着的柚子树淡淡的花香。

湖水波澜不惊地向东流着，波光粼粼，闪烁着，摇曳着。宁静的湖水泛着绿莹莹的波浪，再加上两岸的树木和花草，更使得瀛湖的水绿得通透，绿得诱心。

院子里的小狗看到我们走来，趴在地上一动不动地晒着暖暖，懒得对我们吼叫一声。看来见过大世面的小狗，也是懒得召唤我们这些来来往往、匆匆而来匆匆而去的八方来客。

那条铁制的寂静无人的小船，静静地在湖面上来回摇晃着，那哗啦啦从船边流过的湖水，更让小船显得有些孤寂和冷落。不知道那个曾经一袭红衣，打着一把雨伞伫立在船头的女子，现如今又在哪里呢！那个曾经站在她身后的少年，现在可否仍在她的身边，仍和以往一样，和她一起唱着柔软的歌曲？此时，湖水无言，草木无言，只有这一湖的池水依旧慢慢地向东流去。

我坐在岸边，看着这让人伤感的景致，心里也慢慢地有些伤悲。其实人生路途遥远，许多的路程，都需要一个人孤独地行走，就像今天看到的这只孤独的小船，虽然也曾有过繁华的过往，但高潮过后，总会遇到落幕之时。这就需要你一个人慢慢地承受孤独、寂寞，就像今天的这条小船，默默地承受着湖水的哗啦，岸边草木的寂静。

正在这时，"吱"的一声，一只我叫不上名字的水鸟飞来，落在了船帮上，"啾啾啾"地鸣叫了几声，四处张望着。鸟儿的到来，也把我拉回到了现实。

湖边的钓鱼人旁若无人地摆弄着自己的鱼竿，下着诱鱼的虫饵，轻轻地一甩，然后就像姜子牙似的，一边晒着太阳一边静静地等着鱼儿上钩。看着他们娴熟的动作，我忽然想到了现实的人生：他们把一杆杆的渔线抛向湖里，是为了钓起鱼；而我们在生活中，不也是把生活的渔线一次次努力地抛向社会，不也是在垂钓着自己的人生吗？只是他们钓起的是鱼，而我们钓起来的是希望。

一下午，我就这样静静地面对着一池子的湖水，坐在椅子上，静静地发着呆。天上的云朵很美，你不需要向天上看，你只要看眼前的湖水，就能感受到那天上的云朵，就像是刚刚从湖水里漂染出来似的。

风比刚来时明显大了一些，湖水拍打着湖岸的声音也明显比刚来时大了一些。我慢慢地走到湖边，掬起一捧湖水，用力地向远处洒去，我知道，我的心也随着这捧汉水流向了遥远的天际。

山里的天很快就黑了下来。说真的，我已经很久很久没有见过这么漆黑的夜了。瀛湖是黑的，山脉是黑的，草木是黑的，没有月亮，没有星星，更没有长安城里满街、满树的霓虹灯光。我站在这静静的黑夜里，也把自己的整个身体都埋在了漆黑的夜里，内心逐渐变得宁静和空灵。

瀛湖的水碧绿了我整个的心，瀛湖的静夜又过滤了我整个的身体，也让我这个几个月来的疲惫的身心变得轻盈和惬意。

瀛湖之行，一个人静静地独处，让我混乱的心，逐渐被这里的风、湖里的水淘洗得清澈明亮起来……

坐在山顶看云飘

好久没有看到这蓝蓝的天空了，也很久没有看到这一片一片的白云了。

每天看到西安城中大街小巷那黑压压的人流，抬头望望西安城里那一片灰蒙蒙的天空，我的心就像越狱似的，想尽快地逃离出去，逃到山野去，逃到乡村去。

说走就走，就在那一个双休日，我一个人静静地来到了这个四面环山的山坳间。

今天的天气真的不错。一踏进山里，我就明显地感觉到了不一样。那半山腰一片片开垦的梯田，一层层，一条条，绿油油的。青翠如洗的山头，就像一幅淡淡的水墨画，挂在遥远的天际，缓缓地弥漫开来。

山顶的天，更是碧蓝如洗，干净透亮；天上的云彩，在蓝色的天空慢慢地移动，不慌不忙。我站起身来，仔细地眺望着天上的云彩，心里顿时感觉到一种别样的情愫在慢慢地升腾。我不知道天空中的哪一朵云彩属于我，我属于哪一朵云彩，我就那么傻傻地站着，看着，傻笑着，不时地伸出手来，想去接近、想去抚摸那一朵朵的云彩。我知道，这一刻，我就是一朵快乐的白云，飘飘然地游荡在这蓝蓝的天空里。

风儿不大，微微的，有点儿凉，但风的味道很清新。我慢慢地用力呼吸着山野的这一股股新鲜的空气，让它们一点点地渗入我的血管中，流遍我的身子，再从里面一点一点地把肺腑里的那些尘世里的污浊晦气挤出去……

由于前一天刚刚下过雪的缘故，脚下的泥土松软湿润。我用手慢慢地扒开脚下的泥土，轻轻地闻了一下手指，那泥土的芳香顿时扑鼻而来。泥土里，那冒出的嫩芽，鹅黄中带青，娇小可爱，就像自己侍弄的小苗。我在衣服上轻轻地擦一下，放在嘴里咀嚼着，那种自然的青草味顿时在自己的胸中一点点地弥漫开来。

山顶旁边的小树上，直立立地站着几只麻雀。它们既没有跳，也没有叫，静静地看着眼前的云飞云幻。起先我并不明白，还自作聪明地想，它们也许是和我一样在晒着暖暖的太阳，也许也是想飞到山顶来感受一下这清新的空气？也许同我一样，近距离地来看一看山顶的白云？但慢慢地，一个闪念，一下子让我顿悟起来，也许这小小的精灵早已经看透了大千世界的风云变幻，已经无所谓了；也许麻雀眼里的世界与我眼里的世界其实也没有什么不同，以物悦心罢了。

我躺在山顶的草地上，四肢展开，尽情地享受着这暖洋洋的阳光，但阳光太刺眼，我只好用衣服盖住自己的头，然后再从旁边的衣缝中偷偷地、静静地看着外面安静而美丽的世界。

我想到了小时候唱过的一首歌，不由自主地、轻轻地哼起来：牛儿还在山坡上吃草，放牛的却不知道哪儿去了……是的，放牛的你哪里去了？

我就那么地在山顶里站着、躺着、坐着、傻笑着……我知道，属于我的那一片云彩，会飘移到你的心里；属于你的那一片云彩，也会慢慢地罩在我头上。

"苔滑非关雨，松鸣不假风。谁能超世累，共坐白云中。"寒山的这首诗也在这个时候慢慢地涌进了我的脑海。

真的，如果有一天，你想去山里看云，我就拉着你的手，坐在蓝天白云中，看蓝色的幕帷，数天上的云朵。

真的，如果有一天，有一朵白云紧紧地尾随着你走，或者轻轻地在你家的房顶上驻守观看，那就是我，在向你默默地祝福。

寻一片安放心灵的山林

星期六，我又一次驱车南行，一路急驰地奔向秦岭山中。

一走进沣峪口，行驶在一边峭壁一边深沟的 210 国道上，我便关闭了车载空调，打开车窗，让山野湿润的风滑过我的脸，吹进我的领口，我顿时忘记了这夏季的七月炎热。

路上的车一辆接着一辆。当我慢慢地走进秦岭的深处，自己那颗疲倦的心，也开始一点点地舒展开来，慢慢地融入这片清凉的、绿色的世界里。

本来是直奔万华山而去的，可到那里一看，心里顿时凉了半截，闷热的峪沟里，草木葱郁，没有一丝凉风。更难受的是，光有山而没有水，兴趣自然也就缩减了一半。于是匆匆地调整思路，急匆匆地走向距此不远的连珠潭。

连珠潭的名字以前没有听说过，但既来此，则安之，就权当一次肉体的放松罢了。本想今天的目的可能又一次落空，但正是刚才的一次重新选择，却把我的心灵带到了一片温馨之地，顿时让我这颗迷惘的心感受到了一片清凉、一片静寂。

胆战心惊地走过摇摇晃晃的沣河吊桥，便是一座简单的农家小舍。沿着弯弯曲曲的小路继续向前穿行，身心也越来越放松。

左边的山沟里横七竖八地爬满了一大块、一大块的石头，有的平整，有的棱角分明，可以坐，可以躺。溪水从那粗犷的石缝里一股一股地流出来，过滤掉水中的杂质，让水变得更加柔和和细腻。它们有的像调皮孩子撒的尿，急急地、直直地射向远方；有的像地下的泉水，一咕嘟一咕嘟地涌出来，没

仔细想想，别人追求的幸福不是我想要的幸福

有声息，没有急迫，从容地流淌，然后又一声不响地流向远方。特别是相隔不远、由高及低呈现出的一个又一个圆圆的小石潭，更是让游人感受到了她的精致和不同。

继续向上走，心灵更是感受到了一阵阵的冲击。连珠潭的树种很多，这里林木葱郁，枝叶茂密，你行走其中，一点儿也晒不到那炎炎的太阳。特别是景区里的许多树木，都被很多长长的藤蔓拥抱着、缠绕着，更是给人们的心灵营造了一种浪漫和温馨。它们有的搭缠在树上，你抱着我，我缠着你，今生今世不分；有的则直接拖挂在树上，轻轻地摇一摇，心也跟着晃动了起来。更有趣的是，有的树木就像一位老祖母，满手都是粗糙的老树皮，但仍在山野中孤独地等待着自己的孩子；有的就像是一母多胎，淘气地拥抱在一起，让整个树林充满了一股原始的色彩。

我在一个小石潭边坐了下来，感受到了一股清凉扑面而来。这里的游人不多，我便静静地享受着这种静寂和温馨。

小石潭不大，也不深，潭边的石缝里急急地冲出一股水流，又急急地砸向身下的石板，溅出了无数的水花，就像无数的珍珠一样，又急急地跌落入下方绿色的石盘里，荡漾出一个又一个小小的涟漪。更让人心旷神怡的是，透射进来的阳光，照在滑流而过的流水上，一波一动，让潭边的树身也沾染了一层童话的色彩，就像有一股股五彩的水流漫过似的。

身边的小石头上，不知什么时候，爬上了一只土黄色的青蛙，一动不动地，像我一样，两眼紧紧地盯着从上面洒落的水花，想着自己的前世今生。

头顶的树枝上，一只不知疲倦的知了，正卖力地唱着自己的歌儿。一只我叫不上名字的小鸟也在身边的树枝上跳来跳去，忙着为自己的一天寻找着食粮。

我静静地坐在石头上，心绪也慢慢地静寂下来。

这些年，我们为生活，为工作经历了太多太多的艰辛和委屈，烦闷和不安。我们不知道，我们曾经拥有的快乐哪里去了？我们曾经努力的付出最终得到了什么？为什么我们那么真诚却总是换不来真诚？为什么我们的微笑总是换来嘲笑？为什么我们总是去要求别人为我们做什么，而不去想想我们又为别人做了什么？……

潭水仍在一圈圈地荡漾着，心也在一圈圈地剥离着、释放着。慢慢地，我仿佛从一个紧闭的门缝里看到了一丝属于我的光亮，心顿时惊战了一下。

我知道，别人追求的幸福不一定是我追求的幸福，别人每天想享受的东西不一定是我每天想享受的东西。我只想在一个简单的世界里，每天看着太阳冉冉地升起，又看着太阳恋恋不舍地落下。我只想吃适合自己肠胃的那口淡饭，只想喝温润自己心灵的那一口粗茶。想睡的时候，我马上就能睡着；想起的时候，就能精神抖擞地起床。这就是我的幸福。我不想做别人，我只想做自己，做那个时时刻刻没有迷失掉的那个曾经的自己。

天色慢慢地暗淡下来了，但我的心里却逐渐亮堂起来。我知道，我应该把我的心灵安放在哪里了。

冬游子午峪

　　子午峪已经去过无数次了，但我还是在这冬日的季节里，又一次走进了她的怀抱。

　　清晨的子午峪人还不多，一条弯弯曲曲的小路向远处延伸着。两边的野草已经枯黄了，树上的叶子也没有了，只剩下光秃秃的树干，在寒风中顽强地伫立着，像卫兵一样，负责任地守护着子午峪，守护着每一个进峪的游客。

　　子午峪是一条很古老的峪。当你走在这条古道上，就仿佛走进了历史。你能感受到峪道上尘土飞扬，一匹汗水淋淋的骏马带着一筐筐新鲜欲滴的荔枝奔来；你能想象到，长安城里的皇宫里，一代帝王唐玄宗如何放下帝王的架子，在皇宫里走来走去，翘首以待荔枝的到来；你能想象到，美人杨贵妃端坐在龙床上，如何含情脉脉地看着帝王；你还会想到，"一骑红尘妃子笑，无人知是荔枝来"这句著名的诗句。

　　沿着弯弯曲曲的小路向里走，你的心胸也越来越宽阔。两边的山脉，有的黄，有的绿，偶然突起的一块块石头仿佛就是一个个人，他们坐在山脚下的子午河边，成为一个个历史的见证，成为一个个固化的士兵。

　　再向里走，你很快就来到了道乐声声的金仙观了。它是韩国道教后人出资修建的，传说公元9世纪中叶，即唐开成大中年间，新罗人金可记留学长安，后不求仕进，隐居子午谷中修道。受道教仙祖钟离权传授内丹术，成为韩国传播道教的第一人。以后这个地方就成为韩国道教的祖庭，现在每年都有无数的韩国道人到这里朝拜、祭祖。

从金仙观的大门沿着小路前行，你就会看到左右两边的河谷里，由于背阴的原因，到处都是一片片的雪地。雪已经变硬，并且上面蒙上了一层薄薄的灰尘，但还是会让你感受到山的寂静和清冷。

山路上已经有三三两两的人正沿着弯弯曲曲的山坡向上爬，有的游客还会趁同行者不注意，抓起一把雪向同行者撒去，然后便是你也撒过来一把，再就是一阵阵笑声在山谷中回荡。

在这样的小路上行走，不能急，慢慢悠悠，累了，站一下，休息好了，再迈步向山上走。特别是当你走到半山腰的一个农家时，你顿时就会感受到书中那种"白云生处有人家"的幽静和生机来。农家的小狗大概见的世面多了的缘故，也不叫，继续趴在那里晒太阳。鸡和猪在山坡上悠然地走着，跑着，并不怕人，就像在自家的田园里悠然地散步。

更令人难以忘记的是，当你从农家的房屋旁边穿过，抬头仰望的时候，你的心里、你的肚子里顿时就会感受到一种难以言明的欲望汹涌，那就是雪地的半山坡上，那柿树上悬挂的一个个红艳艳的柿子了。柿子树上虽然此时已经没有一片树叶了，但无数个红红的柿子就像一个个小红灯笼似的，光彩照人，令人垂涎欲滴。轻轻地捡起一个泥块，朝树上扔去，运气好的话，一个红红的、冰凉凉的柿子就会掉进白白的雪窝里，走过去，从雪洞里掏出来，揭去上面一层薄薄的皮，吃一口，冰凉甘甜，迅速地涌进你的整个心胸。这个时候，你就会知道，什么是幸福，幸福在哪里。

小道旁边的茅草庵吸引了我的注意，我轻轻地咳了一声，那个挽着发髻的像道士一样的隐士转过头来。他手里拿着一本书，大概是因为我的不敬影响了他，只轻轻看了我一眼便又埋头于书了。我转过身，弯腰鞠了一躬，便蹑手蹑脚地退了出来。

再向右上走，坡略有些陡了。走起来略微有些吃力，但更会让你感受到一丝丝的凉意。站在朝阳处，背风处，你会感受到太阳多么美好，暖暖的，让人舒服，但一到背阴处，你便会感到全身顿时没有了热气。这个时候，你用手摸摸肚皮，有些冰冰凉，但你一站到朝阳处，很快又感到温暖回到了身上。

大约又走过半个小时的路，你就基本上接近山顶了。站在山顶上，你顿时感到，天是多么的广阔，脚下是多么的幽深，而人又是多么的渺小。站在这高高的、平平的山梁上，伸开你的双手，再大叫一声，声音便在山谷里轻轻地回荡。一瞬间，你什么烦恼都没有了，你又什么都有了，蓝天是你的，白云是你的，新鲜的空气是你的。这个时候，就像有一股清新的气流通过你的血管一样，荡尽了你心中无限的烦懑；又像有一股新鲜的净水，纯化了你的血液。此时，你心静如水，你能看得透，想得开，放得下，你就会感受到逃离喧嚣、隐遁山水的幸福，你就会感受到大自然所给予自己的那种质朴简单、恬静和纯粹的幸福感。

坐在山顶的朝阳背风处，慢慢地享受这幽静的时光。只是眼睛触及的角角洼洼里或是树根处的一些垃圾，让人心里有些许的难受。

虽然冬日的阳光没有夏天的阳光那样热烈和奔放，但冬天的阳光还是透过枯枝，疏疏密密地洒在你的身上，洒在你眼前的地面上。

今夜，黑河的水从我梦里流过

因为还要值班，不能跑远，便又一次地来到了那个叫厚畛子的、有黑河环绕的偏僻的地方。

之所以再次想到这个地方，是因为这里没有拥挤的人群，没有堵塞的车流，更没有那无休无止的嘈杂。我可以在这里静静地看黑河水的流动，静静地享受野艾草的味道，傻傻地数黑河里永远数不完的石头。更重要的是，我喜欢那里寂静的夜晚，喜欢在满是繁星闪烁的夜空中，寻找属于自己的那颗星星。

走到厚畛子，已到午饭时间。匆匆地吃罢午饭，带上一本自己喜欢的书，便来到了那个叫作黑河的河边。找一个地方，寻一处安静，脱了鞋子，把脚埋在松软的沙土里，便半靠半躺地坐在了那条潺潺流淌的石头堆旁。

很快，身上便感到了清凉，把手伸进河中，河水更让人感觉到一种浸人的冰凉。我静静地翻看着手中的书，沉浸在这个有山、有水、有花、有林的世外桃源。

风在轻轻地吹着，草在幸福地摇着，我陶醉在自己的世界里，把自己整个的身体都缩在这由青山、绿水、树林、花草织成的一个柔软的网子里，任凭山野的风轻轻地撩动着我的黑发，任凭脚下的浓浓的野艾味道钻进我的鼻子、衣领以至我整个的胸腔。在这个时刻，山是我的，河是我的，森林是我的，大地也是我的。

那条晃晃悠悠的吊桥，孤寂地在空荡荡的黑河上轻轻地晃动着，仿佛在笑着河床上那个孤零零的我。可她不知道，现在的我是多么的满足，多么的享受啊！

我站起身来，向那座苍翠欲滴的山峰呐喊，然后倾听群山久久的回声；我向那条清澈见底的河流呐喊，然后倾听河水的哗哗的回响；我向那片密密的树林呐喊，然后静听树林唰唰的回应。

山里的夜晚黑得快，刚才还满目苍翠的青山转眼间就变得阴暗下来。我沿着黑河岸上的小路准备返回住处，可河床上那一块块或圆或方，或大或小的石头还是拦下了我的步伐。我又一次站在潺潺的黑河边，把心中的思念一点点地随着弯弯曲曲的流水，送到那座古老的城里。

老天仍不满足，仍在向黑色的夜里倾倒着浓浓的墨汁，使得刚才原本是浅绿的天空变成了深绿，原本是深绿的天空变成了浅黑，原本是浅黑的天空变成了浓黑。到了现在，夜终于把所有的景物都罩在了自己的网里面。

大地已经沉睡了，对面的山林已经沉睡了，除了微风轻轻地吹着，除了偶尔像利剑一样的灯光刺破漆黑的夜晚，除了偶尔传来的一两声狗的吠叫之外，就是门前那条装满了大大小小石头的小河，淡然地流着自己的河水，不卑不喜、不急不缓地亲吻着每一块自己流经的石头。

野艾草的味道仍在通过窗棂、门缝一丝丝地钻进我的房间，也让我的心在一点点地刷新或清零。曾经在心里留下的伤心，曾经让我们郁郁不欢的背叛，在今天这个寂静的山林已经烟消云散了。

由此我想到了许多，许多太过用力、太过在乎的东西，一定都是虚张声势的，而内心的安宁才是真正的安宁。它更干净，更纯粹，更接近于那个叫灵魂的地方。你的生活越是接近平淡，你的内心就会越接近绚烂。

黑河水仍在不急不缓地流着，我知道，今天晚上，在我的梦里，一定会梦到黑河的水从我梦里流过……

——端午写在黑河边厚畛子古镇的黎明之际

牛背梁，那轮圆圆的月亮

今年的中秋节，是在牛背梁国家森林公园脚下的小毛山庄度过的。

山庄距离牛背梁公园大门，步行只有短短的十分钟路程。青砖，白墙，房后是绵延的青山，房前是一条日夜不停流淌的河流。白天看那座青山，树木郁郁葱葱，把整个山脉都覆盖似的；夜晚看那山，一片黛色，像一幅巨大的水墨画。还有那条河，白天，只有河中间奔腾的河水直扑而下，不大，不小，河中的石头，白白的，净净的，像溪水洗过似的。到了晚上，河里却什么也看不见了，只有湍急的河水哗哗啦啦的声音扑耳传来。

山里的天，黑得早。下午六点半时，早已经黑成一片。在农家点了一盘黄黄的土鸡蛋，又要了一份酸辣土豆丝，吃了外焦里软的锅盔，喝了浓香的苞谷稀饭，便坐在房子门前等着看那一轮圆圆的月亮。

山里的夜晚冷飕飕的，这不由让我把衣襟拉了又拉。正在这时，房东大哥抱来了几块木柴，又搬来一个他们专用的烧火盆，在屋门口的正中央点起了火。我感到吃惊，难道柞水县过中秋还有这样的风俗？我一问大哥，大哥说："山里的夜晚是非常冷的，一边烤火一边赏月，不是更添一番趣味吗？"是的，以前还真没有体验过呢！

山里的夜晚静静的，可能由于天冷的缘故，中秋的柞水，此时已经听不到田野、河边小虫的鸣叫。山是静寂的，树林是静寂的，只是偶尔传来一两声狗叫声和马路上偶尔的汽车路过声能让人耳朵一惊外，感觉整个牛背梁都是静寂的。

房东大哥在火堆旁边放了一张桌子，拿来了一些月饼、水果、瓜子以及一打啤酒，又摆好了凳子，满心心地忙来忙去，做着赏月前的准备。我朝天空看了看，从天空到大地一片漆黑，今天晚上会有月亮吗？我问大哥，大哥笑了笑，说："放心吧，月亮一定会出来的，只是我们山里四周被高山挡着，月亮要晚一些才能出来。"我一边烤着火，一边不停地仰望着天空，想看看这山里的月亮和在城里的月亮有什么不一样。

火越烧越旺，我的胸前暖暖的。房东大哥的几个朋友也来了。他们一边吃着瓜子，一边喝着啤酒，说着，唱着，笑着。大哥又搬来两张凳子，让我和妻子也坐到桌前，并给了我们一人一块月饼，说："吃吧，一边吃，一边看看和你们城里赏月的感觉一样不一样？你们在城里，住着高楼，没有赏月的条件。虽然有阳台，但隔着一层玻璃，总给人一种朦胧的、模糊的感觉。你一会儿看到月亮，你就知道山里的月亮有多亮，有多圆！"

到了八点半左右，山顶的尖尖处开始慢慢地变亮了，已经依稀可以看到山顶密密的树影。光影越来越亮，露出了小半个月牙，亮亮的，像孩子调皮的脸，向山下张望着。月牙慢慢变大变胖了，山顶也比刚才更亮了一些。大约到了九点十分，月亮整个地升腾起来了，就像溪水洗过似的，又亮又白又圆。

吃着香甜的月饼，看着天边的明月，和房东大哥一家说着笑着，我又想起了童年时候的中秋节。那个时候，我的老家也在乡下。记得每年的中秋节，奶奶、爸爸、母亲、姐姐、哥哥，全家人坐在院子里的水泥桌边，一边吃那种圆圆的大月饼，一边听奶奶讲玉兔嫦娥的故事。记得那个时候，母亲总是不爱吃月饼，好几次，我都感到奇怪："这么好吃的月饼，母亲您为什么不喜欢吃呀？"母亲总是笑笑说："母亲不敢吃，母亲一吃，胃里就泛酸难受。"那时，我真相信了母亲的话，吃了自己的那一块，又吃掉了母亲的那一块。慢慢地，自己长大了，我才明白，不是母亲不喜欢吃，而是母亲舍不得吃，总想让我多吃一块。

月亮越升越高，越来越圆，越来越亮，快乐也在这清新明亮的夜里，慢慢地升腾起来。

房东大哥一家，共有四口人，除他们夫妻外，还有一儿一女。他们每天吃着自己简单的饭食，过着自己简单的生活，享受着自己简单的幸福。在这里，他们只是尽心地招待好每一位来客，干净地挣着属于自己的每一元钱。你需要什么，说一声，他们就会给你办到，他们不会斤斤计较，不会欺骗奸诈，不会强取不属于自己的那份钱。他们过得干干净净，挣得干干净净，就像这山顶的月亮，只想让自己的每一丝月光照亮每一个沟壑，每一个子民。

我一边吃月饼，一边想很多。过去，人们盼望着中秋节，想念着中秋节，在这一天，无论你在什么地方，你都会放下手中的事，赶回家去，和家人过一个团团圆圆的节日。过去，月饼没有这么多，没有这么多品种，包装也没有这么豪华，可那时怎么就吃得那样津津有味，那样有幸福感，那样的有人情、亲情味！过去，人们盼望着中秋节，盼望着早日吃到那香香的、圆圆的半斤一块的大月饼。更可笑的是，包括我在内，每一个小孩子更是盼望着每个月都有一个中秋节！过去，过中秋节，虽然没有假期，但盼望的是那种圆圆的月饼，盼望的是全家在一起坐在院子里一起团圆的气氛，一起赏月的氛围，盼望的是那一种浓浓的亲情。可现在呢，月饼多了，品种多了，大家却再也吃不出那种味道了，再也体会不到中秋节那种浓浓的氛围了。大家只盼望着这个节日所带来的假期，到山野去，到森林去，到农家去，去透透气，去散散风，去缓解一下自己心头、肩上的压力和闷气。

夜深了，夜静了，烤盆里的柴火慢慢地熄灭了，但天空那一轮明月仍高高地挂地天空。在这山里的夜里，我躺在洁净的床上，却怎么也睡不着，不是因为山里的寂静，不是因为窗外的流水，只是想念我那远在千里之外的故乡。此时，可否也有一轮圆月正照在那一望无际的平原上，照在那一家老小曾经居住过的那低矮的茅草房上？

想到这里，我不由得披衣站在窗前，抬头望着天空的月亮，不由得内心悲伤起来。

坐在孤独的杜陵上

大年初五那天，我一个人来到了西安市东南角的杜陵。

初春的杜陵还是一片冷冷清清，萧条荒芜，不仅草木枯黄，而且寒风肃杀，整个陵园里几乎看不到几个人。

孤零零的小路向陵顶延伸着，我钻过那道黑漆漆的有着缝隙的铁栏，顺着弯弯曲曲的小路，一路小心地向上爬去。

虽然萧条冷落，但今天的阳光却很好；虽然还在年的日子里，但空气里却早已经弥漫了春的气息。那条向上的小路锃光发亮，就像一条细细的背带，斜挎在杜陵宽厚的肩膀上。两边低矮的野枣树在微寒的初春里，不甘示弱地裸露着自己的枝条，展示着自己的不可侵犯。我小心地挪动着脚步，生怕自己不小心被枣枝条刺上一针。

很快，我就登到了杜陵的墓顶。在踏上陵顶的那一瞬间，视野开阔起来。我睁大眼睛，尽情地向东南西北四个方向看去。哪一方都是一片蓝天，哪一片蓝天下都是拥挤着的高楼。我轻轻地挪动着脚步，一点点地搜寻着记忆里哪是什么地方，自己曾在哪个地方待过，做了什么。

陵顶上空无一人。我在枯草丛上坐了下来，任穿越陵顶的微风在我的发丛中捉着迷藏，在我的脸上轻轻抚摸，在我的领口吹着口哨，在我的身体里跳着舞蹈。

我想起了我脚下孤独的杜陵，想起了土里埋着的那个孤独的汉宣帝。我不知道，汉代的皇家陵园大都是在咸阳东西渭河以北的黄土深处，为什么只有汉宣帝却将自己的陵墓建在了西安市的东南角，从而与众多的汉代皇家陵墓隔着厚厚的长安城，成对角线遥遥相望？难道是汉宣帝性格孤僻，不愿合群？还是因为传说中宣帝少时曾经游玩于鸿固原？

我知道，刘询生于汉武帝征和二年，也就是公元前 91 年，因为"巫蛊之祸"，襁褓中就被下了狱，后来据说幸获掌管监狱官吏的暗中相救，才得以存活下来。虽然在元平元年，也就是公元前 74 年被霍光等大臣从民间迎回宫中继位，但 17 岁的刘询一定感受到了皇家大院的凄凉和无奈，孤独和悲伤，所以在那样的宫廷厚院，孤独更是刘询时时所伴随的心伤。因此，他不想自己生前在皇家大院的痛苦，再在自己死后同样遭受，于是他宁愿一个人回到自己童年时的鸿固原，远离着曾经不可一世的祖辈、父辈，远离着长安城里的灯火辉煌，静静地享受着属于自己的孤独，陶醉在少时的激动和欢乐之中。

我就这样胡乱地想着，也想到了今天坐在陵顶上的自己。一年来吃过的苦，受过的累，有过的心酸，顶过的压力，受过的误解，付出的不被人知的辛苦……所有的这一切，无法用语言说出来，只能让那种无奈渐渐消失在明媚阳光下的光秃秃的陵顶。

眼前的野枣枝在我的眼前晃动着，猛然发现细细的枣枝上鼓出了一个小米粒大的小包，我知道，春天来了。是的，没有一个冬天不可逾越，没有一个春天不会来临，只要我们心怀善良，一些朝向内心的期许就会在琐碎的生活中诞生，一些面向世界的梦想就会从平淡的日子里升起。

阳光把我的身上晒得暖融融的，内心的冰也在一点点地融化。我微闭双眼，对着蓝天，对着白云，对着从我耳边轻拂过的微风，默默地在心中许下心愿：希望我每天都能看到这蓝蓝的天，希望我每天都能感受到白白的云，希望我认识的，认识我的人，每一天都能感受到春暖花开……

爱花常为花留住

花如人生，人生如花。

静坐在光阴的转角，

轻嗅不同的花香，倾听一树的花开，

总会让你有不同的感受。

以赏花的心情看人生，

人生也就是一次难得的修行，

并在修行中看清自己，看清远方。

我知道，有爱的地方，就有花香。

楝子初冬盛开在西王的春天里绿的枝叶顺
着微长的卷卫。随着微之的风，随着引走的人
散发着自己的芳香，弥漫在西王的上空海蜇
着从妙年之走过的每一个男人女人。而我这个
年从多下走来的如今已经两鬓斑白的中年人，也
沉没在香港香遊者之中。怀着往车这港遊
港遊的日之里，走过的密之的稼，依然健茉到此顶
那紫色的小葚，依然健茉到城墙和倚靠的栅栏。

桂花，心中永远的花

单位旁边的人行道旁有两棵桂树，早上来早或中午饭后，我都会忍不住地想走到那两棵树下，静静地傻待一会儿，就像心中有某种依恋似的。

今天中雨，因怕路上车辆拥堵，七点不到，我便从家里开车走了。因为早走十五分钟的缘故，赶到单位时还不到七点半。想想上班时间尚早，便打把雨伞，不由自主地向那两棵桂树走去。

淅淅沥沥的秋雨，已经无声地淋湿了马路两边的泡桐，淋湿了树下的那片草地。树叶绿莹莹的，小草绿油油的，几朵我叫不上名字的花，晶莹剔透，显得妩媚动人。

空气凉凉的，润润的。林荫道上的道砖湿漉漉的，仿佛能踩出水来，颜色也变得深蓝。几片想挣扎束缚的黄叶，借着雨水的力量，像一只只美丽的黄蝴蝶，打着旋儿，飘落在林荫道上，甚至有一片竟落在了我的脚边。

还未走到两棵桂树跟前，浓郁的桂香便已经扑鼻而来，我明显感到，今天清晨绵绵细雨中的桂花香比平时的味道更纯、更细、更真。

两棵桂树在大铁栅门里面，虽然有铁栅栏相隔，但并不能挡住那一缕缕浓浓的桂花香铺天盖地地向我扑来，一瞬间，我便沉浸在这种浓浓的氛围里去了。我低头轻嗅，衣服上、雨伞上便都是桂花的味道。我默默地站在那里，俨然想把我也站成一棵桂树。

我从大铁栅栏上的小门钻过去，快步走到桂树跟前。桂花依旧是那美丽的模样，树枝上那一粒粒鹅黄色的米粒大小的花朵，由于被雨水浸泡的缘故，已经变得更加晶莹，那含雨欲滴的样子，很像婉约派笔下的词人所写的"疑是月娥天上醉，戏把黄云挼碎"的诗词，婉转缠绵，圆润清丽，让人怜爱有加，有一种被桂花醺醉了的感觉。桂花树的下边，密密麻麻地已经散落了许多桂花，有的淡黄，有的深黄，有的已经变成了棕黑色。

我掏出早已准备好的小塑料袋，轻轻地把水泥地上的、刚落地不久的淡黄色的桂花，先放在餐巾纸上吸去水分，然后再慢慢地放进塑料袋中。很快，我就收集起了小半袋子刚刚落地的颜色鲜嫩的桂花。我把鼻子在袋子口轻轻地嗅了嗅，顿时就能闻到一丝丝淡雅的甜甜的香味。

我把装着桂花的袋子轻轻地压扁，放进衬衣上的口袋里，感觉到身上的桂花香又比刚才浓郁了许多。

就着细雨中的桂花，沐浴着清新淡雅的香气，我忍不住地闭上眼睛，用心去感受那一片碧绿中点缀着的点点金黄，我一下子感受到了人世间许多曾不明白的道理。

桂树实在是一种太素雅、太不显眼的树木了，却是我感觉最大方的一种树。平时我能看到的桂树虽然都是胳膊一般的粗细，让你想象不到她的高大、巍峨，但细瘦的枝干却让周围百米之内芬芳馥郁。树干如此，花也如此。世上再没有哪种鲜花像桂花一样，花朵是那样的小，颜色是那样的淡。有的时候，常常会让你感觉甚至是怀疑，这哪里是花朵呀，她哪里有牡丹、荷花、菊花那样的丰采？可就是这不像花的淡黄色的"米粒"，这种最接近大自然的淡淡的鹅黄，却让这个世界充满了浓浓的幸福。

一阵微风吹过，那桂树也随风摇曳起来。瞬间，又有无数的桂花飘落下来，落到地上，落到水里，落在我透明的塑料伞上。瞬间，我的雨伞变成了一把镶嵌着金钻的桂花伞，我的脚下变成了黄金点点的童话世界。

正在这时，我忽然看到了一个奇妙、别致的景观，一只小蚂蚁也许闻到了桂花的芳香，瘦小的身体正背着一朵桂花向旁边快速地移动着。这一下了，让我有点舍不得离开了。我停下来，仔细盯着这只小蚂蚁，看看她究竟要把桂花背到哪里去。蚂蚁已经走进了草丛，走到了一个筷头大小的小洞旁，然后迅速地钻了进去。我看到蚂蚁视我旁若无人的样子，正想走开，忽然那只小蚂蚁又钻了出来，又飞奔到桂花树下，又背起了一朵桂花向洞口跑来。就这样，小蚂蚁一次次地背，一次次地跑，我则一次次地移动着目光，送他离开，迎他走来。我知道，我是因为喜欢桂花的芳香，才跑来闻她的味道，才收集一点桂花的，可小蚂蚁她又是为什么呢！是为自己或者自己的亲人准备过冬的食粮，还是这洞里有她牵挂、等他的新娘，忙忙碌碌地一趟又一趟，给她送去美丽的嫁妆？

我打着小伞，静静地伫立在这两棵桂花树下，久久不愿离开。那绵绵的秋雨，那淡淡的夹在空气里的味道，让我感受到无限的清新和静谧。我放下雨伞，轻轻地摇了摇这身边的桂花树，顿时有无数的桂花雨落在了我的头上、衣上，甚至有无数的凉凉的雨滴钻进了我的身体，清爽舒宜。虽然此时已是深秋，虽然我也双鬓已白，但在清晨细雨的浸润中，我的心也忽然变得葱绿，感觉到了生命无限的活力。

我蹲下身子，看着树下那一个个积满雨水的、大如巴掌大的水洼里，那漂浮着的桂花，那水里的天空，倒真的是别有一番风趣。虽然此时桂花无声无息，但我忽然觉得，此时的桂花早已经胜过了满街道的熙熙攘攘。

雨还在漫不经心地下着，我却要抬脚赶往单位了。就在这一瞬间，突然闻到了上衣口袋里那散发出来的淡淡的桂香，我知道，不管我走到哪里，走到什么地方，都应该像桂树一样，自带花香，给周围的人带来温馨和愉悦。只有这样，你才会过得开心，你才会得到更多人的真诚相待。想到这里，突然觉得，今天的桂花已经永远长到了我的心里，桂花的香气也会永远存到我的身体里了，甚至连桂树那美丽的模样，在我心里也永远不会改变了。

雨比刚才明显小了许多，我的思绪也明显回到了眼前的世界。我知道，今天除了这满树的桂花之外，这个世界已经与我无关。而桂花，则将是我心中永远的花。

想到这里，所有的事包括工作，对我而言，都已经变成一件快乐而幸福的事情了。

栀子花开满院香

周五一回家，家人便告诉我，春节前买的那盆栀子花开了。一听这话，我高兴得顾不上换鞋子，便快步走到了窗边的栀子花边，像当初急切看望摇篮里的女儿一样，紧紧地，不敢眨一眨眼睛。

花白白的，嫩嫩的，像在牛奶中浸过一样，有种绒绒的感觉。低下头，轻轻地嗅一下，一股淡淡的裹挟着花草的香味顿时扑鼻而来，钻进了鼻子，也钻进了我的身体。

这三四朵白色的栀子花被无数的碧绿的叶片簇拥着、包围着，散发出一丝丝淡淡的清香，给这傍晚的空气里弥漫着一种别样的味道，也给这平静的房间里增添了一番新奇的感觉。特别是那一个个紧紧裹在一起的泛着淡青的花萼，一下子勾起了我内心深处的柔软，更加感受到了栀子花是那么的楚楚爱怜。

我虔诚地站在花盆旁边，不敢大声说话，也不敢用力呼吸，唯恐声音大了，惊扰了花梦；唯恐自己吸得多了，房间里便没了花香。

突然我发现新开的花朵旁边，还有一朵尚未完全开放便已经枯萎的栀子花苞。我轻轻地把她捡到手里，又一瓣瓣地把落在手心里的花瓣放在了鼻子下，仍然有丝丝缕缕的清香涌进我的鼻孔，让我神清气爽，百闻不厌。

我把一瓣白色的花瓣放进手心，手上便沾满了淡淡的清香；我把花瓣放进衣袋，衣服上便弥漫着淡淡的芳香；我把花瓣夹进书里，书中也充满了栀子缕缕的花香；我把花瓣放在心里，心里也顿时弥漫着幸福的味道。

　　微风轻轻吹过，盆里的栀子花便随风摇曳起来。摇乱了我的眼，也摇乱了我的心，让我变得迷离，让我忘记了自己。我仿佛就是盆中的这朵栀子花，在风中轻轻地摇曳着，只感到了心的明净和清新。

　　微风仍在轻轻地吹拂着，吹拂着花盆里三四朵孤单单的栀子花，还有坐在花盆边同样孤单单的我。我看着花盆里层层叠叠的花蕾，就像在看一个久未看到的笑脸。而花也在看着我，一定也像在看到当初来自乡下的、那个傻傻的有些自卑的少年。我相信，我和这栀子花是有缘分的，栀子花这种清新淡雅的味道，将会永远充实在我的记忆里，弥漫在我的生活中。

　　栀子花的香味仍在房间里飘荡着、弥漫着，我不能自已，站起身来，转身走进自己的小书房，关上房门，拉上窗帘，为自己浸泡上一杯淡淡的红茶，又打开那首久听不厌的歌曲，放置成循环播放的模式，便悠然地坐在这样的时光里，让阳台上那淡淡的栀子花香慢慢地浸润着自己的内心，让音乐将刚才自己激动的心情慢慢地修复、释放、平静下来。我知道，只能依偎在深寂的夜里，在寂静的空间里，才能想起走过自己内心的每一个男人和女人。

　　由此我想到了生命，想到了我曾经走过的以及未来将要准备走的路，我多么希望，我们今天所走的每一段路程都能充满栀子花一样的丝丝芳香，我们认识的每一个人，彼此之间都能有一种淡淡的清香感觉。

　　真的希望，我们每一个人的心灵深处，无论何时何地，都能一如既往地飘散着栀子花的醇香。

我家的君子兰

这一两年，我家的君子兰不知道遇到什么灾了，先是叶子上出现锈斑，然后就一片叶子、一片叶子地开始枯萎，慢慢地死去。看着他们如此地枯萎和老去，我的心也有一种一点点地被撕碎一般的难受。

这些君子兰是我从小拇指大的小嫩苗，一点点地浇水、施肥，看着长大的。又看着他们一天天地生子、育女，由最初的一株变成了两株、三株、四株，后来他们各自又有了自己的儿女……最多的时候，我家的君子兰曾达到了十四盆，整整齐齐地蹲在我们家阳台的墙根，就像给白色的墙面画上了一排简单的、绿色的乐谱。每天早晨上班，都要忍不住地多看两眼才走，有的时候还忍不住地摸摸他们的叶子。晚上回家，放下提包，总是先看看他们有什么变化没有，那一刻，就像曾经呵护自己的女儿一般。尤其是阳光充足的中午，沏好一杯清茶，搬一把小椅子，端坐在君子兰旁，一边看杯中的清茶徐徐浮落，一边听着耳边的佛音袅袅，那种滋味，别提有多美了。更多的时候，自己站在一排整齐的君子兰旁，更常常感觉到自己就像一个将军在检阅自己的部队一样，无以言表。

这些君子兰大多数是陪着女儿一起长大的，有两株甚至比女儿还要长两岁。所以，那个时候，管理君子兰和抚养女儿就是我生活中的两件最重要的事情。尤其是每年的十月底准备给君子兰换土的时候，君子兰和女儿就基本上融合在一起了。先是我要把君子兰土一盆一盆地倒出来，用清水仔细冲洗他们的根部，然后在盆底铺上新鲜的有营养的土，这个时候，女儿总会熟练地帮我扶好君子兰，让我一点点地、轻轻地把土埋到君子兰的根部。常常是我还没有培好，女儿的两只小手就开始捧土了，很快，她白白的小手上、胳膊上甚至是小脸蛋上就沾满了黑泥巴。我一笑她，调皮的女儿就趁我不注意，也给我的脸上就势涂了一下子，于是，女儿的笑声、我的笑声就在那个小小的空间飘荡着。忙完换土，女儿就又去提水了，她知道，按惯例，这个时候是要给君子兰浇水的。于是，一盆盆的君子兰便在我们父女两个的笑声中全部换上了新土，浇上了富含营养的水。我们盘算着，盼望着，到了春节，能有几盆君子兰开花，那盆老君子兰又能生出几个小苗苗。

到了年底君子兰快要开花的时候，我和女儿观赏君子兰的次数就更多了。先是从君子兰中心慢慢地长出带有花蕾的绿杆，绿莹莹的，像孩子细细的胳膊。紧接着，绿杆慢慢地伸高，这时杆头蜷缩的孩子般的绿拳头也慢慢张开了。绿中带橙，橙中带红，别提多招人了。没有几天，整个君子兰花便大都开放了。橙而不艳，娇而不嗲，静静地长，默默地开，就连那花香，也没有其他花的浓烈，只有一股淡淡的清香，别有一番唯我独尊的高傲。这个时候，就是我和女儿最高兴的时候了，因为自己的汗水终于浇灌出了自己喜欢的花。

大多数的君子兰一年一开花，但我家的君子兰每年却都有一盆或两盆一年两开。有人曾经说过，如果家里的君子兰一年里开两次花，今年家里就一定有喜事来到。我养的君子兰虽然每年都能有两次开花，我却并没有感到有什么喜事降临到我和我的家人身上。不过，看着自己和家人、周围的亲戚朋友都平平安安、健健康康的，也就把这些功劳归于君子兰的两次开花了。当然，心里的那份甜蜜，还是不言而喻的。

眼前的君子兰却让我的心揪着疼，心里的那份着急也不知道如何形容。我曾问过花农，为此还买了他们的几种菌药；也曾听过他们的建议，到街上捡过他人丢弃的香烟头，然后用它们泡水去浇；更是查遍了电脑上所有有关如何治这种植物病的方法，可盆里的君子兰还是一株株地枯萎。我真的感到自己的渺小和无能，身体就像被人抽干了血一样，常常站立在君子兰跟前，无奈地看着他们，为他们难受，为他们流泪，甚至为他们做过无数次祈祷的梦。

也许君子兰也像我们人类一样，也有生老病死，也有花不胜天的时候，可我还是会每天轻轻地站在他们身边，静静地陪着他们，为他们祝福，为他们悄悄地流泪。但愿我心底的那份真诚、那份执着，能感动上苍，还能让我像以往一样看到君子兰的美丽。

君子兰是中国最为经典的花种之一，因为其有君子风姿，花如兰而得名，并自古就有"高贵""宝贵"之誉。特别是她的那种厚实光滑的叶片，丰满的花容，艳丽的色彩，更是象征着富贵吉祥、繁荣昌盛和幸福美满，所以君子兰是百姓家中常见的花卉品种。很多种花专家就说，君子兰即使没有其娇艳动人的花朵，仅仅是她那犹如碧玉般的厚实的、长长的叶片，就已经让众多其他植物望尘莫及了。所以我爱君子兰，不仅仅是她的富贵，更是她的端庄和秀美。

坐久不知香在室，推窗时有蝶飞来。愿我种下的愿望能从心底一点点生根、开花。也让君子兰的温馨，继续萦绕在我的家人以及我的亲朋好友身边。

下辈子，做一株向日葵

今天下午，画家朋友晏子把她画的一组《向日葵》画发给我，并配了简单的文字，最后几句"我希望自己能像葵一样，永葆微笑，永暖他人！"……读着读着，指尖就像荡漾在湖中的一只小船，缓缓地荡漾出许许多多的感动。我想到了小时候邻家奶奶房屋后的那几株向日葵，想到了那个来自乡下的有些自卑的少年为了实现梦想的点点滴滴。

小时候的邻居奶奶家在房后的废墟空地上种有几株向日葵，因为种的时候我们两三个小朋友趴在墙头看到过，所以轮流趴在墙头观看向日葵成长便成了每天放学后必需的环节。从向日葵的发芽，到长出第一片叶子，再到结出小小的圆盘，开出一圈黄色的花瓣，看着那个圆盘一天天地变大，都是我和小朋友们一路看过来的。我们几个小朋友曾说，如果老师布置写《向日葵》的作文，我们几个一定写得最好。只是语文老师那个夏天从来没布置过让写这篇作文。

奶奶家的向日葵终于在最热的七八月长成了自己最美的模样，结出了最饱满的籽，同时我们发现，那几株向日葵已经长得比我们高了许多，那几个结满向日葵籽的圆盘已经歪歪斜斜地探出了墙头。所以每当我们结伴路过那里，总忍不住想摘下头顶的那个向日葵。终于在一个微黑的傍晚，由两个小朋友蹲着，另一个小朋友各踩着一个小朋友的肩膀，摇摇晃晃地扶着墙，用手剥着圆盘里的向日葵籽并放进自己的衣服口袋。原本也想把整个籽盘摘走的，又怕邻居奶奶一下子发现，其中一个小朋友就想到了这个主意。正剥得起劲的时候，恰遇邻居奶奶到房后上厕所，吓得我们差点摔了下来。后来，我们听听又没动静了，才又重新"搭台"，重新开始剥。这样，其中的两个向日葵圆盘就被我们剥得没有一个籽了。当然，迎接我们的便是奶奶站在大街上大声叫骂的声音。

可以说，那几株奶奶家的向日葵，充实了那一年我们几个小朋友的春天和夏天，也充实了那个时代我们几个小朋友幼小的心灵。

后来上了大学，走过了许多地方，也陆陆续续见过一些成片种植的向日葵园，每次看见向日葵，心里总是有一种不由自主地让人愉悦的幸福。

我不知道为什么，也曾经很多次地问过自己，为什么每次看到向日葵，自己怎么就会有如此不一样的感觉？难道我的前世就是一株向日葵？

我出生于三年困难时期远离城市的乡下，自小就感受到了乡村的落后和贫瘠，以及心灵上的那种自卑。虽然后来凭借改革开放、恢复高考的实行，考上了大学，以后又先后去过很多城市，到过很多乡下，可我总是一如既往地走到哪里，适应哪里，热爱哪里，就像城乡水沟边、地头间随处可见的狗尾巴草一样，只要种子掉在土里，便会生根发芽。我对生活同样没有什么更高的要求，我感谢生活赋予我的一切。无论何时，无论何地，明确自己的方向去努力才是最重要的。因为我明白，我永远都是那个在下雨天没有雨伞的人，我必须时时学习奔跑，努力奔跑。

向日葵的花语就是信念、忠诚和默默的爱。传说中美丽的女子克丽泰，因为得不到太阳神阿波罗的爱情，愿意把自己变成向日的葵花，一生默默地执着等待。我感叹于伟大的克丽泰，她让我明白了向日葵绽放的不仅仅是爱情，还有着自己对生活、对理想的执着和热爱。因此，无论我在什么地方，我都会努力地寻找属于自己的理想和目标，我明白自己喜欢什么，我能做什么，能做好什么，然后围着这个心中的"太阳神"默默地努力。尤其是在人生的失意之时，更是明确自己心里需要什么，不计较，不比较，努力让自己活得单纯而美好。因为我知道，面向阳光，向日葵才会开得灿烂；心有目标，人才会活得踏实。

　　我见过许许多多、各种各样的花，但从来没有见过一朵花能够像向日葵那样，让我如此尊敬：年轻时有一个坚定的目标，追随着心中的太阳，努力把每一片叶子长好，每一片花瓣长好，每一粒种子长好。到成熟的时候，面对太阳，却总是低着自己的头，永远一副谦恭的模样，默默地向太阳致敬，默默地向脚下的这片大地致敬。

　　一页一页地翻看着晏子老师的《向日葵》画集，心里面就突然嗅到了一股股阳光的味道。特别是当我看到那一幅幅被蓝天白云背景衬托出来的大叶子的向日葵时，我突然明白，一个精神柔弱无力的人、一个对生活没有希望的人，是绝对画不出来如此厚实丰满的向日葵。

　　梵高在给其弟弟费奥的信中，曾就自己所画的那些充满浓郁色彩的向日葵，说过这样一句话："可以说，向日葵是属于我的花。"是的，向日葵属于那些努力执着、热爱而又默默付出的人的。在这里，我也要对自己说："下辈子，我要做一株向日葵。"

心底的莲

对莲，我不知道为什么，总有一种特殊的情感。

记得 2004 年自己刚刚拥有第一台电脑的时候，第一个 QQ 号的网名就是"冰之莲"，后来 QQ 号被盗，网名又变成了"冰心如莲"。有了汽车以后，车载音乐中，下载了许多有关莲的歌曲，如《蓝莲花》《莲花处处开》《来生愿做一朵莲》《莲的心事》《莲花》，等等。不仅如此，每次开车出去，总是不由自主地就走到了长有莲花的地方。

那天到西安植物园拜访作者，见时间尚早，又一次忍不住地来到了荷塘边。深秋的莲池早已看不到翠绿的、亭亭玉立的莲花了，仍有几株挺立在水面的莲花，虽然外表显得有些憔悴，但仍显示出其大家闺秀般内在的芳华。

我坐在塘边，静静地想着莲的故事。虽然我不知道自己为什么会这么喜欢莲，但在我心里，莲一直就不是一种简单的植物，而是一种曾经被佛教沐浴过的神秘的物种，所以每每拿起笔来，总是不敢随心所欲地放肆地写。就是现在，每次看到公园里的莲，看到画家笔下的莲，看到寺庙里大圆缸里的莲，甚至听他人提起莲，心里总是诚惶诚恐、毕恭毕敬的，就像虔诚的佛教徒般地站在那里，心里默默地念着，甚至也会不由自主地双手合十。

因为喜欢莲，进而便开始喜欢听莲的歌曲。虽然有些歌曲歌词简单，甚至是一句不断重复的句子，但听了之后，却让人感觉到有一股凛冽的清泉直达心底。轻轻地，淡淡地，静静地，冲刷着你的五脏六腑，进而越听越让人感受到一种永恒之感，越听越让人感受到一种纯净、宁静和安详，一种宽阔和辽远。

我在脑海里仔细搜寻着自己是在什么时候在心底种下了莲的种子，又是什么时候拥有了对莲的这种恋恋不舍的情愫。我想到了小时候村西头的一个大水塘长着的许多的莲。后来水塘里的水虽然干了，但和小朋友一起在水塘里挖泥玩的时候，还经常能挖到小小的像花生米般大小的黑色的莲子以及吃莲子时那甜蜜、幸福的样子。

看到莲，我也想起了我的母亲。母亲是典型的北方乡下妇女，没有文化，一辈子只知道干活，用自己力所能及的辛苦，维持着我们那个并不富裕的家。记得母亲有一次不知道从哪里带回几片翠绿的莲叶，说要给我们用莲叶蒸馍。还未等馍蒸好，那飘散在空气中的带有莲的清香的味道便让我陶醉了几回。

我弯下身子，轻轻地把一片莲叶握成一个碗形的钵，用手轻轻地把湖水向里面掬了一些，然后慢慢地再让湖水在绿色的"钵"里轻轻地滚动着。墨绿的莲，晶莹的水，水在绿中滚动，莲却在心里荡漾。我轻轻地嗅了嗅摸过莲的手，突然闻到了一股淡淡的清香。那香味慢慢地延伸，扩展，逐渐氤氲到自己整个的世界。

我紧紧地凝望着水面上那朵淡淡的莲，聆听着耳边吹过的冷冷的风，突然之间，就像被谁悄然拨动了心底的那根弦，一下子让我感受到，曾经很久没有想通透的事情，在这一瞬间，突然就明白了。

这些年来，经历过许许多多的事情，也有过人生的低谷，但仔细想想，还是在于自己内心的起伏不定和对外界的要求太多。我们每个人的内心，其实都需要有一方宁静无比、不想受人打扰的净土，但尘世的浮躁和喧嚣，常常让我们的内心又时时感到疲惫。没有谁的生活可以始终如一地永远充满着幸福和快乐，如果我们总陷入这种疲惫和烦恼，或者是不断地去参与，去搅和，那我们的生活就会永远充满着痛苦。因此，我们要寻找幸福，求得内心的安宁，就必须学会如何心平气和地与自己和平相处，让漂泊的心灵安静下来，什么也不用想，什么也不用做，在安宁中沉淀以往所有的烦恼。

有莲在心，还有什么不能逾越

冷冷的风，仍无法阻挡住我内心对莲的呢喃呓语以及对莲思绪的无限延伸，我知道今后的许多路途需要自己一个人走，一个人去吃饭，一个人去散步，我不用再去想人生的灯火阑珊，也不再想曾经经历过的不顺周遭，所有的一切对自己都不过是过眼烟云，我"只是想静享内心中的蓬勃与丰富"（马德语）。

我们每一个人，每一天都在人生的路上修行着，努力让我们自己保持善良。仔细想想，人生活到极致，修炼的何尝不是一颗莲心啊！只有让人的内心清静，通达，疲惫和焦虑便会得到减轻，压力得到舒缓。

我就这样静静地坐在水边，望着眼前静静的湖水，突然感到自己的心底正悄悄地长出一株美丽的莲，让我宁静，让我致远，我就像一个被雕塑的人一样忘记了自己。

人生如梦，母亲如莲，假如我们有莲在心，还有什么不能逾越？

寻找樱花

2021 年的第一场春雨就这样淅淅沥沥地来了，而此时的我，没有任何犹豫，打着一把雨伞，就向外走去。

雨点敲打着我的雨伞，在我的伞上跳跃着，那叮叮咚咚的声音，那欢快调皮的动作，也让我的心开始慢慢地荡漾起来。

路边的小店已经陆陆续续地开门了，小吃摊边也有三三两两的吃客在吃着自己的油条豆浆、包子稀饭，可我却无暇顾及路边的小吃，也没有兴趣去欣赏柜窗里的商品。我慢悠悠地转着，看着，寻找着西安这座古城三月里最美的花儿。

西安观赏樱花的地方很多，交大、高新路、大雁塔北广场、植物园等等，但我最喜欢的还是位于乐游原上的那座密宗祖寺、皇家寺院——青龙寺。

从走进青龙寺大门那一刻，我的世界便变成了一片粉红，轻轻地呼吸，空气中便弥漫着一种淡淡的清香，让我的心不由得有些沉醉，但仍然想尽快地看到真实的花瓣。

雨中的寺院，又是清晨，显得十分幽静而别致。那红门高楼，金匾黄旗，更显示出寺院的肃穆和庄重，也让这座有着近一千五百年历史的古刹更显得悠远和厚重。我静静地站在樱花簇拥的雨中，心是寂静的、空灵的，就像自己静静地坐在一个幽静的湖边，看一叶扁舟独自漂在水面上，悠然而自在。

雨落在伞面上，花也落在了伞面上。我站在这样的地方，心里自然也开满了樱花。虽然西安的许多地方都有樱花，但青龙寺的樱花却因为有了佛教洗礼以及皇家寺院的独尊而明显多出了一种皇家的韵味。你看，院内那错落有致的一棵棵樱花树上，开满了一朵朵粉色的樱花，淡粉的，深红的。她是那样的娇嫩，你只要轻轻地一碰，那粉色的花瓣立即就会飘落下来，落到你的头上，你的衣上，甚至还有一只花瓣躲藏在你的脖子里。我伸出双手，想接着这不断飘落的花瓣，虔诚得就像是佛陀的信徒。

地上已经落了不少的粉红，我蹲下身子，轻轻地捧起地上一只只花瓣，轻轻地嗅着，那丝丝缕缕的清香，顿时氤氲了我的全身。若有若无，若远若近，若浓若淡，让人好不惬意，耳清气爽。

徜徉其间，我仔细倾听着雨滴飘落在樱花上的声音，猛然间感觉自己好像穿越到了唐时那一个千宫之宫的时代。我静静地看着眼前的一切，顿时有一种迷离的感觉，仿佛我今天就应该来到这个地方、在这棵树下等待着一个人和我相约。

这样粉红的世界，绵绵的细雨，总是和邂逅的诗情画意联系在一起的。而今天的我又能和谁邂逅？是那个躲在大柱后面的红衣少女，还是那个匆匆跑开了的粉色女郎？是那个穿着标致的黑衣少女，还是这个一脸娇羞的蒙面女子？那个从我身边匆匆而过的男子可是大唐的护卫？今天怎么也有闲情雅致来此一转？这个可爱的小男孩，又是谁家的公子少年，独自蹓了出来？一时间，我仿佛来到了大唐，随着唐时的人群在三月的乐游园上踏春抚柳，吟花联句……

墙根的一只小蚂蚁不知道从哪里找到了一些面包渣，冒着雨用力地向巢穴里拉着，看着它那么努力的样子，我突然感到别有一番情趣。我蹲下身子，两只眼睛盯着它看。心想，今天这只小小的蚂蚁总算有了一顿丰盛的晚餐了，而我今天一个人享受着这偌大的禅寺，这花香四溢的樱花，又何尝不是拥有一场丰盛的午宴！谁又能不让我今晚做一个落英缤纷、充满花香的梦！

雨仍在浪漫地忽紧忽弛地下着，我也在惬意中慢慢地向前走着，继续寻找着属于自己的那一朵樱花，就像去寻找自己的幸福一样专注和认真。我一棵树一棵树地寻着，一朵花一朵花地找着，心却一点儿也不平静。因为我知道，我不仅仅是在寻花，也是在樱花的世界里，寻找着自己灵魂的栖息地。

寺院的院墙虽厚，但仍然挡不住墙外刺耳的汽笛声传入我的耳膜，我总感到有什么东西在牵动着我向前挪动着。我知道，在这个城市里，有太多太多值得我眷恋的东西。

可我仍没有找到那朵属于我的花朵。我知道，人的一生中有许多事情，你是永远找不到答案的，就像我在花丛中寻找两个完全一样的花朵一般。但我相信，只要我心存善念，在我的生命中，总会有各种美丽的花儿会在人生的拐角处静静地等着我。

中午回到家里，我依然放不下心里的那朵樱花，我转到书架边，取出那部已经边角发黄的书，轻翻着早已变硬变黄的书页，那朵早已干枯的樱花仍静静地躺在书中，虽然此时已经闻不到任何香味了，花也已经变枯、变脆，但我的心里却总有一股香味不断氤氲上来。我在努力地想着，我是什么时候放进去了？又是因了什么样的情境？

寻花如此，生活也如此。从我们生下的那天起，每一个人就一直在寻找，寻找着生命中属于自己喜欢的花，寻找着一个可以和自己聊天的人，甚至是一起蹲在路边吃饭的人，这才是寻找的意义。

当油菜花开的时候

又到了油菜花盛开的季节了。

这个时候，内心总有一种说不出的感觉。虽然每年的春天都徜徉在汉中、安康的油菜花田，但每次的感觉又总是不同。这不，当我周日随着春天的脚步又一次踏入武功田边的油菜花海时，内心不由得泛起了一层层的涟漪。

油菜花是最最普通的花，是属于农民的花。你不仅能在广阔的田野路边看到一簇簇、一片片的金黄的花海，在乡村的房前屋后、沟渠地头，你照样能看到一丛丛、一株株金灿灿的油菜花。在四月的春风中，金色的油菜花映红了布满皱纹的乡村父老的脸庞，也摇醉了一对对年轻、靓丽的少男少女的心。特别是那些跑来跑去、脸上粘着泥土的孩子，从他们瞪大了眼睛里，我能看出他们对这么多人来看油菜花的好奇。

也许是油菜花香的招引，也许是好久没有看见这动心的金黄，我也情不自禁地走进了油菜花海。

这里的油菜花显然没有汉中和安康的油菜花那样清新和柔美，这大概是因其缺水的缘故罢了，可这里的油菜花却又有着汉中和安康油菜花所没有的粗壮和高大。你看，每一株绿色的茎干上都簇拥着四五枝、五六枝甚至七八枝的茎干，每一枝茎干上又有无数朵金灿灿的嫩黄，一株挨着一株，一朵拥着一朵，在北方四月的春风中，吸引着无数只蜜蜂上下飞舞着。侧耳倾听，耳边总有嗡嗡的声响。我看着花，抚摸着花，仿佛走进了一个梦幻般的金色世界。

油菜花海里移动着一个个穿红着绿的男男女女，每一个人的脸上都荡漾着油菜花般的笑容。我站在田埂上，望着裤脚上、鞋子上黏着的泥巴，衣袖上沾染的星星点点的油菜花粉，忍不住地捧起一朵朵花在鼻尖上轻轻地闻着，那淡淡的清香，那甜滋滋的味道一股股地拥进我的鼻腔。我静静地看着，回味着，满眼尽是翠绿的金黄在轻轻地摇曳着，心中不由得有些激动。

油菜花是一种极普通的花，可这极普通的花却开出了春天最美的金黄。也许一株一株的油菜花没有什么值得让人注目的美丽，但如果是满山遍野的油菜花一起开放，那铺天盖地的金黄大片大片地映入你的眼帘，那将是何等的壮观，何等的震撼！

花海里走过的一对对男女，又让我想到了年轻时候的你。我本以为，漫长的带着消毒液味道的冬季以及长时间戴着口罩的我，会慢慢淡化曾经的记忆，但谁又能料到，当我站在这满地铺满金黄的田野上的时候，所有的曾经经历过的一切又一次簇拥到我的眼前，湿润了我的眼。我不知道你此时此刻在做什么，在想什么，但我知道，每一朵摇曳着的油菜花，甚至每一丝春天的风，都已经把我们的心吹起了层层的涟漪。

我坐在油菜花海旁边的田埂上，闭着眼睛，静静地嗅着空气里荡漾着的甜甜的油菜花的味道。我不知道，今天的游客是如何看待这普通的油菜花的，但我知道，虽然油菜花没有玫瑰花一样的红艳和热烈，但它散发出的与众不同的清香却是那样的朴素和自然，正如我一如既往所一直追求的内心。不管岁月如何变幻，我都依然是那个来自乡下、内心有些自卑但又诚实的少年。就像眼前这一株株不起眼的油菜花，静静发芽，静静开花，静静地结自己的籽……

等着楝子花开弥漫的季节

　　路过西门，扑面而来的是一股淡淡的花香。我闻香而行，转眼就看到了西门里右手边两排整齐的楝子树。

　　我一下子不想走了，甚至不想上班了。因为三十年前、小时候见到过的树在这里我又看见了。虽然我不知道这些楝子树在这里陪伴城墙多少年了，但这里到处都弥漫着淡淡的甜丝丝的味道，甚至就连那厚厚的城墙，那灰色的一块块青砖，也好像都向外渗出了淡淡的花的味道，一下子勾起了我的回忆。细细想来，我在这个四方城里，已经生活了近四十年了，可直到今天，我才发现了儿时的快乐记忆。

　　我张开双臂，依偎在厚厚的古城墙上，静静地陶醉在这弥漫在西安上空的淡淡氛围里。

　　我不知道，是西门的楝子花香陶醉了我，还是我沉迷在西门的花香中，不由得有些不知所措。

　　在我的家乡，人们并不叫它楝树，而是把它叫楝子树。家乡的楝子树并不多，偶尔在谁家的一个角落或者村头大坑边的树林里，你会发现一棵、两棵。每年的四五月，细溜溜的楝子树上就会开出许许多多小小的、紫色的花，因为树不多，所以童年时代并没有感受到它的花香是多么浓烈。只有把它放在鼻子下的时候，才会感受到它散发出的一丝丝的清香。哪像现在站在城墙根下，闭上眼睛，就能感受到浓浓的花香正从外到内，扑向你，拥抱你，亲吻你，钻到你的发际，钻进你的衣领，甚至钻进你的身体里。

棟子树带给我们的不仅仅是它开出的紫色的小花，还有它结出的一串串绿色的小果子。每当小朋友们在一起玩耍的时候，大家就常常摘一些小果子，互相投掷着，不是扔到了对方的头上，就是丢进了对方的衣袖中，然后看着小朋友追来、跑去。

秋天是小朋友们最开心的时候。那时候，棟子树的树叶已经大部分飘落在地，原来茂密的棟子树上，只剩下一串串金色的果子了。它不仅是小朋友扔沙包的填充物、玩跳四子棋的小玩物，而且也是灰麦鸟的最佳食物。每到这个时候，棟子树上就会有一只、两只甚至很多只灰麦鸟在上面不停地吃着，吐着。有的时候，还一边吃，一边将它的排泄物飘落到地上。而其中就含有棟子树果子的果核，白白的，净净的，就成为童年时代我们玩耍时最好的玩具了。

"这儿怎么这么香呀！"一个女子的感叹惊醒了沉醉中的我。我看了看她，她像我一样，也在仔细地轻嗅着这里的花香，甚至还用那纤纤的小手朝自己鼻子下扇着。

棟子树就这样在西安的春天里，静静地顺着悠长的巷子，随着微微的风，随着行走的人，散发着自己的芳香，弥漫在西安的上空，温暖着从她身边走过的每一个男人、女人。而我这个当年从乡下走来的如今已经两鬓斑白的中年人，也沉浸在这淡淡的花香之中，企盼着能在湛蓝湛蓝的日子里，透过这密密的绿，依然能够看到头顶那紫色的小花，依然能看到那厚厚的城墙和你静静地厮守在一起。

我静静地站在那里，忘记了古城，忘记了自己，只想在这五彩斑驳的世界里，在这棟子树下，放一张长椅，抱一本书，暖暖地晒着太阳，静静地想自己的心思。

我不知道，城墙在这里守了你多少年，但我也愿意在这里等你。等着你的每一朵花开花落，等着从你的身边洒漫花香。

心中的格桑花

我原本以为，格桑花是青藏高原上特有的花种，没有想到，周末开车沿环山路西行，在曲江薰衣草庄园，我却看到了大片大片的格桑花。我惊奇不已，连忙把车停在场内，走到花边轻轻地抚摸着，低下头用力地闻着，想知道，开在秦岭脚下、关中平原的格桑花是否与青藏高原上的格桑花一样的娇嫩，想闻一闻是否还像海拔 5000 米以上的格桑花一样的芳香。

还真的一样，那长得让人怜爱的模样，那开得粉红、深红、白嫩的花朵，那种带有青藏高原上冰清玉洁般清冽的味道，沁人心脾，在我的内心荡漾起了一层层旳涟漪。

我不知道生长在青藏高原上的格桑花，一种如此娇嫩的格桑花，怎么会在这万里之外的关中之地扎下根来？是钦慕于长安悠久的历史，还是唐与吐蕃历史上又一次的植物融合？是，也不是。

查了一些资料后，我明白了许多。格桑花的故乡是西藏、青海、川西、滇西北那无边的大草原，她是一种最容易成活的花。只要你撒下花籽，甚至你不用撒下花种，让花种随着风吹落入尘土，它就会在泥土里慢慢地生根、发芽、开花、结籽。

看着眼前这一大片的格桑花，我的眼里有些湿润。记得前年去甘南，路过拉卜楞寺的时候，在所住的藏民阁楼的房前屋后，在一望无际的桑科草原，都能看到一株株、一簇簇静静开放的格桑花。特别是在桑科草原，坐在绿草地上，看到碧蓝的天空，一尘不染的白云，轻嗅着清冽的格桑花以及微风送来的一股股野草以及混杂着牦牛粪的味道，顿时感到天高云淡，心旷神怡。

格桑花的花语是"怜惜眼前人"，说的就是要人们珍惜自己眼前的人。我很认同，也许正是格桑花有这样的寓意，才让我对格桑花肃然起敬。

我们每一个人的心灵深处，都有自己最喜欢的偶像，都有自己认为可以说得来的人。我们也曾经傻傻地为追一个自己喜欢的人，却忽略珍惜自己身边的人。而常常又是，等我们失去身边的亲人或朋友时，我们又后悔万分，难以忘怀。

我们身边的人，我们的父母，我们的兄弟姐妹，我们的亲朋好友，甚至遇到的一位、两位可信赖的朋友，一名让你倾心的知己，才是我们最应该亲近或珍惜的人。因为人生真的不容易，因为你真的不知道，这些亲人会何时离开你，你更不知道自己又何时会离开他们，因为明天和意外，真的不知道哪个先来。

虽然在人生的路途中，也许我们彼此之间曾经有过误会，有过不快，甚至还有过责骂或肢体冲突，但相比人生的历程来说，又算得了什么呢？所以，要读懂格桑花的花语，要学会珍惜我们眼前的亲人、朋友、知己，经营好我们彼此之间的亲情、爱情、友情，千万不要因为一点小事滞固了我们彼此的情谊。你要明白，我们身边所有的人都不会在原地等你，有的时候，也许一个转身，曾经相亲相爱的一家人，就已经成为陌生人。

格桑花园里游人增加了不少，大人小孩，老的少的，男的女的，尤以年轻人居多。一对年轻的伴侣正站在一簇簇的格桑花前照着相，女的仰天眺望，男的半弯着腰，尽情地给女友拍下一张又一张美丽的倩影。看到这里，我突然想起了顾城《门前》里的诗句：草在结它的种子，风在摇它的叶子，我们站着，不说话，就十分美好。

美丽的格桑花在微风中轻轻地摇曳着，摇曳得我又想起了桑科牧场里那个放牧的藏家少女。记得那年在开满格桑花的草原上漫无目的地行走时，突然听到了一阵洞透人心的歌声。我不知道在没有霓虹灯、没有人声鼎沸、没有俊男靓女伴舞的大自然的草原上,是什么人、在什么的背景下,唱着这支动人的歌曲。我快速地转到一个山脚下,顺着缓缓的山坡,来到了一个平坦的小山顶。从上向下望去,绿色的草原上,好几百只像云朵一样的羊,或一只或三五只,或七八只或一群,点缀在绿色的草原上。在羊群中间,还有三四十只黑色的牦牛在悠闲地吃着草。而在开满格桑花的草地上,一个穿着藏裙的少女,正一边唱着,一边慢慢地走着。蓝天,白云,是她舞台的背景;绿草,羊群,是她的帷幕;草地,是她的舞台;我、羊群、牦牛,都是她的听众。这样的场景,让我痴醉。我不知道,这个美丽的少女是不是在用歌声呼唤着她的情郎,但那幸福的情景却深深地印在了我的心里。

少女的欢笑声把我拉回到了现实。我看到三四个女孩子正急匆匆地从我身边而过,我想,她们一定是去寻找属于自己的八瓣格桑花去了。因为所有的幸福都藏在格桑花里,谁遇到了八瓣格桑花,就遇到了幸福。

好好珍惜自己身边的每一次相遇,珍惜自己遇到的每一个人。因为这辈子相遇是缘分,是幸福,下辈子不一定再彼此遇上⋯⋯

虽然从甘南回来已经两三年了,虽然从曲江薰衣草庄园回来也有数天了,但那片美丽的桑科草原,那片美丽的格桑花海,将永远摇曳在我记忆的深处。我会继续寻找那属于我的八瓣格桑花,我会好好珍惜每一个我遇到的人,祝你们平安幸福!

微笑着，走过每一棵花香的树下

下午起床后，我看着窗外已冒出嫩芽的玉兰花蕾，心一下子有些激动起来，找个地方看花去。

踩着一地暖暖的阳光，迎着暖融融的细风，我来到了城东这个开着花的湖畔。

湖边的花还真不少。那一簇簇白白的、粉色的梅花，在微风中轻轻摇曳着，让甜甜的芳香弥漫在你的脸上、身上。玉兰花也开了，一朵朵、一朵朵，晶莹剔透，玲珑有致，吸引着蜜蜂在花丛中翩翩起舞。迎春花更是像一串串闪亮的星星一样，在低矮的灌木丛中闪烁着。此外，还有那沁人心脾的樱花，那洁白空灵的桃花……

来这里看花的人还真不少。男的女的，老的少的，搀扶着、依偎着，从我的身边轻轻走过。特别是那恋爱中的男女，更是满脸的鲜花般的微笑。

我在花树下穿行着。此刻，我只需做一个悠闲安静的看客，在春天的窗前，在文字的阡陌上，静静地欣赏着春风是如何打开花的心思，如何撩起杨柳的柔软。

我走到一个角落静静地坐了下来，静静地看着三三两两的绿衣红裙从我的身边走过。这些人中，有悠闲的游人，也有匆匆的过客，我看着他们，猜想着他们将要走向何方……

湖边的平地上围着一堆一堆的人，很是热闹。那个戴着墨镜的大姐，打着花伞，和那个打扮怪异的老汉一边扭着，一边做着逗人的笑脸；那个中年大嫂很专业地扭着秧歌,看见我在给她照相,不时地把她的微笑送到我的眼前。

那棵大树下穿着藏服的中年男女吸引我走了过去,不仅仅是那漂亮的服饰,还有那一曲曲的藏族风情的音乐彻彻底底地融化了我的心。这些年来,不知道为什么,总喜欢听少数民族的音乐,像蒙古族的、维吾尔族的等,最喜欢的是藏族歌曲。这些歌儿就像雪域高原的天,蓝莹莹的,云,雪白白的,让人觉得空灵缥缈,忘怀一切。

那一刻,我的心在随着他们的漂亮服饰而动,四肢也随他们的舞蹈而愉悦着……

那个年轻的女子在忘我地跳着街舞,那急促铿锵的音乐一点点地敲击在我的心上。平时,我是远离这种喧嚣的,很难在街舞面前驻足,可是今天那个女子卖力地舞动,那节奏强烈的音乐风格,不但没有让我离开,还让我在那里一直看着,直到她满脸是汗,收摊而去。

我轻轻地哼唱着那首藏族歌曲,在粉色的花树下走过,在白色的花树下走过,在醉人的深红中走过,想那花儿的心事,看那蜜蜂采蜜的幸福,羡慕那角落里花开绽放的惊艳。

人生其实有很多美好,春风拂过你的心头,阳光伴着花香,轻轻地吟唱着一首好听的诗句。尤其是当你行走在树下,小鸟在你头上飞,蜜蜂在你身边花丛落,那一刻,你还会去为那曾经的三千繁华中的枝枝丫丫伤心吗?

走过很多山山水水,也走过许多人海茫茫,但每每让人回眸处,最温情的依然是自己内心深处的那抹花香。

于是,为自己走过的花树,为自己空灵过的内心,忍不住地在春天的花笺上轻轻写下:这个春天,我想微笑着,走过每一棵花香的树下……

遇到一棵开花的树

初春时节，闲来无事，便开车奔向了许久未去的峪口。

初春的秦岭还是一片肃杀的景象，地面上是枯萎的、密密麻麻的草根，树上是光溜溜地伸向天空的枝丫，就连那高高低低的沟壑之间，浅露的黄土也宣示着此时大地的悲壮。

反正无事，便沿着弯弯曲曲的小路，漫不经心地向前走着。在这样的季节，虽然偶尔能够遇到三三两两的游人，但乍暖还寒的初春还是不时地让我把衣襟裹了又裹。

心是自由的，思绪便向四周无限地延伸着。看见黄土，心也似干枯的黄土一样；看见绿色，心也像湿润了一般；看见鸟儿欢叫，心也好像在枝头上跳跃着；看见脚边流过的涓涓细流，心也忽然变得细腻了许多。

可能游人少走的缘故，以前还算好走的小路今天明显比以往难走了很多，不但路上坑坑洼洼的，而且许多地方土质也比以往虚了许多。如果不小心踩了上去，顿时有一种陷进去的感觉，所以走起路来还是要小心谨慎。

越往里走，虽然山里的绿色比峪口明显多了一些，但满目的苍凉还是让我心中有了某种失望。

也许一个冬天的寒冷，早已经风干了自己那颗期盼温润和浪漫的心，可惊蛰时节的一声春雷，不仅唤醒了冬眠的大大小小的动物，也唤醒了自己内心深处对秦岭的渴望，对满山遍野春暖花开的期盼。

转过一个山头，突然发现前面低矮的山丘上，一片杂树林中间，有一棵硕大的、孤零零的树，满树、满枝地开满了密密麻麻的粉白色的花朵。那粉里透着白，白里又泛着粉红，我知道，这是梅花的一种，叫春梅。春梅的花朵不大，但因为多，却也让我感受到了繁花似锦的簇拥。那一刻，真的惊诧了我的双眼，心里也突然有了一种不一样的感觉。听人说过，这种叫春梅的梅树，花期是很短的，也许前几周的寒冷，才让这棵梅花树迟延了几天开花的时间。

还未走近，一阵微风吹来，便有几片粉红的花瓣扑面飘落，仿佛也是在迎接我这个久未前来的游人似的。我紧跑几步，便站到了这棵开满鲜花的树下。环顾四周，偌大的杂树林里，荒野之中，我不知道，怎么独独地只有这一棵开满繁花的树，而且开得如此的美丽！

梅花有很多的品种，而春梅却是一种默默无闻的、平凡的花，虽然花瓣很小，虽然花香也不浓郁，但我心里对它却有一种肃然起敬的感觉。我突然想起了宋代陆游的诗"驿外断桥边，寂寞开无主"。一个荒野外，一个断桥边，都是只有一棵树，孤独地开着，但又都是那样的坚强，不以物喜，不以己悲，仍然在这样的季节，展现着自己一生最灿烂的微笑。我忽然感到心里有某种触动，为春梅的坚强，为今日的相遇，突然觉得自己好幸福。此时的我已经完完全全地沉浸到了一种茫茫的兴奋之中，而且有了一种冲动，想给这棵树起一个好听的名字，想给每一朵花起一个好听的名字，甚至想给这个山丘起一个好听的名字。

人生总是在不停地相遇和分别中度过的。几十年的编辑生涯，让我遇到了许许多多的善男良女，他们就像今天我遇到的这一棵开满繁花的梅树，让我感受到了温暖和开心，温馨和幸福。

记得 1999 年长沙书市的时候，大家一起去漂流。我因为某种原因没有去成，只好坐在岸边等待着。岸边的等待是百无聊赖的，也是孤独的，于是便沿着河堤慢悠悠地溜达着。突然看到一个妇女拉着一个小女孩，背着一个大背篓从我身边走过，背篓里装着很多绿色的橘子。也许和我的女儿大小差不多的缘故，又看到小女孩那两条粗粗的牛角辫，不由得微笑着问小女孩："你好！"小女孩的妈妈看到这，连忙拿了几个橘子，对小女孩说："给叔叔吃橘子！"说完，便让小女孩给我拿了两个橘子走了过来。我连连摆手，看着小女孩那可爱的样子，我也赶忙从背包里取出了两块蛋糕放在了小女孩的手中。小女孩看看妈妈，又看看我，见妈妈点头，一脸欢笑地连忙对我说："谢谢叔叔。"我拉了拉小女孩的手，看着她们母女一点点地消失在我的视野之中。从长沙回来后，所有有关长沙的记忆都忘记了，唯有那个小女孩的眼神和她妈妈的身影就像一棵开花的树，让我至今记忆犹新。

其实，每一个让你感受到快乐、幸福的人都像是一棵开满繁花的树，正是因为有了这棵开满繁花的树，才让我们学会了善良，学会了感恩，学会了真诚，也才使我们的人生有了正确的方向。

遇到一棵开花的树是幸福的。所以几十年来，自己一直不敢虚度光阴，而且一直努力着也在做一棵开花的树，并希望自己这棵开花的树开在你每天必经的路上，用我每天的努力，温馨你未来的每一个日子。

人间最美四月天。在这样的时刻，遇到一棵开花的树，你的心里就会有一股芳香相伴；在人生的路途上，遇到一个让你快乐幸福的人，也是你人生最大的幸运，需要你好好地珍惜。

心有半亩花田（代后记）

一转眼，我已经在这个有着三千多年历史的古城生活和工作近四十年了，而且要继续生活下去。

今天，我也站在了人生的节点，不由得思绪万千。作为在此工作了三十余年的一名编辑，我在最好的年华，在这里贡献了我的青春，也成就了我的梦想，所以，西安出版社对我来说，就是我一辈子最引以为豪的地方。我舍不得这里的一切，所有的一切，都已经融化在我的内心深处了。

我特别荣幸，能够在我退休前的几年里与屈炳耀先生一起工作。因为他的信任，才让我这几年一直有机会在努力，并学到了很多以前没有学到的东西。特别是他刚到出版社的时候说过的一句话，我至今仍清楚记得，一直对我影响颇深，那就是："要让自己不断增值。"记得当天，我把这句话写到了我的选题本的第一页上。这几年来，我一直努力地朝这个方向走，不敢有丝毫的懈怠，唯恐自己在努力前行的路上掉了队。可以说，这几年也是我最为快乐的几年，因为在我工作的最后几年里，能搭上出版社快速发展的班车，并能够为出版社的发展添一把土、添一粒石子。

我还要感谢身边的同事。因为我非常高兴地看到身边的同事，每一个人都在努力做最好的自己。尤其是我看到了他们年轻人身上那种青春似火、努力拼搏的精神，以及满满的责任担当，更是让我感受到了一种压力，督促我必须时时努力学习新知识，所以我要感谢我的同事们，因为你们的认可、你们的鼓励，才让今天的我变得更好一些。

　　我还要感谢我的作者朋友。是他们的信任，让我从一本本书稿中、一行行句子中、一个个方块字里，感受到了人世间最为美好的情感，触摸到了尘世传递给我的一份份信任，看到了我们彼此之间那种简单和自然、亲切而热诚的幸福。在这里，我还要特别感谢王蓬、莫伸、和谷、安黎诸位先生和张虹、张艳茜两位女士，他们听到我准备结集出版的消息后，在通读全书后，纷纷给我写来了他们的推荐语。王蓬先生更是不顾身体刚刚恢复，冒着酷暑高温，放弃了端午假日，仔细通读了全稿，洋洋洒洒地写出了三千余字的长序，更是让我感动万分。还有和我有过一面之交的赵倚平先生，在我冒昧地提出能否请他为我的图书题写扉页书名后，先生没有二话，立马就答应了此事。先生的题字，为我的图书增色不少。

　　最后，我还要感谢一直陪伴我走过近四十年的妻子。是她的信任和鼓励，让我一步步走到了今天；是她的大度和包容，让我把每一个日子，都过成了温馨和幸福、诗和远方。

　　在这个高楼林立的古城里，我度过了自己一生中最好的年华。虽然我从满头黑发的青年变成了如今两鬓斑白的中年，但我知道，在我的内心深处，我依然还是那个来自乡下的有点伤感、自卑、简单的少年。虽然我也有许许多多的毛病，在许多方面常常把握不好尺度，我每天想做的、能做到的，就是在感恩的世界里，一一努力地记住你们的名字。

　　人生就是一只沙漏，不管我们愿意不愿意，时光都会从我们的指缝间一点点地流走。我们没有办法预知未来会发生什么事情，所以，我们要学会适可而止，学会把握现在，并努力让每一粒沙粒都能闪烁出耀眼的光芒。

　　在这样一个现实而又迷人的江湖，在这个温暖而又诸多诱惑的世界，虽然我也遇到了方方面面的困惑和烦恼，有过一些想不开的时候，但在我的内心深处，一直保留着一个属于自己内心的"半亩花田"。在这个温馨而又梦幻的花田里，我的心远离尘嚣，不被打扰，不被发现，独自享受着内心的宁静和美好、自由和温馨，静静地审视着自己走过的人生之路。

走到今天，说真的，忘不掉的美好肯定很多很多，想要祝福的话儿也很多很多，但我知道，不管走到什么时候，走到什么地方，我依然还是那个从前的我，在努力前行着！

　　最后，我再次感谢所有我认识的、认识我的亲朋故友，但愿在未来的日子里，我不会消失在你们的世界里，你们也一直会在我的记忆里。